Tu t'appelleras Sophie

Sarah Frydman

Tu t'appelleras Sophie

ROMAN

Albin Michel

22, rue Huyghens, 75014 Paris

www.albin-michel.fr

ISBN 2-226-11495-5

A ma mère.

Prologue

Londres, 19 juillet 1812

Bien que la pendule marquât plus de minuit, sir Edward Pollock, suivant une habitude bien ancrée, était assis devant un médianoche. C'était là l'une de ses marottes. Il aimait, sans perruque, en robe de chambre, goûter ainsi des heures de tranquille solitude où il ne serait dérangé par rien. A portée de main, se trouvaient thé, muffins, viandes froides, œufs brouillés, pâtisseries. Excessivement gourmand, sir Edward affichait, malgré son jeune âge (il avait vingt-cinq ans), une certaine tendance à l'embonpoint. Il se leva et se dirigea vers la fenêtre dont il écarta les rideaux. Le spectacle qui s'offrait à sa vue était désolant de tristesse. Depuis plus d'une semaine, bien qu'on fût au cœur de l'été, des orages se succédaient sur Londres. Éclairs et tonnerre alternaient, menaçants. Puis la pluie tombait, torrentielle ; une courte accalmie, et tout recommençait... Un temps de fin du monde, pensa le jeune coroner.

Frissonnant, il retourna se réfugier dans son fauteuil, en pestant contre le climat détestable de l'Angleterre. Il allait s'absorber dans un dossier difficile, quand la porte s'ouvrit brusquement sur George, son majordome, les yeux exorbités par la surprise et l'indignation. Ce comportement était si inhabituel qu'un instant, interloqués, sir Edward Pollock et son domestique s'observèrent sans rien dire.

Sir Edward rompit le silence qui menaçait de s'éterniser :

« Eh bien, George... Que se passe-t-il ? »

George toussa, se racla la gorge et, d'une voix hésitante, éructa péniblement :

« Il y a là une dame. Une étrangère. Une Française, certainement. Elle demande à vous voir... d'urgence. A cette heure-ci ! » acheva-t-il, étouffant à grand-peine son indignation.

Sir Edward dévisagea son domestique comme si ce dernier était brusquement devenu fou.

« Une dame ? A cette heure-ci ? répéta-t-il. Il est plus de minuit ! Lui avez-vous dit que je ne reçois jamais si tard dans la nuit ? Débarrassez-moi d'elle !

– Sir ! Elle ne veut pas entendre raison. Elle dit qu'elle vous connaît.

– Vous auriez dû lui dire que j'étais en train de dormir...

– C'est exactement ce que j'ai dit à cette dame.

– Et alors ?

– Elle m'a répondu que cela ne faisait rien. “Il faut que je le voie. Tout de suite ! Réveillez-le ! Dites-lui que c'est une question de vie ou de mort...” »

Le majordome suffoquait, s'en étouffait.

« Une question de vie ou de mort ? demanda sir Edward.

– Oui, sir. »

Un instant, sir Edward médita cette réponse. Ce n'était pas la première fois que des émigrés étaient menacés de mort. La veille, une aristocrate française, la comtesse de la Ferronnayes, était venue le supplier de faire cesser ces menaces. « Tous les jours, sanglotait la jeune femme, tous les jours nous recevons des lettres nous promettant la mort et sur notre porte, chaque matin, le mot *Death* s'étale en toutes lettres... » Que la malheureuse fût à demi morte de terreur n'étonnait pas sir Edward. Des crimes mystérieux, des guet-apens, des assassinats même, avaient déjà été commis sur des Français émigrés.

Et le vol n'est jamais le motif de ces assassinats, songeait sir Edward. On retrouve toujours l'argent, et les bijoux quand il y en a... Mais le mobile ? Une chose est certaine : l'impunité renforce l'audace des meurtriers et le danger augmente chaque jour pour tous les émigrés.

« Elle ne vous a pas dit son nom, et elle prétend me connaître... C'est bien cela ? demanda-t-il après un silence.

– Non, sir. Je veux dire : non, à votre première question, et oui à la deuxième. Cette dame n'a pas dit son nom, et elle dit qu'elle vous connaît. »

Ce discret rappel à la déplorable habitude qu'avait sir Edward de poser plusieurs questions dans la même phrase arracha un sourire au vieux majordome.

« Bien. Faites-la entrer dans une quinzaine de minutes. Le temps de mettre un habit convenable... »

Au service de la famille Pollock depuis plus de trente ans, depuis que sir Samuel Pollock, juif polonais, naturalisé et anobli pour services rendus à la Couronne, avait, après conversion au christianisme, épousé une riche héritière anglaise, mariage qui lui avait permis d'acheter une charge de coroner, George n'en était plus à s'émouvoir des choses bizarres auxquelles il assistait, dans cette maison où régnait un aimable laisser-aller si contraire aux habitudes anglaises.

Exactement un quart d'heure plus tard, sir Edward était prêt à recevoir sa tardive visiteuse. Sa réputation d'homme juste, honnête, et intelligent, n'était plus à faire. Mais il était encore assez jeune pour rêver un peu sur ce mot : Française... Une grande dame ? Il aimait les femmes et le célibat commençait à lui peser. Fugitive, l'image d'une intrigue amoureuse traversa son esprit. Sa jeunesse excusait cette présomption. Il rêvait déjà sur l'inconnue, et ne put dissimuler sa déception lorsque George l'introduisit. Manifestement, cette dernière avait très visiblement passé l'âge de l'aventure amoureuse. Du moins, telle que se la représentait un jeune coroner de la cour d'Angleterre, en cet an de grâce 1812. Immobile, silencieuse, elle offrait un spectacle pour le moins singulier.

Vêtue d'une mante de velours pourpre, elle la retira prestement pour la confier à George, et sir Edward comprit la stupéfaction de son domestique. Sa visiteuse était en grande tenue de soirée. Robe du même velours que la mante, largement décolletée sur une peau très blanche. Elle avait une allure vraiment royale[1]. Un collier de diamants et d'émeraudes ornait son cou ; les mêmes pierres précieuses étaient posées, en diadème, sur une masse de boucles fauves relevées sur le front comme l'exigeait la mode. Fas-

1. Lorsqu'il la vit pour la première fois sur scène, dans *Armide* de Gluck, Chateaubriand écrivit ces vers : « Et en son incantation d'enchanteresse et de magicienne, la chanteuse m'apparaissait ainsi qu'une personnification de mon rêve. Avec quelque chose en plus. Comme la chair et les os d'une vaporeuse démone... »

ciné, sir Edward la contemplait, sans songer à prononcer une parole. Sans doute était-elle habituée à cette admiration, car un léger sourire, un peu moqueur, éclaira ses traits.

Un front bas, des yeux foncés (plus tard, sir Edward admit qu'ils étaient bleus), largement écartés, un petit nez retroussé, impertinent, une longue bouche rouge, vivante, émouvante, laissant échapper des paroles que, d'abord, infiniment troublé, sir Edward n'entendit pas. De sa vie, il ne s'était trouvé en pareille situation.

« Vous avez demandé me voir, milady ? Je vous en prie, asseyez-vous. Il paraît que nous nous connaissons ? Excusez-moi, mais... »

La visiteuse s'avança comme si elle était sur une scène de théâtre, et darda sur sir Edward un regard où il crut lire une extrême surprise.

« Vous êtes sir Edward Pollock ? l'interrompit-elle avec une certaine insistance. Êtes-vous réellement sir Edward Pollock ? répéta-t-elle. Impossible ! Vous êtes beaucoup trop jeune. Il doit y avoir un malentendu. »

La voix sombre aux inflexions musicales atteignit sir Edward jusqu'au tréfonds de son être. Un peu irrité par le « beaucoup trop jeune » de l'inconnue, il précisa un peu sèchement :

« C'est bien moi. Il n'y a pas de malentendu, je vous l'assure. J'ai pris la succession de mon père.

– Oh ! Votre père est mort ! Je suis navrée d'apprendre une si fâcheuse nouvelle.

– Non, il n'est pas mort, grâce au ciel ! Je reprends ses affaires, voilà tout. Voyons, milady... Que puis-je pour vous ? Mon majordome m'a parlé d'une question de vie ou de mort. Pouvez-vous m'expliquer ?

– Vous expliquer... répondit la visiteuse, songeuse. Oui, sans doute. Pour autant que l'on puisse expliquer l'inexplicable. Comme vous le voyez, je rentre d'une soirée donnée par le prince de Galles... »

Ce fut au tour de sir Edward de manifester sa surprise :

« Vous avez été invitée chez le prince de Galles ?

– Non. Pas invitée. – Elle eut un petit rire méprisant. – Le prince de Galles n'invite Sophie de Saint-Huberty, comtesse d'Antraigues, que pour distraire ses invités.

– Oh ! s'exclama sir Edward Pollock sans réfléchir. Vous êtes Sophie de Saint-Huberty, mon père était fou de vous. Il vous a entendue à Paris dans l'opéra *Didon*. Il y a bien longtemps... oh je vous demande pardon, milady... Madame... Je suis un butor... »

Rougissant jusqu'à la racine de ses cheveux, sir Edward se confondait en excuses, tandis que Sophie d'Antraigues riait franchement. Une bonne moitié des petites rides de son visage avaient disparu comme par enchantement. Elle rajeunissait à vue d'œil devant un sir Edward Pollock médusé. Pour la première fois depuis de nombreuses années, elle se retrouvait prise dans le feu d'un regard d'homme qui l'admirait... Et visiblement, cela la ravissait. Elle avait parfaitement compris, en observant sir Edward Pollock, la nature profondément sensuelle et passionnée de ce jeune et grassouillet coroner si ému. Et ce qui l'amusait et l'enchantait, c'est qu'elle puisse, malgré son âge, troubler à ce point un jeune homme.

« J'ai connu votre père, dit-elle enfin, vous n'étiez pas encore né. C'était... voyons, c'était en 1783. Presque trente ans déjà. Que de choses en ce tiers de siècle... »

La voix de la comtesse avait fléchi en prononçant ces

derniers mots. Ses traits, un instant animés par le rire, s'affaissèrent brusquement. L'illusion passagère d'une jeunesse retrouvée disparut. Sir Edward Pollock, ayant repris son sang-froid, dit d'une voix ferme :

« Eh bien, milady, je vous écoute. Sur qui pèsent des menaces ? »

Elle détourna la tête, et regarda du côté des fenêtres avec appréhension, comme si quelque chose d'inquiétant se cachait dehors dans la nuit, sous la pluie torrentielle, les éclairs et les grondements du tonnerre.

« Le comte d'Antraigues, murmura-t-elle. Lui le premier, moi ensuite, ou peut-être mourrons-nous ensemble... Qui peut savoir ? »

Elle hésita. Le silence s'installa. Elle le rompit sans préambule :

« Sir Edward, j'ai besoin de votre aide. Votre père m'avait promis... Si j'avais besoin d'aide, si jamais je me sentais menacée, il ne fallait pas hésiter une seconde à venir le trouver. Mais votre père...

– Milady, je tiendrai les promesses de mon père. Qu'attendez-vous de moi exactement ? dit-il d'une voix pressante.

– Une protection... Puis-je vous demander une protection ? »

Elle s'interrompit, le souffle court, et parut implorer du coroner un signe de réconfort.

Elle aussi ! pensa sir Edward avec amertume. Sait-elle que le gouvernement anglais refuse d'aider les émigrés ?

« Quel genre de protection ? Il faudrait que vous me donniez des informations plus précises, que je sache très exactement ce qui vous effraie. Vous avez reçu des lettres de menace ? »

La comtesse d'Antraigues répliqua aussitôt :

« Des lettres de menace ? Oui, bien sûr. Comme tous les émigrés. Elles sont presque quotidiennes. Vous ne pouvez imaginer à quel point nous sommes détestés.

– Avez-vous une idée de leur provenance ? »

Elle hésita un instant.

« Il faut que vous sachiez que nous avons mené une vie extrêmement mouvementée, ces dernières années, dit-elle enfin.

– Je m'en doute, répondit sir Edward. Revenons aux lettres de menace.

– Nous y sommes accoutumés. Tous les émigrés engagés dans l'action politique en reçoivent. Nous n'y prêtions pas attention jusqu'à ces derniers mois.

– Pourquoi y prêter attention maintenant ? dit sir Edward en insistant sur ce dernier mot.

– Ces meurtres... ces meurtres qui se succèdent, inexplicables, inexpliqués. Nous avons reçu un billet sur lequel étaient écrits ces trois mots : “Bientôt votre tour...” C'est on ne peut plus clair, n'est-ce pas ?

– Ah ! vous aussi ! s'écria sir Edward. Vous aussi, répéta-t-il plusieurs fois. Pas plus tard qu'hier je recevais ici une malheureuse femme, la comtesse de la Ferronnayes, qui a reçu exactement le même. Vous comprendrez que j'aie besoin de plus de précisions. Il ne faut rien me cacher... Sur vous, votre vie, votre entourage. Tout est important ! Vos domestiques, par exemple. Pouvez-vous me dire combien et qui ils sont ? »

Sophie d'Antraigues répondit :

« Il y a notre cuisinière, Mme Lebon, qui est à mon service depuis plus de quinze ans. Elle nous a suivis en émigration. Fanny Miller, ma femme de chambre. Lorenzo, le valet de mon mari, qui fait également office de majordome et, de temps à autre, nous louons un équipage et son cocher.

– Est-ce là tout ?

– Il y a un jardinier qui vient s'occuper du parc, M. Lenox, et sa fille Meredith qui aide parfois à la cuisine.

– Pouvez-vous me donner quelques détails sur ces personnes ?

– Comme je vous le disais, Mme Lebon est à notre service depuis une quinzaine d'années. C'est une Française, excellente cuisinière ; elle a cinquante ans, très mauvais caractère, mais elle est d'une honnêteté parfaite. Fanny Miller est à mon service depuis trois mois environ, c'est Lorenzo qui l'a recrutée et engagée... Lorsque le besoin s'en fait sentir, nous faisons appel à un équipage de louage. C'est Lorenzo qui s'en charge.

– Depuis combien de temps ce Lorenzo est-il à votre service ?

– Quelques mois...

– Et...

– Et... à vrai dire, je ne l'aime pas beaucoup. Mais le comte d'Antraigues paraît s'y être extrêmement attaché.

– Quelque précision sur le personnage ?

– C'est un ancien déserteur de l'armée française. Il nous a été... comment dirais-je... "recommandé" d'une manière extrêmement pressante par des amis du comte d'Antraigues.

– Qui sont ces amis ?

– Je n'en ai jamais rien su. Sur ce chapitre, mon mari n'a jamais voulu me donner d'explication. Un jour, il a amené Lorenzo à Barnes Terrace. Il y a cinq mois environ et, depuis, cet individu ne nous a jamais quittés. Je dois admettre qu'il dirige remarquablement bien la maison. Les comptes sont justes, au shilling près, et... le comte est très heureux de sa présence. Lorenzo lui est tout dévoué. Cependant, depuis son arrivée, la maison a été plusieurs fois visitée... et tout a été mis sens dessus dessous mais, comme rien n'a été volé, nous n'avons pas porté plainte.

– D'après vous, que cherchait-on ?

– Des papiers, je le sais. Des papiers extrêmement importants que le comte a cachés en lieu sûr. Ne trouvez-vous pas cette coïncidence étrange ? L'arrivée de Lorenzo et ces effractions plusieurs fois répétées...

– Vous avez des documents dangereux, et vous les gardez par-devers vous ! Pourquoi ne pas les confier à la police ? »

Elle éclata de rire.

« La police ? C'est une plaisanterie, n'est-ce pas ?

– Pas vraiment ! » répliqua sir Edward froissé.

Elle haussa les épaules.

« J'ai décidé de ne pas faire confiance à la police. D'ailleurs elle ne retirerait de ces documents aucune aide pour nous sauver. Vous, peut-être.

– Lorenzo, avez-vous dit. Pas de patronyme ?

– Pas que je sache.

– Et cela ne vous a pas étonnée ?

– Au début. Ensuite, je n'y ai plus prêté attention. »

Le coroner la dévisagea et, presque brutalement, demanda :

« Me donnerez-vous ces documents ? »

Elle hésita, puis :

« Plus tard. Je ne les ai pas avec moi, vous devez le comprendre.

– Je comprends. Reprenons.

– Pourquoi avez-vous accepté ce concert ? C'était vous exposer inutilement à un danger certain... »

Visiblement désarçonnée, la comtesse d'Antraigues le regarda droit dans les yeux.

« J'avais besoin de renouer avec un public... sentir de nouveau l'atmosphère du succès... me sentir exister encore. Je n'ai jamais vécu que pour mon métier.

– Vraiment ? – Sir Edward fronça les sourcils. – Milady, si vous souhaitez mon aide, mieux vaut me dire la vérité. Pourquoi avoir accepté un concert qui vous a entraînée à parcourir dix lieues pour un hypothétique succès que, excusez-moi, rien ne vous garantissait... »

Maintenant furieuse, elle dominait mal sa colère. Sir Edward, étonné, constatait que mettre en doute sa sincérité dans le domaine de l'art la blessait.

« Attendez ! je ne mets pas en doute votre talent. Votre gloire est venue jusque chez nous en Angleterre. Je mets en doute la nécessité de ce concert. Qui vous a invitée ? Qui deviez-vous rencontrer ? Voyez-vous, je me suis confronté à bien des problèmes avec les émigrés français. Le nom de votre mari est souvent mentionné sans bienveillance... Et, je dois l'avouer, cette succession de meurtres, depuis quelques semaines, a de quoi me rendre méfiant. Alors mieux vaut me répondre franchement, et cesser de me prendre pour un blanc-bec.

– Ah !... » dit simplement Sophie d'Antraigues.

Sa colère l'avait abandonnée. Elle en paraissait plus lasse.

« Si je comprends bien... vous êtes déjà prévenu contre nous ? Je pense avoir fait fausse route en venant vous voir. »

Sir Edward secoua la tête. Il dit plus doucement :

« Non, milady. Je ne suis pas prévenu contre vous. Ni pour vous, d'ailleurs. J'applique la loi et j'essaie d'incarner la justice. »

Sophie de Saint-Huberty inclina la tête en signe d'assentiment.

Sir Edward reprit :

« Si vous voulez mon aide, il me faut la vôtre. Donc je veux la vérité... toute la vérité. »

Sophie eut quelques secondes d'hésitation, puis elle jeta précipitamment, d'une voix haletante :

« Mon mari voulait absolument que nous participions à ce concert donné au profit des émigrés dans le besoin. Vous n'ignorez pas que certains de ces aristocrates sont particulièrement démunis... Ils ont besoin de ces secours. En réalité, vous avez raison. Je n'avais pas envie de participer à cette soirée. Bien qu'elle fût payée très correctement. Et payée d'avance. Mais mon mari insista si fermement que je cédai.

– Pourquoi cette insistance ?

– Il souhaitait rencontrer quelqu'un avec qui, il y a quelques semaines, il avait échangé des propos... plutôt venimeux.

– Qui était-ce ?

– Le comte Bertrand de Molleville, chef de cabinet du comte de Provence. C'est un imbécile. Un imbécile encore plus dangereux que ses amis. »

Amusé, scandalisé, sir Edward ne savait trop que penser de la verdeur de langage de la comtesse d'Antraigues.

« Tiens donc... et pourquoi ? demanda-t-il.

– D'abord parce que c'est un imbécile, ensuite parce qu'il reste persuadé que seule une monarchie absolue peut sauver la France de Napoléon.

– Je vois. Le comte d'Antraigues s'est donc pris de querelle avec ce M. de Molleville ?

– Il semblerait que mon mari souhaite se réconcilier avec lui.

– Pourquoi ?

– A mes questions, il répond qu'il vaut mieux être l'ami d'un homme dangereux que son ennemi, que si l'on peut garder ses amis à distance il vaut mieux vivre tout près de son ennemi. »

Sir Edward n'insista pas davantage, convaincu que la comtesse d'Antraigues lui dissimulait des faits qui auraient pu l'éclairer. Mais pourquoi être venue me voir si elle me cache la vérité ? se demanda-t-il. Il fallait la laisser venir.

Après quelques minutes de silence, Sophie de Saint-Huberty prononça d'une voix nette :

« Vous me demandez la vérité ? Je vais vous la dire, la vérité... Elle n'est ni belle, ni bonne, ni agréable. La vérité est sordide. Et je la connais bien. Je l'ai toujours regardée en face. Je ne sais pas si elle peut vous aider à découvrir qui en veut à nos vies, alors vous l'aurez... ou plutôt non, je ne vais pas vous la dire mais vous la donner à lire. Je vous ferai parvenir une dizaine de carnets où j'ai relaté ce qui vous éclairera mieux que je ne saurais le faire sur ma personne, mon entourage, ma vie, en somme. J'ai écrit et réuni cela dans la précipitation, persuadée qu'un jour je serais obligée de témoigner sur certains agissements qui ont conduit le Roi et la Reine à l'échafaud. Dès demain, je vous les ferai parvenir par ma femme de chambre. Cela vous convient-il ?

– Mais... oui », répondit sir Pollock un peu dérouté.

Il n'était pas encore au bout de ses étonnements. Il venait de rencontrer Sophie de Saint-Huberty et, comme tous ceux qui l'avaient précédé, il était sous le charme de cette femme étonnante.

« Quelque chose m'intrigue cependant, demanda-t-il, et j'aimerais que vous y répondiez d'une façon claire et précise.

– Je vous écoute.

– Comment se fait-il que le comte d'Antraigues ne soit pas avec vous ? Serait-il resté à la soirée du prince de Galles ? »

Sophie détourna la tête, haussa les épaules et dit sèchement :

« Le comte et moi nous sommes querellés... Il a préféré rentrer. D'autant que Bertrand de Molleville n'assistait pas à cette soirée. Ne me demandez pas pourquoi, je l'ignore. Écoutez, je pense vous avoir tout dit... puis-je compter sur votre aide ?

– Je ne reviens jamais sur mes promesses », dit sir Edward en se levant pour raccompagner son étrange visiteuse.

En pénétrant dans son cabinet de travail, le lendemain matin, il eut l'extrême surprise de voir une jeune fille, visiblement une domestique de bonne maison, endormie dans un fauteuil.

Il l'observa un moment en silence, apprécia la joliesse

des traits, et la grâce de l'attitude, avant de secouer avec douceur l'endormie, qui s'éveilla en sursaut.

Rouge, confuse, elle balbutia :

« Que Monsieur me pardonne... Je suis Fanny Miller et je viens de la part de Mme la comtesse d'Antraigues. Madame m'a chargée de vous remettre ceci en main propre. »

Ce disant, elle tendit au coroner un paquet ficelé, qu'il s'empressa de défaire. Une dizaine de carnets, chacun portant une date différente, s'étalaient, maintenant, devant lui. Une lettre accompagnait l'envoi.

Barnes Terrace, 20 juillet 1812.

Sir,

Comme je vous l'ai dit, j'ai écrit ces souvenirs à la hâte. J'ai essayé d'être aussi vraie et sincère que possible. Si ce que je vous livre de ma vie vous paraît incomplet, je suis à votre disposition pour compléter ce que j'ai oublié ou omis d'écrire.

La peur, que dis-je, la terreur m'accable. Je vous supplie de prendre connaissance de ces carnets. Certains sont écrits au jour le jour ; pour les autres, j'ai essayé, avec peine, de rassembler des souvenirs épars. J'y rapporte toutes les conversations entendues, mais surtout tout ce que fut ma vie. Qu'écrire d'autre sinon que j'espère en vous, plus qu'en Dieu. L'étau qui nous menace se resserre de jour en jour. Sauvez-nous, par pitié. Que Dieu vous garde,

Sophie de Saint-Huberty.

Après avoir remercié la jeune domestique, sir Edward Pollock s'installa près de la fenêtre ouverte et rangea les carnets dans l'ordre qu'indiquaient les dates. Il lut et relut le billet qui les accompagnait. Puis ses idées prirent un autre cours. Il songea à Sophie de Saint-Huberty, s'étonnant de l'émotion que cette évocation faisait naître en lui, revenant sans cesse sur cette rencontre nocturne, comme si elle était le fruit de son imagination. Il avait le sentiment étrange de la connaître depuis toujours et de vouloir l'aider même à son corps défendant.

« Voyons... voyons ! proféra-t-il à voix haute. Si je dois la sauver d'un danger réel, autant savoir ce qui la menace. »

Il ouvrit le premier des carnets, tandis qu'une pensée incongrue s'imposait à son esprit enfiévré : « Rien qu'à leur adresser la parole... des femmes comme elles peuvent entraîner les hommes à leur perdition... »

Les confessions

1770-1789

1

Comment l'esprit vient aux filles

Moi, Sophie de Saint-Huberty, comtesse d'Antraigues, je sais que je vais mourir assassinée. Henri, bien qu'aussi soucieux que moi, s'étonne de ma permanente mauvaise humeur. De mon impossibilité à être enjouée, charmante et souriante... Mais qui le serait lorsque la mort le guette, chaque jour, chaque nuit, à chaque heure ? Lui aussi sait que nous allons mourir et, sans doute, dans des conditions atroces.

Il fait si beau en ce mois d'octobre 1811. Si beau... Sous les rayons encore tièdes du soleil d'automne, j'aime admirer la splendeur des forêts qui entourent Barnes Terrace. A peine si quelques nuages blancs s'étirent paresseusement dans le ciel d'un bleu pur... J'aime l'automne. Verrai-je se changer l'or des feuilles d'automne en brun-rouge, puis disparaître pour laisser place aux branches dénudées de l'hiver ? Verrai-je finir l'année ? C'est terrible de se coucher le soir sans savoir si l'on verra naître le jour suivant... Encore plus terrible de n'oser sortir dans le parc, de se retourner au moindre bruit, de sursauter aux plus légers aboiements de mes chiens.

Jusqu'à ces derniers mois, ma vie à Barnes Terrace était un enchantement. Nous n'avions plus de soucis d'argent, et notre vie était des plus confortables. Mon fils, Jules, poursuivait ses études à Manchester. C'est un beau garçon, sérieux, exigeant, un fils de rêve.

Peut-être dois-je commencer par le commencement car, si j'écris ces mémoires, c'est pour que mon fils bien-aimé puisse, un jour, faire justice. Jules n'ignore rien de ce que fut ma vie. Je tenais à ce qu'il m'aime et me respecte pour ce que je suis véritablement. L'amour, qu'il soit filial ou autre, n'a besoin que de vérité.

Je suis née Anne-Antoinette Clavel, à Strasbourg, le 16 décembre 1756. J'étais l'aînée de deux autres enfants, Amélie et Joseph.

Sous la règne de Louis XV, Strasbourg était une ville de garnison, très gaie, assez riche, et qui aimait les fêtes. Fêtes qu'organisait souvent le coadjuteur, prince-évêque de Rohan, de si triste mémoire... Mon père, Jean-Pierre Clavel, musicien de son état, était attaché comme maître de chant et chef des chœurs à l'Académie de musique de Strasbourg. C'était un homme totalement incroyant, franc-maçon, et rousseauiste convaincu. Sa bible était l'*Émile* dont il appliquait à la lettre les théories. Mettant ses convictions en exercice, il exigeait que ma petite sœur, Amélie, mon petit frère, Joseph, et moi fussions éduqués comme si nous devions devenir des savants. Il aimait ses frères en maçonnerie et nous expliquait que « la lumière de la connaissance » était la première source de liberté... « La pire des prisons est l'ignorance », disait-il. J'avais l'esprit curieux, éveillé, et je comprenais vite. Très jeune, j'ai su lire le français, l'italien et le dialecte germanique. Mon père nous avait d'abord envoyés à l'école tenue par l'évêché de Strasbourg, mais il nous en retira dès qu'il se rendit compte qu'on y donnait trop d'importance à la religion. En effet, nos journées d'écoliers débutaient vers sept heures du matin par la prière faite en commun. Ensuite, étude de l'Écriture sainte... Puis venait une collation, suivie de la messe, avant d'apprendre enfin les matières nécessaires à l'instruction. Nous dînions vers midi, et cela recommençait l'après-midi. « Tant d'heures perdues, consacrées à l'apprentissage de la religion !... », fulminait mon père. Donc il nous retira de l'école et prit une gouvernante pour nous, les filles, et un précepteur pour mon petit frère Joseph. Notre gouvernante, Mlle Gertrude de Loménie, était une jeune fille appartenant à une branche cadette et ruinée d'une illustre famille aristocratique. Elle était sotte, gentille et très puritaine. Le précepteur de mon petit frère était un étudiant de Leipzig qui achevait ses études à l'université de Strasbourg, Heinrich Gatz. Il ne faut pas croire que la discipline exigée par mon père était plus souple qu'à l'école. La seule matière dont nous étions dispensés était la religion mais, sur les heures ainsi gagnées, mon père avait ajouté cours de clavecin pour nous, les filles, et de violon pour Joseph ; chaque jour, nous avions droit à un cours de théorie musicale, de maintien, de danse, de diction, bref, nous n'avions pas un instant de libre.

Dès lors que l'on essaie de faire revivre, grâce à son imagination, les traits des êtres autrefois aimés et qui ne sont plus, d'innombrables souvenirs surgissent à la mémoire, se pressent, pêle-mêle, et se succèdent dans une confusion démentielle qui, pourtant, obéit à une rigoureuse logique. Ainsi, lorsque je m'efforce de me rappeler mon père, tel qu'il était, j'entends d'abord sa voix sonore, ses éclats de rire ; je vois sa chope de bière fraîche sur la vaste table de la cuisine ensoleillée ; j'entends la voix de ma mère encore invisible ; et, enfin, je vois mon père s'encadrer dans la large porte-fenêtre qui ouvrait sur le jardin...

Il était ce qu'on appelait un bel homme. Grand, très blond de cheveux, le teint un peu rouge de ceux qui aiment la bonne chère, le vin, la bière et les aventures. Pacifique, bienveillant, adorant ma mère, bien qu'il la trompât avec tous les jupons qui passaient à sa portée. Ses colères étaient aussi violentes que brèves. Après avoir crié, tempêté, menacé, il implorait son pardon, embrassait, câlinait, et tout était oublié... jusqu'à la prochaine tempête. Son métier l'obligeait à se coucher très tard, et souvent, de ma chambre dont la porte était toujours ouverte, je l'entendais qui rentrait sur le minuit. Ma mère lui préparait alors une collation, et je les entendais rire et bavarder. Je m'endormais, heureuse, tranquille. Tout était bien. Rien ne pouvait m'arriver.

De ma mère, née Antoinette Pariset, je retiens l'image d'une femme bonne, tendre, émerveillée devant son mari et devant ses enfants qu'elle adorait. Comme je l'ai déjà dit, je suis l'aînée ; mes petits frère et sœur sont nés, respectivement, Joseph en 1765, Amélie en 1767. On peut s'étonner de l'écart qui existe entre nous. C'est que deux autres enfants, nés immédiatement après moi, sont morts dans leur première année d'existence. Je m'en souviens mal, seulement du regard, grave et triste de ma mère.

Je n'imaginais pas ma vie sans que ma mère, que Dieu ait son âme, fût constamment à mes côtés. Elle n'aimait pas sortir ni courir les bals et autres mondanités, préférant, et de loin, passer ses soirées à discuter philosophie et musique avec ses amis. Elle possédait ce que les philosophes appellent un esprit curieux, éclairé, et, bien que fort pieuse, elle acceptait la libre-pensée. Elle exigeait cependant que ses enfants reçussent un minimum d'éducation religieuse. Nous allions donc à la messe tous les dimanches matin, et je fis ma communion solennelle. Sans trop de conviction religieuse, ravie d'une toilette neuve, dans laquelle je fus admirée par toute la famille réunie.

Ma mère se félicitait quotidiennement de la vie calme et tranquille qu'elle menait. Elle lisait beaucoup, avait une passion pour Jean-Jacques Rousseau, dont elle ne se lassait pas du *Discours sur l'origine et les fondements de l'inégalité parmi les hommes* et, comme ses semblables, pleurait sur les fameux poèmes d'Ossian. Chaque matin, levée à six heures, hiver comme été, elle s'agenouillait sur son prie-Dieu, et priait une demi-heure environ, ce qui, invariablement, attirait maints ricanements de la part de mon libre-penseur de père. Ma mère le laissait dire puis, finissant sa prière, elle disait à voix haute, en se signant : « ... Et protégez mon mécréant de mari que j'adore. Ainsi soit-il. »

Nous habitions une vaste maison à colombages, sise au milieu d'un grand jardin, ou un petit parc, comme on voudra, ceint de murs épais. Au centre de ce parc, un tilleul, plusieurs fois centenaire, offrait une cache imposante. Si je mentionne ce tilleul, c'est qu'il a joué un rôle important dans ma vie. Je m'y cachais, enfant, lorsque je voulais échapper à une punition méritée ; plus tard il fut le lieu privilégié de mes premières amours. Comme la mémoire est curieuse ! L'on pense à une chose, et une kyrielle d'autres vous viennent à l'esprit, sans rapport avec ce que vous pensiez auparavant. L'on dirait qu'une porte s'ouvre sur une succession de souvenirs qui se pressent en ordre disparate, sans lien apparent entre eux. Et pourtant... Ce tilleul, par exemple, qui n'existe plus que dans ma mémoire. Que n'évoque-t-il pas ! Mes pleurs et mes joies, mes rêves, mes déceptions... Chaque saison changeait sa parure et cela m'enchantait.

Revenons à mon récit. Strasbourg est une fort jolie ville traversée par le Rhin, où enfant j'appris à nager. Le cœur serré, je me souviens de ces jours, de l'enfance étourdie, du fleuve étincelant et pur, des lavandières qui chantaient en chœur, des chansons fort grivoises dont je ne compris le sens que des années plus tard.

Un couple de domestiques, Gretzel et Hans, s'occupait du ménage de mes parents, et l'essentiel de nos besoins journaliers étaient couverts par une petite ferme située à une dizaine de lieues de Strasbourg, dont les parents de ma mère, mes grands-parents Pariset, s'occupaient. Si nous étions fort loin d'être riches, je dois dire que je n'ai jamais manqué de rien de ce qui est essentiel à la santé et à la bonne éducation. Jusque vers l'âge de treize ans, mon père assura mon éducation musicale. Il me trouvait merveilleusement douée et il est vrai que, déjà, virtuose du clavecin, je pouvais chanter avec « tant de goût et de légèreté » (c'était l'avis de mon entourage) que je faisais l'admiration de mon auditoire. Je partageais sans restriction l'avis de mes parents quant à mon exceptionnel talent.

Bien que très tendres, ils étaient plutôt sévères sur notre éducation, craignant surtout pour moi lorsque j'atteignis l'âge de mes menstrues. Il y avait au théâtre de Strasbourg, et dans l'entourage même de mes parents, des individus peu recommandables. « Des aristocrates », sifflait mon père avec mépris. Ces gens-là avaient tous les droits, y compris celui de briser à jamais l'existence d'innocentes jeunes filles. Aussi, afin d'éviter de mauvaises rencontres, mes parents étaient-ils très vigilants. Sans arrêt, ils évoquaient devant moi le trop fameux « parc aux Cerfs ». Un enclos situé rue Médéric, à Paris, où l'on envoyait des enfants de dix à quatorze ans pour le plaisir du Roi. Sans doute mes parents exagéraient-ils la gravité, ou même la vérité, de ces racontars, mais leurs craintes étaient réelles. Nous, les enfants, le sentions très vivement lorsque des fêtes étaient organisées au palais de Rohan qui jouxtait notre maison. Alors, gouvernante et précepteur avaient ordre de nous enfermer avec interdiction formelle de sortir pour quelque motif que ce soit, sans être dûment accompagnés d'au moins une grande personne. Ces menaces, loin de m'effrayer, me mettaient dans un étrange état de langueur, d'exaltation, de peur et d'émoi. Je rêvais d'enlèvements, de passions, et de tout ce qui m'était encore inconnu... Émerveillée, de ma fenêtre, je voyais des équipages se rendre au palais. Les femmes étaient dans leurs plus brillants atours, et les hommes ne le leur cédaient en rien dans l'art de l'habillement. C'était, pour les deux sexes, une débauche de satin, de soie, de bijoux, de fourrures. Alors je rêvais. Je « me » rêvais. Brillante, célèbre, luxueusement vêtue, me rendant dans un palais brillamment éclairé, où m'attendait quelque chose de terrifiant, de mystérieux, d'extraordinaire...

Lorsque j'atteignis l'âge de treize ans, il fut évident que ma voix serait exceptionnelle. Je couvrais facilement trois octaves, et pouvais chanter aussi bien les rôles de mezzo-contralto que de soprano. Je dois l'avouer, j'adorais me mettre en avant, entendre les applaudissements lorsque j'interprétais quelques airs à la mode. Je ne me lassais pas des compliments, des louanges, de ces mots si doux à entendre et qui font de vous une pure merveille... La renommée de ce talent précoce se répandait partout dans la ville, et l'on me demandait souvent de venir chanter, dans une réception, un bal, un souper. Mon père refusait toutes les propositions. « Il faut attendre encore. Le fruit n'est pas mûr. Il ne faut rien gâcher. Et attendre... » Ce qui me mettait en rage, persuadée que j'étais d'être tout à fait prête à me produire en public, à interpréter tous les rôles, à atteindre enfin richesse et célébrité. Mais mon père avait toute autorité sur moi... Il me fallut donc attendre « avec de la patience... », vertu dont je manquais singulièrement.

L'attente forcée ne me convenait pas. Je rêvais passionnément d'une autre vie, aventureuse et dangereuse. Je rêvais de Paris, de Berlin, de Vienne. Du monde entier. Il me fallait l'aventure... Dieu, hélas, a comblé mes vœux au-delà de mes espérances. Et de cela, peut-être, mon père est-il quelque peu responsable. Il m'avait habituée à demander à la vie l'impossible. « C'est bien le moins qu'elle puisse offrir ! » disait-il en riant.

A l'âge de la puberté, ce moment imprécis où la fillette laisse place à la jeune fille, je devins morose, sombre, me réfugiant dans la lecture et la musique qui furent pour moi des passions poussées jusqu'à l'extrême. Je dévorais livres et partitions, et rien n'aurait pu m'arracher à ce plaisir. Ma vanité grandissant plus vite, je pense, que mon talent, je me félicitais chaque jour d'être née si douée par la nature, si vive d'esprit, que je faisais l'orgueil de mes parents et grands-parents. Je rêvais de fuite, d'enlèvement. « Avec ma voix... je ferai le tour du monde. » Ce m'était une certitude absolue. « Avec ma voix... » C'était là mon orgueilleuse devise, mon sésame, ce qui devait m'ouvrir les portes de la renommée et de la richesse... avec ma voix.

Pourtant, je ne le répéterai jamais assez, j'ai été une fillette, puis une adolescente heureuse. Dans ce monde où la corruption et le libertinage faisaient florès, mes parents avaient su préserver un îlot de bonheur honnête et paisible. Nous étions une famille aimante et unie. Et c'est là, sans doute, la plus grande richesse que peut recevoir une enfant.

Mon éducation, outre l'art du chant, fut extrêmement soignée. Ma mère insistait beaucoup sur l'art et la manière de se conduire en société. Il est des usages inutiles mais nécessaires, qu'il est précieux d'avoir en sa possession : l'art de se tenir à table, de boire, de manger sans se salir, de rire mignonnement et non comme j'aimais à le faire. J'entends encore ma chère maman me dire de sa voix douce : « Une jeune fille comme il faut doit se tenir droite, ne jamais répondre à qui que ce soit à moins que ses parents ne l'y autorisent, ne jamais rien accepter de personne qui soit étranger à sa maison. » Oh ! ma mère bien-aimée et ses sermons, ses remontrances, comme tout cela me manque à cette heure ! Que n'ai-je encore son oreille pour y verser mes confidences, demander conseil. Combien me manque aujourd'hui ce seul amour qui jamais ne ment, qui console, qui guérit. Et moi, incroyable sotte, j'ai gâché, saccagé, cette richesse qui m'était donnée, cette période d'inconscience, de gaieté et d'espoir. J'étais persuadée que ma jeunesse durerait éternellement, que la vieillesse ne m'atteindrait pas, que j'offrirais toujours, aux regards posés sur moi, la même peau blanche et fraîche, le même visage pur où l'enfance avait laissé quelques traces puériles.

Il est, parfois, des événements qui, au premier abord, n'ont véritablement aucune incidence majeure sur votre vie... Et pourtant, des années plus tard, l'on se rend compte que ces événements qui, a priori, ne vous touchaient en rien, furent, en définitive, ce qui fit basculer votre existence, sans même que vous en fussiez consciente. C'est ce qui m'arriva en mai 1770.

Jamais je n'oublierai ce printemps et les fêtes données à Strasbourg pour la future dauphine de France, Marie-Antoinette d'Autriche. Je n'étais plus une petite fille, mais pas encore une jeune fille. L'enfance se détachait de moi lambeau par lambeau, et cette année-là, bien que je fusse très fière de voir mon sang couler chaque mois, cette enfance était encore très ancrée lorsque, avec d'autres fillettes et garçonnets de mon âge, nous courions à perdre haleine derrière le cortège de l'archiduchesse d'Autriche, Marie-Antoinette, qui entrait dans Strasbourg où l'attendait le prince de Rohan. Non, jamais je n'oublierai les fêtes données en l'honneur de cette future union royale. Mes parents, convoqués à Versailles, nous avaient laissés, nous les enfants, aux bons soins de nos précepteur et gouvernante et de nos deux domestiques. Avant de partir, ma mère m'avait fait ces recommandations : « Maintenant que tu es une jeune fille, tu dois te montrer très raisonnable, et surveiller tes frère et sœur avec beaucoup d'attention et de vigilance. Ne sors jamais seule ! Souviens-toi de ce que ton père et moi te répétons sans cesse. Tu seras raisonnable, n'est-ce pas ? Tu me le promets ? Tu me le jures ? »

Peut-on vraiment demander à un volcan, prêt à exploser,

d'être raisonnable ? Cependant, adorant ma mère, je lui promis et lui jurai ce qu'elle voulut...

Que l'on imagine un instant ce que peut éprouver une fillette de treize ans et demi, livrée à elle-même dans une ville en liesse ! Dans chaque rue, à chaque carrefour, fleurissait le costume traditionnel alsacien, si gracieux.

J'étais heureuse de tirer à hue et à dia mes petits frère et sœur, trop jeunes pour goûter la beauté de cette journée, en compagnie de notre gouvernante, elle-même perdue d'excitation, oubliant toute retenue, et n'ayant d'yeux que pour le cortège royal.

L'entrée de l'archiduchesse fut magnifique. Des centaines de pétales de roses s'envolaient dans le ciel, tandis que fusaient les vivats, les « Vive l'archiduchesse d'Autriche »... A cela s'ajoutaient des exclamations extasiées : « Dieu qu'elle est jolie !... », « Si jeune ! Quinze ans à peine ! », « Quelle reine de France nous aurons là ! Une vraie beauté ! » Des centaines de tables avaient été dressées dans les rues, pour le peuple strasbourgeois. Pâtés, rôtis, poulardes, pains, fontaines de vin. Tout était à profusion... Le peuple s'empiffrait de mangeailles. Pour beaucoup, des miséreux, plus habitués au pain sec et à une soupe claire, cette débauche de nourriture valait le Paradis. Devant le palais du prince-cardinal, jongleurs, acrobates, danseurs, musiciens s'en donnaient à cœur joie. Plus audacieuse que Mlle de Loménie, toujours un peu craintive, je fis jouer mes coudes, pinçai quelques bras, marchai sur quelques pieds et, bientôt, nous fûmes tous quatre au premier rang, à peine séparée de la Dauphine par une barrière et quelques gardes suisses. J'eus enfin le loisir d'observer la future reine de France. Éblouie par sa grâce enfantine, je pensai : « Elle a mon âge et elle se marie !... » Bien qu'à y songer, il s'en fallût de deux ans pour que je puisse me prétendre la contemporaine de l'archiduchesse. Chez moi, on avait beaucoup jasé sur elle. Sur son éducation catholique, sur sa gaieté, sur sa beauté... Sur l'importance de cette alliance entre la France et l'Autriche, sur les multiples tractations entre la cour royale de Louis XV et l'impératrice Marie-Thérèse. Mais personne n'avait dit ce qui me sautait aux yeux : Marie-Antoinette d'Autriche était une enfant de mon âge !

Le cortège allait au pas. De part et d'autre de la rue principale, les Strasbourgeois acclamaient la future dauphine de France. Les jeunes filles des grandes familles suivaient le cortège, jetant des fleurs que les badauds s'empressaient d'attraper au vol.

Je ne suis pas certaine de n'avoir point été piquée par une féroce jalousie. J'aurais tant aimé me retrouver vêtue d'une jolie robe à paniers, un ruban de velours noir ceignant mon cou, les bras chargés de corbeilles de fleurs, et ma belle chevelure ramassée en un énorme chignon de boucles et de rubans.

Pour la première fois de ma jeune existence, je pris conscience du fossé, que dis-je, du gouffre qui séparait l'aristocratie de la plèbe, et de la profonde injustice de cet état de choses. Qu'avaient-elles de plus que moi, ces pimbêches qui nous regardaient d'un air supérieur ? Rien, sinon la chance d'être « nées ». Mais, pensai-je, en proie à une incompréhensible fureur : « Moi aussi, je suis née ! Et moi, j'ai du talent ! » Soudain mon regard fut attiré par un groupe de cavaliers qui escortaient le carrosse du prince-évêque de Rohan et de son neveu, celui-là même que mon père avait surnommé monsieur le Vaurien. Dès que mon père prononçait ce mot, nous savions de qui il voulait parler.

Agé de trente-huit ans, encore très beau, le prince de Rohan avait la réputation d'être aussi intelligent qu'ignare. Il joignait des manières exquises, affables et souriantes, à une morgue hautaine. Sans frein dans ses passions, sans limite dans ses mœurs dissolues, dépensant sans mesure, spéculant plus encore, jouant, trichant, il savait charmer, ensorceler même, quiconque l'approchait. Une ruine prochaine allait le réduire à néant mais nous n'en étions pas là, et il portait beau, souriant, fier de sa personne.

Pourtant ce ne fut ni le prince ni son neveu qui attirèrent mon regard, mais un fort beau cavalier. Il me parut vieux. Au moins dix-huit ans. Dire que je fus immédiatement conquise par ce bel inconnu resterait au-dessous de la vérité. J'étais fascinée, envoûtée. Imaginez un jeune homme de haute taille, superbement vêtu de satin blanc, une perruque blanche retenue en catogan sur la nuque, et des yeux noirs, brillants, qui un instant se posèrent sur moi lorsque son cheval passa près du lieu où je me trouvais. Il se dégageait de lui, malgré ses beaux atours de satin blanc, une puissance animale et assurée, véritablement dominatrice. Si bien que, devant lui, je restai complètement paralysée. Nous nous fixâmes un moment. Moi, dans l'incapacité d'esquisser un mouvement ; et lui... rieur, moqueur, détournant son regard, dit à voix haute, à son compagnon : « Regarde donc cette enfant ! Si elle pouvait me manger, je n'existerais plus... » Et son compagnon de répondre : « Laisse donc, Philippe. Elle est encore trop jeune. Tu vas t'attirer des ennuis. »

Il y avait longtemps que le cortège de l'archiduchesse avait disparu ; je pris par la main mon petit frère et ma petite sœur, et rebroussai chemin vers ma demeure. Un nom chantait dans ma cervelle d'enfant : « Philippe... Il s'appelle Philippe. »

Cette nuit-là, allongée sur mon lit, je pus tout à loisir revenir sur cette trop courte scène. Et rêver, rêver encore sur l'instant précis où son regard avait rencontré le mien, sur le choc que j'en avais ressenti. Choc qui se traduisait par un étrange frisson, fort agréable d'ailleurs, dans mon corps, et que je ne pouvais calmer qu'en caressant précisément « l'endroit interdit » par mon confesseur. A qui je ne dis jamais ce que je faisais lorsqu'il me demandait, avec trop d'insistance et d'une voix qui me gênait : « Vous touchez-vous "là où il ne faut pas" ?

– Non, jamais, mon père... », répondais-je suavement.

Et je recevais, sans honte, l'absolution de mes péchés, y compris celui de mensonge...

Une année, puis deux s'écoulèrent et, petit à petit, j'oubliai presque cette rencontre fortuite. Il se passa dans mon corps la révolution que connaissent les fillettes lorsqu'elles deviennent de vraies jeunes filles, et je fus ravie de voir mes seins se former, mes hanches s'arrondir, et ma taille grandir si bien que je dépassais ma mère d'une demi-tête. La mode étant aux petites femmes rondes, il était évident que je ne correspondais en rien à ses diktats. Je me trouvais géante parmi des nains et, si je l'avais pu, j'aurais volontiers arrêté ma croissance à cinq pieds. Mais celle-ci se poursuivit, à mon grand désespoir, jusqu'à cinq pieds trois pouces.

Lorsque j'atteignis mes quinze ans, contrairement à mes compagnes j'étais toujours vierge. Ce qui, vu les circonstances, vivant et grandissant dans ce milieu du théâtre extrêmement libertin, était assez étrange. Vierge, sans doute, mais point innocente. En effet, malgré la vigilance de mes parents, les coulisses et les loges offraient à mes yeux d'adolescente plus de spectacles incongrus qu'il n'était nécessaire pour m'éclairer sur les débordements auxquels pouvaient se livrer hommes et femmes.

Je savais déjà beaucoup de choses que, sans doute, j'eusse dû ignorer. Les premières fois où je surpris quelques scènes galantes, je n'y compris pas grand-chose. A vrai dire, rien... Les cris, les ris et les soupirs m'amusaient, sans plus. Quelques scènes et quelques semaines plus tard, je compris tout à fait et ne pensai plus qu'à cela, sans informer ma mère de mes découvertes car sachant fort bien, au demeurant, qu'elle m'eût interdit désormais de folâtrer seule dans les coulisses. Je fis une autre découverte. Peut-être fut-elle pour moi une sorte de révélation, disons de promesse... Il me fut confirmé incidemment que, quoique douée d'une voix exceptionnelle, je n'étais ni ne serais jamais considérée comme une belle femme. « Une jolie-laide, une séductrice... », entendis-je un jour dire le maître de ballet qui m'enseignait l'art de la danse. « ... Une jolie-laide qui mettra le monde à ses pieds si elle le veut... Point belle... mais mieux que cela... beaucoup mieux ! » Il me regardait fixement avec un air qui me fit rougir. Ses paroles ne cessaient de tournicoter dans ma tête : « Une jolie-laide qui mettra le monde à ses pieds si elle le veut[1] ! »

1. En ce qui concerne la beauté de Sophie de Saint-Huberty, les avis sont très partagés. La baronne d'Oberkirch (dans ses Mémoires) raconte qu'elle

Si je le voulais ? Mon tempérament le voulait ! J'avais des exigences telles que je n'en dormais pas la nuit. Ma pauvre mère ne pouvait que constater parfois, le matin, les ravages provoqués par cet impétueux tempérament. Elle me trouvait pâle, les yeux cernés, sans appétit. Je ne pouvais rien dire. Mes insomnies étaient peuplées de jeunes garçons entreprenants.

Souvent, « dans le simple appareil d'une femme au réveil », je m'observais longuement dans la glace qui ornait l'armoire de ma chambre. J'étais certes d'une taille très au-dessus de la moyenne, beaucoup trop mince pour la mode et pour mon âge, mais avec des seins pleins et fiers qui n'avaient nul besoin du corset pour les maintenir, une taille fine, des hanches légèrement arrondies, une peau blanche, laiteuse, que ma toison rousse illuminait. Mes cheveux cascadaient jusque mes reins. « Une jolie-laide... », pensais-je rêveusement. Pourtant, ce que le miroir me renvoyait était l'image même de la beauté. Et j'en étais parfaitement consciente. Il est vrai que je ne correspondais en rien aux canons de la mode qui exigeaient des femmes une taille fine, des épaules grasses mais étroites, un visage ovale, un menton plein, un front haut et bombé, une bouche petite et boudeuse. Pour ma part, mon front était plutôt bas, mon visage carré avec une mâchoire forte et bien marquée ; mes cheveux étaient d'une particulière beauté. D'un blond ardent, presque roux. Si abondants que je n'eus jamais besoin de perruque. Il

---

a été éblouie par sa beauté. Chateaubriand a été également fasciné. Ces deux personnages ont *vu* Sophie de Saint-Huberty ; ceux qui émettent des réserves sur sa beauté ne parlent que par ouï-dire, et cinquante ans après sa mort.

me suffisait de les crêper et de les poudrer de blanc. « Une jolie-laide... » Qu'est-ce que cela signifiait ? Parlait-on de mon nez petit, impertinent, légèrement retroussé ? De ma bouche trop grande, trop dessinée ? Ou alors de mes yeux, « à fleur de tête... », d'un bleu très fondé, cillé de brun ? Ma peau et mon teint étaient, l'un et l'autre, irréprochables.

Ma gouvernante, la pauvre femme, me rebattait les oreilles du matin au soir : l'amour se passait seulement entre le cœur et les âmes, et il ne fallait jamais penser qu'il pourrait y avoir autre chose... « Ce qui serait un péché très grave ! » concluait-elle, persuadée de m'avoir convaincue. Aussi décidai-je que le premier jeune garçon qui se présenterait, et qui me plairait, serait bon pour ma première expérience. Je ne rêvais pas d'amour dans le sens romanesque du terme. Je voulais un amant. C'est tout. Il est aisé de penser que, impatientée et tourmentée comme je l'étais, je ne fus pas longue à trouver preneur de ce pucelage qui me pesait.

Parmi les jeunes ténors engagés à l'année à l'Académie de musique de Strasbourg, l'un d'eux, Arnold Gerber, me regardait beaucoup. Puis rougissait et détournait les yeux dès que je surprenais son innocent manège. Il arrivait souvent que le prince-évêque de Strasbourg fît appeler une troupe en renfort lorsqu'un opéra difficile à monter allait être donné par l'Académie de musique de Strasbourg. Ce fut le cas ce printemps-là – on devait donner, à l'automne suivant, *Le Couronnement de Poppée* de Claudio Monteverdi. C'est peu dire que de prétendre que cet Arnold Gerber me plaisait ! Je crois que j'en étais amoureuse comme n'importe quelle adolescente de quinze ans peut l'être d'un jeune homme à peine plus âgé. Il était si joli garçon ! Dix-huit ans environ, un teint de jeune fille, des cheveux noirs noués en catogan sur la nuque, des culottes qui dessinaient joliment des cuisses musclées et, ma foi, une fort belle voix de ténor léger, très agréable à entendre.

Arnold m'adressait de nombreux compliments et ce, devant mes parents, qui, chaque fois que je venais au théâtre, étaient toujours après moi. Ces compliments me séduisaient beaucoup, mais c'était surtout le regard qui les accompagnait qui me ravissait. Mes parents ne se formalisaient pas de cet innocent manège. Ils en riaient, me taquinaient, sans pour autant relâcher d'une seconde leur vigilance à mon égard.

Parfois, au détour d'une coulisse, je sentais derrière moi Arnold Gerber qui me frôlait d'un peu trop près, comme par inadvertance. On peut imaginer combien cet imperceptible frôlement me troublait. Un jour, mon père, très occupé avec une cantatrice récalcitrante devant une répétition, m'avait abandonnée aux soins de ma mère. Aux prises avec l'accompagnement du chœur, celle-ci ne me prêtait plus qu'une attention un peu distraite. Livrée à moi-même, j'errais, seule, dans les coulisses, guettant avidement. Soudain ma taille fut enlacée par deux bras puissants et mes lèvres emprisonnées par une bouche ardente... ce fut là mon premier baiser. Étrange chose que le baiser... Étrange, et pourtant si naturelle. Les bouches se rencontrent, les langues se mêlent l'une à l'autre, les souffles se confondent ; alors il se produit dans le corps une sorte de bouleversement intense. Une douce folie nous saisit. On ne sait où cela pourrait s'arrêter, et l'on souhaite atteindre, au plus vite, cette chute vertigineuse qui nous entraîne vers un gouffre sans fond.

Arnold Gerber me dit d'une voix très basse : « Je vous en supplie, je ne dors plus, je ne mange plus. Il faut que je vous voie. Cette nuit... après la représentation, je vous attendrai... Toute la nuit, s'il le faut. Dites-moi oui... »

Je n'étais point étonnée. Peut-être attendais-je cela ? Peut-être était-ce ce que je cherchais dans les coulisses, cette voix qui chuchotait à mes oreilles, ces bras qui m'enlaçaient, cette fièvre qui soudain me faisait trembler, ce baiser incandescent qui me faisait si violemment désirer la suite.

Je murmurai ce « oui » qui, je l'espérais, me délivrerait de mes tourments, et lui indiquai que l'endroit le plus propice pour une rencontre était le parc de ma maison, dans le creux du vieux tilleul... A peine avais-je fini de donner ces indications que je vis paraître ma mère. Elle nous dévisagea, Arnold et moi, mais nous affichions l'un comme l'autre un air innocent. La demi-obscurité qui règne toujours dans les coulisses d'un théâtre dissimulait ma rougeur et mon trouble.

C'en était fait, maintenant. J'avais jeté mon dévolu sur Arnold, j'avais dit « oui »... et j'imaginais ce qui m'attendait cette nuit.

Jamais le souper ne me parut si long. Mes parents me parlaient comme si de rien n'était, ce qui acheva de me convaincre qu'ils ne se doutaient de rien.

Toujours est-il que, sur le coup de minuit, je sortis, sans faire le moindre bruit, de la maison paternelle afin de rejoindre cet amoureux que le ciel m'envoyait. Je m'en souviens comme si c'était hier. Les lilas et les roses embaumaient. La lune était dans son plein. Tout était si beau, si calme, si pur. J'ai toujours aimé la nuit. Toutes les nuits, de n'importe quelle saison. La nuit embellit tout. Quand les étoiles scintillent dans les cieux, quand se répandent sur la campagne ce calme infini, cette splendeur silencieuse, immense, une étrange langueur vous envahit, vous pacifie. Alors on se sent à la fois infiniment petit, perdu dans l'immensité des choses, et pourtant unique... Cette nuit-là, je l'attendais depuis si longtemps ! Je lui demandais un amant. Elle allait me l'offrir, un amant comme je le désirais, ferme, beau, tendre... Je courais, pieds nus dans l'herbe, sous l'éclat de la lune vers cette douce certitude. Rien n'aurait pu m'arrêter.

Combien je regrette ces instants bénis, si rapides, si vite enfuis, où rien ne compte que l'immédiate satisfaction d'un caprice d'enfant. L'amour, alors, se pare de toutes les grâces, et dissimule ses flèches empoisonnées. On aime parce que l'on a envie d'être aimé. Et, encore une fois, l'âme n'a rien à voir dans cet amour-là. C'est le corps qui parle, qui exige de toutes ses jeunes forces ce pour quoi il a été créé.

Arnold m'attendait. Raison et sens m'avaient abandonnée. Je ne pensais qu'à ce feu qui me dévorait. Je ne désirais plus que sentir les bras d'Arnold me serrer, sa bouche se presser contre la mienne. Jeune et ardent, il s'inquiéta d'autant moins de ma virginité qu'il était persuadé qu'il y avait longtemps déjà que je n'avais plus mon pucelage. Aussi, lorsqu'il pénétra dans mon intimité, il le fit avec une force qui m'arracha un cri. Je sombrai dans un gouffre où douleur et plaisir se mêlaient étrangement. Plus rien n'existait pour moi à cet instant précis. Puis, enfin, les battements furieux de mon cœur se calmèrent, la fièvre passionnée qui brûlait mon corps disparut et, lentement, je repris conscience du monde environnant. C'est ainsi que je devins femme, sans autre formalité.

Arnold ! Qu'est-il devenu ce premier homme qui m'a fait connaître le plaisir d'être une fille... Plaisir charnel si intense que, une fois qu'on y a goûté, il devient impossible de s'en priver. Comme ma mémoire aime revenir sur cet épisode de ma vie... J'étais si jeune alors, si avide de vivre, de tout connaître.

A partir de ce baptême du corps, je sus, et pour toujours, que rien de meilleur ne pouvait arriver à une femme. Je n'ai jamais changé d'avis. Maintenant il paraît que, l'âge venant, j'aurais dû m'assagir quant à ces transports. Il n'en est rien... Le corps, même vieilli, exige son dû de plaisir et de tendresse.

Cette nuit-là (qui fut suivie de beaucoup d'autres), non seulement je dormis beaucoup mieux, mais il me sembla même que j'embellissais. (Du moins l'espérais-je. Cette expression de « jolie-laide » me pesait sur le cœur.) En tout cas, les jeunes artistes mâles, et à mon grand étonnement quelques femelles aussi, se pressaient autour de moi comme abeilles autour des fleurs nouvellement écloses. Arnold, ce pauvre innocent, rêvait d'épousailles, de mariage, d'enfants, je ne sais quoi encore ! Pour moi, il n'en était absolument pas question. D'abord, j'étais trop jeune pour y songer, en outre je me voyais mal me lancer dans une carrière d'actrice lyrique, encombrée d'un mari et d'enfants inopportuns. Ne demandez pas à un jeune couple d'amants comment il parvenait à tromper la vigilance de parents soucieux de l'honneur de leur fille. Lorsque la nature parle, il n'y a rien qui puisse les empêcher de se rejoindre... Je précise qu'Arnold, malgré son jeune âge, avait suffisamment d'expérience amoureuse pour que je ne fusse jamais inquiète quant aux conséquences de nos débordements passionnés.

Au cours de cet été-là, mes parents me firent auditionner devant le directeur de l'Académie de musique et le neveu du prince-cardinal de Rohan, dont la réputation de coquin et de libertin n'était plus à faire. Dans mes souvenirs, ce qui domine, ce sont les affres et les angoisses de ma mère qui, ce soir-là, ne me quitta pas d'un pouce. J'eus l'heur de plaire à Monsieur le neveu, et je fus immédiatement engagée dans les chœurs sur la base de trois ans, avec de faibles émoluments, vu mon très jeune âge et mon inexpérience... Monsieur le neveu, futur héritier de son oncle, le prince-évêque de Rohan, me fit demander à souper. Mes parents refusèrent, arguant, outre mon jeune âge, une maladie qu'ils inventèrent sur-le-champ, et me firent promptement partir me reposer chez mes grands-parents à la campagne. Ce qui arrangeait particulièrement mes affaires. J'étais on ne peut plus heureuse. Là, moins de surveillance permanente, donc davantage de liberté. Je voyais très souvent mon cher Arnold qui, chaque fois qu'il le pouvait, venait me rejoindre chez mes grands-parents qui ne voyaient aucun mal à ces leçons de musique et de chant qu'il m'offrait si gracieusement.

A mon âge, les amours qui naissent au printemps, et qui s'épanouissent en été, ont toutes les chances de mourir en automne.

Vers la fin du mois de septembre, mes parents me firent

revenir à Strasbourg : mon apprentissage d'artiste lyrique allait commencer sérieusement...

Je côtoyais maintenant Arnold presque quotidiennement et mes parents ne s'offusquaient pas de cette amourette dont ils ne soupçonnaient pas la véritable nature. Ils pensaient naïvement qu'Arnold avait une excellente influence sur moi. En effet, j'étais d'une humeur charmante, enjouée à l'extrême, gentille avec mon entourage.

Très souvent mon cher amant me parlait de Philippe Croisilles de Saint-Huberty qui venait, malgré sa jeunesse, d'être nommé directeur général des Menus-Plaisirs du roi de Prusse. J'ignorais ce que signifiait exactement « menus-plaisirs » du roi ou du prince. Officiellement, ces termes signifiaient spectacles, musique, divertissements variés. Mais l'on pouvait entendre tant de choses par « divertissements variés »... Arnold ne s'étendait pas beaucoup sur ce sujet qui paraissait le gêner.

« Le roi de Prusse et le prince de Rohan sont des libertins, disait-il en réponse à mes questions.

– Mais encore ? insistais-je. Que peut faire de plus un libertin que ce que nous faisons depuis plusieurs semaines, toi et moi ? »

Arnold me considérait alors avec tristesse. Oui, avec tristesse. Plus exactement, une sorte de tristesse honteuse. « ... Comme tu es encore ignorante, ma pauvre Tonia ! » Le terme me fâchait. « Philippe de Saint-Huberty est un homme très jeune mais de très grand talent, disait-il comme si cela pouvait m'intéresser. Il a exercé tous les métiers du théâtre. Il chante à la perfection, joue la comédie et le drame, sait mettre en scène aussi bien du théâtre que des opéras. C'est un homme d'une exceptionnelle intelligence. Malheureusement...

– Malheureusement ?

– C'est un joueur et un débauché... »

Débauché. Je n'entendais que ce mot dès que le nom de Philippe de Croisilles était prononcé, et il l'était souvent dans ce théâtre où l'attendaient avec impatience quelques jeunes personnes désireuses de se lancer dans l'art lyrique. « Être remarquée par un tel homme, expliquaient-elles, c'est être sûre d'être engagée à Berlin ou à Vienne ! »

Lorsque je m'informai auprès de mes parents, ceux-ci s'écrièrent : « Ce vaurien ? Ce débauché ? Jamais nous ne te confierons à un tel individu ! » Un peu surprise par leur réaction, je me le tins pour dit et ne parlai plus du directeur des Menus-Plaisirs du roi de Prusse.

C'est à l'automne 1772 que j'allais revoir celui qui serait pour longtemps mon âme damnée, ma passion, mon éternelle souffrance...

Au cours de cette soirée, à jamais gravée dans ma mémoire, je devais chanter cette délicieuse et coquine chanson, tout en subtilités, dont chaque vers cache sa signification réelle, une merveille du XVe siècle, dont l'auteur resterait un inconnu... Je pourrais la chanter encore : *L'Amour de moi.*

Le soin de m'ajuster et de me parer fut pour ma mère un grand souci. Je l'ai déjà dit, nous n'étions pas riches. Ce que gagnait mon père comme répétiteur, violoniste, claveciniste et professeur suffisait à nous faire vivre tous les cinq dans une honnête aisance, mais ne permettait pas des folies de toilettes. Les quelques louis que ma mère gagnait en préparant les leçons de musique et en faisant répéter les choristes étaient entièrement consacrés à ses enfants, et aux gages de Hans et de Gretzel, nos domestiques.

Ma mère avait réalisé des prouesses. Et c'est un fait que, lorsque je pénétrai dans le salon où une soixantaine de personnes s'apprêtaient à m'entendre, il s'établit un petit silence flatteur. Pour ma part, je restai interdite, éblouie par le luxe qui m'entourait. Jamais je n'avais vu une telle profusion de cabriolets recouverts de soie fleurie, de jolis meubles laqués, marquetés, de grandes glaces encadrées d'or multipliant à l'infini la lumière des centaines de bougies des lustres de cristal. Enfin je me ressaisis et j'entendis nettement le prince de Rohan dire à un homme assis à ses côtés, plus jeune et extrêmement séduisant, que je reconnus aussitôt : « Voilà un véritable bijou à faire damner un saint. Mieux que jolie... Une séductrice-née ! » Puis il chuchota quelques mots à l'oreille de son compagnon et celui-ci me dévisagea. Son regard... Ah ! son regard me brûla littéralement. C'était lui, l'homme qui chevauchait, deux ans plus tôt, aux côtés du carrosse de l'archiduchesse. Philippe... pensai-je alors, prise de panique devant son regard. Philippe ! J'ignorais encore qu'il s'agissait de ce fameux Philippe de Croisilles de Saint-Huberty.

Tant bien que mal, j'esquissai une révérence devant Madame la Dauphine qui me regardait avec beaucoup de gentillesse. Je perdis un peu l'équilibre, tout à fait la tête, et, pirouettant sur moi-même, n'eus plus qu'un seul désir : prendre la fuite.

En lieu de quoi, je me précipitai vers le clavecin, fis tomber une partition, la ramassai dans une confusion totale et, les mains tremblantes, le cœur battant à se rompre, je plaquai deux accords au milieu des rires de l'assistance. « Comme elle est drôle ! Quelle fraîcheur... Et quelle naïveté ! » Oh ! ces mots sont gravés dans ma tête. Philippe riait de moi, se moquait, m'humiliait en public. Rageuse, je plaquai un autre accord, aussi faux que les précédents, ce qui déchaîna l'hilarité du public. Alors, sans hésiter davantage, je commençai :

L'amour de moi y est enclose
Dedans un joli jardinet
Où croît la rose et le muguet
On y prend son ébattement
Autant la nuit comme le jour
Hélas il n'est si douce chose
Que de ce doux rossignolet
Qui chante du soir au matin et
Quand il est las il se repose...

J'avais oublié mon trouble, ma frayeur. Je possédais la salle par la puissance de ma voix. Certes, je manquais de technique ; mais le public se taisait, m'écoutait. Oui, on m'écoutait ! Avec attention, avec surprise. Ma jeunesse avait charmé, ma voix faisait sensation, je le sentais. C'était, comment dire ? comme si je m'étais dédoublée, comme si un autre moi m'écoutait, et participait au ravissement général.

J'eus droit à ce qu'on appelle un silence admiratif, puis à une salve d'applaudissements.

Je m'inclinai devant le Dauphin et la Dauphine qui m'applaudissaient avec chaleur, et se joignirent au reste de l'auditoire pour me demander de chanter encore. Ce que je fis de la meilleure grâce du monde.

« Je la veux à Versailles ! s'écria Madame la Dauphine. A-t-on jamais entendu si jolie voix ?

– Il en sera fait selon vos désirs, Votre Altesse... », dit le prince de Rohan qui me dévisageait de haut en bas avec une expression qui me fit rougir. J'entendis Philippe de Saint-Huberty déclarer : « Oh ! Je ne pense pas que cette petite fille soit déjà prête pour Versailles ! Laissons le fruit vert mûrir un peu, et voyons ce que cela donnera... »

Au comble de la fureur, j'allais riposter lorsque j'entendis mon père abonder dans le sens de ce malotru. J'étouffais de rage contenue, d'autant que Philippe me regardait d'un air moqueur. Je l'ignorai dédaigneusement et, puisque l'on m'en priait avec insistance, je chantai *O mio dolce ardor* de Gluck.

Ma modestie dût-elle en souffrir, c'est peu de dire que j'eus du succès... Ce fut, vu l'exiguïté du public, un joli petit triomphe. La Dauphine me prit par la taille, m'embrassa affectueusement et me dit : « Dès que vos parents vous jugeront prête, nous vous attendrons à Versailles... » Ce soir-là, je me grisai de ce succès facile, des regards qui s'attardaient sur moi, des mots que je surprenais à la volée : « Physionomie intéressante, vraiment originale... Et cette voix ! Une divine promesse ! », « Elle est ravissante d'expression et de diversité... »

Je sentis soudain un frôlement derrière moi. Ce n'était pas une caresse, et pourtant... j'entendis nettement une voix qui me susurrait à l'oreille : « Mignonne à croquer. » Je devins rouge et me retournai prestement. Mais il n'y avait personne... Philippe, à quelques pas, bavardait avec un homme étrange que je sus, plus tard, être M. de Cagliostro. Et puis, il se passa quelque chose dont je mis quelques mois à me remettre tant cela me fit honte : je m'évanouis ! Trop d'émotion sans doute, trop d'intensité... C'est Philippe de Croisilles de Saint-Huberty qui nous ramena, ma mère et moi. Mais j'étais encore trop faible pour me rendre compte de l'importance de ce geste.

Une semaine plus tard, alors que j'étais seule au salon, étudiant sagement sur mon clavecin, j'entendis sonner à la porte. Gretzel alla ouvrir. Tout d'un coup, je poussai un léger cri de surprise. « Il » était là. Devant moi. Je fixais sa poitrine sur laquelle s'ouvrait une chemise garnie de dentelle. J'avais l'impression de vivre un rêve... L'aimais-je alors ? Je ne sais pas. Ai-je jamais aimé cet homme ? Je ne le sais pas davantage. Tout ce que je sais, c'est qu'à chacune de nos rencontres, de nos séparations, de nos retrouvailles, j'étais blessée de mille flèches, et heureuse de ces blessures.

Je ne sais ce que je balbutiai mais je me souviens très bien de ce que lui me disait d'une voix si chaude, si tendre, si passionnée, qu'à écrire ces lignes j'en frémis encore... Cette voix sombre, virile qui vous atteignait jusque dans les parties les plus intimes de votre être : « Mademoiselle, permettez-moi d'abord de me présenter : vicomte Philippe Croisilles de Saint-Huberty (il mentait comme le vaurien qu'il était ; il n'a jamais été vicomte), directeur des Menus-Plaisirs de Sa Majesté le roi de Prusse. Je suis venu prendre de vos nouvelles. Cet évanouissement nous a tous bouleversés. Je serais venu plus tôt mais c'était impossible. Et je craignais... vos parents, vous comprenez ? » J'acquiesçai en silence. Il reprit : « J'avoue que j'ai guetté le départ de vos parents avant de venir me présenter à vous. Depuis le jour où je vous ai vue et entendue, je vous suis des yeux, je passe mes soirées à l'Opéra dans l'espoir de vous entr'apercevoir. Quand ce n'est pas votre mère ou votre père, c'est votre gouvernante qui monte la garde auprès de vous. Impossible de vous approcher. Dites-moi, y a-t-il un moyen de vous parler sans témoin ? En tout bien, tout honneur, bien sûr ! Je dois prochainement retourner à Berlin. J'ai, là-bas, une troupe de premier ordre. Si vous le souhaitez, je vous ferai auditionner devant le roi de Prusse. Acceptez ! votre avenir est entre vos mains... »

Que répondre ? J'étais pétrifiée par une sensation jamais éprouvée auparavant. Une sorte d'anéantissement absolu de ma personne. Ce n'était pas de la joie, ni même la gaieté joyeuse qui me jetait dans les bras d'Arnold. C'était autre chose. Une chose presque pénible à supporter. Une sorte de panique... Oui, de la panique. Je ne m'appartenais plus. J'appartenais à ces yeux qui me brûlaient, à cette bouche sèche et nerveuse qui se pressait contre ma paume. Puis il partit. Cette visite n'avait pas duré dix minutes. Je restai là anéantie, incapable de faire un geste. Des mots dansaient dans ma tête : « Philippe... Berlin... Si vous le souhaitez... » Si je souhaitais... quoi ? Je n'en savais rien. Berlin... Toutes les jeunes apprenties artistes lyriques ne rêvaient que de cela : que Philippe Croisilles de Saint-Huberty les remarque et les fasse auditionner à Berlin. Devais-je parler à mes parents de cette visite ? Ils l'apprendraient forcément. Gretzel parlerait...

Bizarrement, Gretzel ne dit mot. Maintenant je me souviens de son léger sourire entendu lorsqu'elle me regardait avec malice. Bien sûr, elle avait été complice ! Le lendemain à la même heure, dès que mes parents quittèrent la maison pour se rendre au théâtre, Philippe se présenta de nouveau. Il fut aussi prolixe que la veille ; ses lèvres s'attardèrent plus longuement sur ma paume, et il s'en alla tout aussi promptement. Ce petit manège continua ainsi plusieurs jours. Il arrivait, me parlait de Berlin, de Paris, de mon avenir, de tout ce qu'il allait faire pour moi... Comment n'aurais-je pas été grisée par ces paroles ? Quand je le regardais, l'écoutais, j'éprouvais une impression de pesanteur mortelle. D'abord, je ne voyais que sa bouche frémissante, souriante, mon regard remontait vers ses yeux brillants qui m'observaient, qui me guettaient, qui me donnaient le vertige. Je n'entendais pas ce qu'il me disait. Puis, un jour, il m'embrassa. Encore aujourd'hui, quarante ans plus tard, je sens la brûlure précise de ces lèvres ardentes sur les miennes. Je sens le même frisson parcourir mon corps. Je sens mes mains trembler et mon cœur qui bat... qui bat...

A ce moment précis, la porte s'ouvrit sur mes parents. J'eus tout juste le temps de me libérer des bras qui m'enserraient et de me précipiter à l'autre bout du salon, à une distance convenable de Saint-Huberty. Je tremblais de tout mon corps. Tandis que je m'efforçais au calme, mes parents regardaient d'un air courroucé cet intrus dont ils connaissaient la douteuse réputation. A peine furent-ils polis.

« Que venez-vous faire ici ? dit mon père un peu sèchement. Je n'ai pas été averti de votre visite. »

Saint-Huberty sut trouver, sans doute, des raisons à sa présence :

« Votre fille a eu la bonté de me recevoir. Je vous attendais. J'aimerais auditionner quelques jeunes sujets de l'Académie de musique et je suis venu vous demander conseil. »

J'admirai le sang-froid de Philippe, sa grâce, sa désinvolture. Il sut se jouer de mon père, l'amadouer, si bien que je les entendis rire et plaisanter.

A l'instant de prendre congé, alors que, après avoir salué les auteurs de mes jours, un peu moins courroucés, sur la demande de mon père je le raccompagnai jusque vers la porte, il me lança à voix basse mais assez distincte pour que je l'entendisse :

« Nous ne pouvons en rester là, vous le savez bien. Je veux vous revoir. Seule ! Dites-moi oui.

– Vous êtes fou ! répondis-je de même. Et mes parents ? C'est impossible !

– Mais si. C'est possible. Dites-moi oui ! Sinon je fais un malheur...

– Oui, oui, répliquai-je en hâte, les yeux fixés sur la porte du salon dans la crainte de voir mes parents surgir.

– Quand ? Vite ! Vos parents risquent de venir d'une seconde à l'autre. »

En effet, j'entendais des voix qui se rapprochaient.

« Cette nuit ? me dit-il.

– Non ! non ! Pas cette nuit ! Demain.

– Ce soir ! me dit-il avec fermeté. Vos parents seront à l'Opéra ; ils doivent m'y attendre. Je dois entendre deux jeunes artistes lyriques. Vous m'ouvrirez votre porte ! Il le faut ! Je le veux ! »

Plus tard, je sus qu'il avait avec soin élaboré ses plans, et ce depuis ce fameux concert où il m'entendit pour la première fois, qu'il m'avait guettée comme un chat guette sa proie, silencieusement, doucement, avançant avec lenteur vers l'oiseau qu'il se préparait à dévorer à belles dents.

La porte s'était déjà refermée sur Philippe. Et moi, immobile, je rêvais à cette chose impossible qu'il me demandait... me rejoindre cette nuit dans ma chambre.

Le souper n'en finissait pas. J'étais si nerveuse, si agitée, que, sur ma supplique, mes parents acceptèrent que je me retirasse dans ma chambre. Je prétextai une intense fatigue, à ma mère je chuchotai que l'approche de mes menstrues me donnait mal à la tête. Bref, je jouai la malade, l'épuisée, l'enfant qui n'en peut plus...

« Pour une fois, gronda mon père. Je te dispense d'une répétition. Va donc te reposer... » Ma mère m'embrassa tendrement : « Gretzel t'apportera un lait chaud, bien sucré, me dit-elle en m'embrassant. Demain, tu verras. Tout ira mieux... Nous allons essayer de te faire chanter un petit solo dans les chœurs du *Couronnement de Poppée...* »

En bonne fille, soumise et obéissante, je m'enfermai dans ma chambre. Et fermai le verrou. Puis le rouvris. En chemise, j'allai sur le balcon ; j'étouffais... Je retournai vers mon lit. De nouveau, dans l'incapacité de me calmer, je retournai sur le balcon. « Viendra-t-il ? Osera-t-il venir ? pensais-je. Et s'il vient, que faire ? » S'il vient... Dieu ! A la seule pensée qu'il pouvait venir cette nuit, mon corps tremblait de désir.

Sur le coup de dix heures, j'entendis gratter à ma porte. Je me précipitai. C'était lui. Là. Devant moi. Il me regardait avec une telle passion que toute défense était inutile. Il ferma le verrou de ma chambre, et m'enlaça. Que dire ?

Me trouver dans les bras de cet homme qui hantait mes nuits était pour moi un ravissement sans égal. Je me noyais sous ses baisers. Passé, présent, avenir... plus rien n'existait pour moi, plus rien n'avait d'importance. De son côté, il n'omettait rien pour achever de me perdre. Tendres embrassements, paroles caressantes pour me dire qu'il m'aimait, qu'il m'aimerait toujours, que plus rien ne comptait au monde que moi, moi qu'il voulait, moi qu'il adorait, et que si je ne cédais pas sur l'heure à son désir, il en mourrait... Je le désirais, je l'adorais, je serais morte si je ne lui cédais pas sur l'heure... Ce fut là ma réponse.

Alors il me saisit dans ses bras, me souleva, ses lèvres collées aux miennes et me porta tremblante, palpitante jusque vers le lit.

Le désir puissant qui me jeta dans les bras de Philippe, et qui toujours, depuis cette nuit-là, allait me faire courir vers lui, séance tenante, toutes affaires cessantes, ne pouvait s'appeler « amour ». C'était autre chose que de l'amour, une sorte de possession infernale... qui ne trouvait d'apaisement que lorsque j'étais possédée, dans toute l'acception du terme, par mon amant. J'ai détesté cet homme, je l'ai méprisé de tout mon être, dès lors que mon corps repu s'est libéré de son emprise. J'ai tout fait pour lui. Je me suis prostituée, j'ai volé, j'aurais même tué.

Ce que j'ai connu cette nuit-là dans les bras de Saint-Huberty, jamais non plus je ne l'ai revécu avec un autre homme... Oui, à cet instant précis où la mort rôde autour de moi, où je m'éveille dans la peur et me couche tremblante de terreur, le souvenir de cette nuit-là ne me quitte pas...

Les jours suivants, aucune nouvelle de Philippe. Rien. Pas un billet. Il ne venait plus à l'Opéra, alors qu'« avant », il s'y trouvait quotidiennement, me regardant, me frôlant, trouvant mille prétextes pour me parler. Et maintenant... rien. Je rageais ferme. Et, obligée de n'en rien laisser voir, ma rage m'étouffait littéralement. Arnold en faisait les frais par ma mauvaise humeur, mes caprices. Tantôt, c'était « oui ». Tantôt, c'était « non ». « Pourquoi ? implorait-il. – Parce que ! » répliquais-je. J'étais odieuse. Je le savais. Parfois je consolais mon pauvre petit chou mais, quand il me prenait dans ses bras, je n'éprouvais plus rien. Sauf lorsque je pensais à Philippe... Alors mon sang se mettait à bouillir et Arnold tenait dans ses bras une furie qui s'acharnait à lui arracher une impossible jouissance. Je ne comprenais ni ce silence ni cette absence... Ou, plutôt, je ne « voulais » pas comprendre. Je cherchais mille excuses probables, possibles, certaines : « Il est malade, il est blessé, il... » Tout sauf l'odieuse vérité : « Il a eu ce qu'il voulait et t'a laissée choir... » J'avais mal. Mais on ne peut parler de souffrance, de cœur brisé, non, véritablement rien de tout cela n'eût été exact. De la bonne rage, bien franche, voilà exactement ce que j'éprouvais. J'avais l'impression, non seulement d'avoir été prise pour une imbécile, mais également prise (dans le sens physique du terme !) comme aucune fille de ferme n'aurait accepté de l'être. Les semaines, les mois passèrent sur cet incompréhensible silence. Il s'écoula deux ans avant que je ne revisse Philippe. Je commençais à l'oublier quand, un jour, je découvris dans la loge que je partageais avec deux autres choristes un billet ainsi conçu : « Malgré tous mes efforts, il m'est impossible de vous oublier. Il faut que je vous revoie... Vite. Très vite...

Philippe. » Mon cœur cessa de battre. Mes jambes se dérobèrent sous moi. Philippe... Il n'y avait plus rien d'autre que ce nom qui me donnait le vertige.

Nous étions début mai 1774. Deux années pleines de cette absence, de cette humiliante douleur, venaient de s'écouler. Et ce billet... ce billet qui tremblait dans mes mains... ce billet que je déchirai rageusement, et dont je ramassai ensuite les multiples morceaux, m'efforçant de le reconstituer.

Quelques jours plus tard, je reçus un second billet m'intimant l'ordre de le rejoindre dans l'auberge où il logeait. « Cet homme est fou, pensai-je avec raison. Moi, me rendre dans cette auberge ? Toute la ville le saura très vite, ma réputation sera en pièces et mes parents en mourront de désespoir. » Je tins bon huit jours. Le miracle d'une mauvaise grippe me retint chez moi avec fièvre, toux, immense fatigue... Huit jours plus tard, convalescente, je me reposais dans ma chambre quand, brusquement, mon repos fut troublé par un remue-ménage inhabituel. Je reconnus la voix de Philippe parlementant avec animation avec mes parents... Bien qu'encore mal remise de mon refroidissement, je sortis en chemise sur le palier. La porte du salon était grande ouverte, les éclats de voix, maintenant, parvenaient jusque vers moi avec une parfaite netteté. Philippe expliquait à mes parents qu'il avait pu obtenir pour moi un engagement à l'Opéra de Berlin. Qu'il fallait me confier à lui, qu'il était criminel de laisser un tel talent dans l'ombre. Je frémissais d'une joie anticipée lorsque j'entendis la réponse de mon père : « Il n'est pas question d'engagement à Berlin pour Antoinette... Elle est loin d'être prête, et je ne laisserai pas ma fille de dix-sept ans partir loin de la maison paternelle... Je ne vous la confierai jamais ! Auriez-vous perdu l'esprit, monsieur, d'oser me demander une chose pareille ? Pensez-vous que j'ignore vos agissements ?

– C'est priver votre fille d'une chance exceptionnelle, protesta Philippe. Je me porte garant de sa vertu ! Avec moi, personne ne la touchera ! »

Ce n'est que plus tard que je sus qu'il était sincère. Il me voulait toute à lui, et rien qu'à lui... J'ai été son bien et, chaque fois qu'il croyait me perdre, une fureur démoniaque s'emparait de lui, et il ne se contrôlait plus.

« Peut-être, mais c'est ainsi ! disait mon père. Ma fille sera certainement une très grande artiste, mais elle a encore beaucoup à apprendre et il n'est pas question pour elle, à son âge, de partir avec vous ! Surtout avec vous ! Veuillez, monsieur, vous retirer... »

A ce moment-là, il se produisit en bas un grand tapage. Tout un groupe de personnes appartenant à l'Académie royale de musique pénétra dans la maison, avec force exclamations et gesticulations.

« Le Roi est mort ! Le Roi est mort ! Vive le roi Louis XVI ! » criait-on.

Le salon fut envahi par une foule d'amis de mes parents qui s'agglutinèrent joyeusement et portèrent maintes libations à l'avènement de Louis XVI. A la mort du roi Louis XV, ce prince décrié, honni par tous, si l'on s'en souvient, les sentiments du peuple étaient partagés entre la joie et la haine. Mon père disait toujours que le peuple était écrasé par l'impôt, que les petites gens subissaient de continuelles vexations et privations alors que les gens de cour et de pouvoir se gobergeaient, se pavanaient, ruinaient les artisans en refusant de payer leurs mémoires [1]. Pourtant, je pense avec quelque indulgence à ce prince, beau, intelligent, que l'on prétendait mal informé de ce qui se passait dans son royaume, et qui, visiblement, était dépassé par l'ampleur de sa tâche.

Attirée par le tumulte, je me penchai par-dessus la rampe de l'escalier. De là où j'étais, je ne perdais pas une parole bien que tout ce joli monde parlât en même temps. J'entendis mon père dire : « On peut se prendre à espérer que le nouveau roi changera cet état de choses. Mais comment cela se pourrait-il ? Il est si jeune ! à peine vingt ans... » Cette phrase souleva une intense polémique dont je perdis le fil. Philippe avait levé la tête dans ma direction et me fixait intensément. Il avait vieilli... Plus exactement, quelque chose dans sa physionomie avait considérablement mûri. Lui aussi venait d'avoir vingt ans. Un instant, nous nous regardâmes fixement. Prise de panique, je me précipitai dans ma chambre. Mon cœur battait à se rompre, mes mains étaient glacées.

Un instant plus tard, on gratta à ma porte qui, sans plus attendre, s'ouvrit sur Philippe. Il m'attira contre lui. Ma tête arrivait juste à la hauteur de ses épaules. « Je t'épouserai, me chuchota-t-il dans les cheveux. Je ne laisserai jamais personne te prendre à moi. Laisse ta porte ouverte, cette nuit je viendrai te rejoindre... As-tu compris ce que je te dis ? » Sans autre explication, il s'en alla.

Deux ans de silence, deux ans sans signe de vie, et cette injonction : « Laisse ta porte ouverte ! Je viendrai te rejoindre... » Pour qui me prenait-il ? J'étais fermement décidée

1. « Mémoires » s'entend ici au sens de factures.

à tirer le verrou et à le laisser tambouriner à ma porte, quitte à réveiller toute la maison. Je me faisais même une joie sauvage, anticipée, à l'idée du scandale qui en résulterait.

Ce soir-là, mes parents sortirent de bonne heure, en joyeuse compagnie. La fin du règne de Louis XV les remplissait de joie. Une joie si vive que, pour la première fois de leur vie, ils ne fermèrent ni la porte d'entrée ni la grille du jardin. Ils avaient un peu perdu l'esprit. Les nombreuses libations portées au nouveau roi leur étaient quelque peu montées à la tête.

Quelques instants plus tard, le silence régnait dans la maison, et mon attente commençait. Je marchais de long en large dans ma chambre, j'allais sur le balcon respirer la fraîcheur de la nuit. *« Je viendrai cette nuit. »* Ces mots s'entrechoquaient dans ma tête... Je n'ouvrirais pas.

Les douze coups de minuit me firent sursauter. Il ne viendrait pas, le lâche ! Il avait compris qu'il valait mieux ne pas chercher à me revoir. C'était mieux ainsi. Je ne le reverrais donc plus... Mes jambes fléchirent sous moi et je dus me retenir à un fauteuil lorsque ces mots se formèrent dans mon esprit... Étais-je devenue folle tout à coup ? Soudain, alors que je commençais à désespérer, j'entendis un léger coup à ma porte. Rien au monde n'aurait pu m'empêcher de l'ouvrir.

Philippe ne perdit pas de temps en vaines paroles. Il me saisit dans ses bras et m'embrassa à me couper le souffle. Je goûtai à longs traits le bonheur d'être dans ces bras si durs, de sentir mes cuisses s'ouvrir d'elles-mêmes sous son poids... de me laisser pénétrer à grands coups de reins jusqu'au moment de m'arracher un long cri de jouissance que, prudemment, Philippe étouffa vite sous ses baisers, puis, alors que, encore pantelante du fort déchaînement de mes sens, je restais immobile, mon amant se redressa et me dit : « Bien... bien... Je vois que tu ne m'as pas oublié. Nous partirons ensemble à Berlin. J'ai des projets pour toi. D'abord le mariage. Chut ! ne dis rien ! Je vais m'arranger pour sortir d'ici sans que personne ne s'en aperçoive... Tes parents sont encore au théâtre à célébrer l'événement avec les autres. Ils sont tous complètement bouleversés par cette nouvelle ! Le Roi est mort !... Grands dieux ! Quelle importance pour nous, pauvres gueux ! Cela changera quoi ? »

Je ne laissai pas d'être étonnée par cette dernière phrase, mais n'eus guère le temps de lui demander des explications. Philippe avait ouvert discrètement la porte afin de voir s'il pouvait sortir sans encombre... Moi, je m'endormis à poings fermés.

Presque toutes les semaines suivantes furent consacrées à la mort de Louis le Quinzième, et à l'avènement du nouveau roi Louis XVI et de Marie-Antoinette, ce roi et cette reine, à peine plus âgés que moi et à qui venait d'échoir une si lourde responsabilité. Une nouvelle vie, comme à moi.

Je ne pensais pas vraiment au mariage, mais il fallait en passer par là. Sinon mes parents n'accepteraient jamais mon départ. Il fallait donc que Philippe demandât ma main. Ce qu'il fit dès que les esprits surchauffés par les événements se furent un peu calmés. Et qui fut refusé avec violence.

Je m'étais éveillée en proie à une angoisse diffuse. La journée s'annonçait belle. De ma fenêtre ouverte, j'entendais les bruits familiers qui montaient de la rue. Basse-cour en éveil. Hennissements des chevaux au galop. Caquetages des ménagères qui se rendaient au marché. Rires des garnements qui taquinaient les petites filles. Cris perçants d'icelles. Et ce fut, comme à l'accoutumée, maman m'apportant mon déjeuner, suivie de notre domestique. Mais, ce jour-là, mon esprit était ailleurs. Je guettais le pas d'un cheval dans notre cour. La voix de maman me fit sursauter ;

« Eh bien ma petite fille, à quoi penses-tu ? »

Avant que je pusse répondre, la porte de ma chambre s'ouvrit brutalement. Mon père, blême de colère sur le seuil, s'adressait à ma mère :

« Sais-tu qui a eu l'audace de venir ce matin ? – Puis, sans transition : Ce vaurien de Saint-Huberty était en bas... Je l'ai mis dehors de la belle manière ! Il a osé demander Antoinette en mariage ! Il a osé ! »

Je serrai les dents de rage.

« En quoi est-ce un crime ? proférai-je ulcérée. Je suis en âge de me marier !

– Pas sans mon consentement ! s'écria mon père. C'est à moi de te choisir un mari quand le moment sera venu. Où allons-nous si les filles choisissent leurs maris contre la volonté de leur père !

– Et pourquoi n'aurais-je pas mon mot à dire ! m'écriai-je au mépris de toute prudence.

– Comment ! Tu oses me répondre avec tant d'insolence ? »

Hors de lui, mon père me gifla à toute volée. C'était la première fois de ma vie que je recevais ce genre de correction. Je ne me dominais plus et poussai un hurlement de rage :

« J'épouserai Philippe ! Je l'épouserai que vous le vouliez

ou non ! Personne au monde ne pourra m'empêcher de l'épouser !... »

Fou de rage, mon père s'avançait vers moi dans l'intention évidente de me faire rendre l'âme. Cramponnée à ses basques, ma mère suppliait :

« Calme-toi ! Je t'en conjure, calme-toi !... »

Puis, comme par enchantement, cet accès de colère violente s'apaisa brusquement. Mon père, je l'ai dit, était un homme bon et paisible. Il dit, en s'efforçant au calme :

« C'est bon, c'est bon, n'en parlons plus. Désolé de t'avoir giflée. Mais dis-toi bien que je recommencerai si tu t'obstines à me tenir tête ! Tu n'épouseras pas ce vaurien ! Jamais ! Je le tuerai plutôt sur place !

– Alors tuez-moi aussi avec lui », lançai-je avec une grandiloquence que j'espérais dramatique.

D'abord interdits, mes parents éclatèrent de rire. Oui, c'était cela ma famille, capable de passer du drame au rire sans transition. Il est vrai que mon attitude devait atteindre la perfection du... ridicule !

Calmés par le fou rire, mes parents se retirèrent, me laissant vexée et furieuse. Devant mon miroir, je répétai de nouveau cette phrase qui avait déchaîné leur rire : « Alors tuez-moi aussi avec lui !... » Mes intonations étaient mauvaises, ma diction trop rapide ; je répétai plusieurs fois de suite jusqu'au moment où, bouleversée par l'intensité de ma propre interprétation, je sentis que, si j'avais prononcé cette phrase comme je venais de le faire, mes parents auraient fondu en larmes et m'auraient laissée épouser Philippe séance tenante... Tout est une question de répétition, compris-je.

Mon père décida de changer de tactique. Il fit valoir mon extrême jeunesse, et le manque de fortune de Philippe. Par ailleurs, Philippe était protestant. J'étais catholique. J'eus droit à de nombreux sermons. Presque quotidiennement, mon père me menaçait du couvent. L'atmosphère de la maison s'était modifiée. Il ne s'écoulait pas un jour sans larmes, cris ou bouderies... De nouveau je voulus plaider ma cause auprès de mes parents et décidai, pour commencer, d'assiéger ma mère qui me passait tout. Je la trouvai occupée à la cuisine, donnant des ordres à notre domestique.

A peine eus-je prononcé le nom de Philippe que je vis ma mère pâlir de chagrin.

« Je t'en supplie, ma petite fille, n'insiste pas. C'est un vaurien ! me dit-elle. Un libertin, un triste personnage. Tous les moyens lui sont bons pour parvenir à ses fins. C'est ton père qui est dans le vrai, crois-moi. Il n'a aucune fortune, fréquente des libertins. C'est un fainéant, un paresseux...

– Un paresseux ? Maman, je ne pense pas qu'il soit paresseux... », rétorquai-je maladroitement.

Et ma mère, qui ne manquait pas d'esprit, me dit en souriant pour dénouer un peu l'atmosphère :

– Il est si paresseux que, pour ne pas le fatiguer, sa femme sera obligée de se faire faire des enfants par d'autres. »

Je rougis très fort. Surprenant mon trouble, ma mère demanda avec vivacité :

« Ce Philippe... t'aurait-il manqué de respect ? »

Que Dieu et ma sainte mère me pardonnent. Encore maintenant j'étouffe de ce rire inextinguible qui me foudroya alors. Me manquer de respect ! Ma mère avait une telle confiance en moi qu'elle mit ce fou rire sur le compte de mon innocence et qu'elle se mit à rire aussi. Lorsque j'évoque cette scène, dans la vaste cuisine ensoleillée de notre maison, à Strasbourg, j'entends encore le rire de ma mère, le chant des oiseaux qui nous parvenait par la fenêtre ouverte sur le jardin ; je sens encore les odeurs des seringas en fleur qui se mêlaient à celle de notre café au lait matinal. Je vois notre brave Gretzel, riant de bon cœur avec nous, inconsciente de ce qui se passait en réalité. Tout me revient en mémoire... Alors il me monte des larmes que je ne cherche pas à arrêter. « Pleure sur ce qui était et qui ne sera plus... » Alors je pleure sur l'enfant qui riait si fort. L'enfant sotte et méchante, l'enfant inconsciente du mal qu'elle s'apprêtait à faire... Mais je me contentais de rire encore. « Vous savez bien, maman, que personne ne peut me manquer de respect si je ne le veux pas. Quant à me marier... peut-être vaut-il mieux attendre que j'aie dix-huit ans ? Qu'en pensez-vous ? » Quelle infâme petite hypocrite j'étais ! Déjà, dans ma tête, s'échafaudaient mille plans d'évasion avec Philippe. Je ne voyais plus d'autre solution que celle-là. J'essayai plusieurs fois de revenir à la charge, puis renonçai. Il fallait songer à un enlèvement.

Un mois s'écoula avant que je revisse Philippe. Une nuit, alors que j'étais dans ma chambre, me préparant pour le sommeil, j'entendis siffler sous ma fenêtre ouverte sur le parc. Il faisait une chaleur étouffante. Dans le ciel sombre, de longs éclairs et des roulements de tonnerre annonçaient l'orage. Ce qui m'intrigua, c'était que l'air sifflé n'était rien d'autre que *L'Amour de moi*. Je sautai du lit et courus sur le balcon.

Sous le tilleul, Philippe m'attendait. Alors, en chemise de nuit, je me précipitai. J'oubliais tout. J'ai toujours tout oublié quand Philippe me faisait signe... Je cédais, séance tenante, à toutes ses injonctions. Longtemps Philippe allait garder ce pouvoir sur moi. Devant lui j'étais annihilée, sans défense, le corps en feu... mais la tête froide. La tête toujours froide. Jamais je ne m'illusionnais sur lui, même si, en sa présence, j'étais totalement soumise à sa volonté.

La pelouse humide, sous mes pieds nus, me fit frissonner, puis ses lèvres sur les miennes, et ses bras qui me pressaient contre lui, achevèrent de me perdre. Les roulements de tonnerre et les éclairs se succédaient maintenant sans se relâcher. La foudre n'allait pas tarder à frapper. En longues rafales furieuses, la pluie se mit à tomber. Peu m'importait... Philippe m'embrassait avec une telle frénésie qu'un instant je pensai qu'il allait me prendre, là, sous la pluie, contre le vieux tilleul qui nous abritait. Sa langue fouillait ma bouche, creusant au plus profond de moi-même un brasier incandescent. Je perdais pied sous ses baisers... Enfin, ma bouche libérée de la sienne, je parvins à chuchoter :

« Je n'arrive pas à me convaincre que c'est vous. Que je ne suis pas en train de rêver. Depuis quand êtes-vous revenu ?

– Depuis deux heures... J'ai tout arrangé à Berlin. Nous pouvons partir quand tu le voudras. Tes parents ?

– Ils ne veulent toujours rien entendre... Qu'allons-nous faire ? »

Je le regardai, espérant qu'une solution viendrait tout arranger comme par miracle.

« Qu'as-tu décidé ? me demanda-t-il.

– Comment... qu'ai-je décidé ?

– Veux-tu vivre avec moi ou... sans moi ? »

Il me tenait pressée contre lui... Et je savais, avant même que je puisse le formuler, que rien au monde ne me ferait quitter ces bras.

« Je veux vivre avec toi... murmurai-je.

– Dis-le encore... à claire et intelligible voix. »

Il riait, m'embrassait, riait encore.

« Je veux vivre avec toi. Sans toi, ce n'est pas possible...

– Bien ! As-tu confiance en moi ? »

Je faillis répondre : Non ! mais qu'importe ? La sagesse me ferma la bouche.

« ... Je te veux pour moi seul. Pour moi seul », psalmodiait-il. Sa bouche frôlait mon oreille en une insupportable, une délicieuse caresse. « Nous allons partir ensemble, n'est-ce pas ? me disait-il entre deux baisers.

– Oui...

– J'ai ta promesse ?

– Oui... oh oui !

– Tu verras. Jamais tu ne le regretteras... »

C'est à cet instant précis que la foudre tomba non loin de nous sur un arbre proche qu'elle partagea en deux. Effrayée, malgré moi, je poussai un cri. Une fenêtre s'ouvrit brusquement et j'entendis, avec épouvante, la voix furieuse de mon père :

« Qui va là ?... Répondez ou je tire ! »

Philippe me détacha de lui et s'avança.

« Ne tirez pas, monsieur Clavel ! C'est moi ! Philippe de Saint-Huberty...

– Que faites-vous dans mon jardin au milieu de la nuit ? hurla mon père, la voix tremblante de colère. Et avec qui parlez-vous ? Qui vient de crier ? »

Alors je m'avançai à mon tour.

« Il est avec moi... papa. C'est moi, Antoinette... Philippe veut m'épouser et je le veux aussi. »

Il y eut un silence, à peine troublé par les rafales de pluie qui succédaient à l'orage. J'étais trempée jusqu'aux os. Maintenant, pensais-je, folle de joie, ils seront forcés de céder... Mais j'étais loin du compte, et tombai de haut lorsque j'entendis mon père crier :

« Monsieur de Saint-Huberty, je vous donne l'ordre de sortir de chez moi sur-le-champ, sinon je ferai usage de mon pistolet... Toi, rentre immédiatement. Jamais je ne donnerai mon consentement ! Jamais ! Jamais ! Disparaissez, monsieur, ou je tire ! Disparaissez immédiatement, vous m'entendez ? Toi, rentre à la maison. »

A peine la porte refermée sur moi, je reçus de mon père une magistrale paire de gifles. Une autre encore. Puis une autre... C'était là une véritable correction. « Tu ne l'épouseras jamais ! hurlait mon père. Ni demain ni dans un mois ; tu es folle ! et je te ferai enfermer dans un couvent si tu me désobéis ! » Accrochée aux basques de mon père, ma mère suppliait :

« Arrête ! arrête, je t'en prie ! Tu vas la tuer ! » Puis, s'adressant à moi, elle implorait : « Demande pardon, ma Tonia ! Jure que tu obéiras ! »

Mais je ne pliais pas. Aucune plainte ne sortait de ma bouche. Je restais aussi ferme que possible sur mes jambes.

Mon nez saignait, et cela seul arrêta le bras de mon père... Effondrée dans un fauteuil, maman sanglotait.

Le lendemain, je me réveillai avec les sensations les plus pénibles et les plus douloureuses jamais éprouvées auparavant. Ma tête me faisait mal, mon nez avait doublé de volume, et j'aurais préféré refermer mes paupières pour ne les ouvrir jamais plutôt que d'obliger mes yeux à affronter la lumière aveuglante du jour...

Ce jour-là et les jours suivants, mon père ne m'adressa pas la parole ; maman pleurait dans sa chambre ; seuls Amélie et Joseph me consolaient tant bien que mal du chagrin qui m'accablait. Pour couronner le tout, mon père décida de m'enfermer dans ma chambre.

Puis je fus autorisée à sortir. Quand ce n'était pas ma mère ou mon père, c'était Mlle de Loménie qui m'escortait sans jamais désemparer. Enfin, un matin, de guerre lasse, mes parents se résignèrent à accepter un engagement pour moi à Bordeaux. Je devais m'y rendre au plus tôt, sous la garde de Mlle de Loménie. Désolée, ma mère s'occupa de mon trousseau, tandis que mon père organisait mon voyage, ce qui n'était pas une mince affaire. Je ne voulais pas entendre parler de Bordeaux, je voulais aller à Berlin... avec Philippe. Je bataillais ferme. Sans convaincre. L'atmosphère de la maison était irrespirable. Chaque jour, je revenais à la charge, pleurant, suppliant. Un soir, j'eus ma dernière scène avec mon père.

« ... Tu vas partir à Bordeaux, loin de cet homme qui ne pense qu'à te pervertir, me dit-il sévèrement. Jamais je ne donnerai mon consentement à ce mariage. » Il s'interrompit et me regarda fixement. « A propos... ce vaurien de Philippe prétend qu'il est ton époux devant Dieu !... Lui en as-tu donné le droit ? »

Cette question, posée sans que je m'y attende, aurait dû m'embarrasser cruellement. Il n'en fut rien, au contraire. J'esquissai un sourire et répondis, soudain envahie par un espoir démentiel :

« Si cela était, mon père, que feriez-vous ? »

Il me regarda tristement.

« Je serais forcé de le tuer... »

Abattue, je protestai :

« Vous avez dû mal comprendre, mon père. Philippe veut devenir mon époux devant Dieu et devant les hommes ; il n'y a là rien que de très honorable... »

Donc, si je voulais vivre comme je l'entendais, il ne me restait qu'une solution : fuir ! Fuir avec Philippe... Pourtant cette solution m'épouvantait. Je ne parvenais pas à m'y résoudre... C'est alors que s'échafauda dans mon esprit révolté le plan qui allait décider de toute ma vie.

J'avais, parfois, de Philippe, des nouvelles indirectes, données, innocemment, par les jeunes artistes lyriques qui allaient auditionner au palais de Rohan. Elles en revenaient les yeux cernés, la bouche meurtrie, et chuchotaient entre elles, avec des mines tantôt ravies, tantôt dégoûtées. Avec rage, j'apprenais que leur ravissement leur venait de Philippe, et leur dégoût du prince-cardinal de Rohan. J'aurais aimé croire qu'elles me mentaient... mais je savais que ce n'était pas le cas. Je pus circonvenir l'une de ces jeunes femmes, Agnès Meyer, une jolie soprano à la voix suraiguë, capable de lancer contre-*sol* et contre-*la* avec une facilité déconcertante. Philippe lui avait procuré un engagement à Vienne, où elle allait chanter sous la direction de M. Salieri. Elle accepta de transmettre un billet que j'écrivis sur-le-champ. En réponse, et par le même truchement, peu de jours avant la date prévue pour mon départ vers Bordeaux, Philippe me fit parvenir un billet caché dans une partition de musique, *Zémire et Azor*. C'était risqué, n'importe qui aurait pu ouvrir cet opéra de Grétry. Mais ma gouvernante, chargée de ne pas me quitter d'un pas, d'ouvrir toutes les lettres qui me seraient parvenues, ne vit pas malice dans une partition de musique. Ce genre d'ouvrages pullulait dans la maison. Parfois c'était par dizaines que nous en recevions.

Dans ce billet, Philippe me précisait : « Travaille cet ouvrage. Il est fait pour toi. Tu débuteras à Berlin avec le rôle principal, je t'en fais le serment. Arrange-toi pour me voir après la minuit. Je serai caché derrière le tilleul... »

Sous la lumière blanche de la lune, de mon balcon, je le guettais de tous mes yeux. Je vis une ombre se déplacer silencieusement dans le jardin et se dissimuler derrière le tilleul. C'était lui ! Je volai à sa rencontre. Et tout de suite j'éclatai en reproches véhéments... Il m'avait trompée avec toute la troupe de l'Académie royale de musique... Il se moqua de moi. Il m'embrassa à m'étouffer, interrompit mes protestations rageuses par des : « Petite dinde !... Faut-il que tu sois sotte pour te soucier de cela ! » Et plus rien n'eut d'importance. Ma fièvre enfin calmée, je fus à même de lui détailler le plan que j'avais ourdi pour le lendemain. Je sortirais comme à l'accoutumée après le dîner, vers les deux heures, pour me rendre au théâtre où je prendrais une leçon de musique avec mon père. Lui, Philippe, m'attendrait à l'entrée des artistes dans une voiture de louage. Tout devrait se dérouler très vite, avant que ma gouvernante, chargée de me surveiller, puisse réagir. Pas un instant l'idée de l'affreuse souffrance que j'allais infliger à mes parents, leur honte, leur humiliation, ne m'effleura. J'imaginais que, plus tard, lorsque je serais devenue une grande chanteuse, ils pardonneraient à l'enfant prodigue. Je rêvais déjà à ce retour prestigieux. Mes rêves prenaient la forme de malles remplies de cadeaux pour toute ma famille, d'argent à profusion et de contrats mirifiques dans toutes les capitales européennes.

Tout se passa comme je l'avais prévu ! Mon sac de voyage était déjà entre les mains de Philippe. Devant la porte du théâtre, une voiture de louage, porte ouverte, stationnait. Le cocher retenait avec peine les chevaux, prêts à s'envoler vers une nouvelle vie. Ma gouvernante me confia à mes compagnes et s'en fut rapidement. J'attendis qu'elle disparût au détour d'une rue et, plantant là mes compagnes médusées qui venaient de me saluer, je me précipitai vers la voiture, m'engouffrai à l'intérieur... et fouette, cocher !

2

Berlin-Varsovie

Durant tout le voyage, Philippe ne me laissa pas une minute pour m'attendrir sur moi-même. Il ne cessait de m'embrasser, de me parler de ma vie future, de m'embrasser encore, de m'assurer que, de l'avoir suivi, je serais la plus heureuse des femmes.

Je n'en croyais rien. C'est ce qui était terrible dans mon cas : en mon for intérieur, je n'estimais pas cet homme qui n'hésitait pas à enlever une jeune fille à ses parents. Même et surtout si, en sa présence, je n'étais plus moi-même. C'est-à-dire une personne à la tête froide, raisonnable, décidée... Il me revenait en mémoire que, l'an passé, il avait réussi à « placer », contre beaux deniers comptants, à Berlin, trois jeunes femmes, fort jolies, de mon âge. Je savais qu'il n'envisageait rien de tel pour moi.

Pourquoi en étais-je si sûre ? Sans doute parce que j'avais surpris, à plusieurs reprises, son regard fixé sur moi lorsque je chantais en solo, trop rarement à mon gré. Il était toujours là, dans les coulisses, à me regarder d'un air singulier mais je pouvais déchiffrer sur son visage un air de grande convoitise. Celui d'un chien, affamé, devant un rôti fumant. Affectant la distraction pour détourner l'attention de mes parents, il me chuchotait alors en aparté : « Une grande carrière t'attend... donc une grande fortune. » J'en concluais, in petto, qu'il espérait de moi beaucoup plus que les quelques louis d'or que lui donnerait l'Électeur de Bavière pour m'avoir dans son lit. J'étais convaincue que c'était là l'ambition et les calculs de Philippe.

Bien que la voiture avançât aussi vite que possible, nous restâmes quatre jours enfermés, ballottés et secoués dans ce très petit espace. Nous dormions la nuit dans des auberges plus ou moins propres, et nous reprenions la route tôt le matin.

Durant toute la durée de notre voyage, Philippe me fit miroiter notre avenir commun. Il était joyeux, gai comme un pinson, me faisait l'amour à chaque relais de poste pendant que le cocher procédait au changement des chevaux. Cela pouvait prendre parfois un certain temps, cela pouvait aussi ne durer que quelques minutes. Alors nous achevions dans la voiture ce que nous avions commencé dans un coin caché.

Régulièrement, ensuite, Philippe se félicitait d'avoir engagé une voiture de louage. « ... Tu te rends compte dans quel état nous serions si nous avions pris la diligence ? » me disait-il en riant.

Heureusement que j'avais l'esprit pratique, ce qui semblait faire défaut à mon cher amant. Non seulement j'avais pensé à voler à mes parents l'argent qu'ils avaient préparé pour mon voyage à Bordeaux, et les quelques bijoux qui me venaient de ma mère et de mes grands-parents maternels, mais de plus j'avais fait main basse sur un coffret contenant les économies de ma mère... J'étais sans honte et sans vergogne, surtout, j'avais dix-huit ans et demi, l'avenir devant moi, un homme qui me rendait folle à mes côtés, et l'espoir d'une grande carrière... J'allais rendre au centuple ce que j'avais volé. Je me croyais riche et me sentais sûrement plus heureuse que la Reine elle-même.

Je ne m'illusionnais guère sur les sentiments qu'éprouvait Philippe à mon égard. J'étais à peu près certaine que l'intérêt y tenait une place plus importante que le désir que je lui inspirais, ce qui n'était pas peu dire. Il n'avait aucune fortune. Son caractère inégal, parfois violent, parfois d'une extrême mais dangereuse douceur, le rendait insupportable à vivre. Il était intelligent, cultivé, curieux de tout, beau, extrêmement beau... et couvert de dettes plus criantes les unes que les autres. Mais cela, je ne l'appris que beaucoup plus tard. L'aurais-je su, me serais-je entêtée comme je le fis ? Sans doute. L'emprise que Philippe maintenait sur moi était trop forte pour que je pusse m'en libérer. Il ne me laissa aucun répit, jusqu'à ce que j'acceptasse de l'épouser. « Avant d'arriver à Berlin ! me pressait-il. Sinon je risque d'être arrêté pour t'avoir enlevée ! »

Il ne se trompait pas. J'étais mineure, et mes parents n'allaient pas accepter cet enlèvement sans réagir aussitôt en mettant à nos trousses toute la maréchaussée du royaume. Deux jours avant notre arrivée à Berlin, j'épousai donc. J'ai encore devant moi cet acte de mariage qui me lia pour plusieurs très mauvaises et merveilleuses années au sieur Philippe Croisilles de Saint-Huberty : « ... Claude-Philippe Croisilles de Saint-Huberty, natif de France, régisseur du Théâtre-Français de Sa Majesté le roi de Prusse et demoiselle Marie-Antoinette Clavel, native de Strasbourg, comédienne... 10 septembre 1774[1]. » Bien entendu, comme j'étais mineure, le consentement écrit de mes parents était nécessaire. Peu importait. Un faux, rédigé par Philippe, de même que la signature d'un notaire imaginaire au bas du document, surent convaincre cet abbé de province. J'avais dix-huit ans et demi, et je venais de prendre pour époux, devant le curé d'une petite église catholique, froide et vide, un homme que je ne connaissais pas vraiment. A la fin de la cérémonie, Philippe eut une réflexion pour le moins étrange : « Maintenant, tu es à moi, tu m'appartiens corps et âme... »

Je savais que toujours, quoi qu'il pût m'advenir, je n'appartiendrais qu'à moi-même. Un souper nous attendait dans l'auberge où nous nous étions arrêtés. J'étais, on peut le comprendre, un peu triste de ce mariage à la sauvette... Bien sûr, Philippe se rendit compte de mon humeur maussade et mit la sienne au diapason. Froissé, il me bouda durant tout le repas sans m'adresser la parole. Je faisais mine de ne pas m'en soucier, sans doute est-ce cela qui rendit Saint-Huberty immédiatement odieux, jaloux, querelleur et... frappeur. Une vague querelle à propos de la place importante que j'occupais dans le lit conjugal au détriment de la sienne me valut une paire de soufflets qui me laissa un instant sans réaction, tant je fus surprise. Il est vrai que, selon une habitude qui datait de ma prime enfance, j'aimais occuper le centre d'un grand lit. Devais-je nécessairement être frappée pour cette raison ?

Sur le coup, je ne me souviens plus de ce qui se passa.

---

1. Acte authentique du mariage de Sophie de Saint-Huberty.

Ce dont je me souviens, c'est que j'étais étendue sur notre lit et que Philippe était là, m'embrassant, me cajolant, me demandant pardon. Lorsqu'il constata que mes pleurs cessaient, il me prit sans plus de façons (n'étais-je pas sa femme ? sa propriété ?). J'attendis qu'il eût fini son affaire, en y prenant ma part (comment faire autrement ?). Mais, dès que nous eûmes pris chacun notre content de l'autre, je me levai, me rajustai, me saisis d'un énorme pot en grès, rempli d'eau, dont je lui jetai proprement le contenu à la tête. « Ne recommence jamais ça ! lui dis-je. Sinon je te tuerai... »

Chose étrange, cela ne parut pas lui déplaire ! Sans doute aimait-il les sensations fortes. Il se mit à rire aux éclats et s'essuya le visage. Sa chemise trempée d'eau plaquait à son corps, dessinant son buste, ses épaules, et je ne pouvais m'empêcher d'admirer la perfection de sa charpente.

Enfin nous fûmes au terme de notre voyage, et nous arrivâmes à Berlin. Les abords de cette ville prussienne me plurent infiniment. Imaginez une succession de lacs, de forêts, de parcs, petits et grands, que l'automne colorait d'or et de pourpre. Les fermes voisinaient avec de fort belles demeures. Nous traversâmes le bourg de Postdam dans l'euphorie la plus complète. Berlin s'annonçait comme une ville très animée, et j'étais au comble de l'excitation et de la joie.

Mais, une heure plus tard, quelle n'était pas ma désillusion ! Nul contrat mirifique ne m'attendait, encore moins un logement spacieux et, de la fameuse troupe de comédiens lyriques engagée par Philippe, il ne restait que deux personnages furieux : deux musiciens qui n'avaient d'autre choix que d'attendre celui qui les avait trompés. Des huissiers et des policiers avaient surgi dans le logement loué par Philippe et fait main basse sur tout ce qui pouvait se vendre. La fameuse troupe s'était égaillée au gré de contrats réels, sinon juteux, et Philippe, sincèrement désolé, je m'en rendais compte malgré la rage folle qui me faisait littéralement voir rouge, dut dédommager les deux musiciens restés en plan avec une partie de mon argent. Ensuite nous cherchâmes de toute urgence un autre logement et louâmes, dans une hôtellerie, une vaste chambre, bien meublée, et dans laquelle se trouvait par miracle un magnifique clavecin.

L'Hôtellerie du Lion d'Or était bien agencée, et n'avait pour l'instant que nous comme locataires. Ce fut là mon premier logement conjugal. Le lit, recouvert d'une couette de satin de coton, rouge vif, était immense et ne risquait pas d'être cause de querelle. Des rideaux de dentelle ornaient les fenêtres qui prenaient jour sur une place plantée d'arbres que l'automne roussissait. L'ensemble était charmant, avec ses meubles cirés, sa propreté méticuleuse. Mais, après ce long voyage et cette réception pour le moins déplaisante, je n'avais qu'un seul désir : me coucher et dormir.

Encore sous le coup de la déception, Philippe me chercha noise, et rencontra dans l'instant une langue aussi venimeuse pour lui répondre. Là encore, il eut le dessus. La rage me faisait bégayer, alors que la sienne aiguisait son esprit de pointes acérées. Nous nous querellâmes donc. D'abord verbalement, puis nous joignîmes les gestes aux paroles. Philippe, retenant mes mains qui s'efforçaient de lui arracher les yeux, me cloua sur le lit et s'abattit sur moi. Haletante, je tentai de me débattre, de m'échapper mais, dans l'impuissance où j'étais de pouvoir me soustraire à cette étreinte, je dus subir ce qu'au fond je désirais.

Un peu plus tard, encore sous le coup d'une rage que n'avait pas éteinte notre furieux corps à corps, je l'informai que j'avais tout compris de lui :

« Vous êtes, monsieur, perdu de dettes, vous n'avez plus de troupe parce que vous n'avez pas payé vos artistes, qui se sont empressés de vous quitter. J'ignore si le roi de Prusse vous renouvellera votre contrat. Pour ma part, je sais que vous ne m'avez épousée que parce que vous espérez que j'obtiendrai gloire et fortune. Fortune sur laquelle vous aurez les droits d'un maître de la communauté. Je vous ai suivi en toute connaissance de cause parce que j'ai voulu tenter ma chance. Mais cela ne vous donne pas le droit de me frapper. Sachez que ce mariage, contracté à l'étranger et sans le consentement de mes parents, peut être cassé du jour au lendemain. Aussi aidons-nous l'un l'autre à réaliser notre but commun : faire de moi une grande cantatrice. Pour cela, et seulement pour cela, je resterai avec vous. »

Mon petit discours eut pour effet immédiat de transformer un époux violent en un amant passionné. Je ne savais pas exactement ce qu'éprouvait Philippe à mon égard. J'étais certaine qu'il ne pouvait s'agir d'amour... L'amour sans le respect pouvait-il seulement exister ? Qu'il eût envie de moi, il m'en administrait la preuve chaque fois qu'il le pouvait. Quelques instants plus tard, alors que je me réajustais, je constatai que Philippe, contrairement à son habitude, ne disait rien. De temps à autre je surprenais son regard fixé sur moi, un regard curieux dont je ne pouvais deviner la signification précise. Tristesse ? colère ? amertume ?

Alors que je sommeillais déjà, je l'entendis pourtant me demander :

« Est-ce vraiment ce que tu penses de moi ? »

Somnolente, je ne compris pas tout de suite où il voulait en venir.

« Ce que tu as dit tout à l'heure. Ton édifiant petit discours sur ma vilenie... »

Intriguée, je l'observai. La chambre était juste éclairée par l'éclat de la pleine lune. Philippe, sur le dos, yeux grands ouverts, fixait le plafond.

Prise, soudainement, d'un vague remords, je répondis :

« Écoute, on ne peut guère parler d'amour entre nous, n'est-ce pas ? »

Il eut un petit rire sans joie.

« ... D'amour ? quelqu'un a-t-il jamais parlé d'amour ? »

Confuse, je précisai :

« Non, bien sûr. Seulement, ta question était si bizarre...

– Oui. Peut-être... Non. Il ne s'agit pas d'amour entre toi et moi mais de passion... Seulement de passion. Et c'est ce qui est terrible. »

J'eus alors un frémissement de crainte. Je sentis mon cœur comme pris de glace. Le mot « passion » dans la bouche de Philippe était comme la promesse d'un malheur prochain. J'eus brusquement peur de lui.

Le lendemain, Philippe se réveilla de fort bonne humeur. Il m'apporta mon déjeuner au lit, joua avec mes cheveux, me taquina avec gaieté. Bref, se comporta véritablement en mari amoureux et tendre. Soudain il me dit :

« J'ai pris une décision. Tu changeras de nom. Désormais, tu t'appelleras Sophie... C'est moi qui te baptise. Je serai ton mari, ton amant, ton parrain... et ton maître. Sophie est beaucoup plus présentable, pour une grande chanteuse, qu'Antoinette. Sophie de Saint-Huberty. Voilà qui sonne à la perfection... »

Je ne protestai pas.

Alors commença mon éducation. Celle qui allait faire de moi « la plus grande artiste lyrique que le monde eût jamais vue ». C'était Philippe qui le proclamait. Je crois l'avoir déjà dit, j'étais intelligente. Très vite, je compris que, si je ne sortais pas de ma gangue de petite provinciale, aussi belle que fût ma voix, je ne serais jamais admise dans les grands salons parisiens qui, d'une épigramme ou d'un compliment bien tourné, font ou défont les carrières.

Intransigeant, Philippe m'apprit à marcher, à tenir ma tête droite comme si je portais un diadème de dix livres, à oublier ma toilette. « Rien de plus horripilant que de voir une femme sans cesse occupée de ses colifichets, de ses cheveux, de ses souliers... Choisis tes toilettes avec soin, et oublie ce que tu portes. Ton attention doit se porter sur celui ou celle qui te parle. »

Vingt fois il me faisait recommencer mon entrée sur scène ou dans un salon : « ... C'est la même chose, mais en plus petit ! me scandait-il. Ton public est d'ailleurs le même. Le prince et sa femme, qui viendront t'applaudir sur la scène, seront les mêmes qui te demanderont de venir agrémenter par ton talent leurs petits soupers entre amis... »

Alors je recommençais... Et j'ai gardé cette habitude, inculquée par mon mari, d'être toujours en représentation. Philippe était vraiment un excellent directeur de théâtre. Il me faisait travailler mes rôles à la perfection, choisissait mes costumes en fonction de mes personnages. « Une bergère ne s'habille pas en marquise !... » me disait-il alors que nous travaillions *La Servante maîtresse* de Pergolèse.

« En réalité, tout ce savoir-vivre est d'une futilité sans nom. Ces gens attachent plus d'importance à ce qui est à la mode, à la manière de se tenir à table, à respecter une étiquette d'une sottise incroyable, plutôt qu'à l'art lyrique. Ignorants, écervelés, maniérés, ce sont eux qui feront ou ne feront pas ton succès. Alors fais comme eux. Sois légère, insouciante, écervelée, et tiens-toi bien à table... C'est là que l'on juge de la valeur d'une personne... »

Philippe m'apprit à mettre en valeur ce qu'il appelait drôlement ma séduction de jolie-laide. Me mouvoir avec grâce, m'arranger avec un soin tout particulier, ne point abuser du blanc de céruse, être naturelle, en somme, sans exagérer les manières précieuses des aristocrates...

« Tu serais ridicule si tu les imitais. Que ce soit elles qui cherchent à t'imiter... Ton teint et ta peau sont sans pareil, y toucher serait criminel. Tu as les plus beaux seins du monde, montre-les ! Tes yeux sont comme une promesse que rien ne t'oblige à tenir. Ton visage est très expressif, joues-en. Tu as des cheveux que toutes les femmes du monde peuvent jalouser. Alors mets en valeur cette parure naturelle, sans trop de poudre blanche. C'est là une mode imbécile. Et ta bouche... ah ta bouche ! on a une telle envie de la mordre, de la prendre que... »

Et Philippe, joignant le geste à la parole, me prouvait séance tenante que j'étais la personne la plus désirable du monde. Ensuite, nous reprenions la leçon.

J'ai toujours suivi à la lettre les conseils de Philippe. Je ne me maquillais pas ou fort peu, m'habituais à me tenir très droite, avec une certaine hauteur, laissais le plus souvent ma chevelure sans accommodement, déployée jusques aux reins, et je recevais mes admirateurs dans une robe-chemise, en mousseline blanche, largement échancrée, ne laissant rien ignorer ni de la splendeur de mes seins ni de la finesse et de la souplesse de ma taille.

Les conseils de Philippe furent certainement très bons. Je n'ai jamais manqué d'amants ni de maîtresses passionnément épris.

Nous n'avions pas un louis ; nous devions à notre logeuse plusieurs semaines de loyer ; nous nous nourrissions de pain, d'œufs et de lait ; mais je crois que, durant ces quelques semaines, je touchai à quelque chose que maintenant, bien des années plus tard, je sais être le bonheur... J'étais trop jeune et trop inexpérimentée pour m'en rendre compte. A ce moment-là de ma vie, pour moi, le bonheur ne pouvait être ce que j'étais en train de vivre. Dans mes rêves de grande sotte, le bonheur avait les couleurs de la gloire et de la fortune. Du moins en étais-je persuadée. Je n'avais pas assez de toilettes, et de bijoux, pour me sentir heureuse. Il me manquait aussi un vaste logement meublé avec raffinement, une calèche tirée par de beaux pur-sang, trois ou quatre domestiques à mes ordres. Il me manquait surtout la scène et l'exercice de mon art. De cela, je souffrais vraiment.

Je ne pouvais concevoir le bonheur sans posséder toutes ces choses. Je tenais pour négligeables ma jeunesse, mon talent, la passion dont Philippe m'entourait, nos nuits si parfaitement amoureuses que jamais je ne connus dans d'autres bras cette magnifique exaltation des sens, si rare en vérité. Maintenant, je sais que les somptueuses parures de soie, de velours, de satin, les plus beaux diamants dont mes tiroirs regorgent, ne pourront jamais me donner ce plaisir de vivre, cette joie presque féroce qui me prenait à la gorge lorsque j'étais avec Philippe. Comme l'on peut se tromper sur soi et sur ses propres désirs ! Fort heureusement, si ma tête et mon cœur s'obstinaient dans leur erreur, mon corps, lui, ne se trompait pas. Lorsque Philippe était auprès de moi, mon corps réagissait aussitôt comme un chien fidèle à la voix de son maître. Alors ma raison m'abandonnait aussitôt, et c'était fort bien ainsi.

Sous la férule de Philippe, durant ces quelques semaines où nous fûmes ensemble à Berlin, je travaillai plusieurs rôles qu'il estimait être parfaits pour moi. Surtout, celui de Zémire dans le *Zémire et Azor* de Grétry.

« Tu débuteras dans ce rôle. Il est exactement à ta mesure me disait-il.

– Quand ? demandais-je impatiente.

– Bientôt... me répondait-il évasif.

– Où cela ? A Berlin ? insistais-je.

– Ah ! Je ne sais pas, répliquait-il agacé. Nous verrons cela plus tard ! En attendant, travaille ! »

Ai-je dit que Philippe, excellent musicien, pouvait me donner la réplique tout en s'accompagnant au clavecin ? Mieux que cela, il m'indiquait mes jeux de scène, les mimiques que je devais prendre et, surtout, il m'engagea vivement à ne jamais quitter des yeux mes partenaires.

« Rien de plus odieux que cette attitude qu'ont souvent

les chanteurs, et dont Sophie Arnould[1] est coutumière, de chanter leur air, puis de se désintéresser de l'action en faisant des signes à leurs amants ou maîtresses dans la salle. Tu seras différente, Sophie ! Tu seras vraiment une grande artiste. »

Six mois plus tard, alors que nous commencions à nous habituer l'un à l'autre, Saint-Huberty partit à Varsovie pour découvrir de nouvelles opportunités. Du moins était-ce la teneur du billet que je lus en rentrant de l'Opéra où je venais de passer une audition. Audition qui avait fait très bonne impression. Si bonne impression que le Grand Électeur de Prusse était tout disposé à renouveler son contrat de « Directeur des Menus-Plaisirs du Roi » à Philippe, et j'étais ravie de lui annoncer la nouvelle... Je trouvai notre chambre déserte. Un billet posé en évidence sur la table attira mon attention. Une seule phrase, sans aucun mot tendre :

« Je suis obligé de partir très vite à Varsovie voir s'il n'y a pas quelque chose à faire pour nous. »

Bien qu'en proie à une fureur compréhensible, je ne fus pas surprise du départ inopiné de mon mari. Deux jours auparavant, un lieutenant de police et plusieurs huissiers avaient fait irruption chez notre logeuse et menacé Saint-Huberty de l'enfermer pour dettes s'il ne payait pas, dans les quarante-huit heures, quelque six mille florins. Mon

1. Grande cantatrice française, alors au faîte de sa gloire. Elle était réputée pour sa beauté, ses amants, son esprit caustique et son art dramatique, mais surtout pour son incapacité à chanter juste et en mesure.

vaurien de mari jura sur l'honneur qu'il trouverait la somme due. Je m'abstins prudemment de tout reproche intempestif, n'osant lui demander quelle était l'origine d'une telle dette. Plus tard, je sus que c'était une dette de jeu... En partant, il avait emporté avec lui mes bijoux de même que le peu d'argent qui me restait. La totalité de mes économies, la somme que j'avais volée à ma mère, qui, vraisemblablement, constituerait ma seule dot. Je demeurai seule, à Berlin, sans le sou, mariée à un vaurien, un filou, un libertin que je détestais de tout mon cœur. Son mot si froid, si bref, m'anéantissait.

Deux ou trois jours après la fuite de Philippe, alors que je me morfondais, le lieutenant de police revint à la charge, et me fit savoir que mes parents avaient porté plainte pour enlèvement de mineure... ce dont Philippe devait répondre devant la justice. J'ai encore sous les yeux l'ordonnance de police que j'ai gardée précieusement durant toutes ces années :

> « ... supplique d'Antoinette Pariset, épouse du sieur Jean-Pierre Clavel, musicien pensionnaire de Strasbourg, appelant comme d'abus du mariage contracté entre Claude-Philippe Croisilles de Saint-Huberty avec demoiselle Antoinette, sa fille, actrice de l'Académie royale de musique [1]... »

Sachant que l'enlèvement d'une jeune fille mineure était passible de prison, voire, dans certaines villes, de pendai-

1. Extrait des Actes de l'ancienne ville de Varsovie.

son, j'étais atterrée. J'expliquai tant bien que mal l'absence de mon époux, jurai que, dès qu'il serait de retour à Berlin, il ferait tout le nécessaire pour dédommager ses créanciers et donnerait toutes les explications sur ce soi-disant enlèvement.

Pour tromper mon ennui, j'allais entendre les comédiens-français qui donnaient de nombreuses représentations à la Cour, et je me rendais à l'Opéra. Dans ma solitude provisoire et forcée, je m'efforçais de faire le compte de mes avantages et de mes défauts. Jolie, intelligente, de cela j'étais sûre, forte de caractère et, si j'en jugeais aux compliments crus, voire indécents de mon époux, plutôt habile aux plaisirs de l'amour... Parfois je m'avouais que son absence m'était insupportable ; d'autres fois, je me disais : « Grand bien lui fasse ! Et bon débarras ! »

En fait, j'étais très malheureuse et craignais, tout en pleurant, de ne le revoir jamais. J'attendais, jour après jour, des nouvelles de Varsovie... Rien. Toujours rien.

Par chance, l'un des ducs parmi les plus puissants d'Allemagne, en tout cas parmi les plus riches, le duc de Brunswick, qui séjournait momentanément à Berlin, s'intéressa à mon infortune. Un époux recherché pour dettes, enfui à Varsovie, laissant seule à Berlin une jeune chanteuse possédant une voix d'une ampleur exceptionnelle... Cette histoire-là causait les délices de la haute société berlinoise, celle qui était susceptible de faire une carrière... ou de la défaire. Je fus donc invitée à venir faire entendre ma voix chez le duc de Brunswick. Le palais du duc était somptueux, et la compagnie qui était venue m'entendre des plus élégantes. J'attendais tranquillement, dans une petite chambre que l'on avait mise à ma disposition, le moment pour moi de me produire devant ce public. Soudain la porte de la chambre s'ouvrit devant un homme d'une quarantaine d'années, luxueusement vêtu de soie blanche, chamarrée d'or.

Le duc n'était pas désagréable à regarder. Une figure avenante, un sourire singulier, des yeux pétillants de gaieté, une manière de se déplacer vraiment royale. Je connaissais sa réputation d'homme à femmes ; l'on m'avait avertie du nombre exact de ses maîtresses attitrées, une demi-douzaine environ, sommées de vivre à demeure dans le palais ducal. Les autres, celles d'une heure, celles de quelques jours ou de plusieurs mois, étaient soit prises sur place, soit logées dans de petits appartements, non loin du château.

Je savais que cet homme était puissant. Chef de la branche cadette de l'illustre maison de Brunswick, dont la branche aînée régnait à Londres, de tous les princes d'Allemagne il était le plus puissant et le plus considérable. Il se présenta fort civilement et me demanda si tout était à ma convenance. Je répondis affirmativement. Les émoluments prévus m'avaient été payés d'avance... j'avais tout lieu d'être satisfaite. Ce que je lui déclarai tout bonnement, sans arrière-pensée... et sans aucune pensée du tout car, à mon total ahurissement, le duc s'était rapidement défait de ses vêtements. Il tenait son instrument à la main avec un grand orgueil, et, avant que je pusse émettre la moindre protestation, il se précipita sur moi et m'obligea à tout ce qu'il voulut. En réalité, je n'opposai aucune résistance à ses assauts. Quelques instants plus tard, tout était consommé sans qu'un mot eût été prononcé. Sur la table qui jouxtait le divan, le duc déposa, outre quelques pièces d'or, un superbe diamant, et s'en fut. Un peu ébahie par cette aventure inattendue, ravie par cet apport d'argent tout aussi inattendu, je me réajustais après m'être rafraîchie, quand, de nouveau, la porte s'ouvrit et un valet m'avertit que l'on m'attendait dans le grand salon pour y chanter.

Je chantai alors quelques airs de Grétry, tirés de cet opéra que nous avions travaillé des semaines durant, Philippe et moi, *Zémire et Azor*. J'obtins un très vif succès et la promesse d'autres concerts. Avant que je ne me retirasse avec les autres musiciens portant la livrée des Brunswick, le duc vint me saluer. « Vous avez été parfaite, me dit-il avec un sourire moqueur. Vraiment parfaite ! Je ne demande qu'à vous entendre de nouveau... Présentez-vous demain après-midi. Vos émoluments seront les mêmes que ceux que vous avez reçus aujourd'hui. »

D'abord, dans ma naïveté, je crus que le duc, ravi par ma voix, désirait l'entendre encore une fois, mais je dus vite me désillusionner quand il ajouta à voix basse : « Ce petit intermezzo était des plus charmants. Demain nous aurons beaucoup plus de temps... » Puis, après s'être incliné devant moi, il me tourna le dos et rejoignit sa compagnie. Le lendemain, tandis que je tergiversais – irais-je ? n'irais-je pas ? –, un huissier se présenta, accompagné du lieutenant de police que je connaissais déjà, et me remit une lettre intimant l'ordre à « ... Philippe Croisilles de Saint-Huberty de payer séance tenante la somme de six mille florins dus par le sieur ci-dessus nommé, dans les quarante-huit heures... D'autre part, le sieur Philippe Croisilles de Saint-Huberty aura à répondre de l'enlèvement de demoiselle Antoinette Clavel... ». J'étais seule, perdue dans une ville étrangère sans avoir à qui demander de l'aide. Je me mis à pleurer mais, cette fois-ci, les officiers de police ne se laissèrent pas amadouer par mes larmes.

« C'est la prison qui attend votre époux... Peut-être même la pendaison. » J'étais atterrée. Où trouver six mille florins en quarante-huit heures, alors que je n'en possédais pas cent, compte tenu du petit cadeau du duc ? Vendre le diamant ne suffirait pas davantage... Philippe risquait-il vraiment d'être pendu pour cette histoire d'enlèvement ? Il n'y avait pas eu d'enlèvement ! J'avais été on ne peut plus consentante... Que dire au lieutenant de police de façon que Philippe ne soit pas poursuivi pour cet acte ?

Lorsque ces deux oiseaux de malheur se furent retirés, je me rendis au palais ducal où je fus immédiatement introduite dans le même boudoir que la veille... Je n'attendis pas très longtemps. La porte s'ouvrit devant le duc, dans les mêmes dispositions que la veille. Tout comme la veille il me prit sans un mot et, sans autres fioritures, laissa sur la table quelques pièces d'or et une émeraude de jolie taille, puis s'en fut, après ces quelques mots : « Ce fut charmant. A demain ma belle... »

Ce petit manège dura près de deux mois. Je me trouvai riche de dix mille florins environ et de quelques très beaux bijoux ; toujours sans nouvelles de Philippe, mais ayant largement de quoi payer ses dettes, si cela se révélait indispensable, et de voir venir des jours que je souhaitais meilleurs. Si, auparavant, je parvenais à m'enfuir de Berlin, il ne serait pas question pour moi de donner un florin à ces corbeaux. Et puis quoi encore ? Pour désamorcer la plainte de mes parents, j'allai voir le lieutenant de police et lui montrai mon certificat de mariage... J'ajoutai en sanglotant (je suis une comédienne sans rivale possible) que j'attendais un enfant et que c'était moi qui avais obligé Philippe à m'épouser pour donner un nom à son fils. Le lieutenant de police était un brave homme. Il fut extrêmement touché par mon désarroi et me promit qu'aucune poursuite ne serait engagée contre mon époux qui, somme toute, avait agi en honnête homme. Heureusement, la séance se terminait car, à entendre le lieutenant de police évoquer Philippe sous les traits d'un homme honorable, je risquais de ne plus pouvoir tenir mon rôle de jeune fille abusée sans éclater de rire...

Je n'espérais plus rien de Berlin ; mon aventure avec le duc de Brunswick me lassait. Bien des années plus tard, lorsque le hasard nous remit en présence, dans les dramatiques circonstances de la Révolution française, il se plut à se souvenir devant moi de ces moments passés en ma compagnie, évoquant l'amour passionné qu'il éprouvait alors. Je ne me souvenais de rien de tel... Sauf que, lorsqu'il venait aux rendez-vous qu'il me fixait, il était toujours d'attaque. Peut-être était-ce ce qu'il appelait un fol amour...

Enfin, une lettre de Philippe ! Je devais, séance tenante, le rejoindre à Varsovie, où un engagement de premier ordre m'attendait ! Sans trop de fioritures amoureuses, il me donnait de multiples précisions sur cet engagement. Il venait d'obtenir de l'Opéra la possibilité d'y diriger une troupe qui avait déjà quelque succès, et il était certain de m'y faire engager comme première chanteuse. Il m'attendait... C'était tout. Je réfléchis. Beaucoup. Plusieurs jours. Varsovie ? L'Opéra de Varsovie ? Je ne doutais pas un seul instant de la sincérité de Philippe ; je ne doutais pas davantage de son talent. Sa réputation d'homme de théâtre n'était pas usurpée. Ce dont je doutais, c'était de sa capacité à gérer une telle entreprise. L'argent n'avait pas de signification pour lui. Il ignorait ce qu'était un livre de comptes, mais je savais qu'il ambitionnait réellement de réunir une vraie troupe lyrique avec de bons sujets. Je connaissais ses idées extrêmement originales, je connaissais aussi ses multiples dons et, surtout, un vrai talent pour découvrir les grandes voix. Son ambition la plus secrète était, je le savais, de rencontrer, à Paris, celui que la Dauphine de France avait amené avec elle, et qu'il appelait, avec du respect dans la voix, « maître Gluck ».

« Quand tu seras vraiment prête, me disait-il souvent, nous partirons à Paris et je te ferai obtenir une audition auprès de lui. Ce n'est pas un homme de cour, c'est un musicien. Un vrai... J'aime ses théories. Il considère que la musique la plus parfaite est celle qui colle étroitement avec l'action, sans cesser pour cela d'être mélodieuse. D'autre part, il est terriblement exigeant avec les artistes.

– Plus que toi ? demandai-je un peu moqueuse.

– Beaucoup plus que moi. Lui, interdit absolument que les chanteurs, lorsqu'ils ont fini leurs airs, se désintéressent de l'action. C'est le seul compositeur capable de faire répéter un orchestre des mois durant pour en obtenir la perfection. C'est lui que nous irons voir...

– Quand cela ?

– Donne-moi deux ans.

– Tant que ça ?

– C'est juste ce qu'il nous faut pour nous constituer une

petite fortune suffisante pour que nous puissions nous installer, non comme de pauvres saltimbanques, mais comme des artistes honorables et honorés. Berlin, Vienne, peut-être Varsovie... Voici les trois marches de ta gloire future. »

Philippe m'entraînait dans ses rêves. Je savais qu'il préparait notre avenir. Je n'avais plus qu'à attendre et lui faire confiance. C'est peut-être ce qui est assez étrange : ma confiance butée dans les capacités de Philippe. Cette conviction qu'ensemble nous serions capables de réaliser de grandes choses. Sur les responsabilités qui lui seraient confiées, sur la troupe qu'il devait recruter, troupe dont je serais le centre... une fois de plus, je lui fis confiance. Je me décidai donc à faire mes malles, à réunir la petite fortune que j'avais amassée grâce au duc, mes bijoux, mes toilettes, mes costumes de scène ; je louai un équipage, et va pour Varsovie... Je me souviens qu'au cours de ce voyage il m'arriva de rire toute seule au bonheur qui m'attendait... la scène, l'Opéra, et... Philippe.

Évidemment, lorsque j'arrivai, rien de tout ce qu'il m'avait écrit n'était vrai. Enfin, c'était « presque vrai ». Il y avait une troupe, certes, mais qui ne s'était encore jamais produite sur la scène de l'Opéra. Le roi Stanislas Poniatowsky avait juste accepté de nous auditionner tous, les uns après les autres, et, si cela lui convenait, d'engager Philippe pour une durée de trois ans comme directeur de l'Opéra. Malgré ma déception, je tombai dans les bras de Philippe et nous gardâmes la chambre deux jours durant. Plus tard, au cours des répétitions, je dus reconnaître que Philippe avait fort bien composé sa troupe. Les voix étaient superbes. Les artistes, jeunes, agréables à regarder, connaissaient leur métier. Les auditions ayant été couronnées de succès, je commençai à entrevoir l'avenir comme une promesse étincelante de bonheur... La troupe travaillait sans relâche. Nous avions inscrit à notre répertoire *La Servante maîtresse* de Pergolèse, *Le Devin du village* de Jean-Jacques Rousseau, *Orphée et Eurydice* de Gluck et, enfin, *Zémire et Azor* de Grétry...

Nous étions tous prêts. La première représentation de *La Servante maîtresse*, dans laquelle je ne chantais pas, me réservant pour *Zémire et Azor* qui devait se donner devant Leurs Majestés polonaises, trois semaines plus tard, connut un très vif succès. Philippe rayonnait de joie. Et sa joie, je dois l'avouer, me touchait infiniment. Je me sentais pleine d'indulgence, et même d'admiration, pour lui. Il menait tout tambour battant, répétitions, mise en scène, direction des chœurs, direction d'orchestre, avec une compétence et une vivacité qui tenaient du génie.

Tout allait donc pour le mieux. J'étais heureuse, j'avais un mari qui me donnait toute satisfaction, et j'allais chanter une nouvelle œuvre de ce jeune compositeur dont le nom franchissait déjà les frontières. Sur les instances de Philippe, et ce, à ma grande surprise, j'écrivis à mes parents afin de solliciter leur pardon. Dans cette lettre, je leur disais combien j'étais heureuse, combien nous avions de succès. Je ne reçus aucune réponse.

Nous étions à huit jours de la représentation de *Zémire et Azor*, quand la foudre tomba sur moi. Plus exactement sur mon vaurien de mari. Qui, fort de son récent succès, avait décidé d'aller à Hambourg, avec notre chef d'orchestre, Morris Meyerson, auditionner une haute-contre[1]. Pour

1. Se dit aussi contre-ténor ou sopraniste. Voix d'homme exceptionnellement pure sur un registre de soprano ou d'alto. Pas forcément de castrat.

ce faire, ils devaient passer par Berlin... Où, immédiatement reconnu par la maréchaussée, toujours aux aguets, Philippe fut arrêté et jeté en prison pour dettes. Maître Morris Meyerson revint seul, et m'apporta la nouvelle. « Six mille florins plus les frais... Sinon notre directeur restera en prison ! » sanglotait le *maestro* qui s'arrachait les quelques rares cheveux qui lui restaient. J'étais effondrée. Que l'on juge de mon désarroi, voire de mon affolement, qui ne le cédait en rien à celui de la troupe... Pour éviter un scandale dont aucun de nous ne se remettrait, je décidai que nous assurerions la représentation. Je fis taire pleurs et lamentations, exigeai du chef d'orchestre qu'il se montrât ferme avec les musiciens et les chœurs, et commençai mes vocalises. J'allais m'occuper de tout, et de tous, avec l'autorité dont j'avais vu Saint-Huberty faire preuve. Maître Meyerson connaissait sa partition sur le bout de sa baguette ; moi-même, qui avais travaillé sans relâche avec Philippe, j'étais tout à fait à même de diriger la troupe.

Et ce fut un triomphe. Mon premier vrai grand triomphe... Certes, j'avais connu des succès au cours de mes précédents concerts, mais il s'agissait là de réceptions privées où je me produisais en attraction, entre deux plats fins. Rien de comparable avec une salle pleine à craquer de gentilshommes, mais aussi du peuple polonais qui, debout, me fit une ovation. Jamais je n'oublierai cet instant de griserie parfaite. Ce public, debout, qui m'applaudissait... Je goûtai cette ivresse avec la même délectation, le même transport, que j'avais connus lors de ma première nuit d'amour avec Philippe... Le succès allait grandissant, les gazettes ne parlaient que de moi, la cour de Pologne me comblait de présents. Deux mois plus tard, je fis fondre mes bijoux, vendis une grande partie de ma garde-robe, et pus réunir ainsi une somme de douze mille livres. C'était un peu plus qu'il n'en fallait pour aller délivrer mon vaurien... Je retournai donc à Berlin, fis le nécessaire pour le libérer, et nous revînmes ensemble à Varsovie. Entre deux querelles, toutes plus violentes les unes que les autres, nous nous aimions avec fureur...

Nous passâmes ainsi deux ans à Varsovie. Deux ans de succès, de disputes, d'amour aussi. Que dire de ces deux années ? Qu'elles furent les plus belles de ma vie ? Les plus excitantes dans toute l'acception du terme, sûrement. Qu'on en juge. J'avais vingt ans. Je vivais avec un homme qui me comblait. Je vivais de mon art et j'avais du succès. Certes, Philippe me trompait, je le savais, et cela m'enrageait. Lorsque je l'avais trompé, c'était pour le sauver de prison. Lui, c'était par jeu. Un jeu cruel qui me blessait et... m'humiliait. Ce n'était pas tant son infidélité qui me tourmentait. Ce que je craignais, c'était qu'une autre ne me le « prenne ». Si jamais je l'avais surpris à regarder une autre femme avec ce même regard attentif, amusé, moqueur qu'il posait habituellement sur moi, je suis sûre que j'aurais été capable de meurtre.

Je lui faisais des scènes épouvantables, le blessai avec une bouteille. Le monstre se remit, me donna une fessée comme à une enfant capricieuse, et me fit l'amour. Il adorait cela. Me frapper pour bien me montrer qui était le maître, et me faire l'amour ensuite alors que j'étais encore tout endolorie des coups reçus. Je dois à la vérité de dire qu'il ne s'avisa jamais de me frapper lorsque j'avais une représentation en vue. Au contraire, il se montrait alors parfaitement soucieux de ma personne, s'inquiétant du moindre refroidissement, me passant tous mes caprices… Souvent il me disait une phrase que je ne compris que des années plus tard. Beaucoup plus tard… Trop tard, hélas. « Je te connais mieux que toi. Je sais tout ce qui t'agite. Laisse-moi faire… Ce que je fais ou ne fais pas, c'est pour ton bien. »

Ai-je été heureuse au cours de ces deux années ? Je n'ai jamais retrouvé cette exaltation que j'éprouvais. La passion, l'excès de passion ne rendent pas heureux. Tout n'est qu'angoisse, incertitude, blessures. Mais comme ma vie était riche et pleine ! Chaque heure était vécue ardemment, chaque nuit un enchantement des sens… Rages jalouses, scènes, réconciliations, amour, tout m'était nécessaire puisque venant de Philippe. J'étais prête à accepter cette vie pour le reste de mon existence, mais le destin et mon mari en décidèrent autrement…

Parmi ses nombreux défauts, il possédait la passion du jeu. Parfois il gagnait, et il me couvrait de bijoux, de toilettes et m'emmenait souper dans des parties fines, ou bien il perdait, et reprenait toilettes et bijoux qu'il revendait à perte pour payer ses dettes… Bien que, durant ces années, mes cachets et les siens fussent largement suffisants pour que nous puissions vivre à notre aise, notre ménage fut fréquemment troublé par des soucis d'argent. Lorsque les créanciers devenaient par trop menaçants, Philippe se précipitait chez son « ami » le prince Poniatowsky et lui demandait de venir à son aide, ce que le prince faisait d'autant plus volontiers qu'il se remboursait sur mes cachets, moyennant un intérêt de vingt-cinq pour cent. En octobre 1776, après une très mauvaise série de pertes, mon vaurien dut fuir Varsovie à l'improviste pour ne pas finir ses jours dans une prison pour dettes. Avant de partir, il me prépara une lettre que je devais présenter au Roi, afin, me dit-il, de préserver le peu que je possédais. En voici la teneur :

« Par-devant les notaires et officiers publics de l'ancienne ville de Varsovie, comparant en personne noble dame Antoinette de Clavel, épouse de noble homme Philippe de Saint-Huberty, assistée pour le présent acte du conseil de noble homme Georges Godin, présent et appelé par elle à cet effet ; ladite Antoinette de Clavel, saine d'esprit et de corps, de son plein gré, librement et expressément a déclaré et déclare par le présent acte : qu'ayant appris que noble homme Philippe de Saint-Huberty, son mari, ayant abandonné Varsovie à cause du grand nombre de dettes dont il était accablé, ignorant même l'endroit où il s'était retiré, et ne voulant s'obliger en aucune manière pour les dettes de son mari qu'il a contractées sans qu'elle y ait aucunement participé, elle se sépare de tous les biens généralement quelconques de son dit mari, sauf néanmoins les biens qu'elle a acquis et apportés, et déclare en outre par une déclaration formelle, la susdite dame de Clavel, qu'elle ne prétend nullement s'intéresser auxdits biens, et approuvant en entier la présente séparation des biens de son mari, elle a ainsi soussigné de sa propre main au présent acte.

Antoinette de Clavel,
femme Saint-Huberty,
J. Godin, comme assistant[1]. »

« Ne t'inquiète pas de moi. Je suis obligé de partir immédiatement... Nous nous retrouverons à Paris », ajoutait-il.

---

1. Extrait des Actes des notaires et des officiers publics de l'ancienne ville de Varsovie. Collationné, signé, scellé et légalisé par les juges royaux de l'ancienne ville de Varsovie, octobre 1776.

Ce soir-là, j'allai chanter à l'Opéra comme si de rien n'était. A mon retour, Philippe n'était plus là. Et, comme je m'y attendais, il avait tout emporté de ce qui m'appartenait : bijoux, argent, et même mes costumes de théâtre...

Je me retrouvais, de nouveau, seule dans une ville étrangère, avec, en charge, une troupe d'artistes en plein désarroi. Nous finîmes la saison en décembre et, au mois de janvier, surgirent mille difficultés. La troupe engagée par Philippe exigeait des dédommagements que j'étais incapable de lui donner.

Fort heureusement, une dame des plus illustres parmi l'entourage royal, la princesse Lubomirovska, très émue du triste sort dans lequel je me débattais, me proposa de m'héberger, et de dédommager les artistes de la troupe. La princesse Lubomirovska appartenait à l'une des plus glorieuses et des plus riches familles de l'aristocratie russo-polonaise. Elle possédait des milliers de verstes de terre, des centaines de serfs, habitait un château dont l'immensité le disputait à la splendeur, et où je fus fort aise de trouver l'hospitalité... « Pour le temps qui me conviendrait », disait gracieusement la lettre d'invitation.

La princesse Nina Lubomirovska était une fort jolie femme de trente ans, qui vivait seule « par convenance personnelle » et ne voyait son mari qu'un mois par an, le temps de concevoir un enfant (elle en avait eu cinq qui vivaient tous ; soit en pension, soit chez une nourrice). Il fallait entendre avec quel mépris elle parlait du prince : « Un débauché, ivre du matin au soir, ayant engrossé la plupart de nos filles de ferme, et violé, dès qu'ils atteignaient l'âge de douze ans, ses propres bâtards, filles ou garçons, qu'elles avaient eu le malheur de mettre au monde... Aux reproches de notre curé, il répond sans vergogne que ces enfants-là sont à lui et qu'il en fait ce que bon lui semble... »

Je ne savais comment remercier ma bienfaitrice... Elle le savait très bien. Sur certains points du libertinage, j'étais encore toute neuve. Je n'avais, en somme, connu que trois hommes dans ma vie. C'était peut-être beaucoup du point de vue de la morale, c'était fort peu pour le monde dans lequel je vivais. Quant au reste, je l'ignorais absolument.

A peine étais-je installée dans le palais des Lubomirovsky qu'un matin, après la messe dite dans la petite chapelle aménagée dans une aile du château, la princesse me fit appeler dans sa chambre. Elle était souffrante et souhaitait savoir si j'étais heureuse de son hospitalité... Je m'empressai de me rendre dans ses appartements, résolue à remercier de tout mon cœur ma bienfaitrice.

Ce matin-là, il faisait beau mais froid, et un grand feu brûlait dans la cheminée.

Je l'ai déjà dit, c'était une fort ravissante jeune femme, très blonde, dont les yeux en amande s'étiraient en douceur sur les tempes. Ses pommettes hautes et saillantes lui donnaient un air de petit chat malicieux... Comme elle gardait la chambre, elle s'était mise à son aise. Sa chevelure, d'un blond très pâle, presque argenté, déployée jusqu'au milieu de la taille, lui couvrait les épaules. Ainsi, gracieusement posée dans son fauteuil, elle offrait un fort joli spectacle. Elle paraissait si jeune ! Presque enfantine... Elle me fit signe de venir m'asseoir auprès d'elle, sur un tabouret, et me demanda :

« Êtes-vous satisfaite de votre installation ?

– Oh oui, princesse ! acquiesçai-je avec fougue. Comment vous remercierai-je assez de vos bienfaits ? Comment vous manifester ma reconnaissance ? Vous pouvez me demander n'importe quoi !

– Oh ! me répondit-elle en riant. Je n'en demande pas tant... Tenez, embrassez-moi sur le front et nous serons quittes. »

Docile, bien qu'un peu troublée, je m'exécutai.

« C'est tout ? me dit-elle, déçue. Je m'attendais à un peu plus... Voyons, embrassez-moi encore. »

Et, tandis que j'allais pour recommencer, je sentis la main de la princesse s'égarer sur mes cheveux, puis sur mes seins, puis m'attirer vers elle et m'embrasser sur la bouche avec une telle ardeur que j'en fus extrêmement surprise. C'est peu dire que j'ignorais tout des aristocrates polonaises (dans ma naïveté, je pensais sincèrement que c'était ainsi que les dames de bonne compagnie se manifestaient leur amitié), et j'étais, de plus, dans l'ignorance absolue de ce que pouvait être le saphisme... Je n'allais pas tarder à tout apprendre. Perdant son sang-froid, la princesse me renversa sur elle, m'embrassant à corps perdu, ses mains se promenant à leur gré sous mes jupes... Enfin elle connut l'extrême jouissance que, dans mon ignorance, je pensais que seul un homme pouvait procurer à une femme... Dire que je fus indifférente à tout ce que j'appris ce matin-là serait un mensonge. C'était nouveau. Certes, en rien comparable à ce que j'éprouvais lorsque Philippe me prenait après l'une de nos cuisantes querelles. Mais c'était loin d'être désagréable. La princesse, elle, était au comble de la jouissance, bien que je fusse, cette première fois, de la dernière maladresse à son égard. Durant les trois mois d'hiver que je passai à ses côtés, je fis beaucoup de progrès dans ce genre d'amour-là.

A ce propos, je me dois de préciser que j'ai vu beaucoup de choses dans ma vie. J'ai vu des fils dénoncer leur père, ou leur frère, pour s'approprier leurs biens ; j'ai vu des vieillards épouser des fillettes de quatorze ans à demi mortes de honte et de peur, j'ai vu des enfants abandonnés par la misère, sur les marches des églises ; j'ai vu des hommes s'entre-tuer parce qu'ils n'étaient pas du même avis politique ou religieux... J'en ai vu d'autres réduits en esclavage de la plus abominable façon parce que leur peau était noire. Et ceux qui envoyaient aux Amériques ces malheureux, allaient chaque dimanche à l'église, faisaient benoîtement leurs pâques, et toutes ces simagrées religieuses édictées par le pape. Bref, j'ai vu et connu le pire de ce que peut faire un être humain à un autre être humain, aussi les débordements de passion amoureuse, de quelque manière que ce soit, ne m'ont-ils jamais offusquée...

Je restai donc auprès de ma bienfaitrice, et m'accommodai au mieux de ma vie. Un maître de musique venait chaque jour me faire travailler ma voix et mes partitions, ensuite, après le dîner que nous prenions ensemble vers midi, la princesse Lubomirovska achevait mon éducation amoureuse... Puis nous allions nous promener dans le parc du château. Lorsque le temps le permettait, nous faisions de longues promenades en traîneau. J'aimais le froid vif qui pénétrait dans mes poumons ; j'aimais la vitesse folle des chevaux au galop.

Nina avait un caractère charmant. Elle était gaie, généreuse, extrêmement cultivée, passionnée par tout ce qui l'entourait et voulant me faire partager ses curiosités... Elle étudiait la physique, l'astronomie, les sciences naturelles, et regrettait vivement que les femmes ne fussent point admises à exercer ce noble métier des sciences. Le temps passait vite. Trop vite et, sans que je m'en aperçusse, le mois de mars arriva. Nina et moi sortions de plus en plus souvent et j'aimais surtout ces après-midi où, lorsque le temps le permettait, j'allais avec elle dans sa serre.

Passionnée par l'étude des plantes, en digne émule de Jean-Jacques Rousseau, elle herborisait avec passion. Parfois elle se laissait aller à des commentaires sur la politique, sur les hommes qu'elle jugeait d'une imbécillité sans pareille, et elle se demandait : « Pourquoi nous, les femmes, n'avons-nous pas les mêmes droits que ces imbéciles ? » Bien que je partageasse amplement ses vues, je n'avais aucune réponse à cette question. Moi aussi, je me sentais beaucoup plus forte que Philippe, beaucoup plus intelligente aussi, bien que je fusse moins instruite. Nina me parlait des hommes qu'elle avait connus et du profond dégoût qu'ils lui inspiraient. Alors qu'elle coupait des roses, en se protégeant des épines, elle me racontait ce qu'elle avait vécu, éprouvé. Effarée, j'écoutais. Cela ne ressemblait en rien à ce que, moi, j'avais connu. Elle avait en horreur l'amour des hommes :

« ... Leur visage congestionné, leur souffle contre mon cou, cette chose dans mon ventre qui va, qui vient, qui va encore, jusqu'à ce que ces imbéciles poussent des cris de goret qu'on égorge... Ensuite ce liquide blanc, nauséabond, qui colle sur les jambes... Dieu que j'ai horreur de cela ! J'avais douze ans quand mon confesseur, le saint homme ! m'a initiée aux choses de l'amour. Veux-tu que je te le conte ? Je préparais ma communion solennelle, et je sortais du confessionnal. C'était un dimanche matin, après la première messe ; nous étions tous deux, seuls, dans son cabinet de travail où il m'avait attirée sous prétexte de me donner des livres saints pour parfaire mon éducation religieuse... Pour tout te dire, je ne me sentais pas à mon aise, vaguement inquiète de l'attitude inusitée de mon confesseur. Il avait un regard allumé par d'étranges flammes. Il me posa quelques questions anodines, s'approcha de moi et commença par m'embrasser. J'endurai ses baisers sans oser protester, bien qu'il puât fort de la bouche. Puis il passa par degrés à des gestes sur moi de plus en plus inconvenants... Terrorisée, je n'osais ni crier ni me défendre. En fait, j'étais incapable de faire le moindre mouvement. Et, avant que je pusse réaliser ce qui m'arrivait, il souleva ses habits sacerdotaux et me montra son membre énorme... C'était la première fois de ma vie que je voyais cela, aussi juge de ma terreur. J'étais dans l'incapacité de hurler, le saint homme m'ayant, de la sienne, fermé la bouche... Il me fit basculer à terre, força mes genoux à s'ouvrir. Et, très vite, je me sentis déchirée à l'intérieur de moi. La souffrance que j'endurais était terrible. Il allait par saccades violentes... Cela me sembla durer une éternité... Enfin, il se retira. Puis cet infâme me tint un petit discours dans lequel il m'intima le silence le plus absolu, sinon il me ferait enfermer dans un couvent pour ne plus en sortir. Je dus subir plusieurs mois de suite ses outrages. Ma gouvernante ignorait tout et insistait pour que rien n'interrompe mes leçons de catéchisme. J'avais beau feindre être malade, pleurer, supplier qu'on ne me laissât point seule avec Monseigneur Pirowsky, ma gouvernante jugeait fort sévèrement mon attitude qu'elle attribuait à un caprice d'enfant. Et moi, je rêvais de tuer ce prêtre... Je rêvais de sa mort. Ô Dieu ! que n'aurais-je donné pour le voir mort... Heure après heure, je priais pour cela... Et mon rêve fut exaucé, à la veille de Pâques. On le retrouva mort dans le confessionnal, assommé, le crâne couvert de sang. On n'a jamais retrouvé l'assassin. Sûrement quelqu'un comme moi qui avait dû subir ses outrages, et qui ne pouvait plus le supporter... »

A l'écouter, j'étais passée par tous les stades de la colère, de l'indignation, du désir de meurtre. J'imaginais l'enfant de douze ans, déchirée, meurtrie, humiliée...

« Si j'avais dû subir cela, lui dis-je, je l'aurais tué de mes propres mains.

– Oh ! dit-elle. Le candélabre a très bien fait l'affaire... »

Dans le silence qui, soudain, s'installa, elle me jeta un drôle de regard. On pouvait y lire une franche gaieté. Le regard, joyeux, un peu cruel, d'une enfant ravie de ses exploits.

« Et ensuite, princesse ? dis-je enfin pour masquer mon trouble.

– Ensuite ? Il n'y eut plus de leçon de catéchisme et, grâce à Dieu, pas davantage de communion... Et je me tins à distance de tous les hommes qui venaient nous rendre visite.

– Vous en aviez peur ? »

Elle eut un petit rire.

« Ce prêtre m'avait fait prendre ses semblables en horreur. A l'âge de quatorze ans, mes parents se souvinrent de mon existence ; ce fut pour me faire épouser le prince Lubomirovsky, un libertin de quarante ans, immensément riche, à qui naïvement je racontai mon histoire. Cela le fit rire aux éclats. Il se déclara ravi d'apprendre que je n'étais plus vierge, ayant horreur de déflorer les jouvencelles, m'expliqua-t-il. "Cela crie, cela pleure, cela souffre mille morts ! Dieu merci, vous voilà femme sans mon aide ; nous allons bien nous amuser..." Et il s'amusa... Parfois, ils étaient deux à s'amuser de moi. Un jour, il amena avec lui une jeune femme appartenant à l'une des plus grandes familles italiennes, la comtesse Floria Maladeta. C'est elle qui m'initia à l'amour entre femmes. Et cela me bouleversa. Là, je ne rencontrais que douceur, tendresse, compréhension... Très vite, j'obtins de mon mari la séparation de corps. Il accepta à condition que j'aie des enfants de lui... J'acceptai. Une fois par an nous avons les rapports nécessaires, et j'ai eu cinq enfants de lui, tous en nourrice, puis en pension. Floria et moi avons vécu ensemble de longues années de bonheur, mais ma malheureuse amie est morte d'un refroidissement. J'ai eu beaucoup de chagrin. Rien ne pouvait me consoler de cette perte. Puis, il y a six mois, j'assistai, à l'Opéra, aux débuts d'une jeune chanteuse destinée à un bel avenir. C'était toi... »

Si je me souviens avec une telle intensité de cette période si brève, c'est parce qu'elle fut d'une douceur absolue. Je n'avais aucun souci matériel, je pouvais me consacrer au chant, et j'avais, en la compagnie de Nina, la plus douce, la plus tendre des amies. Je ne souffrais pas vraiment de l'absence de Philippe. Quelque chose en moi me certifiait que je le reverrais... un jour. Sur les conseils de Nina, j'écrivis de nouveau une lettre à mes parents qui, cette fois, me répondirent qu'ils me pardonnaient et qu'ils attendaient mon retour avec impatience... Je pleurai de joie en lisant cette lettre. Bien que je fusse parfaitement heureuse, ma famille me manquait ; aussi, j'envisageai mon retour à Strasbourg vers la fin du mois d'avril 1777. Et puis, un matin, je reçus une lettre cachetée de noir... Elle était datée du 25 février. Le notaire de mes parents m'annonçait que la variole avait eu raison de mon père et que ma mère était à la dernière extrémité. Elle voulait me revoir avant sa mort. Il fallait que je revienne au plus vite à Strasbourg. Joseph et Amélie vivaient chez nos grands-parents Pariset et n'étaient pas en danger.

C'est ainsi qu'en une seconde la vie bascule... La veille, je chantais et dansais ; la veille, Nina avait organisé pour moi une fête charmante, je riais, j'étais joyeuse... Aucun pressentiment, rien qui vînt m'avertir que les deux êtres que je chérissais le plus au monde étaient malades depuis plus d'un mois, et que j'avais perdu mon père... J'étais au comble du désespoir et du remords. Que n'aurais-je donné pour revenir en arrière, être au chevet de mon père, assister à ses derniers instants, implorer son pardon !

Durant les jours qui précédèrent mon retour à Strasbourg, Nina montra toute sa générosité... Elle m'obligea à prendre son coupé, me donna l'argent nécessaire à ce long, si long voyage, mit à ma disposition son cocher et un valet de pied. Elle s'occupa de tout. Je la quittai par une neigeuse journée de mars... Nous pleurions, sachant fort bien, l'une et l'autre, que la vie allait nous séparer pour toujours. Et moi que je perdais la plus précieuse des amies...

Dix jours plus tard, après un long voyage éprouvant, j'arrivai à Strasbourg et me précipitai, malgré l'interdiction du médecin, au chevet de ma mère.

Jamais je n'oublierai cette scène.

« Tonia... Tonia !... Ô mon Dieu ! Tonia ! » gémissait ma

mère, en proie aux souffrances de la pire des agonies. Son visage était une plaie à vif. Elle me regardait fixement. « Tonia ? Tonia ?... répétait-elle, inlassablement.

– Je suis là, maman, je suis là... » Je serrais ses mains, les baisais, les couvrais de mes larmes...

« Je vais mourir, Tonia. Je vais rejoindre ton père...

– Non ! criai-je en pleurs. Oh non ! Je t'en prie... »

Les yeux de ma mère ne me quittaient pas et je compris l'intense imploration. « Amélie... Joseph... souffla-t-elle, enfin, à bout de forces. Je t'ai laissé une lettre... au cas où tu ne serais pas revenue à temps.

– N'aie aucune crainte, maman. Jamais je ne les abandonnerai... Je m'occuperai d'eux. Je te le jure maman. Je te le jure sur ma vie... sur mon salut éternel. Jamais je ne les abandonnerai. Jamais ! »

Elle me regardait encore. Mais l'expression de son visage avait changé. Elle paraissait apaisée... Une sorte de sourire éclaira un instant son visage atrocement défiguré. « Ma Tonia... murmura-t-elle. Ma pauvre petite Tonia... si courageuse... Je voudrais voir un prêtre... »

Je fis comme elle le désirait. Je courus chercher le curé et, bien que toute forme de religion me répugnât, je fis le nécessaire pour que ma mère reçût l'extrême-onction.

Pour ma part, je maudissais Dieu... J'écoutais la prière des agonisants, et je maudissais Dieu : « Que la paix vienne en cette demeure, ô Seigneur, et je serai purifiée... » et moi, sans relâche, je maudissais Dieu. Je le maudissais d'avoir infligé à ma mère une telle souffrance physique et morale, je le maudissais inlassablement... Maman s'enfonçait dans les ténèbres... Déjà elle ne me voyait plus, ne m'entendait plus, il n'y avait plus que sa main qui serrait la mienne à me briser les os. « Je te le jure, maman, murmurai-je. Je tiendrai ma promesse... »

Sa main lâcha la mienne. C'était fini...

J'ai vécu tant bien que mal, mais j'ai tenu mes promesses. Toutes mes promesses. Il est des sentiments qui ne s'affichent pas, des mots qui ne se prononcent pas. Je restai longtemps silencieuse, immobile, refusant toute consolation. Dans mes rêves, je revenais chez moi glorieuse et riche, les mains pleines de présents pour ceux que je chérissais. En réalité, mes mains étaient vides et mon âme désespérée... Toute la douleur que j'avais infligée à ma mère, je l'éprouvais maintenant au centuple. Je lisais et relisais le billet que ma mère avait eu la force de m'écrire avant de mourir, craignant sans doute ne pas me revoir à temps.

« Mon enfant chérie, ton père est mort et je ne vais pas tarder à le rejoindre. Je te supplie de prendre soin de tes frère et sœur... Ne laisse pas des mains étrangères s'abattre sur eux. Je t'aime et je sais que je peux te faire confiance... »

Jour après jour, je me répétais la promesse d'obéir en tout aux dernières volontés de maman. Jamais je n'abandonnerais mes frère et sœur... Mais comment tenir ma promesse ? Qu'allais-je faire d'Amélie et de Joseph ? Amélie était encore une petite fille, menue, timide, sans formes, avec ses tresses cerclant sa tête à la manière alsacienne, et mon frère, à peine plus âgé qu'elle, ne pouvait être d'aucune utilité. Mes parents nous avaient laissé quelques biens ; la maison que nous occupions était nôtre ; et, dans l'immédiat, je n'avais pas à faire face à de trop gros soucis d'argent... J'avais connu pire avec Philippe. En accord avec le notaire de feu mes parents, nous prîmes la décision de mettre Joseph en pension au collège Louis-le-Grand, à Paris, et ma sœur au couvent des Oiseaux, où elle achèverait son éducation. La maison serait mise en location, et les quelques rentes que mes parents avaient laissées serviraient à payer collège, couvent et entretien de mes frère et sœur...

« En ce qui me concerne, je me débrouillerai toujours. Après tout, je suis mariée, et mon mari subviendra à mes besoins... » Je mentis avec un aplomb suffisant à convaincre le notaire. Moi seule devais savoir que, si quelqu'un devait subvenir aux besoins de son conjoint, c'était plutôt moi à ceux de Philippe. Je confiai donc Amélie et Joseph aux bons soins du notaire, qui les emmena avec lui à Paris. Je vendis la garde-robe que m'avait offerte la princesse Lubomirovska, payai d'avance deux années de pension pour mes frère et sœur, et restai quelques jours à Strasbourg dans l'espoir de recevoir des nouvelles de Philippe. J'attendis en vain.

3

À Paris

Sans engagement, sans lien aucun, je ne pensai plus qu'à une seule chose : vivre à Paris. Paris, où l'on donnait *Orphée et Eurydice*, et *Armide* de maître Gluck dont toutes les capitales européennes parlaient... Paris, capitale du monde.

Je quittai Strasbourg au début du mois de mai. Le prix du voyage et quelques dépenses indispensables écornèrent sérieusement le peu d'argent que j'avais gardé à ma disposition. Une robe noire et quelque linge composaient ma garde-robe. Je devais me résoudre à l'économie la plus stricte et compter louis par louis si je voulais tenir quelques mois. La diligence me laissa à la porte Saint-Denis. J'avais une adresse que m'avait donnée autrefois Philippe, et dont il m'avait dit le plus grand bien : « Il y a, dans le début de la rue Sainte-Croix-de-la-Bretonnerie, une vaste hostellerie où descendent de nombreux comédiens, poètes, artistes, chanteurs. Cette auberge est réputée pour son élégante propreté, la remarquable qualité de ses soupers, où viennent souvent les seigneurs de la cour. Quand nous irons à Paris, c'est là que nous irons vivre. On y rencontre tous ceux qui font ou qui défont une réputation... » J'ignorais ce qu'il entendait par là mais, là encore, je lui faisais confiance.

Je me souvenais aussi de ce que Philippe me disait toujours : « Quel que soit l'état de ta bourse, n'accepte jamais un logement médiocre... Ce n'est pas là que tu trouveras les gens riches et en cour qui te permettront d'accéder à la gloire. Ne te soucie pas de la note. Les aubergistes en renom ont rarement recours à la maréchaussée... »

C'est donc là que je décidai d'aller. Pour plusieurs raisons : je n'avais pas d'autre adresse, je ne connaissais personne à Paris et j'étais certaine que, si Philippe venait à Paris, c'était dans cette auberge qu'il me retrouverait... Cette raison-là emporta ma décision. L'auberge, sise au numéro 5 de la rue Sainte-Croix-de-la-Bretonnerie, était charmante. Ma logeuse, Mme Sorel, m'écouta attentivement lorsque, après lui avoir montré les lettres élogieuses que j'avais emportées, prouvant mes dires, je lui exposai sans détour qui j'étais, ce que je souhaitais faire à Paris, et l'exiguïté extrême de ma bourse...

Elle me prévint des difficultés que je risquais de rencontrer : « Vous n'avez, m'exposa-t-elle, ni fortune ni relations. Les succès que vous avez remportés à Berlin ou à Varsovie n'ont aucune valeur dans cette ville, où seuls triomphent, dans l'ordre décroissant de leur importance, l'opportunisme, le faire-savoir, le faire-valoir et le savoir-faire... Quand bien même seriez-vous mille fois supérieure à Sophie Arnould, dans la mesure où c'est elle qui est reçue dans les salons parisiens, elle qui est entretenue par le comte de Lauragais, chevalier de la Toison d'or et lieutenant général de l'armée, vous ne valez rien à côté d'elle. Elle chante faux ? elle se moque de la mesure ? se soucie fort peu de l'action ? Aucune importance. L'oreille du public français n'est pas des plus justes et, même si cela était, ses amants font la pluie et le beau temps à la cour de Versailles... Malheur à la gazette ou au feuilliste qui dirait la vérité. Sophie Arnould a été sifflée, le mois dernier, par le public... Personne n'en a jamais dit un mot. Lisez les gazettes. Vous verrez que l'on parle d'elle comme d'une artiste de génie... Vous avez du talent ? Cachez-le pour le moment. Et cherchez quelqu'un capable de vous entretenir largement et de vous introduire à la Cour... »

Je n'étais pas étonnée le moins du monde par ce langage. En trois ans, j'avais compris beaucoup de choses... Pas un instant je n'avais imaginé que, dans une ville aussi corrompue que Paris, tout me serait aussi facile qu'à Berlin ou à Varsovie. Mme Sorel avait raison. Non seulement, je n'étais rien socialement, mais j'étais pauvre... Une autre que moi serait retournée, séance tenante, à Strasbourg où m'attendait un contrat de deuxième chanteuse à l'Académie de musique. Mais je serrai les dents et rétorquai : « Je veux tenter ma chance... Je veux rencontrer maître Gluck. »

Mme Sorel me dit avec bonté : « Je peux vous présenter quelques hommes galants pour vous aider... »

Je refusai... Pas cela. Pas encore. Je lui payai d'avance un mois de loyer et, avec ce qui me restait, je calculai qu'en me nourrissant exclusivement de café au lait, de fromage et de pain, je tiendrais ainsi jusqu'à la fin du mois. Nous étions fin mai. J'étais donc assurée de n'avoir point de souci à me faire quant au chauffage.

Je passai une semaine environ à découvrir cette ville étonnante dont le monde entier parle avec envie... Paris est une ville où tout va très vite. Les chevaux y galopent sans ménagement, les enfants se poursuivent et jouent dans les rues, les gens ne marchent pas, ils courent. Où cela ? Peu importe pourvu qu'ils courent, affairés, vers quelque lieu secret. Il était hors de question pour moi de dépenser mes économies en chaises à porteurs, carrosses ou autres moyens de locomotion. Je marchais donc à pied, me hasardant chaque jour un peu plus loin dans mes pérégrinations et découvertes...

Durant ces journées, je n'avais qu'une idée fixe : rencontrer maître Gluck et auditionner devant lui... Je connaissais par cœur la partition d'*Orphée et Eurydice* qui, trois ans plus tôt [1], avait soulevé d'enthousiasme le public parisien. Je travaillais surtout l'air du contralto : « J'ai perdu mon Eurydice... » J'adorais cette musique. Maître Gluck avait radicalement transformé l'opéra. Il avait rendu le spectateur exigeant quant à la qualité vocale. Je savais qu'il avait en détestation forcenée la cantatrice Sophie Arnould qui, comme l'avait dit ma logeuse, chantait faux, n'avait pas de voix, et se maintenait comme première chanteuse grâce à ses amants haut placés. Tout comme mon vaurien de mari, maître Gluck aimait les vraies grandes voix, puissantes et justes, accompagnées d'une diction impeccable. J'étais sûre, si je rencontrais enfin cet homme, que ma carrière serait assurée. Mon père d'abord, Philippe ensuite, avaient fait de moi une véritable cantatrice. Jamais ma voix n'avait été aussi pleine, aussi intense... Je sentais en moi une force, une ardeur, une intensité qui ne demandaient qu'à exploser sur une scène de théâtre. Ma logeuse possé-

1. En 1774, très exactement le 2 août, création d'*Orphée* à l'Académie royale de musique devant le roi Louis XVI et la reine Marie-Antoinette.

dait un clavecin et je pouvais, à son grand plaisir et à celui de ses hôtes, m'exercer quotidiennement.

Il arrivait souvent que Mme Sorel organisât des petits concerts privés, impromptus, qui me rapportaient quelques louis… Ensuite, j'étais invitée à souper. Mon appétit réjouissait ceux qui payaient la note. Pouvaient-ils se douter que je n'avais, parfois, que quelques bols de café au lait dans l'estomac depuis deux ou trois jours ? Tandis que je mangeais, j'écoutais ce qui se disait autour de moi. Médisances, épigrammes, moqueries, méchancetés allaient bon train, confortant la réputation d'« esprit » de certains des convives. S'il suffit de se moquer d'un absent pour avoir de l'esprit, pensais-je, la bouche pleine, alors il va falloir que je m'exerce à posséder cette tournure d'esprit. Je savais que, sur ce terrain-là, j'étais encore très imparfaite.

En attendant ma rencontre avec maître Gluck, je marchais, marchais, marchais dans ce Paris que je découvrais au fil de ces promenades forcenées. J'avais vingt et un ans, et je brûlais d'impatience. Par bonheur, dans cette ville où la galanterie et l'amour avaient trouvé leur logis naturel, j'eus la chance de rencontrer ce qu'on appelait un « petit-maître », François de Mareuil. Ce genre d'homme se faufile partout, sait son monde sur le bout de la langue, qu'il a cruelle et piquante pour qui n'est pas en cour ; il écrit parfois des articles pour *Le Mercure de France* ou *La Gazette de France*, et soupe avec qui veut bien payer la note… Cette rencontre n'était d'ailleurs pas fortuite. Mme Sorel, ma logeuse, lui avait parlé de moi.

Un après-midi, il se présenta alors que je m'apprêtais à sortir, et m'aborda avec une simplicité qui me ravit :

« Madame Sorel m'a parlé de vous, de votre talent, et je

vous observe depuis quelques jours, vous promenant seule et ne parlant à âme qui vive. J'espère que vous n'envisagez pas d'entrer dans les ordres ? »

Cette phrase, pour le moins saugrenue, m'amusa. Il rit aussi et me fit signe de le suivre. Ce que je fis sans l'ombre d'une hésitation. J'avais la certitude que cet homme ne me ferait rien de mal. Il avait un regard à la fois gentil et rusé, et quelque chose d'efféminé dans son comportement que, d'abord, je pris pour une manière d'être originale, et dont je ne compris le vrai sens que des années plus tard. M. de Mareuil n'avait rigoureusement rien à faire des femmes, fussent-elles les plus belles. Il me demanda ce que j'avais fait jusqu'à ce jour, avec qui j'avais travaillé. Je lui parlai sans détour et sans rien omettre de ce qu'avait été ma vie jusqu'à notre rencontre. Il m'est arrivé, parfois, plutôt rarement, de rencontrer ainsi un homme dont je savais instinctivement qu'il pouvait m'être utile de quelque manière. Je fis entièrement confiance à François de Mareuil.

Pour me mettre à l'aise, il me parla de lui, feuilliste[1] en renom, et des seules nouvelles autorisées par la censure, qu'il parvenait à publier dans *La Gazette de France*. Il déclama, d'une voix grave et sourde :

> « "On nous prie d'informer nos lecteurs que le Roi a lavé les pieds à des pauvres qui ne les avaient pas sales, que la Reine a fait ses pâques (et pas seulement cela, quoi qu'on dise) avec le comte d'Artois, que le comte de Provence a daigné agréer un livre que, sans doute, il ne lira pas..."

1. Feuilletiste ou gazetier : journaliste de l'époque.

« J'espère que vous ne croyez pas un mot de ce que je vous raconte ? Si j'écrivais cela, j'irais tout droit à la Bastille... Et pourtant, je vous jure que c'est la vérité. »

Pour la première fois depuis mon arrivée à Paris, je me sentais en confiance, et je riais sans retenue. Nous étions arrivés au Palais-Royal, et François de Mareuil m'offrit un rafraîchissement au Café de Foy. Me voyant tout à fait à l'aise, François continua :

« En réalité, le public aimerait savoir tout ce qui se dit, tout ce qui se passe vraiment à la Cour... Pourquoi le cardinal de Rohan s'amuse à enfiler des perles, et surtout s'il est vrai que la comtesse Jules de Polignac nomme les généraux de l'armée et les évêques... Vous n'ignorez pas que la comtesse de Polignac est la favorite de la Reine ? »

Je l'ignorais. Comme j'ignorais combien le ministre de la Guerre avait donné de croix de Saint-Louis à sa maîtresse. Comme j'ignorais aussi tout de ces ragots, ces médisances, ces calomnies qui partaient en un véloce tour de langue et qui, je l'avoue, me faisaient rire aux éclats...

Nous restâmes ainsi l'après-midi, lui à parler et à m'apprendre Paris et Versailles, et moi à l'écouter... Les jours suivants, François de Mareuil venait me chercher et nous partions en promenade. Nous évoquions ensemble mon avenir qu'il voyait « brillant », sous certaines conditions essentielles.

« Il faut sortir, madame ! me dit-il. Il faut vous faire voir, rencontrer les gens qu'il convient de connaître, vous habiller chez Mlle Bertin, souper au Procope, vous faire voir au bal de l'Opéra... Personne ne viendra vous chercher chez Mme Sorel. Me permettez-vous de vous donner un conseil ?

– Je vous écoute, répondis-je avec la prudence que me commandait l'inexistence de ma fortune.

– Vous n'avez pas d'argent, n'est-ce pas ?

– Pas exactement », dis-je.

Il hésita un moment, puis me dit sans ambages :

« Alors il vous faut un amant.

– Quoi ? dis-je feignant le comble de l'étonnement.

– Un amant... répéta-t-il avec conviction.

– Pour quoi faire ? demandai-je. Rencontrer maître Gluck est ce à quoi j'aspire le plus vivement... Il ne pourra rien m'arriver de mieux !

– Croyez-vous ? fut la réponse de mon nouvel ami. Je pense qu'un homme riche, qui a de la naissance, de l'entregent, et quelque générosité à déployer, pourrait vous être fort utile... »

Et comme je restais un peu interdite, malgré tout, par cette argumentation, François de Mareuil me dressa un petit tableau des usages et des usagers de la cour de Versailles, dont je devais toujours me souvenir.

« Dites-vous bien, ma chère, m'expliqua-t-il, que tous ces beaux messieurs ne sont jamais que des parvenus de haut vol qui, pour la plupart, n'ont d'origine que l'heureuse érection d'un Louis XIV ou d'un Louis XV... Ce sont ces gens-là qui feront votre gloire. Et ces gens-là n'écouteront jamais votre voix si vous continuez à vous faire entendre dans cette petite robe noire que je vous vois porter depuis huit jours. N'oubliez pas que vous allez vous produire devant le public le plus futile, le plus ignare, mais aussi le plus féroce qui soit... Il faut jouer les mêmes cartes truquées... Sinon vous n'arriverez à rien. »

Ébranlée, je murmurai :

« Un amant ?

– Un amant ! répéta-t-il avec conviction. J'ai exactement ce qu'il vous faut.

– Qui est-ce ? demandai-je.

– Un jeune juif, dont la famille est originaire de Bordeaux. Il est immensément riche... Il a vingt ans, et ne demande qu'à jeter sa gourme avant d'épouser, dans les semaines qui viennent, une riche héritière israélite bordelaise, aussi innocente que lui. Il n'a à mes yeux qu'un défaut. Il est, hélas, très attaché à sa religion... Êtes-vous croyante ? Pratiquez-vous ?

– Non. Je ne me soucie pas de religion...

– Riche, honnête, généreux. C'est l'homme qu'il vous faut... »

Je ne répondis pas. Était-il indispensable que je me vende pour exercer mon art ? L'homme qu'il me fallait, c'était Philippe. Pourtant, en attendant qu'il sorte des prisons prussiennes, il me fallait bien vivre. Aussi n'opposai-je qu'un refus de principe à la proposition de François de Mareuil. Il me fallait ménager l'avenir.

« Je rencontrerai M. Furtado dès son retour à Paris, dis-je avec assurance. Mais je ne vous promets pas de céder à ce marché... »

Deux jours après cette édifiante conversation, François de Mareuil m'apporta une convocation de la direction de l'Académie royale de musique qui, sur ma réputation, m'accordait une audition avec M. Christoph Willibald Gluck... Folle de joie, j'embrassai fraternellement François de Mareuil qui n'en demandait pas tant.

Je n'avais, malheureusement, à porter que cette robe de

soie noire, fermée jusqu'au menton, sans paniers et sans aucune élégance. Et il n'était pas dans mes intentions de me pourvoir en toilettes magnifiques tant que je n'étais pas assurée de mon avenir... Quoi qu'en dît François, chaleureusement approuvé par Mme Sorel, je ne pouvais, non plus, me résoudre à me faire entretenir par les riches aristocrates ou bourgeois que François, qui se révélait un excellent entremetteur, se proposait de me présenter. J'espérais vaguement que Philippe reviendrait dès que je serais célèbre... Je rêvais que lui-même donnait la mesure de ses dons. Bref, je faisais encore preuve d'une incroyable naïveté dans la vision du monde où je vivais.

Cependant, j'avais une absolue confiance dans ma voix, dans ma tournure et dans mon talent. Et puis, cette audition chez le grand, le génial maître Gluck, n'était-ce pas là la clef de mon destin ? Le matin de mon audition, je travaillai ma voix, fis une toilette soigneuse. Ma robe noire, stricte, justifiée par mon deuil, était propre. C'est tout le bien qu'on en pouvait dire... J'avais pour seules parures ma jeunesse, mes cheveux, ma peau blanche et, je le dis sans prétention, une beauté originale.

L'Opéra[1], récemment construit, ouvrait sur le Palais-Royal. Un laquais me fit entrer dans un vaste logement où trônaient un clavecin, quelques chaises et une sorte de divan recouvert d'un châle. A peine fus-je introduite que

1. L'ancien Opéra, qui se situait rue Saint-Honoré, avait brûlé en 1763. Le nouvel édifice avait été inauguré en 1770, avec *Zoroastre* de Rameau. Les principales œuvres de Gluck y furent créées.

la porte s'ouvrit sur l'homme célèbre que j'attendais avec impatience.

L'auteur d'*Orphée*, le musicien de génie, était un homme lourd, grand, gras, à qui je donnai entre soixante et soixante-cinq ans, avec une physionomie légèrement marquée de la petite vérole, mais plutôt avenante de bon vivant. Vêtu avec recherche, il marchait de long en large avec impatience... Les yeux fixés sur moi, il m'observa longuement sans mot dire, puis se mit au clavecin.

« Je vous écoute, dit-il avec un fort accent allemand. Voyons s'il y a, enfin, une vraie voix dans cette ville... »

Mon cœur battait si fort que je crus d'abord ne pouvoir chanter. Puis, j'attaquai « J'ai perdu mon Eurydice... » et toute trace de timidité s'évanouit. Lorsque j'en eus terminé, le maître marmonna :

« La voix est bonne. Très bonne. Même belle !... Ça change des crécelles habituelles. Et comment se fait-il que vous n'y ajoutiez pas quelques ritournelles de votre cru ? »

Je le regardai sans comprendre, me demandant s'il ne se moquait pas de moi.

Il reprit :

« Autre chose, s'il vous plaît... »

Ce préambule me donna littéralement des ailes. Je n'eus plus aucune peur.

Alors, du même *Orphée*, je chantai l'air de l'« Amour » afin de lui montrer l'étendue de ma voix qui passait facilement du contralto au soprano léger... Lorsque j'eus terminé, le maître resta un long moment silencieux, rêveur, les yeux fixés sur le clavier du clavecin, puis il me dit :

« C'est la première fois depuis que je suis en France que j'entends une chanteuse qui chante juste, en mesure, avec une belle voix... Vous valez beaucoup mieux que Mlle Arnould. »

Je ne soufflais mot.

« Vous valez beaucoup mieux que cette putain... Elle est connue pour son salon où se presse tout ce que Paris compte de libertins, et surtout pour sa langue de vipère.

– On dit qu'elle a de l'esprit, dis-je prudemment.

– Ah, vous trouvez ? Je n'ai jamais aimé ce genre d'esprit-là qui consiste à ridiculiser une personne, surtout quand elle n'est pas présente. Mais il est vrai que les Français ont la réputation d'avoir de l'“esprit”... Je dirais plutôt de la méchanceté et de la cruauté... C'est ce qu'ils appellent avoir de l'“esprit”. Pour moi, c'est la forme la plus raffinée de la malhonnêteté. C'est là mon avis... Revenons à vous. Je veux bien vous faire travailler... mais je vous avertis : je suis un maître de chant sévère, exigeant... Surtout lorsque je vois devant moi un vrai talent. Avec Mlle Levasseur qui a, aussi, une très belle voix, vous serez deux à m'aider à faire quelque chose de bien avec *Armide*.

– *Armide* ? bégayai-je au comble du bonheur.

– En septembre, nous donnons *Armide*... Le rôle de Melissa vous plairait-il ?

De joie, je ne pus que hocher la tête affirmativement, incapable de prononcer une parole.

« Vous avez perdu votre voix ? ironisa maître Gluck. Comment, alors, vous faire travailler le rôle ?

– Oh, maître !... Oh, maître... je ne sais comment vous manifester combien je vous suis reconnaissante de l'intérêt que vous... que... vous... »

Sans répondre, le maître se leva, s'étendit sur le divan de repos, défit sa culotte et je lui manifestai promptement ma reconnaissance. Si je rêvais de devenir « la plus grande cantatrice du siècle », je savais qu'il allait me falloir supporter ce ventre, cette bouche, ce poids sur moi, ce souffle contre mon oreille, cette odeur nauséabonde qui me remplit la bouche et réprimer toute envie de vomir. Pour son âge, le maître se révéla un amant plutôt agréable, sans exigence particulière. Nos leçons se déroulaient de la manière suivante. J'arrivais tôt dans la matinée. Le maître, encore en robe de chambre, se mettait au clavecin et nous commencions par travailler ma voix. Ensuite nous attaquions mon rôle... Là, comme il me l'avait promis, il se montrait sévère, exigeant, ne me pardonnant pas la plus petite erreur de mesure ou de technique. La leçon terminée, nous dînions copieusement de charcuterie, de quelques pâtisseries et de fruits, puis je lui manifestais ma reconnaissance sur le divan un peu défoncé par les emportements du maître, qui cherchait autant à me pénétrer du feu de son génie que du feu de son ardeur. Il avait coutume d'agir ainsi, non seulement avec moi, mais avec toutes les chanteuses qui interprétaient ses œuvres, et qu'il faisait ensuite engager à l'Académie royale de musique. Pour lui, l'un n'allait pas sans l'autre. A cause de son génie, j'acceptais tout de lui. Son enseignement musical était sans prix, et je l'admirais et l'estimais sincèrement. J'aurais préféré, cependant, un peu moins de harcèlement amoureux et encore moins de souffle contre mon cou, de sueur, et de « Ah ! Ahaaa ! Je meurs ».

Le soir, invariablement, François de Mareuil et moi allions souper au Procope, ce qui me permettait d'économiser sur mes dépenses alimentaires, et je mangeais avec un appétit que tous admiraient. J'appris à connaître les Parisiens, ceux qui faisaient la pluie et le beau temps sur ce qu'il faut bien appeler le centre du monde. Leur passion du babillage et de la calomnie était sans limite. Il n'était point de médisance cruelle ni d'imputation criminelle et calomnieuse dont ils n'émaillassent leurs propos pour se donner de l'esprit. Peu importaient les conséquences de ces infâmes bavardages. Un soir n'entendis-je pas une femme « d'esprit » s'exclamer en riant : « La méchanceté est une preuve d'intelligence, la bonté celle de la bêtise. »

Chacun s'arrogeait le droit de juger d'un spectacle, d'un livre, d'une partition, même si rien ne l'y autorisait. Jamais je n'ai vu, ailleurs, plus de dissipation, de frivolité, de légèreté d'esprit. Ils se montraient à l'Académie royale de musique, se faisaient inviter à souper, embrassaient la veille ceux qu'ils allaient assassiner dans leur gazette dès le lendemain, mais ils avaient de l'esprit, de la gaieté, et savaient, mieux que personne, faire rire une table entière. Nous soupions ensemble jusque très tard dans la nuit...

Au cours de cet été, deux événements excitèrent la verve des chansonniers. La visite de Joseph II d'Autriche, venu convaincre le Roi de subir la « petite opération » qui lui permettrait enfin d'être le mari à part entière de Marie-Antoinette ; et la chanson qui courait sur toutes les lèvres :

Chacun se demande tout bas
Le Roi peut-il ? Ne peut-il pas ?
La triste Reine désespère
la la lère... la la la
L'un dit : il ne peut l'ériger...
Un autre : il ne peut s'y nicher
L'autre : il est flûte traversière
la la lère... la la la

Ce n'est pas là que le mal gît
Dit le royal clitoris
Mais il ne vient que de l'eau claire
lère la la la lère

Ce refrain était repris en chœur par toute l'assemblée des habitués, passablement éméchés.

Parfois commençaient, fort tard dans la nuit, d'innombrables discussions sur les philosophes, *l'Encyclopédie*, la guerre d'indépendance américaine qui soulevait d'enthousiasme toutes les jeunes têtes enfiévrées, éprises de liberté, d'égalité et de fraternité... ces trois mots accolés aux francs-maçons dont la plupart des commensaux faisaient partie. Sur le coup de deux heures du matin, l'éternelle querelle qui opposait Gluckistes et Piccinistes commençait à poindre... J'étais indignée d'entendre des mesquineries sur l'un ou l'autre de ces musiciens. Aussi, je clouai quelques becs en disant : « Pourquoi ne voir qu'un grand homme où nous pouvons en voir deux, voire trois si l'on y ajoute Rameau ? » On me regardait de travers, on me traitait de provinciale qui ne savait pas son monde. « A Paris, ma toute belle, me dit François de Mareuil, il faut prendre position. On est pour ou on est contre... On ne peut, à aucun prix, être pour l'un et pour l'autre. Cela ne se fait pas !

J'ai aimé ce tourbillon, cette folie de jeunesse, je ne m'en cache pas... J'ai adoré ces soirées qui s'achevaient à l'aube. A tous je taisais mes énormes difficultés d'argent. Devrais-je dire de mon infortune ? Je savais qu'il fallait être riche à Paris... Pour avoir le strict nécessaire, dormir dans des draps de lit propres, manger à sa faim, s'habiller, se chauffer, pour ce nécessaire immédiat qui devrait être garanti à tout être humain, il fallait compter, au moins, cinq mille livres de rentes par an. J'étais fort loin du compte avec deux mille livres sur lesquelles je prélevais encore de quoi gâter un peu mon frère et ma sœur, que j'allais voir chaque dimanche.

Tant bien que mal, ma sœur et mon frère s'habituaient à leurs nouvelles existences. Amélie me confia qu'elle pleurait moins la nuit... Joseph, en termes plus sobres, me dit à peu près la même chose... Et même, certains dimanches d'été, lorsque nous nous promenions le long de la Seine, il nous arrivait de rire... La vie reprenait ses droits.

J'attendais Philippe. J'attendais une lettre, un mot, un message. Je l'attendais. J'avais laissé à mon notaire, à Strasbourg, l'adresse de l'auberge de Mme Sorel, rue Sainte-Croix-de-la-Bretonnerie. Et j'attendais...

Dans le petit monde de l'Opéra, on se moquait de ma garde-robe à la limite de la misère. Comme ces imbéciles ignoraient mes difficultés matérielles, j'eus bientôt la réputation d'une avarice sordide... Mais ces ragots qui me parvenaient jusqu'aux oreilles ne me troublaient pas le moins du monde. Je ne m'en souciais pas.

L'été passa vite et, le 23 septembre 1777, je débutai. Il était temps. Je n'avais plus un louis et ne savais comment payer ma logeuse... Pourtant, ce soir-là, je laissai tous mes soucis au placard et ne songeai plus qu'à mon rôle, à ma voix, à mon entrée sur scène...

Jamais je n'oublierai... Mon émotion, mes jambes flageolantes, mes mains moites, la peur qui me serrait le cœur, la certitude que j'avais tout oublié de mon rôle, ma gorge sèche... J'étais si convaincue qu'aucun son n'en sortirait que j'étais prête à prendre la fuite... J'allais déchaîner les rires et les lazzis... Personne avec moi pour me soutenir, me réconforter... Je me souviens d'avoir pensé à ce moment précis à mon vaurien de mari. Je me souviens d'avoir regretté son absence, ses conseils, ses baisers. Je pensai à lui en avançant sur scène... je crus entendre sa voix : « Sur scène, tu es la Reine. Alors conduis-toi comme si tous ceux qui composent ton public étaient tes sujets... » Je me redressai de toute ma taille... j'ouvris la bouche et, à ma grande surprise, je retrouvai ma voix.

J'obtins du succès. Pas comme à Varsovie, mais du succès tout de même. J'ai gardé dans mes papiers un article du *Mercure de France* qui rend compte de mes débuts :

> « ... Mademoiselle de Saint-Huberty a une voix agréable... Elle chante et joue avec une grande finesse. Elle paraît être une excellente musicienne, il ne lui manque qu'un peu d'habitude du théâtre pour donner plus d'aisance à son jeu[1]... »

Bien entendu, l'aisance du jeu me manquait !... Maître Gluck ne s'intéressait qu'à l'art du chant. Seules le préoccupaient justesse de la voix, mesure et docilité devant la baguette de chef d'orchestre. Il ne se souciait pas de ma tenue en scène. Philippe, lui, aurait eu d'autres exigences. Il ne souffrait aucune médiocrité. « C'est d'un goût abominable que de se satisfaire de la médiocrité, de l'imperfection. Ce que l'on doit exiger de soi, c'est la perfection », disait-il à chaque répétition.

1. Paru dans *Le Mercure de France*, septembre 1777.

Il eût corrigé mes faiblesses, il m'eût indiqué des jeux de scène, il m'eût donné l'aisance qui me manquait... Malgré tout, je m'estimais heureuse de ce succès. Désormais, un contrat me liait à l'Académie royale de musique. Mes cachets étaient, certes, insuffisants pour assurer ma subsistance, mais ils avaient l'avantage d'être réguliers.

Je signai mon contrat avec le très éphémère directeur de l'Opéra, M. de Breteuil, à qui je dus manifester, également, combien je lui étais reconnaissante de la grâce qu'il m'accordait en me permettant d'exercer mon art. Je le fis sans plaisir ni déplaisir. M. de Breteuil n'aimait pas l'opéra et ne rêvait qu'ambassade, ce qui était son droit. Durant les quelques mois où il exerça la fonction de directeur de l'Académie royale de musique, il fut pour moi un amant charmant, affable, et terriblement avare. Je devais me battre pour obtenir ce que lui-même avait signé sur mon contrat.

Désormais, j'appartenais corps et âme à l'Opéra. Mon contrat était sévère. Je pouvais être enfermée à la Bastille si je refusais mon concours soit à une représentation, soit à un concert privé ordonné par Versailles. En outre, comme tous les sujets de l'Opéra, chanteurs et danseurs, j'étais l'objet d'une surveillance de police constante.

L'automne et l'hiver passèrent... Février 1778 fut très dur. Mais la Seine gelée, la viande et le pain qui se raréfiaient, les pauvres gens qui s'agglutinaient devant les églises, rien de cela n'existait pour moi. Je chantais le rôle de l'« Amour », dans *Orphée* de maître Gluck, et *Le Devin du village* de Jean-Jacques Rousseau qui, outre ses talents d'écrivain et de philosophe, se piquait d'être aussi compositeur de musique et avait commis ce charmant et insipide opéra. Si on me reprochait un accent germanique, trop de gestes, trop de timidité, les critiques étaient toujours élogieuses.

> « ... la voix est très belle, ample, juste, admirable... Qu'attend donc la direction de l'Académie royale de musique pour confier enfin à Mlle de Saint-Huberty un premier rôle ?... Et pourquoi pas une création ?... »

J'en rêvais ! Je me serais damnée pour cela !

Vers la fin du mois de juillet 1778, un soir, après la représentation, j'entendis frapper à ma porte. J'allai ouvrir sans méfiance. A cette heure tardive, ce ne pouvait être que Mme Sorel, venue me réclamer des loyers en retard, et me proposer des rencontres avec de riches bourgeois ou aristocrates, ce que je refusais. Je me trompais. Devant moi, Philippe... Il s'avança vers moi et me sourit. De ce sourire irrésistible qui fut toujours pour moi le ciel, la terre et l'enfer... Sur le moment, j'avoue que je ne pensai à rien d'autre qu'à cette vague de passion qui me submergeait... Tant de jours, de semaines que je n'avais point savouré l'odeur de sa peau, son poids sur moi... Affolés de désir, nous nous jetâmes dans les bras l'un de l'autre et, plusieurs fois de suite, Philippe me prouva qu'il m'aimait encore à la folie... Ce n'est que plus tard dans la nuit que, enfin rassasiée, je repris mes esprits et éclatai en reproches véhéments.

« Tu m'as laissée sans rien... Où étais-tu ? Qu'as-tu fait durant tous ces mois ? »

Philippe me fit taire d'un baiser, sortit du lit et se pencha sur sa veste que, dans sa frénésie, il avait jetée à même le sol.

« Je savais que tu t'en sortirais toute seule », dit-il en fouillant dans l'une de ses poches. Il en fit jaillir un superbe diamant monté en bague... « Regarde ce que j'ai pour toi ! Et ce n'est pas fini... » D'une autre poche, ce fut un pendentif de la même eau. A vrai dire, je ne m'en souciais pas. Philippe était joueur, et il avait certainement gagné au jeu.

En cela aussi, je me trompais. Il avait rencontré, Dieu sait comment, un corsaire célèbre, John Paul Jones, venu annoncer la victoire que les *insurgents* américains avaient remportée à Saratoga, et Philippe s'était embarqué avec lui pour plusieurs courses. Il me fit lire un document auquel je ne compris rien. Jugez-en :

Déclaration du roi
concernant la course sur les ennemis de l'État.

LOUIS, par la grâce de Dieu, Roi de France & de Navarre :

ENCOURAGEMENT POUR LA COURSE

EXEMPTION DES DROITS DE TRAITES.

ARTICLE PREMIER

Les Armateurs en course jouiront, à compter du jour de l'enregistrement & publication des présentes, de l'exemption des droits de traites pour les vivres, munitions, artilleries & ustensiles de toute espèce servant à la construction, avitaillement & armement de leur navire.

QUELLES MARCHANDISES POURRONT ÊTRE CONSOMMÉES DANS LE ROYAUME.

ART. II. Il sera par nous incessamment statué sur les espèces & qualités des marchandises provenant des prises qui pourront être consommées dans le Royaume, ainsi que sur les droits auxquels elles seront assujetties.

MARQUES DE SATISFACTION DE SA MAJESTÉ, ACCORDÉES AUX ARMATEURS.

ART. III. Déclarons que notre intention est de donner des marques particulières et honorables de notre satisfaction à ceux des Armateurs qui se distinguent par des entreprises plus considérables.

FOURNITURE DE CANONS FAITE PAR SA MAJESTÉ, POUR LES BATTERIES DES CORSAIRES DE 95 PIEDS DE QUILLE COMPOSÉE, & AU-DESSUS, SANS QUE SA MAJESTÉ SE RÉSERVE AUCUNE PORTION DANS LE PRODUIT DES PRISES...

« Que signifie cela ? demandai-je ahurie.

– Nous avons désormais le droit d'organiser une course avec la bénédiction du Roi.

– Une “course” ?

– Une course contre un bateau anglais de la Compagnie des Indes peut rapporter une fortune ! me dit Philippe. Le but est le profit. Un profit juteux... Si l'on gagne, évidemment ! Le corsaire ne peut rien faire sans un armateur prêt à prendre quelque risque financier. En affaiblissant la flotte anglaise, grâce aux courses, Louis XVI soutient indirectement les *insurgents* américains. De plus, il se fait un allié de George Washington. Mais on peut aussi y laisser sa vie... Prussiens ou Britanniques, comme tous les Saxons, appartiennent à une race barbare, totalement dépourvue de l'art de vivre latin... Ils peuvent se révéler d'une cruauté sans pareille, quand ils gagnent... Mais ils ne peuvent gagner contre nous ! John Paul Jones est le meilleur corsaire qui soit, et son bateau, le *Providence*, est invincible... D'autant que, maintenant, nous avons le droit de l'armer comme un navire de guerre. Alors sus à la compagnie des Indes ! Sus aux Anglais !

– C'est du banditisme ! » m'exclamai-je horrifiée.

Philippe éclata de rire.

« Sans aucun doute, ma chère ! Mais si les Anglais font main basse sur les richesses de l'Inde, dis-moi qui est le plus bandit : ceux qui dépouillent un pays misérable ou ceux qui dépouillent les voleurs ? »

Philippe voulait absolument s'installer avec moi, mais je m'y refusais. Je ne voulais plus recommencer une expérience aussi douloureuse que désastreuse. Je déménageai. Durant une quinzaine de jours, je n'eus aucune nouvelle... Je commençais à regretter ma décision quand, une nuit, on frappa à ma porte. Je savais que c'était lui. Je ne pensai plus qu'à ce qui allait suivre, tout en me disant : « C'est la dernière fois. » Je ne résistai pas à ses baisers. Nous revécûmes ensemble, et connûmes un mois de bonheur absolu. Mais, bientôt, il redevint exigeant, querelleur, jaloux et violent... Je sentis que tout allait recommencer : me chercher querelle pour une vétille, me rouer de coups avant de me faire l'amour... Je ne savais plus comment me sortir de ce cercle infernal. Parce qu'il me fallait assurer, outre mes concerts, les exigences amoureuses de maître Gluck, et, de temps à autre, celles du directeur de l'Opéra qui, avant de présenter ses lettres de créances comme ambassadeur de France à Vienne, tenait à prendre du bon temps avec moi.

Les effusions de M. de Breteuil me donnèrent une idée que, sur le moment, j'estimai le plus conforme à mes désirs secrets : voir Philippe doté d'un état qui lui assurerait non seulement le vivre et le couvert, mais aussi qui l'occuperait. Je m'ouvris de mes projets auprès de M. de Breteuil et lui demandai un emploi pour Philippe. Cela me fut accordé sur-le-champ... Bien entendu, je manifestai aussitôt à M. de Breteuil combien je lui étais reconnaissante, et m'en fus, tout heureuse, rejoindre Philippe. Je lui annonçai aussitôt la bonne nouvelle :

« Tu es nommé grand commis du garde-magasin [1], avec un bon cachet... »

Philippe m'écouta calmement sans manifester de joie particulière. Nous passâmes la soirée paisiblement, fîmes quelques projets d'avenir, nous mîmes au lit. Il ne se passa rien. Pourtant, Philippe ne dormait pas. Il était étendu, les yeux grands ouverts.

« Philippe, demandai-je à voix basse, que t'arrive-t-il ? »

Il ne répondit pas tout de suite, se contenta de me regarder longuement. Un drôle de regard. Sur le moment, je n'aurais su dire ce que ses yeux exprimaient. Maintenant, je le sais. C'était de la douleur. Une douleur qui ne pouvait s'exprimer avec des mots.

« Rien, ma chère, me dit-il enfin. Il ne m'arrive rien... Sauf...

– Sauf ?

– Sauf que demain soir tu chanteras et tu auras du succès. Un succès mérité... Et moi, pendant ce temps-là,

1. Lieu où se trouvaient décors, costumes, machinistes, etc.

je rangerai costumes et décors dans les sous-sols de l'Opéra... »

Je restai silencieuse. Persuadée qu'il ne se présenterait pas à son poste, je m'endormis. Pourtant, dès le lendemain, le surlendemain, et durant tous les mois de juillet et d'août, Philippe vint très régulièrement. Il faisait son travail et me parlait à peine. Nous ne vivions plus ensemble, il avait trouvé une chambre chez un « ami » et je ne le rencontrais que lorsqu'il venait au théâtre. Il paraissait accepter cette rupture.

Je souffrais mais, comme toujours, ma tête restait froide et gardait raison. Si je me laissais aller à mes sentiments, à ma passion, adieu la dot que je constituais pour Amélie, et l'argent que je mettais de côté pour acheter une charge de lieutenant à Joseph dès qu'il serait en âge d'entrer à l'École militaire de Brienne. Aussi, je ravalais mes larmes, couchais avec maître Gluck, avec M. de Breteuil, avec son futur remplaçant, M. Dauvergne... Et j'eus aussi, pour rien, pour moi, pour le plaisir, pour la douceur, pour l'oubli de mes tourments, deux ou trois aventures avec des danseuses du corps de ballet.

Philippe travaillait régulièrement. Nous nous voyions de moins en moins. Au point qu'il s'écoula presque trois semaines sans que nous nous rencontrions... J'étais dans un état de nervosité extrême que ne parvenaient pas à calmer mes quelques aventures amoureuses. Un jour de septembre, des bruits de coulisses m'apprirent que Philippe entretenait une liaison avec l'une des danseuses du corps de ballet... J'allai le soir même rejoindre Philippe dans le magasin de décors, et lui fis une scène d'une violence inouïe. Il dut se rendre compte de l'excès de ma fureur car il ne me rendit pas la monnaie de ma pièce, mais se contenta de maintenir mes mains qui menaçaient ses yeux. « Voyons... voyons... calme-toi. Là... là. C'est fini... » On aurait dit un père calmant son enfant, non un mari se protégeant d'une femme jalouse.

Je me calmai. Sans savoir comment, je me retrouvai sanglotante dans ses bras... Il me berça doucement, ne chercha pas à profiter, comme à l'accoutumée, de ma provisoire défaite... Je restai là, dans ses bras, dans un état de désolation extrême, j'aurais voulu tout effacer, tout recommencer. Mais qui a jamais vu le fleuve remonter jusqu'à sa source ? Je me sentais lasse. Lasse à en mourir. J'aurais voulu rester ainsi, bercée dans les bras de Philippe, et dormir, dormir longtemps. Si j'avais connu ce qu'avait été sa vie jusqu'au jour de notre rencontre, peut-être, alors, aurais-je trouvé en moi l'énergie nécessaire pour repartir de zéro... Lorsque j'eus assez pleuré, Philippe m'embrassa tendrement sur le front et me dit :

« Il faudra bien en finir, tu es d'accord avec moi ?

– Non ! suppliai-je. Non ! je ne veux pas te quitter !... »

Il me regarda longuement. Puis haussa les épaules avec lassitude :

« Tu dis toi-même que notre vie est un enfer. »

J'acquiesçai :

« C'est vrai... Mais je préfère l'enfer avec toi que le paradis avec n'importe quel autre homme... »

Philippe esquissa un petit sourire triste.

« Je le sais, dit-il. Mais cela ne peut durer. A ce petit jeu, nous risquons l'un ou l'autre de laisser notre vie... »

Je l'interrompis avec passion. J'étais sincère Si sincère

que, vaincu, Philippe oublia toutes ses mises en garde et redevint l'amant que j'attendais. C'était ce que je désirais. Savoir que Philippe était mien comme j'étais sienne. Et nous reprîmes la vie commune. Nous fûmes heureux, enfin, nous nous en donnions le change. Pour gagner de l'argent, Philippe recommença à jouer dans le cercle de la reine Marie-Antoinette. De plus en plus gros jeu. Puis à exiger de l'argent de moi, lorsqu'il perdait trop... Je savais, parce qu'on me le rapportait, combien il avait perdu. C'était la Reine qui organisait ces parties de pharaon et autres jeux de cartes, sous l'influence néfaste de ses deux beaux-frères, Provence et d'Artois, de véritables canailles, capables de dilapider en une nuit de quoi nourrir une dizaine de familles. Dans ce cercle, Philippe rencontrait un ami, le comte d'Antraigues, dont il me parlait souvent sans vouloir me le présenter. Je haïssais cet homme, car je savais que c'était lui qui entraînait Philippe au jeu. Philippe qui perdait de plus en plus. Philippe qui, sans l'ombre d'un scrupule, s'empara de la cassette où j'économisais louis par louis pour Amélie et Joseph. Nous recommençâmes à nous disputer. A nous aimer. A nous injurier. A nous aimer encore. A nous battre. A nous aimer toujours. Un mois. Deux mois. Six mois. Jusqu'au soir où Philippe me surprit dans ma loge en train de manifester une dernière fois ma reconnaissance à M. de Breteuil, pour les bontés qu'il avait eues envers moi, et qui allait partir, le lendemain, comme ambassadeur à Vienne. Au sein de la corruption universelle dans laquelle je vivais, je n'avais plus aucune conscience de la morale la plus élémentaire. Ce que tout le monde faisait, je le faisais aussi pour maintenir ma position. Nous étions au mois de juillet, et nous préparions la reprise d'*Orphée et Eurydice*.

Sophie Arnould chantait le rôle d'Eurydice et moi celui de l'Amour. La répétition était finie, et M. de Breteuil et moi-même étions étendus sur le divan de ma loge. Lorsque la porte s'ouvrit devant Philippe, M. de Breteuil mordillait mon sein découvert et s'apprêtait à rendre honneur à sa réputation de grand baiseur devant l'Éternel. Philippe me fixa longuement sans dire un mot et s'en fut. Un peu étonné, M. de Breteuil, qui n'ignorait rien du lien qui m'unissait à Saint-Huberty, me demanda si mon mari était fâché.

Je ne répondis pas. Je pensais à Philippe et j'avais peur.

Il était fort tard quand je rentrai chez moi, et je ne fus pas surprise de voir Philippe qui m'attendait... Pourtant je restai stupéfaite devant le spectacle qu'il m'offrait ! Lui, toujours si bien mis, était dans un désordre qui faisait peine à voir. Visiblement il venait de se battre, ou venait d'être roué de coups. Je fus bientôt édifiée : il venait de se battre avec le baron de Breteuil ! Voilà qui risquait non seulement de me faire chasser de l'Académie, mais de me faire enfermer à la Bastille... J'éclatai en reproches véhéments, mais Philippe m'interrompit avec brusquerie :

« Je vais partir. Quitter la France. Plus loin ce sera, mieux ça vaudra ! Je ne me défends plus ! A quoi bon ? On n'est pas très intéressants, nous autres, petites gens. Il nous faut ou subir ou partir... Je viens de rosser d'importance M. de Breteuil. Il m'a rossé de même, et mis à la porte de l'Académie... Il y a maldonne, ma belle ! Je rêvais de faire de toi la plus grande chanteuse de ce siècle... Je constate que j'en ai fait la plus grande putain ! »

En réponse, je me saisis d'un vase de fleurs qui se trouvait à ma portée et le lui jetai à la figure... Il commença à me frapper et à m'injurier, et je lui rendis la pareille comme à notre habitude, mais sans plus croire à cette flambée de violence, à cette jouissance exténuée.

Lorsque je me réveillai, je constatai des bleus sur mon visage, mes côtes me faisaient mal, et j'étais dans l'incapacité physique de sortir de ma gorge irritée le moindre son. Alors je me mis à pleurer. Je pleurai sur moi, sur Philippe, sur notre impossibilité à nous aimer sans nous blesser furieusement. Peut-être avais-je beaucoup de torts à me reprocher, mais lui n'en était pas dépourvu. Pour ma défense, je pouvais arguer de ma jeunesse, même si ce n'est pas là une défense valable ni vraie. De toute manière, il n'était plus temps de se pencher sur ce « qui aurait pu être et qui n'avait pas été »... Philippe revint, pâle et triste, me regardant à peine. Nous restâmes face à face, sans querelle et sans amour. Je me sentais méprisée, humiliée. Et tandis que, silencieux nous déjeunions, malgré moi je murmurai :

« Mon Dieu ! qu'ont-ils fait de nous... »

Cette phrase m'était venue machinalement. Je n'aurais su dire qui désignait ce « ils »...

Philippe me regarda méchamment.

« De toi ? Une grande dame, voyons ! Tu as des amants, tu participes aux parties fines organisées par la haute société qui est la tienne désormais... Que veux-tu de plus ? »

Je n'avais plus envie de me disputer. Lentement, des larmes coulaient sur mes joues. Étonné, Philippe me dévisageait. Jamais il ne m'avait vue aussi désespérée.

« Allons, dit-il d'une voix basse, que t'arrive-t-il ? Des pleurs maintenant ?

– Je n'en peux plus, Philippe ! J'ai envie de baisser les bras... De renoncer à tout, à ma carrière.

– Et que vas-tu devenir ? »

J'étais si lasse que les seuls mots qui me vinrent aux lèvres furent :

« Que puis-je devenir d'autre qu'une putain... Tu me l'as dit toi-même. Sans doute as-tu raison. »

Philippe répliqua avec rudesse :

« Pas de ça avec moi. Ne te laisse pas aller, bats-toi !

– Me battre ? Je n'ai fait que cela depuis que je te connais ! Me battre pour toi, contre toi, me battre sans cesse ! Je n'en peux plus ! »

Philippe ne répondit pas tout de suite. Se levant de table, il dit d'une voix froide et unie :

« Ce n'est pas une honte d'être vaincu par les puissants de cette terre... Mais je ne suis pas vaincu. Pas encore. Un jour nous nous retrouverons, eux et moi... » Puis, plus doucement, il ajouta : « C'est bon. Je vais partir... Mais toi, tu as ce que jamais on ne pourra te prendre, du talent et du tempérament... »

Je haussai les épaules.

Ce matin-là, j'avais une répétition. Pour la première fois de ma vie, je fus incapable de chanter. Je rentrai chez moi et sus tout de suite que Philippe était parti. Je me précipitai dans ma chambre. Comme il en avait désormais pris l'habitude, il avait disparu en emportant les bijoux et l'argent que j'avais pu sauver de ses griffes, me laissant ce billet assez laconique : « Je vais rejoindre John Paul Jones... Je te rendrai ton bien. Au centuple, j'espère... »

Corsaire. Philippe corsaire. J'étais partagée entre plusieurs sentiments, une multitude de pulsions plus contradictoires les unes que les autres : soulagement, peur pour sa vie, fureur d'être obligée de recommencer à vivre chichement, désespoir de ne plus le voir... Oh, ce désespoir-là, je l'aurais toujours.

J'étais dans le plus grand dénuement, et pourtant je venais d'être nommée première chanteuse remplaçante[1]. Aussi, dès le départ de Philippe, décidai-je de prendre enfin un amant riche, et je le fis savoir immédiatement à François de Mareuil. S'il arrangeait cela, il n'obligerait pas une ingrate. Une semaine plus tard, je rencontrais Abraham Furtado et, tout de suite, ce très jeune homme me plut infiniment.

François de Mareuil nous présenta un soir après la représentation d'*Armide*... Abraham Furtado fut tout à fait charmant. Timide et doux, rougissant, on oubliait, à le voir, que l'on avait affaire à un homme d'une exceptionnelle intelligence. Il était amoureux de moi, me dit-il, depuis le jour de mes débuts, et ne ratait aucun des spectacles auxquels je participais. Je fus touchée par ses paroles... Et encore plus par l'écrin qu'il m'offrit à la fin du souper pour sceller notre accord... Un rubis serti de diamants, en pendentif, qu'il attacha lui-même autour de mon cou.

A ma grande surprise, bien que marié, Abraham était d'une innocence stupéfiante. J'appris qu'il n'avait jamais connu de femme avant son mariage, et que sa toute jeune épouse, âgée de quinze ans, était peu portée sur les choses du sexe.

1. En quelque sorte, doublure du premier rôle, notamment à l'époque de Sophie Arnould.

Très vite, j'eus la certitude qu'Abraham n'aurait nul besoin d'un long apprentissage. La deuxième nuit que nous passâmes ensemble fut pour moi plus que satisfaisante, et pour lui une révélation.

Abraham Furtado était non seulement banquier mais aussi armateur et, depuis que le Roi avait autorisé les « courses » contre les navires anglais, il avait, de concert avec Beaumarchais et d'autres, armé plusieurs goélettes, dont le fameux *Providence*, pour courser les navires anglais. Je savais par Philippe combien c'était là une dangereuse manière de gagner de l'argent. Ou d'en perdre... Mais Abraham m'expliqua que c'était là, aussi, une manière d'aider les *insurgents*.

Grâce à lui, je pus enfin fréquenter les boutiques de mode, les bijoutiers, les modistes, et me rendre aux répétitions, à l'Opéra, dans des atours à faire pâlir d'envie mes rivales. Abraham était très amoureux de moi. J'en étais touchée et, le temps que dura notre liaison, je m'efforçai de ménager sa fierté.

Grâce à lui, je pus me loger convenablement et envisager de mettre un peu d'argent de côté pour ma sœur Amélie et mon frère Joseph.

J'emménageai dans une partie de l'hôtel particulier de M. de Gourdon, ancien cuisinier du roi Louis XV. M. de Gourdon s'était considérablement enrichi, grâce à son talent de maître queux.

Mon ravissant logis était sis rue de l'Arbre-Sec, et Abraham Furtado l'avait fait entièrement meubler avant que j'en prenne possession. Petit salon, grand salon, vaste chambre à coucher, cabinet de toilette, le tout dans une harmonie de gris très clair et de rose digne d'une reine. La perfection même, un rêve depuis longtemps caressé et enfin réalisé... J'allais de pièce en pièce, n'en croyant pas mes yeux. Les meubles étaient neufs, réalisés par Georges Jacob, le plus célèbre ébéniste de Paris, un coreligionnaire d'Abraham Furtado. Dans chaque pièce, des fleurs fraîches, odorantes... Le salon avait quatre larges portes-fenêtres qui ouvraient sur un petit jardin... Tout de suite, je pensai : « Philippe et moi serons heureux comme des rois, ici !... » Puis l'incongruité de cette pensée m'apparut : Philippe n'aurait jamais sa place dans ce logis ! Même s'il était le mien... Le seul qui pourrait y venir à sa convenance était Abraham Furtado... qui, cependant, se montrait très discret. Il me faisait prévenir deux jours avant ses visites qui, jamais trop longues, étaient, à ma grande surprise, une source de tourment sans fin pour le cher homme. Après l'amour (jamais avant), il me parlait longuement de Dieu, du Talmud, du péché, des dix commandements, que sais-je encore ! Cela m'attendrissait et me faisait rire. Jusqu'alors aucun de mes amants n'avait cherché à me rédimer et, loin de m'offusquer, je trouvais cela touchant.

J'étais installée depuis six mois et nous étions dans la dernière semaine de février quand, un matin, vers sept heures, je fus réveillée par des coups furieux contre la porte. Je me précipitai. Philippe ! Il n'était pas seul : quatre hommes, aussi ivres que lui, firent irruption dans mon logis... En moins de temps qu'il n'en faut pour le dire, tout fut saccagé, cassé, mis en pièces... Mes belles robes neuves déchirées, mes bijoux jetés à même le sol, vaisselle, argenterie, bibelots subirent le même sort. Pour finir, ces canailles me mirent toute nue, et je fus battue, rouée de coups par un Philippe déchaîné, défiguré par la colère, la rage, la jalousie. Hors de lui, il hurlait : « Je vous ferai enfermer... Je vais déposer plainte pour adultère ! » Je me protégeai tant bien que mal... Je pleurai, je suppliai. En vain. Je n'aurais su dire combien de temps dura cette scène atroce... Je m'évanouis. Lorsque je revins à moi, ils étaient partis.

Je restai deux heures prostrée, incapable d'un geste. C'est Abraham Furtado qui me découvrit dans cet état. Tout de suite il fit appeler un médecin et me conseilla de porter plainte contre mon mari...

« Il faut faire annuler votre mariage et ne plus jamais revoir cet homme ! me dit-il. Je sais que vous l'aimez encore...

– Lui ? protestai-je avec le peu de force qui me restait. Je le hais ! Si jamais il se présentait devant moi, je crois que je le tuerais de mes propres mains ! Voyez ce qu'il a fait ici ! Voyez ce qu'il m'a fait !... »

Abraham eut un petit rire mi-gai, mi-triste.

« Ce qui a été détruit peut être arrangé, ou remplacé... Ce ne sont que des objets, donc rien d'irréparable ni d'irremplaçable. Ce qui est, sans doute, plus grave, c'est ce qu'il a détruit en vous. Ce qu'il peut détruire encore. Comme il a dû souffrir pour en arriver là... Comme il a dû vous aimer...

– Oh ! émis-je dans un râle de fureur. M'aimer ? Je n'ai que faire de ce genre d'amour-là ! Je veux l'annulation de ce mariage ! Et le plus vite possible ! Je ne veux plus jamais revoir cet individu...

– Réfléchissez bien... Est-ce vraiment ce que vous voulez ?

– Oh oui ! oui... oui... » Toute ma rage s'exhalait dans

cette succession de oui qui allait crescendo... Puis, soudain, je me calmai... Je ne ressentais plus de douleur. Juste une fatigue immense. « Je dois le quitter, dis-je. Il doit me quitter... définitivement. »

Abraham Furtado me laissait parler. Je le regardais, cherchant dans son regard une approbation qu'à ma grande surprise je ne lisais pas. J'insistai :

« Vous disiez vous-même qu'il finirait par me détruire ! C'est moi ou lui... » J'hésitai avant de poursuivre : « C'est ma voix, ma musique... ma carrière, ma vie qui sont en jeu ! »

Et je m'effondrai en sanglotant... Longtemps je restai ainsi, incapable de me reprendre. Puis mes sanglots cessèrent et Abraham remarqua :

« Il y a des jours où on pourrait penser que l'homme et la femme sont des ennemis-nés et que, même lorsque l'amour le plus passionné les réunit, il y a entre eux des éléments irréconciliables. L'un doit posséder l'autre. Et cette lutte durera aussi longtemps que le plus faible et le plus aimant ne sera pas réduit à n'être qu'une loque suppliante... Vous ne voulez pas être cette loque suppliante... et je vous comprends très bien. Vous êtes le genre de femme qui jamais ne se soumet... et, Sophie, ma très chère, ma trop chère Sophie... ne vous méprenez pas sur moi. Je ne suis pas davantage un homme qui se soumet. Maintenant, il va falloir être courageuse. Quelle que soit votre décision, c'est d'abord de courage que vous avez le plus grand besoin... Et je sais que vous ne manquez pas de cette denrée-là.

– J'ai toujours voulu être libre. Je le serai. Définitivement. Aidez-moi à divorcer.

– Je vais vous aider à obtenir l'annulation de votre mariage, me dit Abraham Furtado. D'abord, je ferai arranger votre logis ; ensuite nous verrons comment il convient d'organiser les choses. Donnez-moi huit jours. Et réfléchissez bien durant ce temps-là. »

Huit jours plus tard, mon petit appartement avait retrouvé sa beauté d'antan. J'étais à nouveau calme et déterminée. Il fallait en finir. C'est ce que j'expliquai à mon cher Abraham :

« Depuis le jour où il m'a enlevée, il n'a cessé de me faire des scènes...

– Comment cela "enlevée" ? demanda Abraham, visiblement surpris.

– Oui, enlevée ! J'étais mineure et mes parents refusaient ce mariage... Que ne les ai-je écoutés !

– Mais alors, ma chère amie, votre mariage est juridiquement sans valeur. Voyons, vos parents ont-ils déposé une plainte ?

– Bien sûr.

– Je m'étonne qu'on n'ait pas arrêté et pendu ce malheureux... Comment cela se fait-il ? »

Je justifiai tant bien que mal mes mensonges au lieutenant de la police royale de Berlin, venu arrêter Philippe :

« J'ai dit que j'attendais un enfant, que tout était de ma faute...

– Peu importe, rétorqua Abraham Furtado. Votre mariage est sans valeur. Cependant, attention ! Si vous invoquez l'enlèvement, votre mari risque de longues années de prison... Il peut être condamné aux galères. »

Je frémis. Philippe aux galères ? Lui, si épris de liberté ! Mais je savais que si je ne décidais pas, une bonne fois, de me libérer de lui, c'en était fait de moi.

Ainsi fut fait. J'ai conservé ces papiers ainsi que la plainte que je déposai devant le procureur du roi :

1. Le défaut de publication de bans dans la paroisse des père et mère, tuteur et curateur, dont l'ordonnance de Blois faisait une loi rigoureuse pour les mineurs et les mineures.

2. Le défaut de présence du propre curé de la contractante, présence qui, conformément à l'ancienne discipline de l'Église et du Concile de Trente, avait toujours été regardée comme « étant de l'essence du sacrement et de nécessité ».

3. Le défaut du consentement des père et mère.

4. Le rapt et la séduction, qui sans l'emploi de la violence, mais seulement par « mauvaises voyes et mauvais artifices » étaient considérés comme un empêchement dirimant à la validité d'un mariage.

Ledit mariage entre ladite Antoinette Clavel et ledit Claude Philippe Croisilles, soi-disant Saint-Huberty, et l'acte de célébration d'ycelui, et tout ce qui a précédé et suivi est déclaré nul et de nul effet, et à ce qu'il est fait défense audit Claude Philippe Croisilles et à ladite Antoinette Clavel de ne plus, à l'avenir, habiter ensemble, comme aussi défenses audit sieur Croisilles dit Saint-Huberty de se dire et qualifier mari de la demoiselle Clavel, et à ladite demoiselle Clavel de se dire et qualifier femme dudit sieur Croisilles.

Dans ces conditions, le 30 janvier 1781, sur les conclusions de Me Joly de Fleury, arrêt fut rendu, par lequel il est dit qu'il y avait abus dans le mariage, et il est fait défense au sieur Croisilles et à la demoiselle Clavel de *se hanter et de se fréquenter*.

Philippe Croisilles de Saint-Huberty sera condamné à cinq ans d'emprisonnement à la Bastille...

En juin 1781, Abraham Furtado rompit avec moi. Mme Furtado venait de mettre au monde un fils, et le jeune père, fou de joie, avait fait vœu de ne plus vivre dans le péché. Il me fit un présent qui me permettrait de vivre largement durant plus d'une année... Ma réputation de cantatrice stagnait. Malgré mes débuts prometteurs, l'on ne m'avait rien confié que des petits rôles sans portée. Les critiques étaient bienveillants à mon égard ; j'étais toujours première chanteuse remplaçante, mais ni Sophie Arnould ni Levasseur ne tombaient malades, et même lorsque la Levasseur arrivait ivre morte sur scène, au point de ne pouvoir se relever pour saluer, je n'obtenais pas du nouveau directeur de l'Opéra, le maréchal de Duras, qu'il me confie un premier rôle... Parfois, cependant, la chance me souriait. Un jour, ce fut la Levasseur qui, dans un état d'ivresse absolue, ne put assurer le rôle d'*Iphigénie en Tauride*... et que je remplaçai au pied levé. Griserie des applaudissements, griserie des critiques louangeuses. Un autre jour, un concert privé, à Versailles, chez la reine Marie-Antoinette, et le public, debout, m'acclamant sans relâche durant vingt minutes.

Puis je retombais dans l'oubli.

Quelques mois plus tard, en décembre 1782, un nouveau triomphe pour *Ariane dans l'île de Naxos*, et cette critique, parue dans *Le Mercure de France*, que je sus très vite par cœur :

« Mlle de Saint-Huberty joue le rôle de Rosette avec une intelligence, une verve, une sensibilité qui prouvent l'étendue et la souplesse de son talent... Elle peut tout jouer, et chanter tous les genres de musique. L'étendue de sa voix est sans égal de même que son talent de musicienne... »

Gluck et Piccini, bien que se détestant mutuellement, luttaient pour que j'obtienne enfin une grande création... J'avais la réputation d'être autoritaire, entêtée, de mauvais caractère, orgueilleuse. Je laissais dire et rongeais mon frein.

Pour me distraire d'une mélancolie croissante, je sortais beaucoup. J'eus quelques amants, et quelques maîtresses, dont fort honnêtement je ne me souviens plus. Sauf de l'un d'eux, le duc Louis-Henri de Bourbon, petit-fils de l'un des bâtards légitimés par feu Louis XIV. Je devins, par ennui, l'une de ses multiples maîtresses. Louis-Henri de Bourbon se targuait d'être le champion de la débauche dans le peloton des princes du sang, où les ducs d'Artois et Chartres étaient pourtant difficiles à battre... Pourquoi ai-je cédé à cette aventure qui m'a laissé un goût amer de cendre dans la bouche ? Je ne saurais répondre. Ce n'était ni l'argent (le duc était réputé pour être le plus avaricieux de tous les hommes de la Cour qui, sur ce chapitre, auraient damé le pion à Harpagon lui-même), ni l'amour. Il organisait des parties auxquelles les pensionnaires de l'Académie royale de musique étaient sommées de se rendre en compagnie de la fine fleur de l'aristocratie.

Le duc recevait ses invités en leur demandant d'abord de passer dans un boudoir où les hommes devaient se vêtir en moines, et les femmes en nonnes. La salle de réjouissances affectait l'apparence d'une chapelle avec autel et cierges. Un harmonium faisait entendre une musique divine. On simulait une messe et un faux enfant de chœur balançait de l'encens sur le faux prêtre, lequel, surplis sur les épaules, troussait une religieuse qui, les yeux au ciel, récitait le « Notre-Père » et faisait mine ne s'apercevoir de rien de ce qui se passait sous ses jupes relevées jusqu'à la taille… Ensuite, émoustillés par ce spectacle, moines et nonnes y allaient d'inventions de plus en plus corsées jusqu'à ce que toute la compagnie roule par terre, épuisée de débauche et de libations…

Après avoir assisté à l'une de ces soirées, je rentrai chez moi avec le désir d'en finir. Je me méprisais… Moins, cependant, que je ne méprisais ceux qui m'obligeaient à vivre ainsi, ces gens qui nous gouvernent et nous content de si beaux sermons, sur l'honneur, la vertu, l'honnêteté.

Parfois j'essayais d'obtenir des nouvelles de Philippe… Philippe embastillé par mes soins. Philippe qui me maudissait, sans doute… Mais de ce côté-là, rien. Silence de mort. Silence absolu. Était-il seulement vivant ?

4

Didon

Un matin du début de mars 1783, le maréchal de Duras, provisoire directeur de l'Académie royale de musique s'il en fut, me fit savoir que le sieur Marmontel désirait offrir à la reine Marie-Antoinette, au cours de son séjour à Fontainebleau en septembre de cette même année, la nouveauté d'un bel opéra. J'avais ouï dire par mes compagnes, artistes à l'Opéra, que la reine Marie-Antoinette désirait absolument offrir ce spectacle à son amie très chère, Mme de Polignac, laquelle avait, deux ans plus tôt, donné naissance à un enfant dont on ne savait trop qui était le père. On chuchotait les noms jumelés du comte de Vaudreuil et du comte d'Antraigues. Certains allaient jusqu'au comte d'Artois... Ce qui, somme toute, n'aurait rien eu d'étonnant. Le frère du Roi péchait par excès, là où Louis XVI peinait avec excès... Enfin, qu'importaient les pères supposés, puisque le père putatif, et grand cocu devant l'Éternel, fut récompensé de cet admirable courage. Il fut nommé duc et, qui plus est, duc héréditaire. Nous étions en plein dans ce que nous appelions la « guerre ». Il y avait ceux qui ne juraient que par maître Gluck et ceux qui n'encensaient que maître Piccini. Pour ma part, je les aimais autant l'un que l'autre. Et je ne pouvais que me louer des caprices de la favorite à qui j'allais devoir mon plus grand rôle...

En effet, le maestro Piccini et le librettiste Marmontel avaient achevé un fort bel opéra dont le sujet était l'histoire de Didon et Énée. Après avoir pris connaissance de la partition, je sus tout de suite que c'était un rôle pour moi. Il me le fallait. Ce rôle avait été créé, versifié, mis en musique pour moi, et seulement pour moi. J'en étais si convaincue que je remerciai M. de Duras comme il le souhaitait. Je savais que je tenais enfin « le » rôle. Celui qui ferait de moi la plus grande. Celui pour lequel j'allais donner toute ma mesure. Mais le seul qui était capable de me faire travailler comme il le fallait, de faire sortir de cette partition tout ce qu'elle pouvait me donner, était Philippe. Il me fallait Philippe.

Bien que je n'eusse plus eu de nouvelles de lui depuis le jour où la maréchaussée s'était emparée de sa personne, je me décidai donc à le faire libérer. Je fis jouer toutes les relations que j'avais pu nouer au cours de ces derniers mois... Cela fut beaucoup plus facile que je ne l'avais supposé. Comme par enchantement, l'on me promit une lettre ordonnant la liberté de Philippe. Je décidai d'aller lui annoncer la bonne nouvelle et me rendis à la Bastille où l'on me pria d'attendre le prisonnier dans un petit parloir.

Je n'augurais rien de bon de cette rencontre. Il y avait presque deux ans que Philippe avait été arrêté... Il devait me haïr. C'était à cause de moi qu'il se trouvait privé de liberté, enfermé dans ce lieu où les prisonniers pour dettes étaient cependant traités de manière fort courtoise.

Je n'attendis pas longtemps.

La porte s'ouvrit sur Philippe, encadré de deux gardes de la police royale. Avec ses cheveux noirs, tirés en un impeccable catogan qu'un ruban de velours noir ornait sobrement, vêtu proprement, ma foi, il était la séduction mâle personnifiée.

Son regard ne laissait aucun doute sur les sentiments qui l'animaient à mon égard : haine, mépris, désir. La même férocité et la même intensité que jadis. Ce que j'y lisais m'effrayait et me ravissait... La haine et le mépris, j'en faisais mon affaire. Ce que j'avais craint, c'était l'indifférence. Visiblement, ce n'était pas le cas. Je remis aux gardes le billet du lieutenant royal de police qui m'avait ouvert toutes les portes de la Bastille, moyennant quelque « reconnaissance » immédiate du service rendu. Parfois, j'eusse préféré payer en bons deniers comptants. Mais ces gens-là préféraient être payés en nature.

La porte se referma sur les gardes, et nous restâmes seuls, face à face, Philippe et moi. Je savais que je devais jouer serré pour convaincre mon ancien mari. Je baissai la tête, prenant une mine confite. J'obtins un ricanement moqueur.

« Ah non, ma petite. Pas de ça avec moi ! Que me vaut l'honneur de votre présence ? A ce qu'il paraît, vous souhaitez me faire libérer ? Pourquoi ? »

Allons bon, il me vouvoyait à présent. Je haussai les épaules et pris le parti de la vérité. Avec Philippe, c'était le meilleur parti possible. Je lui dis ce qui m'arrivait et que c'était là, pour moi, une chance unique de m'imposer, de ne plus avoir à manifester de reconnaissance envers qui que ce soit, de vivre enfin de mon seul travail. Il me regarda sans répondre. Quand il le fit, ce fut d'une voix sèche :

« Et vous comptez sur moi ? me demanda-t-il, glacial. Si vous souhaitiez si fort être autre chose qu'une putain, il fallait y réfléchir avant... »

Sous l'insulte, je me sentis blessée et la colère me picota le nez. Alors, négligeant mes bonnes résolutions de douceur, de gentillesse, et de courtoisie, je me dressai d'un bond, poussai une sorte de rugissement et lui donnai un soufflet d'une grande violence. Mon cri, plus encore que le soufflet, fit réagir Philippe.

« Taisez-vous donc ! dit-il précipitamment. Les gardes ! »

Tout à ma rage, je ne me souciais plus des gardes. Pourtant je fis un effort sur moi-même et lâchai ce que j'avais sur le cœur.

Je lui rappelai que j'avais toujours travaillé dur, que j'avais eu la charge de ma sœur élevée dans un couvent fort cher, et de mon frère qui, après avoir été pensionnaire au collège Louis-le-Grand, devait préparer son entrée à l'École militaire de Brienne. Que c'était à moi seule qu'incombaient tous ces frais. Que j'étais seule au monde et que, si j'avais pu changer la société dans laquelle je vivais, je l'eusse fait bien volontiers mais que, vu l'état des lieux, je ne pouvais me battre qu'avec les armes dont je disposais.

« Crois-tu qu'il me soit agréable de manifester ma reconnaissance à tous ces gens haut placés de qui mon sort dépend ? »

Emportée par la colère, je montai le ton sans plus rien ménager.

« Qui m'a laissée sans un sou à Berlin, à Varsovie, à Paris ? Qui m'a torturée, humiliée, trompée, non, non, monsieur, ne niez pas ! Chaque louis que je gagnais, vous le perdiez au jeu. Que vouliez-vous que je fasse ? Vous vous êtes servi de moi d'une manière honteuse... Il fallait bien que je me défende !

– Au point de me faire jeter en prison pour un enlèvement dont vous étiez tout à fait consentante ! Je te l'aurais rendu cet argent... »

Je notai qu'il avait repris le tutoiement, ce qui me convenait. Nous n'étions ni des aristocrates ni des bourgeois. Nous étions des artistes, et notre monde avait ses propres lois de bienséance. Le « vous » n'y avait pas sa place. J'explosai donc, toutes digues rompues, en véhéments reproches... Je lui rappelai que c'était lui qui m'avait enlevée, entraînée dans un pays étranger.

« ... Et je n'avais pas seize ans... », hurlai-je au mépris de toute vérité.

Il releva ce dernier mensonge avec une ironie tendre que, tout à ma fureur, je ne remarquai pas :

« Tu avais dix-huit ans, ma douce ! J'ai patiemment attendu deux ans avant de t'enlever, comme tu le dis si bien. Je l'aurais fait plus tôt, mais il me fallait être sûr.

– Sûr ? Sûr de quoi ? répliquai-je, démontée.

– Sûr de... enfin, peu importe. Tu avais dix-huit ans et je t'ai épousée...

– Tu me voulais à ta merci.

– En quelque sorte. Oui. C'est cela.

– Et pourquoi donc, s'il te plaît ?

– Réfléchis un peu. »

Je le regardai fixement. Il n'y avait plus de haine dans son regard. Pas davantage la petite lueur qui m'annonçait, autrefois, que nous allions passer à ces joutes amoureuses qui nous délivreraient de notre trop-plein de rage et de passion. Mais je ne sus déceler ce que son regard cherchait à me faire comprendre. Nous restâmes un instant silencieux. Puis je murmurai enfin, désolée, épuisée :

« Toute ma vie a été consacrée à mon travail. Jamais je n'ai manqué une répétition, une représentation. Toutes mes journées sont engagées de la première à la dernière heure à ce travail exigeant... Et pour ce labeur incessant, épuisant, il a fallu encore que je manifestasse ma “reconnaissance” à ceux qui avaient le pouvoir de me permettre de travailler... *Didon*, c'est ma chance ! mon unique chance ! »

Philippe, qui me connaissait bien, fut touché par mon accent de sincérité. Brusquement, il céda :

« C'est bon, j'accepte, dit-il. Nous travaillerons ensemble ce rôle de Didon. Note, cependant, que je ne suis pas tout à fait dupe de ta petite comédie. Il y a pourtant une part de vrai dans ce que tu dis... Alors, j'accepte de t'aider. Mais j'y mets une condition.

– C'est accepté d'avance, assurai-je folle de joie. Que veux-tu ?

– Nous allons nous retirer à la campagne, en Provence. Et tu ne vois personne jusqu'aux répétitions générales. »

J'acceptai d'autant plus volontiers ce marché que, brusquement, j'avais une envie folle de me retrouver quelques semaines seule avec lui... Dès que je fus en possession de la lettre de libération qui succéda fort heureusement à la lettre de cachet, le lieutenant général fit élargir Philippe, et nous séjournâmes tout l'été 1783 dans un petit village, non loin d'Aix-en-Provence.

Jamais je n'oublierai ces trois mois. Ils restent inscrits dans mon cœur, dans ma mémoire, à l'abri de l'érosion du temps. Nous n'eûmes pas une querelle. Pourquoi ? Je n'en sais rien. L'*Énéide*, le quatrième livre de Virgile, que me fit lire Philippe tout en me l'expliquant, était une apologie de la passion. Didon passe de l'orgueil à l'humilité suppliante... Je me retrouvais dans ce personnage qui passait de la fureur la plus folle à la tendresse la plus passionnée... J'étais cette femme, brisée de douleur, qui menait ces combats violents, contradictoires, qui se déchirait elle-même entre ces sentiments divers, opposés.

Notre temps était parfaitement réglé. Nous nous levions aux aurores, déjeunions frugalement et, tandis que j'allais travailler ma voix, Philippe étudiait la partition de Piccini, annotait mon rôle, la mise en scène, notait les costumes appropriés, les décors qu'il convenait de réaliser... Au crépuscule, lorsque la chaleur se faisait moins lourde, nous nous promenions dans la campagne. Heures délicieuses, embaumées du parfum de la lavande ; heures exquises où nous parlions de tout, de rien... Paroles accompagnées du chant des criquets qui s'en donnaient à cœur joie... douceur de la brise odorante ! Oh ! retrouver ne fût-ce qu'un instant la tendresse de ces instants... Pourtant, jugez de la simplicité laborieuse de notre existence alors ! Dès notre arrivée, nous nous imposâmes un mode de vie que, depuis, j'ai toujours respecté, quelles que fussent les vicissitudes de mon existence. Chaque matin, je l'ai dit, lever à six heures. Travailler ma voix jusqu'à quatorze heures... Dîner léger. Puis étudier ma partition jusqu'à cinq heures. Me reposer une heure. Lire, rêver, penser... travailler encore. Étudier les jeux de scène, les costumes dessinés par M. Moreau. Invariablement, coucher à neuf heures, alors que le jour s'achevait.

La nuit, nous nous aimions... Personne ne connaissait

l'adresse de notre refuge. Une femme du pays assurait notre ménage et préparait nos repas avec les produits du jardin et de la basse-cour... Ma toilette se bornait à quelques robes de linon blanc. Pas de paniers, pas de perruque. Pas de maquillage. Il nous arrivait souvent d'aller nager dans la fraîcheur d'une rivière. Comme le bonheur est simple et facile... Comme il sait, finalement, se nourrir de peu...

C'est au cours de cet été-là que j'appris beaucoup de choses sur Philippe. Il peut paraître étrange que, jusqu'alors, cet homme que j'avais épousé m'eût laissée dans l'ignorance absolue de son passé. Je n'appris, de sa bouche, la vérité que lorsque notre mariage fut dissous...

Un soir, comme nous avions fini de souper et que nous prenions le frais dans le jardin, sous un tilleul qui embaumait fort, je lui dis : « Cet endroit me rappelle celui de mon enfance. Je ne sais pourquoi. Le tilleul peut-être ? » L'énoncé du mot « tilleul » le fit sourire. Je souris de même. Le même souvenir s'emparait de nos mémoires, et une mélancolie poignante me serra le cœur.

« Pourquoi ne m'as-tu jamais parlé de toi, de ton enfance ? Chaque fois que j'abordais le sujet, tu détournais la conversation... Maintenant que nous voilà réconciliés, apaisés, pourquoi ne pas te soulager ? »

Je le vis pâlir, malgré le crépuscule qui s'avançait. Puis il me sourit. Un sourire contraint, mélancolique, très doux, un sourire dont il ne m'avait jamais gratifiée. Que n'eus-je fait pour obtenir ce sourire-là !

Philippe me regarda.

« Après tout, peut-être que si tu avais su la vérité... Peu

importe ! Mon enfance ? Quelle enfance ? Ma mère était une servante. Plus exactement, la femme de chambre de la baronne de Croisilles de Saint-Huberty. Cette baronne était une femme timide, très douce, qui m'a élevé, et que j'ai aimée comme une mère. Celle qui m'a donné le jour est morte à ma naissance. Elle venait d'avoir quatorze ans. Violée par le baron qui usait des servantes et des paysannes de sa demeure comme bon lui semblait. Et ne reconnaissait que les bâtards mâles qui naissaient de ses amours. Il envoyait les filles au couvent avec ordre de prendre le voile pour ne pas « souiller la race ». C'était là son langage. Pour quelle raison eus-je le privilège d'être élevé au château, contrairement à mes nombreux demi-frères, je n'en sais fichtre rien. Sans doute parce que la baronne était très attachée à ma mère... Toujours est-il que je fus éduqué avec les enfants légitimes du baron. Certains étaient de mon âge, d'autres, plus âgés que moi de deux ou trois années, et ne se privaient pas de me donner du bâtard ! Sais-tu ce que peut signifier, pour un enfant de sept ou huit ans, le terme de bâtard ? me demanda Philippe.

– Non, répondis-je.

– L'horreur. J'ai vraiment pris conscience de ma bâtardise chez les pères jésuites. Mes demi-frères et leurs camarades de classe s'en gaussaient. J'ai souffert de leurs quolibets et de leur méchanceté autant qu'un enfant peut souffrir. C'est-à-dire sans mesure... Bâtard était mon nom. Le Bâtard ! Cela me rendait fou furieux... Méchant. Du reste, tous, fils du baron, étions méchants et malfaisants. Il y a en nous une perversité qui nous conduit infailliblement au mal... »

Stupéfaite, j'écoutai Philippe me parler de son enfance.

Son père l'avait fait admettre au collège de Montpellier où il s'était lié très vite d'amitié avec un jeune garçon de son âge, Henri d'Antraigues. C'était la première fois qu'il me parlait de cet Henri d'Antraigues autrement que comme un partenaire de jeu.

« Avec Henri, je me suis découvert un allié. Nous mettions un point d'honneur à être les meilleurs élèves. Henri d'Antraigues était le meilleur en grec et en latin. C'est lui qui m'initia à l'amour grec... Nous devions avoir douze ou treize ans. Je sortais de confesse sans bien comprendre ce que l'abbé Raymond cherchait à me faire dire. Henri m'en donna d'abord l'explication, puis la démonstration.

– As-tu aimé cela ? demandai-je avec curiosité.

– Oui. Mais je préférais les filles. Si Henri m'a déniaisé, c'est sa cousine Adélaïde... Adélaïde de Saint-Priest, une novice de quinze ou seize ans, une vraie petite merveille de beauté et de perversité que ses parents avaient fait enfermer au couvent, qui a été mon initiatrice. Elle se moquait de son noviciat et me disait que, dès qu'elle le pourrait, elle se sauverait... J'ai été très amoureux d'elle.

– Qu'est-elle devenue ? m'inquiétai-je, le cœur serré.

– Elle est morte... Une mauvaise maladie des poumons, je crois. Je pense qu'elle a voulu se donner ainsi la mort. Lorsque les sœurs découvrirent notre petit manège, elles l'enfermèrent dans sa cellule. Alors, la nuit, elle ouvrait la fenêtre et se promenait nue dans sa chambre... J'ai su toute l'histoire par d'Antraigues. Pour moi, la punition fut moins sévère. Les jésuites me renvoyèrent simplement chez mon père. Je fus accueilli par mes demi-frères qui s'esclaffaient : "Eh, le Bâtard ! Tu as été chassé ?" C'est alors que je décidai de prendre la fuite. J'ai rapidement compris le monde dans lequel je vivais. On ne te donne jamais rien pour rien... Si tu es né noble, pourvu de relations haut placées auprès de la Cour, peu importe que tu sois une fieffée crapule, tu auras le monde à tes pieds... Si tu es né riche, avec un père banquier ou grand bourgeois, peu importe que tu sois le dernier des imbéciles, ta position sociale te permettra les plus riches alliances... Si tu n'as que ton talent, ton intelligence, tes vertus à faire valoir, mieux vaut pour toi prendre le voile, ou l'habit de moine. Dans ce monde, sans relations et sans argent, tu n'es rien... Pour moi, je suis né moins que rien, bâtard d'un gentilhomme inintelligent, rustre et rusé, âpre au gain, sans connaître ma mère qui, à ce que j'ai appris, était une ravissante jeune fille, très gaie... qui chantait du matin au soir. Elle riait tout le temps. Elle a ri jusqu'au jour où la baronne de Croisilles de Saint-Huberty l'a prise à son service. De ce jour-là, ma mère a cessé de rire et de chanter. Elle pleurait. Elle a pleuré jusqu'au jour de ma naissance où “Dieu a eu pitié de ses souffrances et lui a pardonné”... Ce sont les mots de l'abbé qui l'a administrée. Pardonné !... Ma mère, cette pauvre petite innocente, aurait été coupable ! Coupable d'avoir été violée, coupable d'avoir enfanté dans le péché. C'est ce que me répondit l'abbé que j'avais interrogé sur les circonstances de sa mort. J'ai flanqué mon poing dans la gueule de l'abbé qui me tenait ce langage. J'étais habité par la haine et un incommensurable désir de vengeance... J'ai attendu mon heure, et avec quelle joie ! J'ai entraîné mes demi-frères à leur perte, je les ai vus ruinés par les courses où d'Antraigues et moi les entraînions en leur faisant miroiter l'augmentation de leurs fortunes. Ces imbéciles ! D'Antraigues leur disait ensuite que les bateaux avaient coulé, que les corsaires avaient été arrêtés par les Anglais, et nous gardions l'argent... Je n'ai eu d'apaisement que lorsque le château de Croisilles a été vendu, et que mes demi-frères ont été réduits à vivre, avec femmes et enfants, dans de misérables logements... Pour moi, depuis longtemps Dieu avait cessé d'exister. Dieu n'existe que pour les riches, les nantis... Dieu aime les belles maisons, les tables bien mises, et les portefeuilles remplis. Il se fiche des misérables qui n'ont pas une obole à lui donner... Nous autres, pauvres gueux, n'avons pas besoin de ses services. Il faut que nous nous débrouillions seuls. C'est ce que j'ai fait. Sans l'aide de personne. Riche comme Crésus ou pauvre comme Job, je ne dois rien à personne, et lorsque je vole je ne vole que les riches...

– Tu ne dois rien à personne ? me moquai-je tendrement. Et tes créanciers ?

– Mes créanciers sont des voleurs. Des marchands qui me comptent dix fois ce que valent exactement leurs fripes... Qui est le vrai voleur là-dedans ?

– Et ce d'Antraigues, tu l'as revu ?

– Il est toujours par monts et par vaux. Tantôt en Égypte, tantôt aux Amériques où il trafique des armes avec Beaumarchais. Je dois le revoir prochainement. J'aimerais qu'il me fasse participer à une course, une course qui doit rapporter gros. J'ai besoin d'argent, tu dois t'en douter... »

Cette phrase tant de fois entendue me fit rire. Autrefois, elle me faisait hurler de rage.

– Quand tu t'es sauvé de ton collège, tu n'étais qu'un enfant, qu'as-tu fait ?

– Je me suis enrôlé dans une troupe de comédiens qui remontait sur Paris. J'ai adoré cette vie de liberté ! Nous jouions chaque soir. Je connais tout le répertoire de Molière, de Racine, de Corneille. Comme j'étais très jeune, la direction de la troupe me faisait jouer des rôles de jeune fille... Mais ma voix a mué, ce n'était plus possible. J'avais gardé contact avec d'Antraigues. Sa mère l'avait également retiré du collège. Je l'ai revu bien des années plus tard, chez la Dauphine, où il jouait gros jeu et couchait avec la Polignac. Ah ! l'histoire est assez drôle. La Polignac m'avait déjà accordé quelques faveurs, et j'étais très content de faire cocu à la fois son amant en titre, le comte de Vaudreuil, et son mari qui, lui, se trouvait à quelques centaines de lieues de Versailles et ne se doutait pas, ou ne voulait pas se douter, de la manière dont sa femme rehaussait le prestige et la maison de Polignac. A l'époque, on prêtait à la Reine un amant, le comte de Fersen, une maîtresse, la Polignac, et quelques débordements avec ses beaux-frères, Provence et d'Artois.

– Calomnie ! protestai-je furieuse.

– Non, ma mie ! Médisance, tout au plus. Calomnie en ce qui concerne Provence, certainement. Il est beaucoup plus porté vers ceux de son sexe que sur le sexe opposé. Note que je ne porte en aucun cas un jugement de valeur sur le comportement amoureux de notre souveraine. Avec le mari que le ciel lui a octroyé, elle est plus qu'excusable, et cela ne l'empêche pas d'être charmante, gaie, et véritablement généreuse et bonne, comme tous ceux qui aiment le plaisir... J'en viens à mes retrouvailles avec d'Antraigues. Il y a un peu plus de deux ans environ, si tu t'en souviens, nous étions séparés ; tu vivais plus ou moins avec Furtado, et je ne savais où dormir... Une nuit, sachant Vaudreuil occupé à jouer gros jeu avec la Reine et ses beaux-frères, je me rends à Versailles et me dirige droit vers les appartements de la Polignac, persuadé d'y être accueilli à bras ouverts... Et j'ai la surprise de voir ma place occupée par d'Antraigues, qui revenait d'Amérique avec La Fayette !

– Et alors ?

– Quoi, et alors... Nous finîmes la nuit ensemble !

– Tous les trois ?

– Nous n'avions malheureusement pas de quatrième sous la main ! » se moqua Philippe.

J'étais partagée entre l'attendrissement, la fureur, un bouillonnement de sentiments divers où la jalousie tenait la plus forte place. Mais je me contins... Je me souvins alors des bruits qui couraient à l'Opéra sur la naissance du fils de la Favorite, en 1780 : « Vaudreuil et d'Antraigues peuvent à juste titre revendiquer la paternité du fils de la Polignac... » On aurait pu ajouter Philippe de Croisilles à ces pères putatifs. Je restais cependant méfiante. Philippe était un tel menteur et il savait si bien manier le mensonge que nul ne pouvait s'y retrouver.

L'été finissait et nous dûmes songer à rentrer à Paris où les répétitions avaient déjà commencé. J'avais suivi en tout les indications de Philippe et luttais, point par point, contre l'administrateur général, M. de la Ferté. Philippe avait exigé non seulement que je ne porte pas de perruque mais, également, que mes costumes soient d'époque, des tuniques de soie pourpre ou blanche, dessinant le corps libéré du corset.

« Ce sera une révolution, mais une nécessaire révolution ! disait-il. Didon n'a que faire de paniers, de bouillonnés, de soie fleurie de bouquets et d'échafaudages grotesques sur la tête... »

Dès les premières répétitions, je sus la partie gagnée. De jour en jour, les gens de la Cour, et même le Roi et la Reine, venaient assister aux répétitions et repartaient bouleversés. Philippe m'avait assuré que Louis XVI détestait l'opéra en général mais, lorsque je constatai son assiduité aux répétitions, je dis en riant :

« Ou le roi aime l'opéra, ou il a une maîtresse dans le corps de ballet...

– Jamais Louis le Seizième n'aura de maîtresse autre que sa femme Marie-Antoinette. Il en est fou... C'est cet opéra, précisément, qui l'attire ici... Quelque chose l'émeut particulièrement. Au moment où tu chantes :

C'est toi, cruel, qui veux ma mort
Regarde-moi... vois ton ouvrage
Triste jouet des vents, des flots et de l'orage
Environné d'écueils, menacé de naufrage
Tu te repentiras, dans ce fatal moment
D'avoir abandonné le tranquille rivage
Où l'amour t'aurait fait un destin charmant
Tu nommeras Didon...

le roi est bouleversé. Il se passe quelque chose en lui...

– Et toi, Philippe ?

– Moi ?

– Es-tu ému par mon interprétation ?

– Ému ? Plus que cela, ma chère. Beaucoup plus. »

La première eut lieu à Fontainebleau, le 16 octobre 1783, avec le triomphe que l'on sait. Trente minutes d'acclamations. La Cour debout, oublieuse de toute étiquette, applaudissait à tout rompre... Bizarrement, juste avant mon entrée en scène, c'est le souvenir précis de la première fois où je chantai devant Marie-Antoinette, alors Dauphine, qui me revint... Je me souvins de mon succès, de mon évanouissement, de Philippe... J'entendis même la voix de la Dauphine : « Je la veux à Versailles... » Puis j'oubliai tout, j'entrai en scène... Devant moi, ce public... L'orchestre attaqua, s'enfla. J'ouvris la bouche et je sus que le miracle allait se produire. Un frisson me parcourut, ma voix s'élevait, dominait l'assistance, l'empêchait de respirer... Dans une sorte de dédoublement, je voyais des larmes perler sur les joues des spectateurs, entièrement soumis, sous l'emprise absolue de la musique, de ma voix... Moi seule les délivrais du temps présent. J'étais Didon, le désespoir de Didon, j'allais mourir de ma main...

J'en mourrai... Tu n'en peux douter...
Et cette mort sera sanglante...

Oui. Ce fut un triomphe sans précédent. Le Roi et la Reine exigèrent de nouvelles représentations et, à l'issue de chacune, Leurs Majestés venaient me féliciter dans ma loge. Ce n'était pas seulement la cantatrice qui était follement applaudie, c'était aussi l'actrice. Pourtant je dois, ici, avouer une chose singulière. A la fin de l'acte III, lorsque Didon se transperce de son épée, je sens régulièrement le frisson de la mort me parcourir. Je ne joue plus. Je suis Didon.

Bien des années se sont écoulées depuis. Mais je ressens encore cette impression terrible... Dès que ma mémoire me restitue les premiers sons de la lugubre ritournelle qui précède la scène, je meurs d'amour sur ce bûcher. La mort prend possession de moi...

C'est le public qui me ressuscite par ses ovations répétées : « Vive Didon ! Vive Saint-Huberty... » Les critiques étaient délirantes. La reine Marie-Antoinette était si bouleversée que je fus gratifiée d'une pension à vie, ce qui allait me permettre de vivre enfin convenablement.

Je me sentais presque effrayée par ce triomphe tant désiré et qui, enfin, était venu. J'essayais de comprendre pourquoi cette création avait été si parfaitement supérieure à tout ce que j'avais chanté jusqu'alors. Ma vanité n'avait pas de place dans cette constatation. Je pouvais savourer à loisir mon succès en sachant tout ce que je devais à Philippe. Moi, si fière, si orgueilleuse, je me sentais, pour la première fois de ma vie, pleine d'humilité et de reconnaissance envers lui. Philippe avait su extraire de moi toute la douleur, la souffrance qui m'avait mûrie, et dont mon personnage de Didon s'était nourri.

Grâce au joli magot que m'avait laissé Abraham Furtado avant de me quitter, et à mes appointements qui avaient considérablement augmenté, je pus constituer une dot à ma petite sœur Amélie qui s'était amourachée d'un jeune clerc de notaire, un certain Paul de la Haye, charmant, très élégant de sa personne, tout à fait insignifiant, et complètement désargenté. Si Amélie trouvait là son bonheur, je ne m'y opposerais surtout pas. La famille de la Haye fit un peu la fine bouche devant Amélie : « La sœur d'une fille d'opéra ! Célèbre ? Peut-être... mais tout de même », mais la figure pincée s'éclaira à l'énoncé de la dot. Ce qui me conforta dans l'idée peu honorable que j'avais des gens, aristocrates ou non, face à l'argent... C'était là la seule chose qui comptait. Tout le reste n'était que simagrées. Pour ma part, je consentis à ce mariage avec joie... Ma petite sœur était folle amoureuse, et j'étais heureuse de voir Amélie enfin casée. Le jeune ménage s'installa non loin de chez moi et, un mois plus tard, Amélie m'annonçait qu'elle était enceinte. Comment peut-on se laisser aller à engrosser une si jeune femme ! A peine dix-sept ans... Mais ces deux tourtereaux étaient si heureux que pas un instant je ne songeai à troubler leur joie par des remontrances. Peut-être étais-je un peu jalouse... Malgré moi, je pensai que si Philippe et moi avions eu un enfant... Je chassai vite ces mélancoliques regrets qui n'avaient pas leur place dans ma vie. La naissance de la petite Antoinette nous réunit tous les quatre. Mon frère Joseph avait pu se joindre à nous et le baptême fut donné en l'église de Saint-Germain.

Cette année 1784 fut, somme toute, heureuse. L'avenir s'annonçait prometteur pour ma carrière ; ma petite sœur était mariée et mère de famille ; mon frère quitterait un jour l'École militaire et s'engagerait dans l'armée, et j'avais mis assez d'argent de côté pour lui acheter une charge.

Philippe et moi ne vivions pas vraiment ensemble. Il logeait dans un garni bon marché, mais passait toutes ses soirées en ma compagnie, se montrait tendre, prévenant et amical. D'une manière générale, son comportement à mon égard avait changé. Ses amis aussi avaient changé. Outre Beaumarchais qu'il voyait souvent, il me parlait beaucoup d'un certain Robespierre, qu'il avait rencontré je ne sais où.

Quelques mois plus tard, Philippe me présenta Louis-

Henri de Launay d'Antraigues. Cette rencontre, capitale pour moi, eut lieu le 27 avril de l'année 1784. Pourquoi me souvenir avec une telle précision de cette date ? Parce que ce fut également le jour où l'on donna, pour la première fois en public, *Le Mariage de Figaro*, et nous étions une petite bande d'amis décidés à faire un triomphe à cette pièce longtemps interdite. Il avait fallu, en effet, quatre longues années avant que *Le Mariage de Figaro* fût autorisé à être joué au Nouveau-Théâtre-Français[1].

Avant notre rencontre, Henri d'Antraigues m'avait fait parvenir un petit mot charmant dans lequel il se réjouissait de « ... rencontrer enfin la divine, l'extraordinaire Sophie de Saint-Huberty dont toute la cour de Versailles parle en termes si élogieux... ». Je ne m'attendais à rien de précis lorsque, la représentation du *Mariage de Figaro* terminée, nous fûmes mis en présence...

C'était donc là cet Henri d'Antraigues dont je n'avais cessé d'entendre parler l'été dernier. Bel homme. Un homme à femmes. Mais beaucoup plus policé que Philippe. Plus mondain, plus raffiné, sachant parfaitement son monde, mélangeant avec art ironie, piques, amabilités, persiflage, tendresse, promesses, le tout fort joliment enrubanné. Bien assis sur une succession d'ancêtres qui remontaient jusqu'au Moyen Age. De la prestance, de l'arrogance, bref un charme fou.

Très vite, alors que j'étais sous le charme de sa conversation, je rassemblai des souvenirs épars... Tout ce que Philippe m'avait raconté sur son ami s'entremêlait dans mon esprit. Comme lui, Henri était né en décembre 1753,

1. Aujourd'hui Théâtre de l'Odéon.

Philippe le 25, Henri le 26. Pour ne pas commettre d'impairs, je tâchai de me remémorer que Louis-Emmanuel-Henri de Launay, comte d'Antraigues, était apparenté aux plus illustres familles du royaume, les Guignard de Saint-Priest et d'autres encore dont, malheureusement, le nom m'échappe à ce jour. Pour ne point paraître trop sotte, j'évoquai Montpellier où il avait étudié dans le même collège que Philippe.

Cela le fit rire.

« Philippe vous a-t-il *tout* raconté ? me demanda-t-il.

– Tout ! répondis-je légèrement en le fixant droit dans les yeux...

– Vraiment *tout* ? insista-t-il. Vous a-t-il parlé aussi de notre ami Cambacérès ? »

Je ne rougis point et, sans le quitter des yeux, déclarai d'un ton ferme :

« Je sais que ce monsieur vous a appris à apprécier sa cuisine. Il paraît que c'est un excellent cuisinier...

– Ah ! dit-il, me rendant mon regard. Alors vous n'ignorez rien de moi... et moi j'ignore tout de vous. Sinon que vous êtes la plus grande artiste lyrique de notre temps. Me laisserez-vous vous découvrir en un autre lieu ?

– Plus tard peut-être, répondis-je un peu fâchée. Philippe est votre ami, n'est-ce pas ?

– Et le plus cher ! riposta le comte d'Antraigues. Ne vous méprenez pas. »

Il paraissait vexé par ma réplique. J'atténuai mon refus par un sourire.

« Il vous aime. Vous avez partagé beaucoup d'aventures ensemble. En mer... sur terre... dis-je doucement.

– Plus que vous ne pouvez le supposer, répliqua le comte en riant. Nous sommes frères... »

Je restai dubitative sur ce terme et lui posai la question.

« Nous sommes tous les deux francs-maçons et corsaires dans l'âme, me répondit-il en toute franchise. L'ennui avec Philippe, c'est que toutes mes maîtresses, enfin toutes les femmes qui m'ont plu, lui plaisaient aussi, et qu'il me forçait toujours à partager ce que j'aurais, parfois, aimé consommer seul. Souffrez que je lui rende la pareille...

– Pas avec moi ! » protestai-je avec peut-être un peu trop de vigueur.

Imaginez que ce court aparté se tenait au milieu d'une centaine de personnes, que nous fûmes mille fois interrompus par des admirateurs, par des laquais et autres gêneurs. Je ne m'attendais pas à ressentir un sentiment aussi fort, une vague d'émotion me soulevait et me mettait le feu aux joues. Mon cœur battait à ne pouvoir s'arrêter, j'avais envie de sentir les lèvres de cet homme se poser sur les miennes, et j'aurais donné n'importe quoi pour qu'il m'entraînât sur-le-champ loin de cette cohue...

Après le spectacle, qui fut un triomphe sans précédent, il fut décidé que nous irions tous souper au Procope. Il faisait beau en ce mois d'avril. J'étais célèbre, adulée au-delà de l'imaginable, j'étais la divine Didon ; mon bonheur était au zénith. Aussi, j'étais très gaie. A table, Philippe à ma droite et Henri à ma gauche parlaient avec animation. L'un et l'autre se serraient contre moi, me pressaient, ce qui n'atténuait pas la fièvre qui s'était emparée de moi...

La conversation qui ne fut, d'abord, qu'habituelles médisances, calomnies, piques et moqueries, devint au cours du repas plus sérieuse et l'on parla de la Révolution américaine et de la Constitution qu'elle s'était donnée. « Tous les hommes naissent libres et égaux en droit... » Les visages devinrent graves... Nous étions pour la plupart encore jeunes. Je venais de fêter mes vingt-huit ans ; Philippe et Henri avaient trente ans, et nos amis étaient de la même génération.

D'Antraigues me surprenait. Il avait les mêmes révoltes que Philippe, mais jugulées, disciplinées. S'il dénonçait les excès de la noblesse, il ne voulait ni de la révolution, ni d'une république.

« Une monarchie constitutionnelle comme l'Angleterre nous en donne l'exemple... Nos rois ont été au-dessous de tout. A commencer par Louis XIV. En gavant l'aristocratie, il nous a réduits à l'état de domestiques, ni plus ni moins... »

A ce discours, j'éclatai de rire.

« Qui ne donnerait beaucoup pour être ce genre de domestique !... »

D'Antraigues eut l'obligeance de rire de ma sottise, puis reprit avec une telle véhémence que, sur le moment, je le crus sincère :

« Que sont les nobles aujourd'hui ? Rien. Des parasites. Quels services rendent-ils à la nation ? Aucun. Quel bien font-ils sur leur terre contre les redevances inhumaines qu'ils perçoivent de leurs paysans ? Encore une fois, aucun ! Ils dépensent sans compter, vivent sur un pied à faire vivre honnêtement des familles entières pendant des années... D'où sortent-ils cet argent qu'ils jettent par les fenêtres de leurs palais ? Du malheur des milliers de malheureux qu'ils pressurent sans vergogne... De quel droit ? Ils sont "nés" ! La belle affaire ! L'érection de leur père et les entrailles de leur mère sont signés “nobles”. N'est-ce pas à mourir de rire ?

– Cette pièce de Beaumarchais vient, fort à propos, remettre la noblesse à sa juste place, dit Philippe avec véhémence. Des parasites, juste des parasites, rien de plus !

– Beaucoup d'entre nous connaissent la fragilité de notre position, reprit d'Antraigues. Un rien peut nous jeter en pâture au peuple qui nous exècre à juste titre... Et pour prévenir cela que faisons-nous ? Rien. Nous jouons au pharaon avec la Reine qui est jolie, sotte, coquette, qui a un cœur en or, mais qui ignore, ou feint d'ignorer, que ceux qui l'encensent sont des canailles. Nous courons à l'abîme. »

C'est alors que je me rendis compte que le Procope était silencieux. Tous les dîneurs avaient cessé de manger. Avec une attention soutenue, ils écoutaient les propos d'Henri. Lorsqu'il eut achevé, il y eut quelques applaudissements. Une voix cria : « Vive le tiers état ! » D'autres voix s'élevèrent, soit pour le soutenir, soit pour le faire taire. Quant à moi, saisie d'admiration, je regardais cet homme qui exposait calmement ce que je pensais tumultueusement.

« J'appartiens comme beaucoup d'aristocrates à la franc-maçonnerie, poursuivait Henri, et nous espérons changer, étape par étape, cette société vacillante...

– Qu'est-ce donc exactement qu'être franc-maçon ? Que souhaitez-vous ? insistai-je.

– Que tous les hommes vivent libres et égaux en droit. Tous, nous sommes voués à la même destinée...

– Comment cela ? dis-je surprise.

– Un trou profond avec un peu de terre dessus. C'est là

notre destinée commune, dit Philippe. Nous sommes tous égaux devant la mort... Soyons-le devant la vie.

– Utopie ! soupirai-je. Il y aura toujours des puissants et des faibles, des riches et des pauvres. Et vous ne pourrez jamais rien y changer...

– C'est ce que nous verrons... très chère Sophie », dit d'Antraigues.

Ces trois derniers mots furent chuchotés de telle manière que je les devinai plus que je ne les entendis.

Quelques semaines plus tard, Henri nous invita au château d'Antraigues, sa demeure ancestrale du Vivarais. Philippe était ravi de ce petit voyage et il comptait bien se reposer avant son embarquement sur l'un des bateaux de mon cher Abraham Furtado, le *Providence*, dont le capitaine était le fameux John Paul Jones, pour faire la chasse aux navires anglais. Je lui demandais, en le taquinant, d'où il comptait tirer les sommes nécessaires au financement de ses courses, certaine qu'il allait me demander l'argent. Pourtant il éludait ma question, m'embrassait gentiment et disparaissait un jour ou deux. Il revenait toujours. Parfois sombre et triste. Alors je devinais qu'il avait perdu au jeu. Parfois d'une gaieté folle... J'en concluais qu'il avait gagné... En fait, je me trompais du tout au tout. Plus tard, j'apprendrais que Philippe appartenait à un mouvement politique dont il devait taire les agissements. Mais, en cet été 1784, je l'ignorais.

Nous partîmes pour le Vivarais. Situé dans une région montagneuse, non loin d'Annonay, le château de la Bastide que d'Antraigues avait aménagé avec un goût exquis dominait vallées abruptes, rivières et lacs.

Ce qui me frappa dès les premiers jours, ce fut l'incroyable misère des paysans qui appartenaient à Henri d'Antraigues. Parfois, lorsque Henri, Philippe et moi nous promenions à cheval, nous apercevions des groupes de manants maigres, sales, misérables, qui s'inclinaient devant leur seigneur et maître. Au souvenir de ses déclarations et malgré l'irrésistible attirance que j'éprouvais pour lui, je taisais difficilement ma réprobation et mon mépris.

Henri d'Antraigues, véritable seigneur féodal, percevait ses droits de Vals, Saint-Andred, et d'autres villages situés sur ses propriétés. Cet homme qui parlait des Lumières, de la justice, de l'égalité, et de tout ce qui constituait le ferment des conversations en cet an de grâce 1784, recevait ses prébendes en maître absolu... Cette contradiction m'intriguait. Comme m'intriguaient son cynisme mais aussi sa gaieté et son intelligence. Il tenait l'ensemble de la famille royale, le Roi, la Reine, les frères, les cousins pour autant d'imbéciles fieffés, mais, sur ses terres, se comportait comme eux.

Deux ou trois semaines après notre arrivée, après un souper qui se termina fort tard, nous décidâmes d'une promenade dans le parc. La lune, dans son plein, se levait derrière les montagnes... Le vent de la nuit commençait à souffler, porteur de mille odeurs où se mêlaient celle de la terre chaude, fraîchement moissonnée, celle des arbres que le vent ployait et redressait au gré de son désir, celle des fleurs qui embaumaient. Odeurs, douceur de l'air... Silence des prairies à peine ponctué, çà et là, par la plainte de l'oiseau de nuit, par le bruissement des feuilles, par nos pas qui, lentement, revenaient vers le château. J'étais troublée. Infiniment troublée. J'aurais aimé, cette nuit-là, être seule avec Henri d'Antraigues... J'aurais aimé connaître le goût de sa bouche, l'odeur de sa peau, le poids de son corps. Pour la première fois depuis que je connaissais Philippe, c'est à un autre que je pensais tandis qu'il me faisait l'amour.

Au petit jour je n'y tins plus. Je me levai et allai rejoindre d'Antraigues. Il m'attendait.

Et je ne fus plus que désir à assouvir, plaisir à explorer sans fin.

Ce furent nos seules heures d'intimité durant tout le reste de mon séjour à Antraigues qui, d'ailleurs, s'acheva plus tôt que prévu. Nous retournâmes à Paris, Philippe et moi. Depuis mon aventure avec d'Antraigues, quelque chose d'indéfinissable avait changé entre nous... Peut-être avions-nous, finalement, cessé de nous aimer ?

Au commencement d'octobre, Philippe disparut, comme il le faisait toujours, en me laissant un petit billet. Cette fois-ci, il ne partait ni à Varsovie, ni à Vienne, ni à Berlin. Il partait aux Amériques, « faire des affaires, dont il me parlerait à son retour... ». Je me doutais que le genre d'« affaires » dont il s'agissait étaient une ou plusieurs « courses ». Par habitude, je me précipitai vers le meuble où je rangeais argent et bijoux. A ma grande surprise, tout était en place. Or je savais qu'une « course » exigeait un énorme investissement. Il fallait retenir un bateau, un équipage, prévoir des armes. Où Philippe avait-il trouvé l'argent nécessaire pour s'associer avec d'autres corsaires ? Beaucoup plus tard, j'appris que c'était Henri d'Antraigues qui avait financé cette « course » avec d'autres corsaires du Roi pour éloigner Philippe de moi.

J'étais à la fois inquiète et soulagée. Inquiète, car je savais que ces « courses » étaient dangereuses. Soulagée, parce que j'avais envie de vivre, sans restriction et sans entraves, la passion que j'éprouvais pour d'Antraigues. Je ne m'en dissimulais plus rien. Ce que j'avais pris pour un caprice était devenu une véritable passion. En un mot comme en cent, j'étais follement éprise du comte Henri d'Antraigues et je savais que cette passion était payée de retour... Peu de jours après le départ de Philippe, je reçus une lettre de d'Antraigues :

« Je ne vous dis rien du plaisir que j'aurai de vous revoir, je vous le dépeindrois mal. En m'éloignant de vous, lors de mon départ de Paris, à peine osai-je vous parler des sentiments que vous m'avez inspirés ; ils étoient si nouveaux, nous nous connoissions peu encore, et je craignois, je vous l'avoue, que placée au milieu des distractions d'une grande ville, entourée de gens qui admirent votre talent, vous oubliassiez un homme qui aime votre cœur, vos vertus, mais qu'une distance de deux cents lieues séparoit de vous [1]... »

« Bien que nous nous connaissions peu encore !... » Il en avait de bonnes, ce cher amour ! Et les deux heures que nous avions passées dans les bras l'un de l'autre ? Je reçus d'autres lettres de lui qui m'étourdissaient et me laissaient perplexe.

« ... Je les ai entendus [vos ennemis], il est vrai, chercher à vous donner des ridicules, vous accuser d'aimer à amasser de l'argent, se moquer de votre simplicité, et rire de ce que

1. Lettre authentique du comte d'Antraigues à Sophie de Saint-Huberty.

vous couriez Paris dans un fiacre. Mais j'ai vu aussi des gens honnêtes et fermes, vous aimer, vous admirer à cause de cette même simplicité. Croyez-vous qu'on puisse voir, sans attendrissement, sans enthousiasme, une femme aimable et célèbre sortir de chez elle dans un fiacre, lorsqu'il ne tiendroit qu'à elle d'être traînée dans le char doré du vice et de l'infamie. Il est beau, il est grand de faire connoître l'honnêteté et la vertu, dans le séjour de la bassesse, de la cupidité et des passions les plus abjectes ; il est beau de rendre au talent tout son éclat, en l'associant aux vertus d'une âme noble. C'est doux, pour qui sait l'apprécier, de pouvoir se livrer au plus juste enthousiasme ; il est glorieux, pour celle qui l'inspire, de ne point exciter dans le cœur de ses admirateurs le regret que donne toujours l'exercice d'un talent sublime, quand un homme ou une femme méprisable le déploie. C'est à vous qu'étoit réservée cette gloire unique en ce siècle[1] ! »

J'étais quand même un peu ahurie car je n'avais jamais cherché à donner le change sur ma personne. Grande âme ? Pureté ? Honnêteté ? Vertu ? Si l'on tient à placer ces denrées, ô combien périssables, sous des jupons, il était clair que je n'avais aucun droit à ces qualificatifs. J'envoyai aussitôt une petite lettre, fort courte, mais très explicite :

« ... Mon cher comte, j'adore vos missives... Mais je préférerais que vous veniez me conter tout cela dans le creux de mon oreille dès demain ?... Je vous attends pour souper, après l'Opéra. Venez me chercher, et nous continuerons cette conversation si intéressante que nous eûmes à l'aube de ce 14 juillet 1784 qui reste gravée dans mon souvenir... »

---

1. Lettre authentique du comte d'Antraigues à Sophie de Saint-Huberty.

Avec ce petit billet, je remettais les choses en place. Je ne me souciais pas de l'« âme » du « comte Louis-Henri de Launay d'Antraigues »... J'avais très envie de son corps mince et musclé, de sa voix profonde et de toutes ces choses qui se font sans mot dire.

Ainsi commença notre histoire. Henri m'aimait et je l'aimais... Oh, cela ne ressemblait en rien à ce que j'avais éprouvé pour Philippe. Philippe, c'était l'orage, la tempête, le grondement de la passion volcanique jamais apaisée ; Henri, c'était le charme d'une journée de printemps, le refuge après l'orage, l'eau claire d'une source pour apaiser la soif... Auprès de lui, je ne connaissais ni la peur, ni la haine, ni la passion délirante qui me jetait, hors de moi, sur Philippe.

J'étais heureuse. Enfin, presque. Toujours, des soucis d'argent me tourmentaient... Mon frère était à l'École militaire un élève brillant. Mais il lui fallait un trousseau de caporal, un cheval, un logement ; tout cela coûtait cher. Ma sœur me suppliait de les aider à acheter un petit château, sis à Groslay, non loin de Paris. Henri n'ayant aucune fortune réelle, il me fallait donc trouver de l'argent. C'est ce qui me décida à prendre un autre amant, riche. Très riche... Honnêtement, je fis part de mes projets à d'Antraigues, qui ne fit aucune objection. C'était un esprit libre. De plus, c'est lui qui me présenta l'un de ses meilleurs amis : le comte de Turconi, un diplomate italien possédant une incalculable fortune. Les hommages du comte de Turconi me permirent d'acheter le château de Groslay et j'écrivis à Henri une lettre où je l'informai de mes intentions concernant notre vie future.

« Le petit comte va acheter la maison de campagne que j'ai été voir avant mon départ de Paris. Elle est assez jolie, toute meublée, un petit bois assez bien percé ; s'il y a moyen d'avoir de l'eau pour faire un petit canal, j'en ferai un petit bijou de cette campagne, mais pour que je puisse m'en occuper agréablement, il faut que tu y sois venu et que tu y viennes souvent. Elle est à trois lieues de Paris, coûte cinquante mille francs et cent louis de pots-de-vin. Laisse-moi faire pour lui indiquer les moyens de dépense ses revenus ; je ferai gagner les ouvriers et j'inventerai toutes sortes de choses pour leur procurer de l'ouvrage. S'il y a de l'eau, je ferai faire un petit kiosque, et l'on ne pourra entrer qu'avec un batelet que l'on tirera à soi sitôt que l'on sera entré Ce sera ton cabinet de travail pour le matin. Cette campagne n'a que dix arpents mais je tâcherai d'en trouver quelques autres qui avoisinent la sienne et en les réunissant on pourra faire quelque chose de très agréable, quand le maître n'y sera pas.

« Il y aura un appartement pour moi, un autre pour ma sœur Amélie, épouse de la Haye, un autre pour mon frère lorsqu'il sera en congé, un pour toi ; et les autres se mettront où ils pourront, je ne m'en inquiète pas du tout. Ainsi l'espoir de me retrouver avec toi dans cette petite habitation va contribuer à l'embellir et tu diras : elle n'a rien ordonné qu'elle n'ait pensé à m'être agréable. Ta chambre sera toute blanche comme la mienne et celle d'Amélie ; du papier bleu comme celui de ma chambre à coucher à Paris ; un sopha à la turque en place de chaises qui fera le tour de la moitié de la chambre ; des rideaux tout blancs : une "seringue", une chaise percée, ou une bibliothèque cela est synonyme, etc., etc. ; tout ce qui est à l'usage très fréquent de mon "Seigneur" [1]. »

1. Lettre authentique de Sophie de Saint-Huberty au comte d'Antraigues.

Ce que j'ignorais à cette époque, c'était que, à l'instar du comte de Fersen, grand favori de la reine Marie-Antoinette et du roi Gustave de Suède, le comte de Turconi aimait autant les hommes que les femmes, et pouvait être parfaitement sincère dans l'expression de ses passions opposées. Je n'ai jamais cherché à approfondir les liens qui unissaient Henri et le comte, et qui ne se sont jamais démentis.

Il me fallut quelques semaines pour terminer l'agencement de mon petit château. Ma sœur, mon frère, et mon beau-frère de la Haye étaient ravis de cette demeure d'été. Le soir, quand le comte de Turconi ne venait pas me rejoindre, soit qu'il fût retenu à Paris pour quelques jours, soit pour toute autre raison, Henri s'empressait d'y venir... Officiellement, j'étais la maîtresse en titre du comte de Turconi, et nous recevions, l'un et l'autre, notre excellent ami le comte Henri d'Antraigues. Pourtant, un jour, Turconi eut des soupçons, voire des certitudes et, nonobstant les règles de notre existence, lesquelles étaient essentiellement de respecter la liberté de chacun, il manifesta d'abord de l'humeur, puis de la colère, puis toutes les marques d'une passion encombrante et jalouse. Quelques semaines plus tard, je fus charmée d'apprendre qu'il venait d'être nommé ambassadeur d'Italie à Saint-Pétersbourg... Nos adieux furent touchants, il me jura un éternel amour, je lui jurai fidélité et je l'oubliai dès que la calèche qui l'emportait disparut au détour du chemin.

Voilà plus d'un an que Philippe avait disparu de mon existence. Nous étions maintenant en juillet 1786 et le collier de la Reine occupait les esprits, le mien plus que tout autre... On chuchotait que la Cour et Mesdames[1] complotaient contre la Reine. C'est à peine croyable. Jamais reine de France n'avait eu, au cœur même de la famille royale, autant d'ennemis que Marie-Antoinette.

Henri, qui la connaissait bien, savait qu'elle était innocente de ce crime précis mais coupable de tant d'autres choses ! « Quand on est reine de France, on ne s'entoure pas de canailles... », avait-il coutume de dire. Au Procope, se pressaient gens de plume, journalistes, écrivains et philosophes. Ils n'en finissaient pas de palabrer sur le couple royal et prétendaient que les « canailles » en question étaient les propres frères du Roi ! A cela ils ajoutaient le comte de Fersen qui trouvait, à la fois, le moyen d'être l'amant de la Reine et le « giton » du roi Gustave III de Suède ! Un libelle circulait sous le manteau, que les gazetiers et feuillistes de Paris estimaient de la main du comte de Provence :

> « Monsieur de Fersen, loyal entre ses deux souverains, sait se donner tout entier à chacun, sans trahir aucun d'eux, en sorte que jamais amant, en sa double constance, ne fut plus particulièrement digne de louanges... »

Je ne comprenais pas pourquoi tant d'acharnement contre la famille royale, et j'en demandai l'explication à Henri.

« Oh ! c'est très simple, dit-il. Le comte de Provence estime qu'il serait mieux à la place de son frère aîné. Tout

---

1. « Mesdames » : tantes de Louis XVI, qui haïssaient Marie-Antoinette et ourdissaient contre elle toutes sortes de complots et de calomnies.

ce que vous lisez contre le Roi ou la Reine, les pires calomnies, les pires ignominies sont de sa propre main... Les gazettes lui appartiennent. Rien n'est imprimé sans son accord. Le comte de Provence veut la perte du couple royal.

– Mais il n'obtiendra jamais le trône. La Reine a un fils...

– Est-il du Roi ? Le comte de Provence laisse entendre que non. S'il parvient à prouver que le Dauphin n'est pas le fils de Louis XVI...

– Comment cela ?

– L'enfant est très beau... et ressemble à Fersen. Versailles et Paris sont convaincus que le Dauphin n'est pas le fils du Roi... Pas un souper, pas une réunion où la bâtardise du Dauphin ne soit évoquée... Entre ces médisances et l'affaire du Collier, le sort de la malheureuse ne vaut pas cher. » L'image floue de la petite archiduchesse de quinze ans, dans son carrosse fleuri, pénétrant dans la ville de Strasbourg, m'empêchait de croire Marie-Antoinette capable de vilenie. De sottise, sans doute ; d'irréflexion, certainement. D'inconséquence, de légèreté, de coquetterie, tout ce que l'on voudra mais non de bassesse, ni de vilenie.

Henri avait raison. Il était clair que son ennemi le plus féroce était Monsieur. Celui-ci, au désespoir de n'être pas l'aîné, au désespoir plus grand encore de ne pas avoir, au moins, la figure de son cadet, le comte d'Artois, qu'il avait su accommoder au point de dépasser son aïeul en séduction, avait encore à assumer son impuissance totale qui le privait radicalement de ces moyens qui assurent la bénédiction d'un mariage. Il n'aurait jamais d'enfant. Il avait beau afficher ostensiblement une maîtresse, une certaine comtesse de Balbi grande putain devant l'Éternel, il ne pouvait espérer d'héritier... D'autant que ses goûts, qu'il n'osait assumer, le portaient, plus volontiers, vers les représentants de son sexe... Son entourage savait qu'il convoitait le pouvoir et que, pour ce faire, il eût vendu son âme au diable.

Pourtant cette affaire du « collier » devenait très préoccupante et desservait la Reine d'une manière révoltante. A se demander qui tirait vraiment les ficelles de cette sombre histoire. D'Antraigues prétendait que le comte de Provence pourrait bien être à l'origine de ces calomnies. Qu'on en juge.

D'après le mémoire exigé par le Roi et rédigé par le cardinal de Rohan, il ressortait qu'une parente de la famille royale, une dame de la Motte, née Valois, descendante d'un bâtard d'Henri II, familière des comtes de Provence et d'Artois, avait persuadé son amant, ledit cardinal, d'acheter ce collier pour le compte de la Reine. On pouvait lire dans tous les libelles la genèse de cette sordide affaire.

Le cardinal-archevêque de Rohan et la comtesse de la Motte avaient fait croire aux joailliers Boehmer et Bassange que la Reine était disposée à acheter secrètement cette somptueuse parure de diamants d'une valeur d'un million six cent mille livres. Le Cardinal l'acheta, à crédit, et la confia à un prétendu officier de la Reine, lequel le remit aussitôt à la comtesse de la Motte qui s'envola avec son précieux butin... Je voulais bien croire que le cardinal avait été dupé par plus pervers que lui, mais je refusais de croire ce qu'il racontait pour se défendre.

Dans un bosquet à Versailles, le cardinal aurait pris une vulgaire femme de chambre pour la Reine qui, cette nuit-là, lui aurait donné l'assurance et les preuves de l'affection qu'elle lui porterait si le cardinal se chargeait de la transaction ! Comment porter foi à une telle fable ? Le cardinal, aumônier de la famille royale, ne côtoyait-il pas la Reine quotidiennement ?

« Et comment admettre, prétendait Henri, qu'un Rohan, prince-ambassadeur, proviseur de Sorbonne, cardinal-archevêque, ait pu se lancer dans une telle entreprise sans s'être assuré que l'on n'oserait pas toucher à sa personne ? Qu'une vulgaire comtesse de la Motte, entremetteuse, sa maîtresse depuis des années, soit à l'origine de ce détournement, c'est probable. Mais que, par ailleurs, cette femme a reçu l'assurance que tout se passerait au mieux, et ce de la part de quelqu'un de très haut placé, voilà qui est l'évidence même !... » Visiblement, d'Antraigues détestait le comte de Provence. Pourquoi cette haine ? Lorsque je l'interrogeais là-dessus, il éludait, changeait de sujet, bref faisait tout pour ne pas me répondre.

L'arrestation du prince de Rohan eut lieu le 15 août 1785. Comme chaque année, la monarchie célébrait à Versailles, avec son faste inégalable, je ne sais quel anniversaire d'un vœu prononcé par Louis le Treizième. Peu m'importaient les causes de ces fastes... l'essentiel était que Leurs Majestés avaient demandé que je vienne chanter devant la Cour.

Il faisait horriblement chaud et on suffoquait dans la Grande Galerie transformée en étuve par le soleil. La Cour et le peuple, que l'on avait admis à assister aux représentations, étaient sur le point de s'évanouir. Soudain, alors que, debout devant le clavecin, je m'apprêtais à chanter un air de concert de Mozart, la voix de M. de Breteuil, devenu ministre de la Maison du Roi, s'écria : « Arrêtez monsieur le Cardinal ! » Et l'on vit le cardinal de Rohan, en habits sacerdotaux, traverser en courant la Galerie, poursuivi par M. de Breteuil. On peut imaginer la stupeur des centaines de personnes présentes. Ma partition ouverte entre mes mains, je restai bouche bée. Le concert fut annulé dans un monstrueux brouhaha...

Furieuse et dépitée, je rentrai chez moi en maudissant Breteuil d'avoir procédé à l'arrestation du cardinal le jour de mon concert. Puis mon enfantillage me fit sourire... Je décidai alors de me rendre au Procope pour y souper. A ma surprise joyeuse, j'y retrouvai des amis qui m'accueillirent à leur table. La conversation était très animée. Bien sûr, il était question de l'affaire du Collier, du magicien Cagliostro, des francs-maçons, dont tous les convives étaient membres.

« Ce n'est qu'en France que l'on peut voir un cardinal-archevêque, grand aumônier du Roi, sans mœurs et sans religion, arrêté comme filou et escroc !

– On dit que les deux beaux-frères de la Reine sont convaincus de sa culpabilité...

– Du moins, ils le laissent entendre avec une telle force que bientôt toute la Cour et demain toute la France en seront convaincues ! »

La discussion dévia insensiblement vers la possibilité de révolution à Paris... Le marquis de La Fayette, dont je venais de faire la connaissance, et qui partageait notre souper, pensait qu'elle pouvait occasionner beaucoup de mal sans produire le moindre bien... Mon vieil ami François de Mareuil protesta :

« Je pense que vous vous trompez, marquis. Le propre

d'une révolution est de changer le cours des choses... Elle se révèle nécessaire en Europe.

– La révolution ? rétorqua La Fayette. Quelle révolution ? Une monarchie constitutionnelle ?

– Pourquoi une monarchie ? murmura François de Mareuil d'une voix si douce qu'elle en devenait presque inaudible. Et pourquoi pas une république ? »

Personne ne releva cette proposition. Avait-elle seulement été entendue ?

Quelques semaines plus tard, Henri, de retour à Paris, m'apportait une masse de feuillets : des écrits calomniateurs concernant la Reine avaient été publiés en Angleterre. Il me traduisit le moins infâme :

> « Reine barbare, épouse adultère, sans pitié pour les malheureux, jamais la misère publique ne fit naître en elle la moindre compassion... »

« C'est faux ! m'écriai-je, outrée. La Reine est fort bonne et généreuse. Qui peut avoir intérêt à souiller la Reine avec de telles abjections ?

– Vous le demandez ? Qui peut faire écrire et publier ce qu'il veut, quand il le veut, sans craindre les foudres de la censure royale ? Qui, sinon celui qui pense que la couronne de Roi conviendrait mieux sur son front que sur celui de son frère ! s'exclama d'Antraigues.

– Le comte de Provence, encore ?

– Soi-même, me fut-il répondu. Mais le comte de Provence est en train d'ouvrir la boîte de Pandore... Dieu sait quels fléaux vont se répandre sur le pays...

– Vous pensez vraiment que cela risque de dégénérer ?

– Il est impossible qu'il en soit autrement, dit d'Antraigues. Ce scandale a éclaboussé la couronne de France, c'est certain... Mais, maintenant, d'autres griefs se font jour. Le froid, la misère, le déficit très lourd de la Nation... Il faut un ou une coupable. Le peuple gronde, s'agite, s'acharne contre la Reine livrée aux pamphlétaires que finance le comte de Provence. »

Je ne croyais pas un mot de ces calomnies. Cependant il est vrai que l'État était en déficit permanent.

Dans Paris, la fièvre montait, les insultes contre la famille royale fleurissaient au grand jour. Pour mieux précipiter le désastre, Calonne succéda à Necker. Il annula les vingt-deux millions de dettes du comte d'Artois et les six millions de M. le comte de Provence. La fureur populaire grondait, grondait. En août 1786, M. de Calonne avoua un déficit de cent dix millions, ce qui fit rire aux éclats les aristocrates dont les pertes dépassaient largement celles du Trésor. Ce que recelaient les magnifiques demeures du quartier du Marais, de l'île Saint-Louis, du faubourg Saint-Germain, ce que dissimulaient les luxueux carrosses de deux, quatre ou six chevaux qui encombraient les avenues, ce n'était ni plus ni moins que les retentissantes et scandaleuses faillites semblables à celle de la maison de Rohan-Guéméné, une faillite de trente-trois millions de livres ! Une dizaine de familles affichaient, sans sourciller (et, surtout, sans baisser d'un cran le train de leur maison), la perte de sommes aussi considérables... A ce compte-là, le déficit du Trésor public était, en effet, dérisoire.

Je m'inquiétais pour Henri qui, de plus en plus, affichait ouvertement un esprit pour le moins... révolutionnaire. Il n'arrêtait pas d'écrire, de discourir, de discutailler. Un jour, dans l'un des libelles qu'il fit paraître, je reconnus une phrase de Philippe, avec qui, autrefois, il s'entretenait longuement de la liberté, et qu'il s'était appropriée : « Il est pour nous, je le crois encore, des moyens pour recouvrer la liberté sans recourir à la voie extrême, mais légitime, de l'insurrection... Que la Nation se pénètre de l'absolue nécessité de rassembler les États Généraux, et qu'elle sente qu'il n'est que ce seul moyen d'éviter la tyrannie[1]... »

C'était du Philippe tout craché, qui disait aussi, moins élégamment peut-être : « L'absolutisme c'est de la tyrannie ! Et l'on s'avilit à soutenir ceux qui cimentent le trône des tyrans... Il faut que le Roi rassemble les états généraux et qu'on réforme la monarchie... Une monarchie constitutionnelle, voilà ce dont la France a besoin... »

C'était au cours de l'été 1784, et nous nous promenions alors dans le parc du château d'Antraigues.

L'été 1788 fut d'abord marqué par l'exil des Parlements appelés alors, par tout le monde, les remparts de la liberté... Et puis, coup sur coup, ce furent l'annonce par Louis XVI de la prochaine réunion des états généraux, la chute du ministre Brienne et le retour de Necker aux affaires... Il ne se passait plus une semaine sans que quelque nouvelle vienne bouleverser l'existence des Français. L'agitation des esprits était à son comble.

On nous distribuait des brochures politiques par centaines ! Une foule de têtes travaillaient jour et nuit pour endoctriner souverains, ministres et population qui avaient

1. Texte authentique du comte d'Antraigues.

la cruauté de ne pas lire ce que l'on écrivait pour eux ! Les nouvellistes dissertaient sur les intérêts politiques de l'Europe, arrangeaient les royaumes, réglaient les finances, faisaient aller les armées au nord, au sud, à l'est, à l'ouest, décidaient d'ébruiter telle ou telle information (peu importe que celle-ci fût vraie ou fausse), démentaient ce qu'ils avaient affirmé la veille, et le vainqueur du matin se trouvait battu à plates coutures par plus menteur que lui le soir... Depuis quelques semaines, la lie des nouvellistes avait reçu permission du comte de Provence de déraisonner sur les pavés devant de pauvres diables incultes qui se passionnaient et se rassasiaient des calomnies qui fleurissaient à la cour de Versailles...

Gazettes, libelles, brochures, pleuvaient et entretenaient la folie grandissante. C'est à cette époque que d'Antraigues se décida à publier, enfin, le pamphlet qu'il venait de terminer contre l'absolutisme : *Mémoire sur les états généraux, leurs droits et la manière de les convoquer.* Ce fut un triomphe sans précédent. En quelques semaines, d'Antraigues devint célèbre. Sa phrase la plus fameuse, celle qui, dans la bouche de ses admirateurs, revenait le plus souvent, était celle-ci : « Ce fut sans doute pour donner aux plus héroïques vertus une patrie digne d'elle que le ciel voulût qu'il existât des Républiques »...

Henri républicain ! Ce fut un beau tollé parmi le haut clergé et les aristocrates. Il fut menacé de la Bastille par les princes du sang et les courtisans qui le prirent en horreur. Considéré comme une sorte de renégat, il eut quelques duels à affronter... Il suggérait, dans cette épître, que l'impôt fût également réparti au sein de la Nation, sans distinction de rang, sans privilège d'aucune espèce, mesure qu'avait préconisée, avant sa mort, l'empereur Joseph II d'Autriche. Je n'en revenais pas. Dès que d'Antraigues ouvrait la bouche ou écrivait un libelle, je croyais entendre ou lire Philippe, comme si, invisible, il tenait la main de celui qui se disait toujours son frère.

Juillet 1812

Ici prennent fin les souvenirs que j'ai rassemblés au cours de l'automne 1811 et de l'hiver 1812. J'ai essayé d'être aussi claire et sincère que possible... J'y joins quelques carnets que je tenais presque au jour le jour, sur ma vie avec Henri d'Antraigues.

Prenez-en connaissance. Le comte et moi serons à Londres, le 22 juillet, en fin de matinée. L'un comme l'autre serons à votre entière disposition...

Adieu donc, S.

Les carnets

1789-1812

Premier carnet

Ce premier jour de l'an 1789

Il fait un froid intense. Jamais je n'ai vu autant de neige s'accumuler dans les rues de Paris. La Seine est gelée. Et cette glaciale température dure depuis plus de trois semaines… Il paraît que toute l'Europe vit sous ce froid. « Jamais, depuis 1740, il n'a fait aussi froid », c'est ce qu'annonce *La Gazette de France*. Le froid est le sujet principal de toutes les conversations. Le froid et la misère. A chaque aube nouvelle, les policiers ramassent les morts que la nuit laisse sur la chaussée. Pour aider les pauvres à se protéger, tant bien que mal, on brûle des feux à chaque carrefour, on distribue des soupes chaudes dès les premières lueurs du jour. Que faire d'autre pour les malheureux ? C'est quotidiennement que l'on vient frapper à ma porte pour demander l'aumône. Je donne. Je donne sans compter, à la stupeur scandalisée d'Henri qui n'aime guère me voir « gaspiller » ainsi ma petite fortune. Mais j'ai le souvenir de mon arrivée à Paris, douze ans plus tôt, où j'ai frôlé la misère. Je sais ce que c'est que de marcher le ventre creux, humant l'air pour se remplir l'estomac. Certes je n'ai pas eu froid ; certes j'avais eu de la chance ! Chance d'être jeune, jolie, appétissante, chance de pouvoir payer avec mon corps le souper où l'on me conviait. Était-ce vraiment de la chance ? Oui, si j'en juge par les malheureuses qui se pressent autour des feux, une grappe d'enfants, en haillons, accrochés à leurs jupes. C'est pour elles que je donne. Sans penser au lendemain. Comment vivre le ventre plein si chaque matin je dois découvrir un nouveau cadavre que la misère a déposé à ma porte ?

D'ailleurs, si je suis ruinée par mes prodigalités (c'est Henri qui le prétend), je saurai vivre dans la médiocrité qui naît du défaut de fortune... J'ai l'habitude. Je ne verserais pas une larme si je venais à être ruinée. Mes seules vraies richesses sont mes sœur et frère, et l'homme que j'aime. Ceux-là, seulement, ont le pouvoir de me faire rire ou pleurer. Peut-être devrais-je dire « les hommes que j'aime » ? Car je ne peux me le dissimuler davantage : je n'ai pas oublié Philippe. Toujours me revient en mémoire cette phrase, dans son dernier billet d'adieu : « J'espère mourir en mer... C'est pour moi la seule manière de te sauver de moi. »

Cinq ans déjà que je n'ai plus aucune nouvelle de Philippe, cinq longues années. Aujourd'hui je ne quitterai pas ma chambre. Je vais rester auprès du feu et rêver. Varsovie. Il faisait si froid dans la ville enneigée que Philippe et moi n'étions pas sortis durant trois jours. Nous n'avions plus un louis, mais nous nous faisions servir à souper dans notre chambre, sans nous soucier de la note à payer.

« Priver quelqu'un de nourriture sous prétexte qu'il n'a pas d'argent est inhumain », professait Philippe en dévorant à belles dents une volaille rôtie à point. Et comme je lui faisais part de mes craintes, les dettes, la prison, il riait, me rassurait, m'aimait... Oh, ces journées d'autrefois, si gaies, si insouciantes, que ne donnerais-je pas pour tout recommencer ! Je me souviens d'une rose que Philippe m'apporta cette année-là. Nous étions au cœur même de l'hiver. Où s'était-il procuré cette fleur ? J'en respire l'odeur encore aujourd'hui. J'ai gardé précieusement dans un coffret cette messagère d'amour d'un passé à jamais révolu, et le ruban qui l'entoure, c'est moi qui l'ai noué sur nos secrets perdus...

Pourquoi cette mélancolie aujourd'hui ? Je viens tout juste de fêter mes trente-trois ans. Je suis riche. Célèbre. Je fais ce que je veux à l'Opéra. J'exige deux mille livres de rentes ? On me donne deux mille cinq cents livres. J'exige tel ou telle partenaire ? On cède sans marchandage. Je chante quand je le veux, et ce que je veux. Je peux, tour à tour, être odieuse, capricieuse, colère ; j'ai la réputation d'être la « plus méchante cantatrice qu'il y ait jamais eu à l'Opéra » ! Pourtant, je suis aimée des choristes, des danseuses du corps de ballet, du petit peuple des coulisses. Je ne me bats que contre le pouvoir. Je me venge sans doute de tout ce que j'ai eu à subir. Et je venge Philippe. « Ils » n'ont pas encore gagné. Alors que se passe-t-il en moi aujourd'hui ? De quels regrets poignants suis-je envahie ? Que puis-je désirer de plus ? D'Antraigues est à mes pieds. Il m'aime, me le dit, me le prouve, et moi, je suis là, pleurant sur un passé où je n'étais rien, ne possédais rien, pas même ma personne ! Allons bon ! des larmes maintenant ! Du romantisme facile ! voilà où j'en suis...

Mars 1789

Je suis en train de perdre ma voix. Je travaille trop !... Ces imbéciles veulent me faire chanter dans la même semaine *Phèdre*, *Didon* et *Alceste* ! Veut-on m'assassiner ? Les critiques sont mauvaises. A qui la faute[1] ? D'aucuns disent qu'il ne reste plus grand-chose de mes « belles et merveilleuses qualités vocales ». J'en connais la raison ! Le travail inhumain auquel je suis soumise. Ma voix s'éraille, devient criarde dans les aigus. Il me faudrait un repos prolongé, ne plus être obligée de chanter, pour rester celle que cette femme peintre, Mme Lebrun, dépeint comme l'artiste qui « compose à elle seule tout l'Opéra, la reine sans rivale de l'Académie royale de musique »...

Depuis le jour où j'ai rencontré d'Antraigues, je n'ai jamais cessé de me demander qui j'aime vraiment. L'un ? L'autre ? Les deux ensemble ? Et pourquoi non ? Où est, et quelle est la loi qui nous permet d'aimer successivement, mais nous interdit d'aimer les mêmes personnes simultanément ?

Pour éviter de penser, j'écoute d'Antraigues me parler de sa nouvelle marotte : il veut se faire élire député du Vivarais. Ainsi, c'était là la raison réelle, profonde, de ses brochures sur les « Droits du peuple » et « la Constitution

1. « Dauvergnes écrit : "Hier, mademoiselle de Saint-Huberty a paru en public avoir perdu beaucoup de sa voix. J'avais prédit que cette femme ne tiendrait plus encore deux ans. Mais elle a encore un grand talent comme actrice... »

et la monarchie ». Et de ses séjours fréquents au château de la Bastide, auprès de sa mère que je n'ai pas encore l'heur de connaître. Sans compter les sommes énormes que va nécessiter une campagne. Déjà, il regrette son *Mémoire sur les états généraux*. Il sait que je le soupçonne de plagier Philippe. Il s'en moque, d'ailleurs. Ce qui lui paraît le plus important, c'est d'être élu. Il peaufine ses discours, sans désemparer. Un matin, je l'entends déclamer : « Le tiers état est le peuple, et le peuple est la base de l'État. Il est l'État lui-même. Les autres ordres ne sont que des divisions politiques, tandis que le peuple est tout par la loi de la nature... » Et j'ai dans l'oreille le timbre de Philippe !

Je sais que, depuis peu, d'Antraigues reçoit des lettres de lui. Je le sais parce que j'ai eu la surprise de découvrir des liasses épaisses de son écriture, soigneusement dissimulées dans un tiroir secret du meuble secrétaire de d'Antraigues...

« Ainsi, tu lis ma correspondance ? me répondit-il sans s'émouvoir. Tu n'as pas honte ? »

C'est tout lui ! Éluder une question gênante et porter son attaque par une feinte, croyant me désarçonner. Je néglige sa question et j'insiste :

« Il y a longtemps que vous vous écrivez ?

– Depuis son départ en Amérique, me répond-il sans s'émouvoir. Nous sommes en affaires, tu le sais bien. La dernière "course" nous a considérablement enrichis.

– De combien, si ce n'est pas trop indiscret ?

– Dix mille livres, au bas mot. De quoi financer ma campagne. »

Henri se lance dans un décompte exhaustif auquel je ne comprends rien, si bien que je ne l'écoute plus.

« ... Je crains, toutefois, d'être trop engagé du côté des républicains. »

Ces mots me rappellent à la réalité. Mais je suis incapable de dire ce qu'Henri vient de m'exposer, et s'il s'agissait de Philippe. Il me manque. Et pas seulement au lit. Pour cela, d'Antraigues remplit fort bien ses devoirs.

Avril 1789

Les soupers se multiplient chez moi, ou chez Mirabeau, ou chez La Fayette. Nous sommes en excellents termes, Mirabeau et moi. Dès le premier jour où nous nous sommes rencontrés, il m'a dit : « Ma chère Sophie ! Je vous admire infiniment. Couchons ensemble ! Cette petite formalité accomplie, nous pourrons faire plus ample connaissance, sans aucune arrière-pensée. » Et, sans me donner le temps de souffler mot, je me suis retrouvée sur son sofa, à subir les assauts vigoureux d'un véritable taureau. Tout chez cet homme est gigantesque, démesuré. Il est d'une laideur grandiose avec son visage puissant, marqué de petite vérole. Explosif, sensuel. Cynique parmi les cyniques, libertin parmi les libertins. Fou furieux dès lors qu'on lui résiste, mais qui peut lui résister ? Pas moi, en tout cas. Bizarrement, cet homme, qui ne m'amuse pas, m'attire singulièrement. Comme il a attiré nombre de femmes. Pourquoi ? Sans doute son intelligence. Il a fait de la prison, où il a rencontré Philippe, c'est du moins ce qu'il m'a dit. Amoral, tout comme Henri, comme Philippe... Ces hommes sont trop intelligents pour se satisfaire d'une médiocre morale bourgeoise. Il vient souvent me rendre visite. Il faut très peu de temps et très peu de parole à cet amant fougueux pour régler ses affaires. Ensuite il en vient tout de suite aux choses sérieuses. Tout en réajustant sa toilette, il me dit aujourd'hui comme s'il achevait une conversation commencée quelques minutes plus tôt :

« Est-ce que d'Antraigues sait qu'une foule de conspirations se préparent contre le Roi ? »

Comme je n'en savais rien, je répondis :

« Ma foi, je ne sais pas. Voulez-vous m'aider à relacer mon corsage, je vous prie ?

– Avec plaisir, ma chère, dit-il, joignant le geste et la bouche à la parole. Hum ! si nous avions le temps, je recommencerais bien... »

Sa bouche caressait ma nuque, tandis que ses doigts s'emmêlaient dans les lacets...

« Nous n'avons pas le temps, dis-je en m'écartant vivement. Henri sera là d'une minute à l'autre... »

Je n'étais plus d'humeur à consentir l'épreuve d'une virilité sans cesse renaissante. Ce n'est pas un homme, cet homme-là, c'est un priape !

D'un geste, Mirabeau désigna sa culotte déformée.

« Je ne peux tout de même pas me montrer à lui dans cet état ! me dit-il d'un air fat, et penaud tout à la fois.

– Arrangez-vous comme vous voudrez... Je descends ! » me moquai-je en me dégageant prestement des mains insistantes du marquis.

Bien m'en prit ! Il ne s'était pas écoulé un quart d'heure que d'Antraigues arrivait, trempé de neige et grelottant. Assise devant le clavecin, je faisais courir mes doigts sur le clavier. J'avais reçu, ce matin même, la partition des *Noces de Figaro* de Mozart qui avaient connu un si vif succès à Vienne, en 1786. Trois ans déjà ! J'avais rêvé de ce rôle en or... Maintenant hélas, je n'avais plus la voix. Cela me déchirait de l'admettre. Je me jurai de partir me reposer, à Spa. Il paraît qu'on y fait des miracles...

« Le marquis de Mirabeau doit venir nous rejoindre, ce soir, pour souper, me dit d'Antraigues, après m'avoir distraitement embrassée. Que jouez-vous là ? Mozart ? Ce n'est pas mal ! » ajouta ce butor ignare pour tout ce qui concernait le domaine musical.

Sans me déconcerter, je répondis :

« Il est déjà là... Comme il était trempé et crotté, comme vous l'êtes en ce moment, je l'ai envoyé s'arranger et se sécher dans votre chambre... »

L'ombre d'un sourire ironique éclaira le visage d'Henri. Il aimait l'équivoque. Nous échangeâmes un regard complice.

« Il fallait rester pour l'aider, ma chère, me dit-il. A moins que ce ne soit déjà fait ? »

Que répondre ? Je haussai les épaules et jouai un peu plus fort... J'éprouvais une certaine gêne. Quelque chose ne me plaisait pas dans la scène que j'étais en train de vivre. Peut-être était-ce l'air de la comtesse des *Noces de Figaro*, « Porgi amor... », que j'étais en train de déchiffrer, qui me rendait si mélancolique.

« J'aime ce compositeur, dis-je. Mozart est un génie.

– Sans doute, dit d'Antraigues. Oh ! ma chère ! qu'avez-vous donc là ? »

Du doigt, il appuyait sur ma nuque, juste à l'endroit précis où Mirabeau, quelques instants plus tôt, me mordillait.

« Rien... Rien ! » dis-je précipitamment.

Doucement, les lèvres d'Henri se posèrent exactement sur la légère blessure.

« Mais non, ma belle, me chuchota-t-il à l'oreille. Cela n'est rien qu'un peu de plaisir... »

La voix de Mirabeau nous fit sursauter :

« Charmant spectacle... Alors ? »

Cet « alors » s'adressait à d'Antraigues et, en moins d'une seconde, il n'y eut plus, dans le salon, que deux bêtes politiques, occupées à discuter de leurs misérables complots et alliances stratégiques.

Mirabeau s'étranglait de fureur :

« La conduite de M. de Provence n'est ni claire ni franche. Je ne puis dire jusqu'à quel point elle m'étonne. Il hait son frère à un point tel que l'on ne sait jusqu'où ira cette haine... »

Il était déjà huit heures et j'avais faim, ce que je fis savoir sans ménagement. Il y avait foule au Procope. Une foule excitée, avide et gaie, où se mélangeaient aristocrates, bourgeois, grandes et petites putains, politiques et militaires, tous se valant à mes yeux. J'y retrouvai quelques amis qui vinrent nous rejoindre à notre table. Au cours du souper, d'Antraigues et Mirabeau se sont longuement entretenus des prochains états généraux. « Paris et toute la France ont la fièvre, dit Mirabeau. Pour cent louis, on peut avoir une fort belle émeute...

– Croyez-vous ? demanda d'Antraigues.

– Vous souvenez-vous, il y a trois ans déjà, des acclamations de la foule qui ont salué la fin du procès contre le cardinal de Rohan ? Dix mille personnes criaient leur enthousiasme et manifestaient leur joie de voir l'Autrichienne humiliée ! C'est bien contre la Reine que le peuple en a désormais ! On l'accuse d'être responsable du déficit du Trésor...

– Les choses se sont peut-être calmées, dit d'Antraigues. Les états généraux rendront sans doute justice à la Reine ?

– Non, au contraire ! Faire un procès à cause du collier a été une erreur politique monumentale. C'« est » maintenant le prélude à une révolution qui devient inévitable, riposta Mirabeau. Jamais la Reine n'aurait dû poursuivre les Rohan-Guéméné. Ils sont coupables, mais puissants. Ils se vengeront !

– Et si la Reine était innocente ! m'exclamai-je.

– Elle est innocente ! répondit Mirabeau. C'est pour cela qu'il ne fallait rien faire avant de savoir "qui" était derrière cette infamie...

– On parle des francs-maçons, dis-je avec quelque hésitation. Les gazettes évoquent Cagliostro.

– Qui ose cela ? tonna Mirabeau. Cet imbécile de Louis-Auguste Dasté ? Ce feuilliste à la botte du comte de Provence ! Ça l'embête, ce bigot, de devoir dire que l'affaire du Collier est l'œuvre de l'entourage de Marie-Antoinette ! Et, quand on sait les intentions de Monsieur, on comprend tout. Pour perdre la Reine, et perdre le Roi par la même occasion, ce jean-foutre n'en est plus à une fourberie près... »

Comme toujours, la voix tonitruante de Mirabeau faisait naître le silence autour de lui. On l'écoutait, on le regardait, on l'admirait. Il y eut des éclats de rire et des applaudissements. Et, comme je m'étonnais de l'explosion de colère de Mirabeau :

« Voyons, qui est ce Dasté ?

– Un imbécile, lança Mirabeau toujours furieux.

– Mais encore ? insistai-je.

– Monsieur va tenter de faire destituer le Roi. Les états généraux viennent à point nommé pour ce faire. Il faut chauffer à blanc les esprits contre la Reine et, pour cela, rien ne vaut les feuillistes comme Dasté ! Rappelez-vous le scandale qui a suivi la représentation d'*Athalie*... »

Je me souvenais, en effet. La tirade de Joad :

Confonds dans ses conseils cette Reine cruelle
Daigne, daigne, mon dieu, sur Nathan et sur elle
Répandre cet esprit d'imprudence et d'erreur,
de la chute des rois funestes avant-coureurs..

avait été saluée par un tonnerre d'applaudissements, et la Reine avait dû quitter sa loge sous les huées...

« C'était si triste, dis-je.

– Vous avez là le travail d'un Dasté ! répliqua Mirabeau. C'est l'un de ces catholiques de la race des Inquisiteurs qui vous feront flamber une bonne partie des populations si elles ne se rendent pas aux injonctions de l'Église et de ses mensonges. Un homme dangereux à cause de sa bêtise... Il écrit cependant ! Et Provence le protège. Pourvu que le Roi ne renonce pas à réunir les états généraux ! »

D'Antraigues renchérit et reprit son refrain favori, celui qu'il reprenait devant un public acquis d'avance :

« Le Roi doit se pénétrer de l'absolue nécessité de rassembler les états généraux et sentir qu'il n'a que cet unique moyen pour retrouver la confiance du peuple... C'est là sa seule chance ! »

Si d'Antraigues espérait obtenir le même succès que Mirabeau, il dut être déçu. On ne regardait que Mirabeau.

« Et éviter la tyrannie, appuya Mirabeau les yeux fixés sur *son* public. Il faut lutter contre la noblesse héréditaire. C'est un fléau qui dévore la patrie... »

D'Antraigues fit la grimace. Pour lui, la noblesse héréditaire avait encore de beaux jours devant elle. Mais sa réponse fut noyée sous les applaudissements.

Et, comme toujours, médisances, ragots et calomnies refleurirent comme pissenlits au soleil... De Monsieur et de ses mœurs, on glissa à sa femme. La comtesse Marie-Joséphe de Provence, qui filait le parfait amour avec sa lectrice, Mme de Gourbillon. Si bien que Monsieur avait demandé à son frère le Roi de signer une lettre de cachet contre cette encombrante rivale.

« Et si la Gourbillon était un agent de l'Angleterre ? lança soudain d'Antraigues.

– Et quand cela serait ? Le pire que la Gourbillon puisse faire, c'est de remplacer le comte de Provence là où il ne peut et il n'a que faire... »

Un éclat de rire général salua cette sortie. Mais j'entendis Mirabeau grommeler entre ses dents : « Il faut toujours se méfier des impuissants, surtout quand ils ont le pouvoir... »

Le tiers état... Le tiers état... Cela se chante dans les rues, cela se danse, cela se rit. Le tiers état est à la mode. Le tiers état se veut l'égal de la noblesse et du clergé...

J'ouvre grand mes fenêtres sur les marronniers dont les bourgeons viennent d'éclater. Je l'entends chanter, sa voix parvient jusque vers moi :

Si le clergé et la noblesse
Mes chers amis

Ont pour nous si grande rudesse
Tant de mépris
Laissons-les tous en faire accroire
Prendre l'État
En attendant nous allons boire
Au tiers état...

Les rues, les jardins, le Palais-Royal, sont noirs de monde. On parle, on discute, on se dispute... Le soleil éclabousse de sa lumière cette foule joyeuse et folle d'espoir. J'entends des bribes de conversations. « ... Partage équitable des richesses et des pouvoirs... Fin des privilèges de la noblesse, du clergé... » Je hausse les épaules. Voyons, que disait Philippe : « Jamais "Ils" ne se laisseront dessaisir du pouvoir et de l'argent sans, auparavant, nous imposer un bain de sang. »

Depuis le début du mois, la plupart de nos convives appartiennent à la loge des Neuf Sœurs... Mirabeau est notre hôte principal. D'ailleurs, à vrai dire, c'est lui qui invite. Je me contente de demander le nombre des convives, et de commander le traiteur. Ces soirées sont toujours très intéressantes. J'écoute avec passion. On parle de liberté, des droits de l'homme et du citoyen : « Tous les hommes naissent libres et égaux... » Nos convives partis, alors que je frémis encore d'enthousiasme et que nous nous apprêtons à nous coucher, d'Antraigues me rabaisse le caquet :

« Très belle phrase... Mais qui ne veut rien dire ! Il n'y aura jamais d'égalité... Et par là, jamais de vraie liberté. Toujours le fort dominera le faible. L'homme qui naît supérieurement intelligent ne sera jamais l'égal d'un imbécile ; la femme qui naît divinement belle aura une tout autre destinée qu'un laideron. Non ! Il n'y a pas d'égalité. Même pas d'égalité devant la loi. Le riche pourra s'offrir le meilleur des avocats. Même si son crime est odieux, il échappera à la potence. Le pauvre ? Que Dieu, s'il existe, ait pitié de son âme...

– Alors pourquoi fais-tu semblant d'approuver tes frères en maçonnerie ?

– Parce que l'avenir, c'est eux ! Et que je veux en être... »

Je n'aime pas quand d'Antraigues joue au cynique, il a meilleur cœur qu'il n'y paraît. Je sais qu'il est sincère lorsqu'il parle de monarchie constitutionnelle, du droit du tiers état à se faire entendre, de l'égalité devant l'impôt. Pourtant, je sais aussi qu'il est fondamentalement traditionaliste, et parfaitement hostile à la Révolution...

Dîner chez le marquis de La Fayette qui, au cours d'une longue conversation fort ennuyeuse, nous raconte l'histoire de sa campagne électorale en Auvergne... Je préfère quand il nous raconte son aventure américaine. Là, il devient passionnant. Il nous fait part d'une lettre envoyée par George Washington, premier Président de la libre république des États-Unis d'Amérique, et qui a prêté serment le 20 avril 1789 dernier. Cette nouvelle laisse les convives songeurs. Tous, peu ou prou, avaient aidé les *insurgents*. Et maintenant un Président élu siégeait à la tête du jeune État dont la Constitution, la plus noble qui soit, était celle des francs-maçons. Tous les hommes naissent libres et égaux... Et si demain la France devenait une République ?

Mai 1789

Versailles est très occupé, il s'agit de choses d'importance qui, compte tenu de la gravité du moment, ne peuvent attendre… Quels costumes les députés doivent-ils porter ? Et quels spectacles organiser pour amuser l'oisiveté des dames de la Cour ?… On compulse des registres pour déterminer dans quels habillements les députés des trois ordres devront paraître à la grande procession qui doit précéder l'ouverture des états généraux… Le tiers état se sent offensé, humilié. Il ne voit pas pourquoi il irait tête nue alors que le noblesse et le clergé se présentent la tête couverte. Donc, il fut décidé que le tiers état se couvrirait la tête au même moment que la noblesse et le clergé, ce qui est un crime de lèse-majesté… Je me rends chaque jour au Palais-Royal, où les publications fleurissent… Je meurs d'impatience. Qu'est-ce que tout cela va donner ? Je lis, j'écoute, et chaque heure apporte une information nouvelle… Vraie ? fausse ? Provence est en train de constituer un accablant dossier contre Marie-Antoinette. Je ne comprends pas la haine qui l'anime contre sa trop jolie belle-sœur… Je réfléchis là-dessus et me souviens d'une phrase de Philippe : « La haine et l'amour poussent sur le même arbre. » La haine de Provence serait donc la forme d'un amour impuissant dans toute l'acception du terme, à l'encontre d'une ravissante coquette qui accepte les hommages d'un autre ? C'est possible, après tout. Combien de fois n'ai-je pas souhaité tuer Philippe de mes propres mains… Provence pourrait prouver que les enfants du roi sont tous adultérins et qu'il convient par conséquent de les écarter de la succession au Trône. Du moins, c'est là l'opinion des feuillistes qui osent l'écrire sans risque d'être embastillés. Comment cela peut-il être ? Je demande le soir même des explications à Henri.

« Provence veut faire expédier Marie-Antoinette dans un couvent, et les enfants en Autriche ou en Suède, me répond d'Antraigues en ricanant.

– Êtes-vous sûr de ce que vous avancez ?

– Sûr de quoi ? Que la Reine a la vertu légère ? C'est peut-être exact. Que les enfants sont adultérins, je n'en sais rien. On sait que la Reine est la mère, et c'est une certitude, quant au père... Provence a des présomptions accompagnées de preuves. Du moins, il le prétend.

– Des preuves de ce qu'il avance ?

– Il connaît les incapacités de son frère, qui sont aussi les siennes. La petite opération de Louis XVI lui a sans doute permis d'honorer sa femme, mais qui peut dire si les enfants nés depuis sont bien de lui ? Et ce n'est pas Marie-Antoinette qui apportera des précisions sur ce terrain-là !

– Comment êtes-vous dans le secret des dieux ? » demandai-je très étonnée.

D'Antraigues éclata de rire.

« Ma chère, je sais me procurer ce que je veux, quand je le veux... Pour l'heure, il s'agit de protéger le Roi et la Reine. Ils sont en danger et n'en ont pas conscience. »

Il est plus de minuit, et je m'empresse d'écrire les événements que je viens de vivre... Ce matin donc, dimanche 4 mai 1789, c'est sous un soleil radieux qu'a eu lieu la procession des états généraux. Je me suis mêlée à la foule, chaleureuse et gaie, applaudissant à tout rompre le cortège royal. Ces gens joyeux croient que tout va changer pour eux, dès lors que les états généraux en auront fini avec leurs travaux... Des poitrines s'échappent des cris : « Vive le Roi ! », « Vive la Reine ! » Je regarde la Reine... Elle sourit. Comme elle souriait vingt ans plus tôt dans un carrosse semblable... J'entendis alors : « Vive la Reine ! », « A bas les calomniateurs ! », « A bas le comte de Provence... » Ainsi, ce que soupçonnait d'Antraigues, le peuple de Paris le clamait d'une voix forte et claire ? Le comte de Provence serait un vil calomniateur. J'avançais, emportée par la vague humaine. J'allai ainsi jusqu'au Palais-Royal. Sur une estrade de fortune, un homme haranguait les passants. J'eus l'impression que mon cœur allait jaillir de ma poitrine. Cet homme en chemise et culotte, aux cheveux noirs flottant librement sur ses larges épaules, déclamait d'une voix forte :

« Ne vous laissez pas faire ! A la Cour, les faveurs, les places, les fortunes sont pour des hommes qui n'y ont ni droit ni mérite... Tout cela parce qu'ils sont "nés". Et vous ? Vous n'êtes pas nés, peut-être ? Ils vous ont ruinés, affamés, envoyés aux galères. Ils vous volent, exigent de vous, qui êtes taillables et corvéables à merci, que vous abandonniez encore le peu que votre labeur vous rapporte... Pour eux, le monde est à prendre tel qu'il est. Pourquoi déranger l'ordre du monde qui les avantage si insolemment ?... »

Comment suis-je arrivée au premier rang des badauds ? Je ne m'en souviens plus. J'étais là et je le regardais : Philippe me souriait. D'un bond, il fut à mes côtés et, sous les quolibets railleurs, il m'embrassa. Comment ai-je pu vivre sans lui ? Ai-je seulement vécu ?

Je me suis retrouvée dans le petit logis qu'il partage avec un dénommé Babeuf... Je me souviens juste que j'étais dans un lit étroit, que la chambre était sous les toits et qu'il faisait chaud... Sa peau nue contre la mienne, sa bouche parcourant mon corps. Ses mains sur mes seins. Son poids sur moi. Je meurs de plaisir, je renais pour mourir encore, et Philippe, merveilleux amant, prend ma bouche pour recueillir mes derniers soupirs.

Mais il fallait songer à rentrer. Pourquoi fis-je cette sottise ?

Un fiacre me ramena chez moi où d'Antraigues m'attendait, blême de rage.

« Où diable étais-tu passée ? Je me désespérais et m'inquiétais... Philippe, n'est-ce pas ? »

Et il me gifla. Pas très fort. Rien à voir avec les gifles de Philippe en proie à une crise de jalousie forcenée, mais une gifle qui me laissa sans voix. Momentanément.

Comment avait-il su ? Il refusa de répondre à cette question mais, en revanche, me déclara sèchement :

« ... Quand c'est la nécessité ou le désir d'accroître votre fortune qui vous jette sur un lit, je n'ai rien contre, madame, mais quand c'est l'amour, ce n'est pas acceptable ! »

Jamais d'Antraigues ne s'était laissé aller à une telle scène de jalousie. J'étais sidérée. La jalousie n'était pas à l'ordre du jour dans notre vie. Nous étions d'accord sur un point : respecter notre liberté réciproque et ne jamais nous quereller sur les petites incartades que nous jugions, l'un comme l'autre, sans gravité, et même nécessaires à notre entente réciproque... Une bouffée de liberté, en somme, rien de plus, rien de moins... Il y avait quelque temps déjà qu'il délaissait ma couche au profit de l'une de ses anciennes maîtresses, la comtesse de Polignac. Mais il est vrai que Philippe n'est pas, et ne sera jamais pour moi, une incartade... Et cela, d'Antraigues le sait.

Cependant, quelque chose en moi a dû l'exciter passablement... Comme on sait, la jalousie est un puissant aphrodisiaque, d'Antraigues m'en administra la preuve, séance tenante.

10 juin 1789

Chaque jour apporte un événement inattendu. Ce matin, je me suis réveillée avec cette certitude : je suis enceinte... Et une autre certitude qui jaillit presque simultanément : j'ignore qui est le père... Je vois Philippe régulièrement, quant à d'Antraigues, repris de passion pour ma personne depuis qu'il se connaît un rival, il m'honore toutes les nuits, délaissant pour moi ses habituelles maîtresses. Je me garde bien de révéler mon état, ne sachant si je vais garder cet enfant ou voir une faiseuse d'anges.

J'apprends avec tristesse que la Reine vient de perdre le premier Dauphin. D'après d'Antraigues, c'est avec sa fille aînée, Mme d'Angoulême, le seul de ses fils que l'on peut supposer être du Roi.

Un mois déjà que Philippe est revenu dans ma vie. Un mois, et j'attends un enfant. De qui ? Peu m'importe. Cet après-midi, Philippe et moi devons nous rencontrer.

16 juin 1789

Hier soir, souper chez M. Necker. Personne ne songeait à s'empiffrer comme à l'accoutumée... Tout le monde parlait des états généraux. Le tiers état a décidé de se constituer en Assemblée. Un député, M. Sieyès, a proposé de choisir le nom d'Assemblée générale. J'ai fait semblant d'écouter. Je ne peux penser qu'à ceci : le garder ? m'en débarrasser ? qui est le père ? J'ai été malade tout le dîner. L'odeur des mets que l'on me présentait me donnait la nausée.

D'Antraigues n'en finit pas d'aller et de venir. Il rencontre les frères du Roi, Provence et d'Artois. Je ne sais ce qu'il manigance. Lorsqu'il m'arrive de le questionner, Henri me répond brièvement :

« Une histoire de complot.

– Contre qui ?

– Officiellement, contre Necker... En réalité contre le Roi... Personne ne peut comprendre ce que Provence a dans la tête. Il s'entoure du duc de Lévis, du comte de la Châtre et du comte de Luxembourg qui lui font miroiter l'espoir de régner dans un avenir très proche... Et le rêve de Provence, c'est le trône.

– Comment va-t-il s'y prendre ? demandai-je surprise. Louis XVI se porte à merveille. Il n'a aucune chance !

– Tout peut arriver... », fut la réponse laconique de cet homme.

17 juin 1789, minuit

Au cours d'une séance extrêmement orageuse, à Versailles, Mirabeau a lancé au marquis de Dreux-Brézé cette phrase qui, sans doute, va mettre le feu aux poudres :

« Nous sommes ici par la volonté du peuple, nous n'en sortirons que par la force des baïonnettes »... Henri paraît soucieux. Cette phrase ne lui plaît pas. « C'est un crime de lèse-majesté ; on n'ira pas loin si l'on commence à se mettre les royalistes à dos. C'est stupide... Mirabeau agit sans réfléchir... »

Je répliquai d'un ton léger :

« Je ne trouve pas. Il faut savoir, parfois, montrer sa force... Et Mirabeau les domine tous autant qu'ils sont !

– Pas trop, ma chère, pas trop, il ne faut pas trop montrer sa force. Surtout quand celle-ci n'est encore qu'un leurre... »

Henri m'intrigue. Pourquoi faut-il toujours lui arracher les mots un par un ? De quel leurre veut-il parler ?

« Tout est encore si fragile ! me répond-il visiblement préoccupé. Il ne faut pas trop s'avancer.

– Vous regrettez de vous être trop engagé ?

– Je crains de m'être engagé là où je n'ai que faire. L'existence de la noblesse est, depuis des temps immémoriaux, un élément essentiel du pouvoir... Je suis un aristocrate. Mon rôle est de lutter avec ces armes, même si je ne partage pas toujours la même pensée. Necker a raison lorsqu'il dit que l'égalité de tous devant l'impôt est une nécessité pour sauvegarder la cohésion de la Nation. Et, en cela, je partage ses vues. Mais le pouvoir doit rester là où il est... Aux mains de ceux qui l'ont toujours exercé. »

Puis, sans raison apparente, il lança brusquement :

« Le tiers état m'offre un mandat de député... Je vais le refuser. »

Je n'ai rien répondu. Qu'aurais-je pu dire ?

20 juin 1789

Parmi les personnes les plus assidues qui se plaisent à rencontrer Henri, il y a M. de Malesherbes, un avocat qui se flatte, comme lui, d'être un révolutionnaire en pensée, un ami des livres, et un passionné de philosophie. Tous deux n'en finissent pas d'étudier *L'Esprit des lois* de Montesquieu, d'en extraire théories et conseils. Lorsque Malesherbes vient nous rendre visite, mes soirées, jusqu'à l'aube, m'appartiennent... Et je sais à qui les consacrer.

D'Antraigues suit une route connue de lui seul, tortueuse comme il l'est lui-même ; et, je l'avoue, ce matin, j'avais d'autres préoccupations. Un rendez-vous avec une personne censée me délivrer de mon fardeau. Ce n'était pas de gaieté de cœur que j'avais pris cette décision. Mais pouvais-je garder un enfant dont, toute ma vie, j'ignorerais qui est le père ? Un petit bâtard... Mon cœur se serre à cette pensée. Bâtard ! L'éternelle, l'inguérissable blessure de Philippe... Je ne veux pas imposer une telle souffrance à un enfant.

22 juin 1789

Il n'y a rien à faire. Il paraît que c'est trop tard. Je suis étonnée de mon soulagement. Voyons, voyons, cet enfant, le voulais-je donc à ce point ? Puisque, bientôt, je vais être mère, autant annoncer la nouvelle à d'Antraigues, qui d'abord se montre méfiant. « De qui ?... », me demanda-t-il alors que je lui annonçais ma future maternité...

« Réfléchissez bien, mon ami, répliquai-je sans m'émouvoir. Combien de fois vous ai-je supplié de faire attention ! Mais vous passiez outre...

– Et votre amant, fait-il attention ?

– Bien sûr », affirmai-je souriante.

Si d'Antraigues m'avait demandé de jurer sur la Bible, je l'eusse fait sans barguigner. J'ai décidé que mon enfant aurait un père et que ce père serait d'Antraigues... Après tout, outre le fait que j'ai aimé cet homme, je ne peux m'empêcher de penser que sa lignée est autrement honorifique que celle de Philippe. Mon fils sera comte d'Antraigues. Enfin, peut-être... Pour le moment, mon fils naîtra bâtard.

D'Antraigues veut m'épouser ! Cette décision, lancée à la va-vite, je la sens sérieuse, mûrement réfléchie. Il veut que son fils porte son nom. Je suis ravie et soulagée. Mon enfant sera l'héritier du comte d'Antraigues. En réalité, je ne suis pas tout à fait dupe de cette soudaine demande en mariage. Henri a toujours besoin d'argent et il sait que ce que j'apporte dans la corbeille de noces est loin d'être négligeable. Si je compte mon petit château de Groslay, avec les fermes adjacentes en pleine exploitation, l'hôtel que nous occupons, les mobiliers, les linges, mes bijoux qui sont estimés à près de soixante mille livres, une somme d'argent en liquide de cinquante-trois mille livres, cent vingt bouteilles de champagne dans mes caves, quatre chevaux, une diligence, un phaéton, on arrive à une jolie somme de cinq cent mille francs or... Voilà, sans doute, des arguments non négligeables en faveur de ce mariage.

Cela étant posé, je sais que d'Antraigues m'aime. A sa manière, mais il tient à moi.

Seule ombre à ce charmant tableau, mon futur me demande le secret. Sa mère deviendrait folle furieuse si elle apprenait la mésalliance. Quels que soient les avantages financiers dont son fils bénéficierait et qui la délivreraient de la charge très lourde de son entretien.

3 juillet 1789

Nous nous sommes mariés, secrètement, dans la petite église de Groslay. Personne n'a été averti de ce mariage. Mais j'ai le document qui fera de mon fils l'héritier du comte d'Antraigues, le petit-fils d'une Saint-Priest, et cela vaut bien ce mariage secret, béni à la sauvette.

J'ai appris par ce bavard de Mirabeau qu'à la réunion dans leur loge maçonnique Philippe et Henri ont des vues de plus en plus opposées et se disputent souvent. Ils en seraient venus aux insultes, puis aux mains, et ont décidé de se battre en duel. Leurs amis respectifs ont vainement tenté de les calmer. Je suis partagée entre l'angoisse, la rage et le désespoir.

5 juillet, minuit

Il n'y aura pas de duel ! Pourquoi ? D'Antraigues refuse de répondre et me regarde d'un air fat et supérieur qui me donne une envie folle de le gifler.

Enfin, j'ai pu voir Philippe cet après-midi. Je voulais savoir ce qui s'était passé. Il avait l'air content.

« D'Antraigues a refusé de se battre, et m'a présenté ses

excuses... Ses mots auraient dépassé sa pensée. Il ne veut pas que notre vieille amitié soit brisée pour un différend idéologique. »

Je suis un peu surprise. Henri est courageux, il sait se battre mieux que personne. Manier l'épée de sorte à blesser, sans jamais tuer.

« Henri s'est excusé ? dis-je. Il a renoncé à te donner ce qu'il appelle une leçon ? »

Philippe fait la grimace :

« Heureusement qu'il a renoncé ! Sinon tu serais en train de pleurer sur mon cadavre !... »

Je le regarde. Je suis partagée entre l'envie d'en savoir plus, de l'embrasser, l'envie de rire, de pleurer... Cet homme me rendra folle. A moins que je ne le sois déjà.

Plus tard, après l'amour, Philippe m'a raconté la séance orageuse dans la salle du Jeu de paume, où Henri a refusé de prendre parti sur la question du vote par tête et sur l'abolition de certains droits féodaux. Et comme je m'étonnais de la naïveté de Philippe :

« Comment veux-tu qu'Henri vote contre ses propres intérêts ! Les droits féodaux sont, jusqu'à ce jour, ses seuls revenus... S'il les perd, il n'a plus rien !

– Si ! me répondit-il entre ses dents. Il t'a. Tu lui appartiens... »

Silence. Un long silence a succédé à cette phrase. Nous nous sommes regardés intensément. Nous ne nous touchions pas. Juste ce regard qui nous liait l'un à l'autre plus solidement que la chaîne la plus dure.

Alors, pour rompre le sortilège, je lançai :

« Tu parles d'un trésor ! Tu dis toi-même que je suis un monstre ! » Avant de partir, il m'embrassa encore, longuement, fouillant avec une douceur brûlante ma bouche qui était sienne. On aurait dit qu'il voulait ainsi marquer à jamais sa possession sur moi.

Il est plus de deux heures du matin. Il est trop tard et Henri ne viendra plus me rejoindre dans ma chambre. Je préfère cela. J'écris ce qui me trouble, ce qui me pèse. Je pense à Philippe. « Qu'ai-je fait de nous, grand Dieu ?... » Depuis que je l'ai retrouvé, cette phrase revient fréquemment dans ma tête. Je me sens coupable. Mais de quoi ? Et qu'aurais-je pu faire d'autre que ce que j'ai fait ? Pouvais-je agir autrement ? Mon fils ne naîtra pas bâtard, et Philippe était aussi peu fait pour être père que moi pour être nonne. Du moins, c'est ce que je me dis pour apaiser ma conscience. Mais je sais aussi que, si c'était à refaire, je referais exactement le même chemin. Je suis fatiguée. Il est temps d'aller me coucher.

Deuxième carnet

10 juillet 1789

Les jours se suivent... et se ressemblent dans leurs tumultes qui commencent à l'aube. On ne voit que des gens du peuple qui crient « Vive le tiers état ». Les rues de Paris sont transformées en autant de lieux de rassemblement... Je sors dans la ville le plus souvent possible ; je me mêle à la foule ; je vois très souvent ma petite famille, Amélie, Paul et Joseph. Tous trois me parlent avec ferveur de jours meilleurs pour les plus défavorisés par le sort : « Demain sera heureux. » Je ne le crois pas, mais je ne dis rien pour ne pas troubler leur joie. Pour ma part, je pense que l'homme étant ce qu'il est, demain, au mieux, ne sera peut-être pas pire qu'aujourd'hui.

D'Antraigues me désarçonne. Le courage qu'il montre, le zèle qu'il déploie, ce qu'il dit, ce qu'il fait, est très sincère sur le moment ; mais il sera demain tout aussi sincère en disant, en faisant, exactement le contraire de ce qu'il propose aujourd'hui. Il souffre d'être sans véritable fortune... Et il souffre davantage encore de son inconcevable légèreté. Il se sait plus intelligent que la moyenne des gens qui ont à revendre de cette qualité-là et qui fréquentent mon salon. Depuis quelque temps, même Mirabeau, que je sens furieux contre les atermoiements d'Henri, n'hésite pas à le tourner en ridicule publiquement... Les principes du comte Henri de Launay d'Antraigues, en 1789, n'ont, en effet, plus aucun rapport avec ceux professés par lui en 1788. Ses meilleurs amis sont las de ses volte-face perpétuelles... A propos de volte-face, on pourrait en dire autant de Mirabeau qui, à l'Assemblée, domine l'assistance de son verbe, qui parle de générosité, de partage, du droit des gens... et qui, dans le même discours, défend les prérogatives royales. Je veux bien être pendue, si ce n'est pas du double jeu.

Les nobles redoublent de morgue envers le tiers état. Du coup, certains aristocrates et membres du clergé, plus intelligents que leurs homologues, s'unissent au tiers état pour former une Assemblée nationale constituante... Que les riches partagent vivement leurs richesses avec les pauvres, voilà qui m'étonnerait singulièrement.

12 juillet, minuit

Aujourd'hui promenade avec Philippe dans le jardin du Palais-Royal. Beaucoup de monde se pressait autour de l'estrade où se trouvait un jeune homme, que Philippe me dit être Camille Desmoulins... Je ne connaissais pas cet orateur mais je le trouvais sympathique. « Écoute-le bien », m'a-t-il recommandé. Alors j'ai écouté et je transcris presque mot pour mot ce que j'ai entendu sous un soleil de plomb.

« Citoyens, on a osé chasser Necker ! Peut-on vous braver

plus insolemment ?... Après ce coup, que nous réservent-ils ? Une nuit de Saint-Barthélemy des patriotes ? Aux armes, citoyens ! Aux armes ! Prenons tous des cocardes vertes, couleur de l'espérance ! L'infâme police est ici ? Eh bien qu'elle me regarde, qu'elle m'observe... Oui, c'est moi qui appelle mes frères à la Liberté... »

J'ai hurlé mon enthousiasme avec la foule, j'ai trépigné, j'ai chanté, j'ai bu. Maintenant, je me suis ressaisie. Des mots. Des mots brûlants, mais seulement des mots.

15 juillet 1789

Hier matin, je me suis réveillée de fort bonne heure. D'Antraigues était déjà parti sur ces mots sibyllins : « Je vais rejoindre Monsieur. Il risque de se dérouler de grandes choses aujourd'hui. J'attends Moreau et Pichegru, et nous partons. »

Ma matinée s'était passée comme à l'accoutumée, toilette, exercices vocaux, travail d'une partition. Mais ma voix se fatigue vite... Elle perd de sa puissance, de sa pureté. Est-ce vraiment déjà la fin ?

L'après-midi, j'avais fixé un rendez-vous à Philippe. Rien au monde ne m'aurait empêchée d'aller voir mon amant si ce n'était mon frère qui débarque tout joyeux chez moi et m'annonce, fièrement, qu'hier il a, avec d'autres compagnons d'armes, envahi l'hôtel de la Force, délivré tous les prisonniers, et qu'ils allaient faire de même à la Bastille.

« On se procure des armes partout où il s'en trouve ! Le couvent de Saint-Lazare a été envahi et devine ce que l'on y a découvert ?

– Des nouveau-nés ? répondis-je croyant plaisanter.

– Pire, répliqua Joseph sans rire. Un dépôt de blé que les religieux avaient amassé. Ces affameurs du peuple étaient de mèche avec les spéculateurs pour faire monter les prix... »

L'indignation de Joseph n'avait pas de bornes. J'aime le voir généreux, idéaliste !... Rien de ce dont il rêve ne se réalisera, je le sais. Mais je ne me sens pas le courage de détruire son rêve...

Je l'écoutais avec attention... Philippe dit la même chose : que la famine, le manque de blé, de farine, sont le fait des spéculateurs qui veulent s'enrichir sur le dos des pauvres gens. Comme s'il lisait dans mes pensées, Joseph me déclara, un peu gêné :

« D'ailleurs, Philippe vient avec nous. Il m'a chargé de t'en faire part... »

Une manière charmante de remettre notre rencontre à plus tard ! Sur-le-champ, je décidai :

« Je vous accompagne ! »

Avant de partir, je pris soin d'orner mon chapeau d'une branche verte en l'honneur du tiers état. J'en profitai pour me regarder attentivement devant mon miroir. Ma capeline était seyante. Robe blanche, sans paniers, définitivement démodés, taille mince, que souligne un ruban rouge. Des petites rides se plissent autour des yeux et mon teint a perdu cette fraîcheur, ce velouté de pêche à peine mûrie au soleil qui n'est l'apanage que des très jeunes filles... L'âge est là, tapi dans l'ombre. C'est hier que j'allais, insolente et sûre de moi, à la conquête du monde... Et maintenant ?

Il faisait beau. Dans les rues que nous traversions, les gens allaient, venaient, couraient, se précipitaient, s'arrêtaient, se parlaient, riaient, et repartaient en courant... Très fier de son habit de caporal, mon frère se rengorgeait :

« Tu vois, ils vont tous à la Bastille... Il y a des armes à la Bastille ! »

Ce qui n'empêcha point quelques excités d'arrêter ma voiture, à plusieurs reprises, pour voir si je n'y avais pas quelques armes cachées... La présence de mon caporal de frère me rassurait. En réalité, je n'avais pas vraiment peur, j'éprouvais plutôt une sorte de nervosité ou d'excitation légère et joyeuse... J'étais heureuse d'attendre un enfant, d'aller rejoindre Philippe, de me trouver avec mon frère, d'encourager un mouvement populaire aux revendications plus que légitimes. J'étais également heureuse d'être la femme d'Henri, ce qui me mettait à l'abri de la folie de Philippe et de la mienne. Bref, j'étais heureuse de ce tourbillon. J'avais trente-trois ans, un long passé derrière moi, encore une longue route à parcourir, et deux hommes de cœur à mes côtés.

Pourtant je ne suis pas allée jusqu'à la Bastille. Une violente nausée m'a obligée à rebrousser chemin. Je n'ai pas voulu que mon frère me raccompagne et je suis restée chez moi, trop heureuse de pouvoir me reposer.

Le soir même, Joseph était là et nous racontait, à Henri et à moi, tout ce qu'il venait de vivre.

« Heureusement que tu n'étais pas présente, il y a eu des têtes coupées ! disait mon frère. Tout avait si bien commencé ! Pourquoi faut-il que le gouverneur ait pris peur et fait tirer aux canons sur la foule ? »

Des dizaines d'hommes, parmi les assaillants, ont été tués ; mon frère Joseph a été légèrement blessé, et ses jours ne sont pas en danger.

Ma joie est ternie quand j'apprends que le gouverneur de la Bastille, M. de Launay, que j'ai connu bien, et même assez bien (ne lui avais-je pas témoigné ma reconnaissance six ans plus tôt pour qu'il me laisse voir Philippe, embastillé), a été décapité. Henri manifeste violemment son chagrin et sa colère. Ce de Launay était un vague cousin qu'il ne voyait jamais, mais la mort d'icelui autorise de superbes déclarations. Henri ne s'en prive pas.

« L'hôtel des Invalides a été mis à sac. Canons, armes blanches, fusils, munitions, sont désormais aux mains des citoyens, continuait Joseph. Il paraît qu'il y avait là de quoi équiper au moins trente mille hommes. Une véritable armée... » Et comme je me réjouissais, Henri me lança :

« Voyons ma chère, souhaitez-vous vraiment une guerre civile ? »

Interdite, je restai un instant silencieuse, puis je répondis :

« Une guerre civile ?... Ce ne sera pas une guerre civile, ce sera autre chose. Qu'y a-t-il de commun entre l'aristocratie, possédant tous les pouvoirs, et le peuple ? Rien. Ils ne parlent pas la même langue ! L'une domine, arrogante, violente, cruelle ; l'autre subit. Il subit tout sans même avoir le droit de se plaindre. Il n'y a pas de guerre civile, là-dedans. C'est beaucoup plus la juste revendication des faibles à obtenir des plus forts le droit de vivre... »

Ce fut au tour d'Henri de rester sans réponse. Quand il parla, beaucoup plus tard, alors que Joseph était parti depuis longtemps, et que l'aube blanchissait le ciel, il était sur le pas de la porte, prêt à sortir :

« Je vois que vous retenez bien les leçons de Philippe, ma chère. Je ne dis pas qu'il a tort, je dis que c'est de l'utopie... Il n'y a pas de place en ce monde pour les faibles. Vous devriez le savoir, vous qui êtes si forte... »

La porte était depuis longtemps refermée sur lui que je me demandais encore : « Moi, une femme forte ?... » Il fallait bien que je le sois si je voulais m'en sortir dans un monde pareil. Un monde où ceux qui possèdent titres ou argent ont le droit d'humilier autrui, de l'asservir, un monde où celui qui n'a rien doit se vendre pour survivre. Simplement survivre.

Fin juillet

Le comte d'Artois, ses fils et son entourage ont pris la fuite ; quels couards. Ils ont peur ! De quoi ? De rendre des comptes sur les sommes fabuleuses qu'ils ont gaspillées ? Des millions de livres ! De quoi nourrir des miséreux durant des années. Et c'est le Trésor public qui payait leurs dettes ! La popularité du Roi se maintient. Le peuple a confiance en lui...

C'est curieux. Depuis le début des événements, je m'entends mieux avec mon jeune beau-frère, Paul de la Haye. Souvent il a des réflexions pleines de bon sens. Comme lorsqu'il dit : « Pourquoi s'étonner du refus des seigneurs de renoncer, de bonne volonté, à leurs droits féodaux ? Ils considèrent que ces droits sont leur propriété. Que ce soient les fruits du vol de leurs ancêtres leur importe peu. Leur devise est sans doute : "Je suis le plus fort, je prends, et, mieux encore, tu dois me dire merci de ce que je te vole, parce que en échange tu es sous ma protection." C'est cela leur langage, et c'est cela leurs profondes exigences ! Alors vive la Révolution ! Qu'elle vienne balayer enfin tout ça ! Ce ne sera pas facile ! Non ! L'avenir ne sera pas facile... »

Je sais qu'il fait partie d'un certain cercle plutôt jusqu'au-boutiste. Il travaille avec Maximilien Robespierre, pour lequel il professe une admiration sans bornes...

Août 1789

Henri me réveille à l'aube. Sur le moment, je ne comprends rien à son excitation. Je sais qu'il a passé la nuit à l'Assemblée, dans la salle du Jeu de paume.

« Il s'est passé de grandes choses... Il faut que je te raconte, ma douce, me dit-il.

– Quoi donc ? demandé-je en bâillant.

– Nous avons tous voté pour l'abolition des droits féodaux... »

Je me redresse d'un bond et pousse une sorte de croassement :

« Vous avez fait... quoi ?

– Nous avons renoncé à tous nos droits féodaux... », me répète Henri sans rire.

Étourdiment, je lance :

« Toi aussi ? »

Ce qui le fait rire aux éclats :

« Bien sûr, ma belle ! Désormais, nous sommes tous égaux devant l'impôt ; la justice sera rendue gratuitement...

– En sera-t-elle plus juste ? questionné-je.

– Ne sois pas naïve ! La justice sera toujours au service du plus fort. Le mot même est un non-sens... Pour qu'il y ait une vraie justice, il faudrait qu'elle soit sourde à la puissance de l'argent, aveugle au prestige des grands. Peut-être le verra-t-on dans deux siècles, et encore ! »

Septembre 1789

Henri, comme toujours, avait raison. Pour deux louis, la bourgeoisie financière est prête à faire cause commune avec les aristocrates contre les révolutionnaires. Ah ! quand on a du bien, on veut le garder envers et contre tous. Surtout contre ceux qui n'ont rien ! Moi-même, je me sens partagée entre ma révolte contre les nantis, et le désir forcené de garder ce que j'ai gagné avec tant de peine ! Je crois même que je suis parfaitement capable de tuer quiconque voudra s'emparer de mon bien ! La nature humaine est véritablement étrange, et pleine de contradictions. Comment peut-on vouloir une chose et son contraire avec la même sincérité, la même intensité ?

6 octobre 1789

Hier, invités, d'Antraigues et moi, pour dîner, vers deux heures, chez le marquis de La Fayette, nous avons été terrorisés par une scène bouleversante. A peine arrivée, j'ai senti que l'atmosphère ambiante était surchauffée. Les femmes présentes m'ont accueillie avec grâce et me félicitent sur ma bonne mine. Mme de Flahaut (la garce !) va même jusqu'à dire :

« Cet embonpoint vous sied à ravir, chère !... Il faut bien avouer que jusqu'alors vous étiez un peu maigre. A se demander, parfois, si vous n'étiez pas malade... »

Je réponds à peine, et vais bavarder avec Mme de La Fayette

qui ne sait trop quelle attitude prendre à mon égard. Je vis officiellement avec le comte Henri de Launay d'Antraigues qui me manifeste publiquement un fort attachement. La Fayette et d'Antraigues sont frères en maçonnerie et appartiennent tous deux à la même loge des Neuf Sœurs, aussi je comprends le dilemme douloureux dans lequel cette petite dinde se débat... Doit-elle recevoir à sa table une actrice de l'Opéra (dans son monde, on dit une « fille » d'Opéra), même illustre, mais dont le passé sulfureux voire scandaleux risque de souiller sa demeure ?

Une grande agitation règne dans le salon. On feint la gaieté, l'insouciance, mais visiblement le cœur n'y est pas...

D'Antraigues a l'air aussi heureux qu'un poisson dans l'eau. Il est tout à fait dans son élément. Il va à gauche, parle à droite, serre des mains au centre ; on l'entoure, le questionne, c'est lui l'homme du jour... « Demain, il sera ministre. » Ai-je bien entendu ? Oui ! Cela se répète autour de moi, à mon grand déplaisir. Je ne me sens pas l'âme d'une femme de ministre ! Et puis quoi encore ? De temps à autre, Henri fait volte-face, surprend mon regard et me sourit... Sa culotte dessine admirablement ses fesses étroites ; il resplendit. Sont aussi présents à ce dîner M. de Trudaine, Gouverneur Morris (qui fait les yeux doux à Mme de Flahaut), l'inévitable Mirabeau, le comte de Noailles, Monseigneur Talleyrand, évêque d'Autun, amant en titre de Mme de Flahaut, et différentes personnalités sans autre importance que celle qu'elles se donnent. J'entends le jeune Montmorillon déclarer :

« Le Roi avait une nature cruelle et basse... »

Ce qui soulève un tollé parmi l'assistance.

« La meilleure preuve de sa cruauté, s'exclame Montmorillon, devant le concert de dénégations qui suit sa proclamation, c'est que, lorsqu'il était enfant, il avait l'habitude d'embrocher et de faire rôtir, vivants, des petits chats... »

Alors fusent moult exclamations indignées et hypocrites.

Mme de Flahaut répond d'une voix calme, mais assez forte pour attirer l'attention :

« Oh ! C'est fort possible... J'ai bien connu Louis XVI, dans sa première jeunesse, et je sais qu'il a commis toutes sortes de cruautés. Il était très brutal et hargneux. Et d'une très mauvaise éducation. Je me souviens qu'encore Dauphin, à peine venait-il d'épouser l'archiduchesse d'Autriche, il a frappé sa femme avec une telle violence que cela lui valut un exil de quatre jours, ordonné par son grand-père Louis XV... »

Je reste sans voix. Ainsi, Marie Antoinette, comme moi, a eu droit à quelques gifles de son époux ? Mais, à ma différence, elle ne l''aimait pas, alors que j'étais folle de mon vaurien... Tandis que je me laisse aller à mes rêveries, j'entends la fin du discours véhément de Gouverneur Morris :

« Il n'est pas étonnant qu'un pareil animal soit détrôné... »

Il y a un silence. Les yeux des convives s'abaissent sur leurs assiettes. Des regards glissent vers moi, et je comprends soudain que Gouverneur Morris vient de dire quelque chose que je n'aurais pas dû entendre... Rouge, mal à son aise, il ne sait visiblement pas quelle attitude prendre. D'Antraigues arbore sa physionomie des mauvais jours. Alors moi, enchantée de mettre les pieds dans le plat qui m'est ainsi présenté, je m'exclame toute joyeuse :

« Le Roi ! Qui va le remplacer, Provence ou d'Artois ? Et que fait-on des enfants royaux ? On les tue ? »

Il faut voir les regards furieux que me lance d'Antraigues. S'il avait pu m'étrangler, il l'aurait fait, séance tenante, avec un réel bonheur.

Passant outre, je continue gaiement :

« Parce qu'il faut bien évoquer le sort du légitime Dauphin, vous ne croyez pas ?... »

Talleyrand a le bon goût de rire très fort de ma naïveté et dit :

« Oh ! même si le Dauphin venait à disparaître...

– Pourquoi disparaîtrait-il ? interromps-je étourdiment.

– Sa santé est très menacée... Il souffre du mal des os [1], répond sérieusement l'évêque d'Autun.

– Mais si le Roi est destitué, et le Dauphin rendu à ses anges gardiens, qui sera l'héritier du trône de France ?

– Le comte d'Artois a des fils, dit sèchement d'Antraigues. Si le Roi est détrôné, le comte de Provence sera d'abord nommé régent, puis roi, et fera du comte d'Artois son héritier... Et s'il arrivait malheur à ce dernier, son fils le duc d'Angoulême hériterait.

– Oh ! je vois que tout est déjà fort bien arrangé ! » dis-je vraiment surprise.

Très vite, Mme de Flahaut change de sujet, et dit que le parti républicain, bien qu'il soit très dur pour le Roi, a conclu à son inviolabilité... Réponses et questions s'enchevêtrent, personne n'écoute l'autre. Chacun, dans sa tête, a quelque chose d'« important » à dire et n'attend même pas

1. Officiellement, le Dauphin était atteint de tuberculose osseuse.

que son interlocuteur ait fini sa phrase pour lancer la sienne tel un boulet de canon.

C'est alors que, soudain, des bruits violents nous parviennent de la rue. Délaissant nos assiettes, nous nous précipitons aux fenêtres qui donnent sur la rue. Dix mille, vingt mille citoyens, surtout des femmes, se dirigent vers l'Hôtel de Ville en hurlant : « Du pain !... Du pain ! »... Et puis encore : « A Versailles ! A Versailles ! »

Je sais par Philippe que des hommes pervers donnent des sommes colossales aux meuniers pour ne pas moudre leur grain et faire ainsi augmenter le prix de la farine. Il y en a certainement dans ce salon et pourtant je suis là, avec eux. J'ai honte de ma lâcheté, mais je me tais. Ces femmes vont à Versailles avec des armes... In petto, je félicite ces courageuses. Elles vont se battre pour en finir avec la misère. Je suis de leur côté mais je reste silencieuse. Je ne peux porter préjudice à Henri. C'est mon mari, et je lui dois loyauté. Mais ce que je crois, ce que je pense, n'appartient qu'à moi.

Précipitamment, nous quittons tous la demeure de M. de La Fayette, lequel doit se rendre sur-le-champ à Versailles rejoindre la garde nationale. Les rues sont noires de monde. On s'attend au pire... J'entends crier : « Courage, les amis, nous ne manquerons plus de pain ! Nous vous ramènerons le boulanger, la boulangère et le petit mitron !... » J'ai une envie folle d'applaudir.

Le retour sera immonde. Je me sens lâche, inutile... Henri n'a rien fait pour me remonter le moral, au contraire.

« Méfiez-vous de la foule, ma chère. Elle se trompe rarement, c'est vrai, mais lorsqu'elle se laisse aller à la colère, elle emporte tout sur son passage, telle une tornade. Les bons comme les méchants... Veillez à ne jamais être au milieu de ces furies. Dieu seul sait comment cela pourrait finir pour vous. Vous n'êtes pas de leur monde...

– Ni du vôtre ! répliquai-je sèchement.

– Non. C'est vrai. Vous êtes une artiste... Différente de nous. Mais aussi différente de ces femmes... Et elles vous le feront payer...

– Pourquoi ?

– Les gens n'aiment pas ce qui est différent d'eux. Cela les effraie. »

Il paraît que La Fayette a réussi à rétablir l'ordre et, même, à faire applaudir la reine Marie-Antoinette. Le Roi, la Reine, le petit « mitron » et la petite « mitronne » ont été conduits aux Tuileries où ils vont s'installer désormais. Le peuple de Paris est ravi. Il pense pouvoir manger à sa faim.

« C'est moi qui ne suis qu'un avec la Nation, c'est moi qui me fie à vous !... » Qui a dit ça ? Le Roi soi-même ! La foule est en délire. On pleure de joie. La foule s'amasse autour du cortège qui ramène le Roi à Versailles. « Vive le Roi... Vive la Reine !... »

17 octobre 1789

Le comte de Provence s'est installé au palais du Luxembourg, où d'Antraigues se rend désormais quotidiennement. Il rentre le soir, très tard, ne dit mot sur ses agissements et ne me questionne pas sur les miens. Cela m'arrange.

L'automne est si beau, cette année ! Si plein d'espoir... Je ne me suis pas, cependant, résolue à parler de ma grossesse à Philippe... Il va falloir, pourtant, m'y décider ! Bien que je me serre à m'étouffer dans mon corset, il me sera bientôt difficile de cacher plus longtemps mon état. J'en suis au sixième mois et mon embonpoint prend des proportions évidentes... De temps à autre, je sens sur moi le regard surpris de Philippe. Un soir où je soupais de fort bon appétit, il se risqua même à une petite réflexion, peu de mon goût : « Il se pourrait que tu manges un peu trop... De jolie caille, bien grassouillette, on devient vite grasse comme une truie !... » Au regard que je lui lançai, il changea prudemment de sujet.

25 octobre 1789

Depuis le transfert de l'Assemblée à Paris, je m'arrange pour assister aux séances. Cela commence tôt, le matin, par des rapports très ennuyeux que je n'écoute pas... Je ne prête l'oreille que lorsque d'Antraigues ou Mirabeau sont à la tribune. Que manigancent-ils, ces deux-là qui feignent publiquement de se disputer mais qui, loin des regards, sont de parfaite connivence ? Je les surprends souvent à parler bas, en aparté, à se donner l'accolade, à se glisser des billets...

Philippe ne sait rien ou ne veut rien me dire. Il me fait l'amour, m'épuise de caresses sans cesse recommencées, et ne se confie en rien.

1er novembre 1789

D'Antraigues ne quitte plus sa chambre. Il n'est pourtant pas malade. A mes questions, il répond d'une manière évasive. Il regarde longuement à la fenêtre, semble guetter un visiteur. Pourtant il ne reçoit personne, sauf Mirabeau qui vient nous voir presque chaque jour. Plutôt, chaque soir. Très tard. A force d'écouter aux portes et de lire des billets qui ne me sont pas destinés, j'ai fini par me persuader que le clan du comte de Provence fomente contre le Roi un complot dont Mirabeau et d'Antraigues seraient les principaux acteurs. Je le devine, je le pressens et m'en convaincs à écouter aux portes puisque l'on se cache de moi, et que les conversations changent lorsque je pénètre dans le salon. D'Antraigues veut se placer auprès de Monsieur. Cela m'inquiète. D'autant que j'ai surpris ce dialogue édifiant :

« Monsieur est extrêmement impatient, disait d'Antraigues à Mirabeau. Il faudrait le calmer ! Il va tout faire échouer ! »

Voix de Mirabeau :

« Je lui ai écrit un petit mot. »

Voix de d'Antraigues, furieuse :

« Voyons ! vous êtes fou ? Si l'on trouve ce billet, vous risquez de tout perdre !

– Rassurez-vous, je n'ai rien écrit de compromettant.

– En êtes-vous sûr ? Qu'avez-vous écrit ? »

Voix de Mirabeau :

« Calmez, Monsieur, calmez, je vous en conjure, une impatience qui perdra tout [1] !... »

Puis il se lance dans une longue explication : il s'agit de profiter des troubles présents, d'enlever le Roi, la Reine et les enfants, de les conduire en lieu sûr, le plus éloigné

1. Billet que Mirabeau aurait envoyé au comte de Provence.

possible de Paris, probablement à Strasbourg ou à Metz, de nommer Monsieur régent du Royaume et, un peu plus tard, lorsque le calme sera revenu, de faire proclamer Louis XVIII roi des Français...

J'aimerais avertir Philippe, je ne peux imaginer qu'il fasse partie de cette infâme coalition.

8 novembre 1789 (minuit)

Bientôt, mon septième mois de grossesse... Changement complet du comportement d'Henri. Lui qui était muet, me parle beaucoup. Me raconte par le menu tout ce qui s'échafaude. Je n'ai plus besoin d'écouter aux portes. D'abord très étonnée par ce changement soudain d'attitude, j'en suis venue à réfléchir.

Ce matin, par exemple, il m'a réveillée et, tout de go, m'a dit que Monsieur voulait faire détrôner son frère. Lorsque d'Antraigues m'a eu exposé les belles théories élaborées par Monsieur, je suis restée, un instant, bouche bée.

« Vous êtes fou ! ai-je dit simplement. Vous voulez faire enlever le Roi ? Personne de sensé ne vous soutiendra. En France, on ne se soumet pas à une révolution de sérail.

– Nous aurons contre nous beaucoup de difficultés, c'est vrai... Et surtout, il nous faut réunir beaucoup d'argent.

– Pour quoi faire ?

– Ce que nous ne pourrons obtenir par la parole, nous l'obtiendrons en achetant certaines consciences... Et par les temps qui courent, les consciences sont hors de prix.

– Seigneur, que faut-il entendre ! Combien vous faut-il ?

– Deux millions de livres ! répond d'Antraigues d'un ton aussi calme que s'il eût dit deux livres.

– Quoi ?... »

D'étonnement, ma voix s'éraillait.

« Deux millions de livres, répéta d'Antraigues. Je suis chargé de réunir cette somme le plus rapidement possible. Si nous voulons réussir, il faut agir vite. J'ai rencontré l'un des gardes du corps de Monsieur, le marquis de Favras.

– Ce joueur ? Ce jean-foutre ? me suis-je exclamée, furieuse. Il a entraîné Philippe à sa perte ! »

D'Antraigues ne releva pas et reprit calmement :

« Ce joueur, comme vous le dites si bien, ma chère amie, a déjà un plan sûr et, s'il réussit avec mon aide, je partagerai avec lui cinq cent mille livres de récompense promises par Monsieur. Il nous faut quatre cents hommes... Favras a pu obtenir du banquier Chomel l'assurance que l'argent nécessaire à lever cette petite armée serait à notre disposition... Il y a un petit hic : Chomel veut des garanties et souhaite rencontrer Monsieur qui, lui, ne veut à aucun prix apparaître dans un quelconque marché... Nous en sommes là. »

J'écoutais d'Antraigues avec attention et me demandais, me connaissant comme il me connaît, pourquoi il me révélait un plan aussi nauséabond... Un complot contre-révolutionnaire ! Puis, soudain, tout s'éclaira dans mon esprit. D'Antraigues était tout ce que l'on voudrait, mais ce n'était pas un scélérat... Ce qu'il m'avait confié ce matin, il souhaitait que je le répète, point par point, à Philippe qui le transmettrait d'urgence au marquis de La Fayette...

Ce qui fut fait exactement comme d'Antraigues le souhaitait. Je m'empressai de tout raconter à Philippe qui d'abord s'en indigna, menaçant d'aller « régler leur compte » aux factieux, puis se calma et, finalement, fit ce qu'il devait faire : dévoiler le complot à qui de droit.

10 novembre 1789

Après l'arrestation de Favras, d'Antraigues est parti fort opportunément dans le Vivarais. Mieux valait, pour lui, se faire oublier à Versailles et à Paris. Je peux enfin rencontrer Philippe aussi souvent que je le souhaite. Je lui ai avoué la vérité sur mon état car je ne pouvais plus rien dissimuler. A ma grande consternation, Philippe a à peine réagi. M'avait-il entendue seulement ? J'en doutais. Il me parlait de son ami, Gracchus Babeuf. Il existe des idées fort généreuses, mais tout à fait inapplicables dans notre société : souveraineté du peuple, abolition des classes sociales, réformes agraires, du travail et du pain pour tous, pourquoi pas le partage des richesses ? J'ai quatre ans de plus que Babeuf et pourtant, l'impression d'être sa mère ! J'aime bien les écouter, ces deux fous utopistes, parler jusqu'à l'aube d'une société nouvelle mais, par-devers moi, je n'en crois pas un mot.

28 novembre 1789

Tout Paris jase sur cette histoire d'enlèvement. Favras, arrêté, n'a pas encore parlé. Les départs précipités du comte d'Artois, du prince de Condé, du duc et de la duchesse de Polignac, ont de quoi faire réfléchir même les plus imbéciles ou les plus naïfs des citoyens. Pourquoi le Roi ne prend-il pas les mesures qui s'imposent ?

5 décembre 1789

D'Antraigues prolonge sa retraite champêtre.

Pas de nouvelles de Philippe... depuis presque un mois ! Joseph vient me rendre visite et me tient au courant des derniers événements, est-ce là la véritable raison de sa visite ?

« On met sur le dos de Favras le travail de ton cher Henri ! Si jamais Favras parle, je ne donne pas cher de sa tête ni de celle de Monsieur. Et encore moins de celle de Mirabeau...

– D'où tiens-tu tes informations ?

– Paul travaille avec M. de Malesherbes, l'avocat de Favras.

– Attendons la fin du procès de Favras et espérons qu'il gardera le silence.

– Oh ! pour cela, j'en réponds, me dit Joseph. Il paraît que Monsieur lui a fait serment que, quelle que soit la condamnation, il se faisait fort de lui obtenir sa grâce, et qu'il l'aiderait à s'enfuir avec les cinq cent mille livres promises... Philippe est parti aux États-Unis. »

Cette dernière phrase, prononcée sans transition, me transforma en statue de pierre.

« Qu'est-ce que tu dis ? parvins-je à prononcer.

– Philippe est en mer pour les États-Unis, et d'Antraigues va le rejoindre. Il veut mettre l'Océan entre le procureur du Roi et lui. L'un comme l'autre m'ont chargé de t'instruire. Ils craignaient que tu ne t'opposes à leur départ...

– Pourquoi ?

– Philippe a besoin d'argent… »

Ces mots m'arrachèrent un rire proche des larmes. Joseph me prit la main avec affection.

« Ne te méprends pas ! Philippe est des nôtres. Notre mouvement politique a besoin d'argent. Une grande "course" se prépare contre la Compagnie des Indes. Une vingtaine de navires anglais, pleins à craquer de pierres précieuses, d'or, d'objets rares, de quoi nourrir, habiller et armer une véritable petite troupe de soldats… »

Le cœur défaillant, aux prises avec une angoisse qui montait, vertigineuse, je me débattais… « Non ! » dis-je. Pour la première fois de ma vie, j'avais peur pour Philippe.

2 janvier 1790

Avant-hier soir, j'ai été invitée à célébrer la fin de l'année chez ma sœur Amélie. Mon frère Joseph nous a présenté sa fiancée, Lucile Saint-Clair. En moins de dix minutes, j'ai tout connu de cette ravissante « beauté ». Selon les termes qu'avait employés Joseph : « Un teint de lys et de rose, des cheveux incomparablement blonds, mais d'un blond très particulier, une distinction, une élégance, une grâce… Et avec cela, une culture raffinée, musicienne… » Bref, j'ai compris que la jeune personne était unique et que mon frère en était amoureux. Les parents de la future sont des ébénistes connus du faubourg Saint-Antoine, ce qui augure une dot conséquente et me rassure quant à l'avenir de Joseph. Mon frère avait à peine exagéré. En effet, Lucile est ravissante. Et il ne me fallut que très peu de temps pour m'attacher à cette fort jolie et future belle-sœur. Ce qui me plaît surtout chez la charmante Lucile, c'est son extrême bonté. Elle a pour chacun le mot agréable, l'attention gentille, sans aucune affectation... Tout vient naturellement, spontanément. Grâce à elle, cette dernière soirée de l'an 1789 fut pleine de gaieté et d'optimisme.

« Quoi qu'elle fasse, elle le fait de bon cœur, me dit Joseph, très fier de sa future. Je suis très amoureux... »

Il l'était, visiblement. Soudain, je me suis sentie solitaire et triste. Joseph et Lucile se regardaient amoureusement. M. et Mme Saint-Clair se tenaient par la main. Amélie et Paul, entourés de leurs enfants, formaient un spectacle charmant qui me remplissait de mélancolie. Saint-Clair vint m'offrir une coupe de champagne et me souhaita une bonne année 1790... Il était minuit. Tout le monde s'embrassait... On but à la nouvelle année. Puis les conversations sérieuses reprirent. M. Saint-Clair, Paul et Joseph sont « jacobins ». Qu'est-ce que c'est encore que cette académie-là ?... Enfin, tout le monde s'en fut se coucher.

Je suis rentrée chez moi en proie à une tristesse persistante. J'avais deux hommes dans ma vie, mais aucun n'était avec moi au moment où j'en avais le plus besoin. Mon dernier mois de grossesse s'annonçait difficile. Et si je mourais en couches ? Il m'arrivait parfois de le penser. La mort m'effraie. Quant à Dieu... je ne crois pas que notre pauvre humanité peut lui offrir une quelconque importance.

Troisième carnet

26 janvier 1790

Il y a dix-huit heures que mon fils est né... Il s'appelle Jules. Un fin duvet clair recouvre sa tête et il dort toute la journée. Lorsque je lui donne la tétée, je le regarde avidement. Sur ses traits encore congestionnés, je cherche une ressemblance, un indice. Qui est le père ? D'Antraigues ? Philippe ? Mon cœur penche pour Philippe, ma raison pour d'Antraigues. Je suis couchée, soutenue par plusieurs oreillers. Ma sœur Amélie est là. Elle houspille ma servante, dirige ma maison, et j'oublie petit à petit les douleurs de l'enfantement... Mon frère Joseph vient quotidiennement me voir. Je suis très fière de lui. Il est si beau, grand, mince, blond... C'est un charmant et passionné révolutionnaire qui n'envisage pas un seul instant qu'Elle puisse échouer. Tout feu tout flamme pour les républicains, mon cher petit frère, il me parle beaucoup de son meilleur ami Buonaparte... qui m'a, paraît-il, admirée autrefois et envoyé des vers. Si je devais me souvenir de tous mes admirateurs ! C'est vrai qu'il y a quelques années, à peine cinq ans, j'étais une reine à l'Opéra. La voix de Joseph me parvient à travers un léger brouillard, résonne, à la fois lointaine et pourtant proche, familière, dévidant toute une série de mots qui se perdent dans mon esprit ensommeillé...

« Une drôle de famille, continue mon frère, des Corses. Mais lui, Napoléon, est bizarre. Il y a en lui quelque chose de dominateur... Oui. C'est le terme ! Il domine... Bien que je le dépasse largement de deux têtes, je n'ai jamais le dessus, avec lui. Un jour, je te le présenterai... Oh, tu dors ? »

Je sursaute... C'est vrai que je m'endormais doucement. Prestement, Joseph se sauve et je secoue ma solitude. Maintenant, je vais magnifiquement bien. J'ignore ce que l'avenir nous réserve, mais je suis de taille à me battre pour mon fils. D'abord, nous sommes riches ! Et c'est d'une importance capitale dans ce monde où seul compte le Veau d'or. Dès que je serai rétablie, je m'occuperai de nos biens. Non seulement mon fils sera riche mais il sera « très » riche ! Je vais m'empresser de lui constituer un sérieux capital. L'Assemblée met en vente les biens de l'Église, peut-être pourrai-je acquérir quelques fermes de rapport et un château... Mon fils sera duc !

Quelque chose vagit dans le berceau, à côté de moi, une sorte de piaillement aigu... J'appelle :

« Amélie... Amélie, vite, mon fils a faim... »

Prompte, ma sœur est là, prend la chose minuscule, et me la donne. La petite bouche, vorace, s'empare de mon sein...

« Comme c'est petit, un nouveau-né, dis-je émue au-delà du possible. Si petit... si fragile... si menacé...

– Tu verras, me répond Amélie. Quand tu seras au quatrième...

– Quatre ! m'exclamé-je. Parce que tu vas en avoir un quatrième ? »

A peine si le troisième, né en août, achève son cinquième mois !

« Pour la fin de l'été, répond ma sœur tranquillement. Quoi de plus naturel ? »

Vaguement irritée, je me demande, à part moi, comment mon beau-frère compte s'y prendre pour nourrir sa nichée. La jolie petite fortune que j'ai pu me constituer peut nous faire vivre tous, d'Antraigues, Amélie et sa famille, mon bébé, moi... et, peut-être, Philippe, quelques années durant, si tout va bien... Mais toute la question est là : est-ce que « tout » ira bien ? Joseph, grâce au ciel, va faire un riche mariage. Je n'ai donc aucun souci à me faire de ce côté-là.

Comme si elle lisait dans mes pensées, Amélie me dit gaiement :

« Paul va être élu député du tiers état. Il touchera des émoluments. Pas très importants pour commencer, mais beaucoup plus que comme clerc de notaire... M. de la Haye, mon beau-père, envisage sérieusement d'acheter une charge d'avocat à son fils, et de nous acheter l'hôtel des Flavigny, quai des Invalides, qui est à vendre. M. de la Haye peut l'obtenir au tiers de sa valeur ! Et figure-toi qu'il est entièrement meublé ! M. de la Haye est très fier de son fils. Tu sais, Paul a fait de longues et brillantes études de droit... Mais jusqu'à ce jour, il était un peu paresseux. »

Je ne souffle mot. Je trouve le « un peu » inadéquat.

« Tu n'auras plus de souci à te faire pour nous », confirme ingénument ma petite sœur.

J'avoue que je pousse un énorme soupir de soulagement

et serre contre moi mon petit garçon qui s'endort, repu, satisfait.

« Il me sourit déjà ! » m'exclamé-je ravie.

Amélie éclate de rire.

« A deux jours ? Tu n'y penses pas !... »

Sous prétexte qu'elle est déjà trois fois mère, bientôt quatre, ma sœur croit tout savoir. Je sais bien, moi, que mon petit Jules m'a souri.

4 février 1790

Il paraît que Louis XVI a demandé qu'on apaise les émeutes. Que les députés, dans une belle unanimité, ont crié : « Vive le Roi, vive la Nation... » Ils sont tous frères, ils en pleurent ! Joseph me le certifie. Lui-même a les larmes aux yeux. Comment peut-on être aussi naïf ? Après avoir vendu les biens de l'Église, l'Assemblée supprime les ordres religieux. Pour les remplacer par quoi, grand Dieu ? Je ne suis pas entichée de religion. Mais c'était là, qu'on le veuille ou non, un garde-fou pour les simples d'esprit. Et Dieu sait s'il y en a !

Malgré les difficultés de transport et de poste, j'ai reçu cet après-midi deux courriers. L'un d'Henri, l'autre de Philippe. Henri m'annonce, dans une très longue lettre datée de décembre, son retour pour le milieu du mois de février. Il espère que, d'ici là, je lui aurai donné le fils qu'il attend de moi... De Philippe, juste ces quelques lignes incompréhensibles, datées également de décembre 1789 :

« ... Sophie, vois comment les jours, les mois, les années se succèdent... Tout va très vite, désormais. Trop vite. Nous vieillissons tous deux... Chaque heure non vouée à la joie et à l'amour est une heure perdue... »

20 février 1790

L'affaire du marquis de Favras revient sur le devant de la scène. On a trouvé, cachées dans un coffret, des lettres du comte de Provence, fort compromettantes. Le comte de Provence est aux abois... Si bien qu'il a cru devoir se rendre à l'Hôtel de Ville pour se justifier. Son affolement a atteint des sommets lorsque Favras a demandé à être conduit également à l'Hôtel de Ville pour y faire des « révélations »... Mais sa demande n'a pas été agréée et, il y a deux jours, il a été condamné à la pendaison. D'après les témoins, le condamné a demandé s'il serait gracié au cas où il dénoncerait les commanditaires. Mon beau-frère, Paul, qui assistait l'avocat général, a entendu ce dernier lui conseiller de mourir saintement. « Plus rien ne peut vous sauver ! N'entraînez pas dans le déshonneur votre illustre protecteur ! » Moralité : Favras est mort pour un crime qui n'a pas eu lieu et dont, de toute manière, il n'aurait pas été l'auteur... Étrange chose que la justice humaine !

Mon petit beau-frère si mignon, que je jugeais un peu sot, timide, et si ignorant des choses de la vie qu'il engrossait sa femme chaque fois qu'il lui faisait l'amour, se révèle un excellent avocat.

D'Antraigues et Mirabeau l'ont échappé belle. Surtout Mirabeau, qui se mêle maintenant des affaires de la Cour. Comme le dit La Fayette : « Il ne trahit que ses convictions ! » Je sais que les dettes d'Henri et de Mirabeau ont été réglées. Par qui ? Mystère... Il s'agit cependant de sommes considérables : six mille livres pour Henri, le triple pour Mirabeau. Chose étrange et curieuse, personne ne semble se soucier de ces deux lascars. Pourtant, mieux que quiconque, je sais qu'ils partagent largement avec Favras la culpabilité de l'affaire avortée. Paul m'explique que, si ce complot avait réussi, le Roi aurait été destitué séance tenante...

« Favras n'a fait qu'obéir à un ordre donné par un supérieur...

– Et l'argent que l'on a trouvé chez lui ? demandé-je après un instant de réflexion. Sait-on d'où il vient ?

– Justement. Qui donc avait assez de fortune pour remettre à M. de Favras cinq cent mille livres en louis d'or ? Qui donc avait un intérêt majeur à ce que ce plan insensé, enlever le Roi, réussisse ? »

Lentement, je murmure :

« Le comte de Provence... »

Paul acquiesce :

« Exactement. Et je peux affirmer, pour y avoir été présent, que le comte de Provence a été infiniment soulagé lorsque je lui ai annoncé la disparition de Favras et précisé que ce dernier était mort sans avoir parlé. “Allons, nous pouvons nous mettre à table et souper de bon appétit [1] !” s'est-il exclamé enchanté. »

2 mars 1790

Aujourd'hui, une surprise de taille : j'ai reçu la visite d'Abraham Furtado ! Lorsque ma servante me l'a annoncé,

1. Est-ce authentique ? On le prétend...

je suis restée sans voix... Et puis Abraham est entré d'un pas décidé, vêtu à la « française », portant perruque et catogan, rajeuni de dix ans. Il tenait dans ses bras une énorme gerbe de fleurs de serre qui avait dû coûter une fortune.

Il s'est élancé vers moi avec fougue. La conversation qui s'ensuivit fut tout à fait incohérente, illogique... Un véritable galimatias d'exclamations diverses et variées, de questions sans réponses, de pleurs d'attendrissement, de rires pour les mêmes raisons, et de nouveau :

« Quelle joie de vous revoir en ce grand jour ! » s'est-il exclamé.

Un peu intriguée car, depuis juillet 1789, « les grands jours » ne manquent pas dans ce pays, je lui ai demandé :

« Mon cher Abraham, que se passe-t-il qui vous rende, à ce point, heureux ?

– Nous sommes devenus citoyens français », me répond-il avec des larmes de joie dans la voix.

Sur l'instant, je n'ai rien compris à ce qu'il me disait... Alors il a insisté :

« Grâce à l'abbé Grégoire et à Mirabeau, en fait grâce au travail de la loge des Neuf Sœurs, les juifs du Midi et du Sud-Ouest sont devenus citoyens français ! Et je vais me présenter à la députation ! »

Il est venu à Paris chercher une maison pour s'y installer en « citoyen » à part entière, et dans le quartier de son choix. Nous passons quelques heures très douces à nous remémorer notre passé, à évoquer notre première nuit amoureuse, son inexpérience, sa maladresse, son amour pour moi. A deux heures du matin, nous l'évoquions encore dans mon lit. S'il a gardé la fougue et l'ardeur de sa jeunesse, on ne peut plus lui reprocher inexpérience ou maladresse. Il est parti à l'aube. Quand nous reverrons-nous ? Mon amant juif gardera toujours, avec ma douce Nina, une place privilégiée dans mon cœur.

10 mars 1790

Depuis son retour, il y a maintenant trois jours, d'Antraigues se montre un père attentif et très tendre. Il passe des heures entières à regarder son fils endormi. La première fois qu'il m'a vue donner à téter à mon petit Jules, des pleurs ont jailli de ses yeux. A tout bout de champ, il répète : « Mon fils... mon fils... » Il est heureux. Follement heureux, et convaincu que l'enfant lui ressemble comme deux gouttes d'eau. Il est vrai qu'à un mois et demi mon petit Jules a des boucles blondes, de beaux yeux bleus et la plus charmante frimousse qui soit. Malgré les objurgations du prêtre, j'ai attendu le retour d'Henri pour le baptême de notre enfant. Mon frère et ma sœur seront parrain et marraine, que cela plaise ou non au curé... Comme je n'ai pas assez de lait, j'ai été forcée d'engager une nourrice. Une jolie et brave Méditerranéenne, avec une poitrine prometteuse, et un petit garçon de six mois qui sera frère de lait de mon petit Jules...

Nous avons déménagé et je suis folle de ma nouvelle maison, située entre champs et forêts, dans le village d'Auteuil. Au rez-de-chaussée, il y a une vaste antichambre, un salon, une bibliothèque, une salle à manger, et un cabinet de travail pour d'Antraigues. A l'étage, trois grandes chambres, très agréablement meublées, un salon qui m'est réservé, et deux cabinets de toilette. Le dernier étage est mansardé, et comprend huit chambres pour les domestiques. J'ai, en effet, depuis la naissance de mon petit Jules, un train de maison digne d'une reine. Cocher, cuisinière, valet de chambre, femmes de chambre, tout ce petit monde bouge, rit, bavarde et dépense sans compter. Je m'en moque, ce n'est pas moi qui paie. A voir d'Antraigues dépenser si largement, j'en conclus que sa dernière « course » a dû lui rapporter des sommes considérables. « Encore plus que tu ne peux l'imaginer », me dit-il en riant. J'espère que Philippe s'est lui aussi enrichi... Je n'ose demander à Henri de ses nouvelles. Et j'espère, sans oser le dire, qu'il restera quelque chose de cette fortune soudaine... Que tout ne disparaîtra pas au jeu et en dissipations diverses. J'ai vu Philippe et Henri perdre, en une nuit, la totalité de leurs biens et s'endetter à mort...

Pour l'instant, tout à la joie de la paternité, Henri se tient tranquille, sort très peu, range ses papiers, écrit de longues lettres. Mais son comportement m'inquiète. Visiblement, il a peur. Mais de quoi ? A force de manger dans plusieurs râteliers, cet homme finira par se donner une indigestion !... Comme je m'obstine à essayer de lui faire dire ce qui, à ce point, le préoccupe, il finit par répondre :

« J'ignore ce que Monsieur a derrière la tête, mais il souffre, d'une manière aiguë et irrémédiable, de ce mal qui ronge certains hommes : le goût du pouvoir ! Il possède tout ce qu'il faut pour parvenir à ses fins, l'intelligence, la cruauté, et la fortune qui peut lui permettre de corrompre n'importe qui... et le gouvernement actuel regorge de tels hommes...

– A part vous et Mirabeau, qui serait prêt à se laisser... corrompre ? »

D'Antraigues ne se formalisa point de ma remarque. Au contraire, elle le fit rire aux éclats.

« C'est un plaisir que d'être aimé par vous, ma chère !... » me dit-il en baisant mes mains.

Mais comme il ne me dit rien de plus, je suis forcée d'user d'indiscrétion pour le savoir. Je profite d'un jour où il s'est absenté pour fouiller dans son secrétaire. Rien. Pas une lettre ne traîne, pas un brouillon. Visiblement, mon cher mari se méfie de son épouse ! Il va partir pour quelques semaines à Lausanne. Aurait-il une affaire de cœur en Suisse ?

Juillet 1790

Toujours sans nouvelles de Philippe. Pourquoi n'écrit-il pas ? Est-il au moins vivant ? J'ai fini par interroger Henri, qui s'est montré très évasif. Il a quitté Philippe après une violente dispute, dont je n'étais pas le sujet. Philippe est, d'après lui, de plus en plus radical.

Mirabeau a été reçu à Saint-Cloud, où le Roi et la Reine passent l'été. Henri l'a accompagné.

« Alors ? questionné-je avidement. Qu'est-il arrivé ?

– Mirabeau a promis de tout faire pour sauver la monarchie. »

Je hausse les épaules. Douze mille livres pour changer de convictions, ce n'est pas trop cher payé.

Je prépare le mariage de mon frère, la naissance du quatrième enfant de ma sœur, et cette effervescence joyeuse me détache du monde extérieur... Nous sommes allés ensemble chez le notaire. Je donne à mon frère une jolie somme et, comme il l'a promis, le père de Lucile offre aux jeunes mariés l'hôtel particulier que le comte de Flavigny vend dans la précipitation. Les tourtereaux partiront dans la vie bien pourvus.

Ma maison est toute fleurie. Les cadeaux s'amoncellent. Cela sent la pâtisserie, la rôtisserie, le fer à friser, les fers à repasser. Cela crie, cela rit, les femmes de chambre montent et descendent, les bras chargés de toilettes, de lingeries. D'Antraigues ne quitte pas sa chambre.

14 juillet 1790

Hier, jour du mariage, et, aujourd'hui, une magnifique fête populaire pour le premier anniversaire de la prise de la Bastille. J'aurais voulu y participer, mais d'Antraigues s'y est opposé avec beaucoup de fermeté.

« Vous ne pouvez prévoir les réactions d'une foule en délire. Songez à votre fils si vous ne voulez penser à vous ! »

Fatiguée par les festivités de la veille, je me suis laissé convaincre de ne pas quitter la fraîcheur de ma demeure. Je remarque tout de même que d'Antraigues ne sort pas, exige que nos volets soient toujours fermés, à cause de la chaleur ! et passe son temps à écrire.

Le lendemain

Paul, Amélie, Joseph et Lucile sont venus me voir. Ils sont allés à la fête de la Fédération.

« Une des plus belles journées que nous ayons vécues,

me lance mon cher frère. Le Champ-de-Mars était noir de monde, au moins quatre cent mille personnes ! L'évêque de Talleyrand a célébré la messe au son des tambours et des trompettes. On a crié : “Vive le Roi, vive la Reine, vive le Dauphin...” Et on a dansé jusqu'à l'aube. »

Quatrième carnet

30 juillet 1790

Les choses se dégradent. Pourquoi ? Je n'ai pas de réponse. Le Roi est obligé d'accepter la démission de Necker qui avait été rappelé aux affaires, son autorité diminue de jour en jour, des bruits inquiétants circulent... Pour combler le déficit, l'assignat connaît une inflation excessive. Ceux qui possèdent des pièces d'or les cachent soigneusement. Je fais de même. La foule proteste, descend dans la rue ; les désordres se multiplient et nous avons des manifestations continuelles. En un an, un système vieux de plusieurs siècles a volé en éclats. Il est normal que cela crée une grande confusion dans les esprits et un immense bouleversement dans les mœurs.

Où va-t-on ? Nul ne connaît la réponse, mais tous y vont de bon cœur.

L'inflation monétaire s'envole, les prix de même, mais l'Assemblée ne veut pas prendre les mesures nécessaires qui calmeraient la fureur légitime du peuple : bloquer les prix ou augmenter les salaires... Le peuple gronde et craint que l'Assemblée ne trahisse la Révolution.

Henri prétend que c'est déjà fait depuis longtemps.

Les choses vont de mal en pis. Depuis le début de l'été, il était évident que la plupart des membres de la famille royale feraient mieux de prendre la fuite. Tout Paris, que dis-je, toute l'Europe, sait que Roi, Reine, enfants, frères, belles-sœurs, cousins, cousines, veulent se réfugier au-delà des frontières. Henri parle de suivre leur exemple. Cet homme est fou ! Moi, quitter Paris alors que tout se transforme ? Qu'un autre monde va naître là, sous mes yeux ? Jamais je n'accepterai.

Je n'ai nulle envie de partir, aucune envie d'émigrer et je n'en vois pas la nécessité... Et pour aller où ? A Turin, rejoindre le comte d'Artois ? A Coblence, rejoindre le prince de Condé ? Qu'irais-je faire avec ces gens-là ? D'Antraigues est des leurs. Il espère retirer un bénéfice substantiel de sa « loyauté » (il le dit sans rire, bien qu'il n'ignore pas le surnom que lui donnent ses amis : « la fleur des drôles »).

« Vous êtes libre de rester, me dit d'Antraigues comme s'il lisait en moi. Mais l'on saura très vite que vous êtes la femme d'un émigré, et cela vous nuira et nuira à notre fils...

– Notre mariage est secret.

– Il ne le restera pas longtemps... Si vous décidez de me suivre, nous partirons dans six jours. Veillez à emporter le maximum de linge, de toilettes, et ne dites rien à vos servantes.

– Et si je ne vous suis pas ? murmuré-je d'une voix à peine audible.

– J'emmènerai mon fils avec moi, réplique sèchement

d'Antraigues, et vous ferez comme vous voudrez. Mais je vous conseille de bien réfléchir... Il ne fera pas bon vivre à Paris dans les jours à venir. »

Je vais céder à la menace. Me prendre mon fils, il n'y va pas de main morte pour m'obliger à céder à sa volonté !

3 août 1790

Sur les conseils de d'Antraigues, j'ai acheté des diamants et des émeraudes, monnayables en cas de nécessité. J'ai demandé un passeport et fait valoir que je souhaitais chanter à Genève. Il m'a été accordé sans difficulté selon ces termes :

> « De par le Roy,
>
> A tous nos gouverneurs et nos lieutenants généraux, en nos provinces et armées, gouverneurs particuliers et commandants de nos villes, places et troupes, et à tous autres, nos officiers, justiciers et sujets qu'il appartient, salut. Nous voulons et vous mandons très expressément que vous avez à laisser librement passer la dame Saint-Huberty allant à Genève avec une femme de chambre et deux domestiques.
>
> Sans lui donner ni souffrir qu'il lui soit donné aucun empêchement, le présent passeport valable pour un mois seulement. Car tel est notre plaisir.
>
> Donné à Paris, le 3 août 1790.
>
> Louis,
>
> Par le Roy
>
> de Montmorin[1]. »

1. Pièce authentique.

Vers quel destin ce passeport va-t-il m'entraîner ? Nos malles sont prêtes et nous partons demain matin, à l'aube.

Septembre 1790

Nous sommes à Lausanne. Que faisons-nous à Lausanne ? Je n'en sais rien. Pourquoi restons-nous à Lausanne ? Je ne le sais pas davantage. D'Antraigues dépense sans compter. Nous sommes logés sur un grand pied, dans une vaste demeure entourée d'un parc, au bord du lac. Une nourrice suisse, bien grasse et bien blonde, un valet, une femme de chambre et une cuisinière sont nos domestiques.

L'automne est splendide. J'aime quand la brume monte du lac et donne à la lumière cette transparence dorée que l'on ne trouve qu'ici. Mais que diable est-on venu faire à Lausanne ? Rejoindre les émigrés, me dit d'Antraigues qui ne fréquente cependant qu'une maison occupée par de riches banquiers de Francfort, en villégiature. Les Bethman. Des protestants puritains, furieusement riches, et qui ne reçoivent pas la maîtresse du comte d'Antraigues, une fille d'Opéra. Henri était déjà en affaires, à Bordeaux, avec l'un des frères ou cousins Bethman. Je suis vexée par l'attitude d'Henri. Après tout, je suis sa femme, la mère de son fils. Finalement, je découvre le pot aux roses : Henri est amoureux de l'une des filles Bethman, une enfant de quinze ou seize ans... « Une amourette, répond-il à mes questions en rougissant un peu. Cela passera avant l'hiver... »

Bizarrerie de la nature humaine, je suis jalouse.

Dans ma tête, une certitude prend place : Philippe est à Paris. Je n'arrive pas à m'imaginer de quoi il peut bien vivre... Les gains de ses « courses » doivent être épuisés depuis longtemps déjà. Je veux le revoir. Et je ne vois pas qui m'en empêchera !...

10 novembre 1790

Ma décision a été prise très vite, mais je ne savais comment l'imposer à d'Antraigues. Un matin, je reçus une lettre de mon frère me mettant en garde contre un risque de confiscation de tous mes biens : « "Tout émigré sera déchu de ses fonctions et perdra ses rentes et traitements s'il ne rentre pas dans un délai d'un mois." Il faut que tu reviennes au plus vite ! », telle était la substance de sa lettre.

J'ai fait valoir à d'Antraigues qu'il était hors de question, pour lui comme pour moi, que j'accepte de me laisser déposséder de tout ce que j'avais si durement acquis. Il m'a écoutée sans mot dire puis lorsque, à bout d'arguments, je me suis tue, il a dit :

« Je comprends très bien qu'il soit nécessaire pour vous d'aller mettre vos affaires en ordre. Je ne peux malheureusement pas vous accompagner. Vous, vous ne courez aucun danger. Moi si. Mais vous laissez mon fils ici. Sous ma garde... »

Mes jambes chancelèrent. Ce n'était pas ce que j'avais prévu. Pour la première fois depuis le jour où nous nous sommes rencontrés, d'Antraigues et moi avons échangé un long regard de haine. Il a esquissé un sourire froid...

« Si vous croyez que je n'ai pas deviné ce qui se passe dans votre petite tête, vous faites une erreur... Je n'ai pas su en extirper Philippe, soit. Mais mon fils reste avec moi.

Si vous voulez le revoir... il vous faudra revenir, prendre place à mes côtés. »

J'ai incliné la tête en signe d'assentiment. Il a insisté :

« Vous le promettez ?

– Je vous le promets », ai-je murmuré le cœur serré de haine.

Je pars dans huit jours pour Paris. Je demanderai à ma sœur de m'héberger. Je compte profiter de mon séjour pour régler mes comptes avec l'Opéra. Ils me doivent quelque quatre-vingt mille livres que j'avais prêtées, plus de force que de gré, au duc d'Orléans. L'Opéra s'était porté garant de cette dette... Voyons si le nouveau directeur honorera la signature de l'ancien. Par ailleurs, il faut absolument que je signe les actes de donation du petit château de Groslay, si je veux éviter la confiscation...

Je remplis deux sacs de voyage et choisis mes plus belles toilettes. Sait-on jamais ce qui peut arriver en voyage ?

Dix jours plus tard

Je suis arrivée à l'aube. En me voyant sur le seuil de sa maison, Amélie a failli s'évanouir. Nous nous sommes embrassées, nous avons pleuré devant mes neveux et nièces qui me regardent effarés, intimidés. J'ai embrassé mon frère et sa jeune épouse Lucile, qui porte fièrement un ventre de six mois ; embrassé mon beau-frère Paul de la Haye. J'ai appris avec surprise que, pour des raisons de sécurité, tout ce petit monde vivait ensemble, dans l'hôtel particulier acheté aux Flavigny.

Le lendemain, j'ai signé et resigné des masses de papiers.

J'ai confiance en Amélie et en Joseph. Paul, plus aguerri que nous aux choses de l'argent, s'occupera de tout. Mes intérêts sont en de bonnes mains. Et maintenant, à minuit passé, dans le secret de ma chambre, j'ai enfin osé m'ouvrir à ma sœur et lui ai demandé des nouvelles de Philippe.

« Philippe est revenu courant septembre, il te cherchait partout, me répond Amélie. Il était comme fou, menaçant de tout casser... Mais Paul a pensé d'abord à ta sécurité et à celle de ton enfant. Il n'a pas voulu lui dire où tu étais. Enfin Philippe s'est calmé, puis s'est mis à sangloter comme un enfant. "Tout est fini ! Je ne la reverrai jamais !" disait-il. Je l'ai consolé tant bien que mal. Je ne l'ai pas revu depuis presque deux mois. Tout ce que je sais c'est qu'il fréquente Robespierre et Gracchus Babeuf... Combien de jours peux-tu rester à Paris ?

– Une semaine. Dix jours... Pas davantage. D'Antraigues parle de rejoindre Monsieur, à Coblence...

– Tous les aristocrates prennent la fuite. Crois-tu que Paul et moi devons émigrer ?

– Ça ne me semble pas nécessaire. Vous n'êtes pas de cette engeance-là et ne faites pas de politique. Écoute, je suis très fatiguée. Je vais monter me coucher. Demain j'y verrai plus clair...

Décembre 1790

Le lendemain et le surlendemain, nonobstant le mauvais temps, j'allai partout où je pensais avoir une chance de retrouver Philippe. Tous les endroits où nous avions vécu ensemble, ceux qui nous avaient vus rire ou pleurer, nous aimer ou nous battre. J'allais d'une maison à l'autre, d'une rue à l'autre. Rien. Personne ne pouvait me dire où se trouvait Philippe.

Mon séjour à Paris tire à sa fin. Mon retour pour Lausanne est prévu pour le surlendemain... Sans Philippe, Paris n'offre plus pour moi aucun intérêt.

Lausanne, dix jours plus tard, 1790

Il faut que je raconte tout depuis le commencement.

On peut imaginer que mes pensées étaient des plus tristes dans la calèche qui me ramenait à Lausanne... Je pleurais. Le temps était à l'unisson de ma tristesse. Des bourrasques de neige fondue retenaient le galop des chevaux.

Toutes les trois heures nous nous arrêtions pour changer d'attelage, et c'est à l'un de ces arrêts, peu après Avallon, où je devais souper et passer la nuit à l'Hostellerie de la Poste, qu'il me fut donné de vivre l'un des moments les plus heureux de mon existence. Il faisait si sombre, et les bourrasques étaient si violentes que j'eus beaucoup de peine à atteindre la porte d'entrée, où je fus accueillie par l'aubergiste qui me montra une chambre, et me dit que le souper serait servi d'ici une heure. Je fis une légère toilette, réparai les dégâts qu'avaient faits le vent et la neige, et descendis dans la vaste salle commune où se trouvaient déjà de nombreux convives. Parmi eux, je distinguai d'anciens courtisans, des aristocrates habillés en bourgeois, et même en ouvriers... Je feignis de ne reconnaître ni le comte de Vaudreuil qui baissait le nez, ni le duc de Duras vêtu en laquais, ni la comtesse de Bonneuil (une parente de d'Antraigues pourtant !) habillée en campagnarde... Ils firent de même en me voyant. J'atteignis la place que m'avait désignée l'aubergiste, dans un silence pesant. Soudain une voix que j'aurais discernée, devinée, identifiée entre un million de voix, se fit entendre : « J'ai une faim de loup, aubergiste ! Donnez-moi à souper et plus vite que ça... » Je me retournai. Mes yeux distinguèrent un va-nu-pieds, vêtu de méchants habits rapiécés, dont les bottes crottées salissaient un sol brillant de propreté. La porte ouverte sur l'extérieur livrait passage aux rafales du vent, et il y avait quelque chose de fantasmagorique dans cette vision. Ensuite je suis incapable de me souvenir avec exactitude de ce qui arriva. Il y eut un brouhaha, des exclamations, des rires, des ricanements, les bras de Philippe qui me soulevaient, et nous nous retrouvâmes dans ma chambre.

J'ai pleuré de bonheur en sentant son corps se presser contre le mien, j'ai soupiré d'extase sous ses lèvres. Je lui appartiens. Rien, jamais, n'aurait dû me séparer de lui. Comment ne l'ai-je pas compris plus tôt ? Pourquoi me suis-je débattue contre cet amour ? La tempête de neige ayant rendu les routes impraticables, nous sommes restés deux jours enfermés dans cette chambre... Je garderai de ces deux jours un souvenir merveilleux. Nous nous sommes aimés, nous avons parlé... longuement. Nous nous sommes juré de nous revoir « le plus tôt possible »... Oh ! ces mots qui ne signifient rien, et qui pourtant étaient indispensables pour rassurer, consoler, donner de l'espoir...

Je lui ai donné l'argent qui me restait, et quelques bijoux. Il a tout accepté avec une belle simplicité. En cela, il n'avait pas changé. L'argent n'a strictement aucune signification pour lui.

Mon retour à Lausanne a été d'une absolue tristesse.

26 janvier 1791

Nous venons de fêter le premier anniversaire de mon petit Jules. Visiblement, cet enfant adore son père qui le lui rend au centuple. J'avoue, je suis parfois jalouse de cet amour réciproque d'où j'ai l'impression d'être exclue. J'ai tort, je le sais. Je devrais plutôt me réjouir de cet état de choses.

Nous avons passé le réveillon en Italie, à Mendrisio, chez le comte de Turconi. D'Antraigues et lui s'enfermaient des heures durant. Bien loin de nous, les folies de l'été 1786.

Février 1791

Tout va mal à Paris. Si mal qu'Amélie et ses quatre enfants vont s'installer en Provence, à Aix, dans une propriété récemment achetée par M. de la Haye. Paul et Joseph resteront à Paris. Ma famille serait en sécurité ici, en Suisse. Mais à mes craintes et à mes suppliques, Joseph me répond superbement, faisant référence à notre cher Jean-Jacques Rousseau : « On ne quitte pas sa patrie lorsqu'elle a besoin de nous... »

En réalité, Paul et lui sont décidés à acheter les biens nationaux. « C'est le meilleur placement pour l'avenir. » L'avenir ! Quel avenir ?...

Mars 1791

Je traîne mon ennui sur les bords du lac. D'Antraigues est si occupé que c'est à peine si je le vois. Il sait que ses anciens amis le traitent désormais comme un adversaire avéré de la Révolution. Mais cela lui est égal, il a d'autres soucis. Il est dans l'impossibilité de payer ses créanciers... « La Nation s'est emparée de mes biens ! écrit-il à son homme d'affaires, M. Viguier, c'est donc à elle de payer mes dettes !... » C'est ainsi que j'apprends qu'il s'est ruiné au jeu. Mais où a-t-il déniché, dans cette ville, un cercle de jeu ?

Le château de la Bastide a été brûlé par les paysans. Que restera-t-il à mon fils si l'on brûle les biens de son père ?

20 janvier 1792

Nous avons pris la route pour Coblence. Voyage pénible, fatigant... C'est à peine si Henri et moi nous adressions la parole. Il m'en veut d'une phrase innocente que j'ai lancée dans la précipitation d'un départ inopiné : « Ne dirait-on pas que nous prenons la fuite ! » Qu'avais-je dit là !

Nous sommes arrivés épuisés, frigorifiés, devant une vaste maison cossue, bâtie en pierre, qui se dressait sur une colline enneigée, très isolée du reste de la ville. Bien qu'il fût à peine trois heures de l'après-midi, les rideaux étaient tirés, et des bougeoirs allumés éclairaient la salle où nous fûmes reçus avec une certaine froideur par notre hôte, le prince Schwartzenberg. Faisant contre mauvaise fortune bon cœur, je me suis installée dans ce château, où un appartement, comprenant trois chambres et un cabinet de toilette, nous a été réservé au premier étage. J'écris à la lueur d'un flambeau, devant un énorme feu. Tous sont endormis. Il est fort tard ; dehors il neige... J'aime ces instants de solitude.

Coblence, 30 janvier 1792

Nous venons de fêter le deuxième anniversaire de mon petit Jules. Il neige sans arrêt depuis plus de trois semaines, et nous sommes littéralement cloîtrés dans notre maison. Je déteste Coblence. Je hais la simili-cour royale qui s'y est installée, et qui manifeste une morgue, un orgueil sans égal, ce qui déplaît profondément à nos hôtes.

D'Antraigues ne peut plus se rendre quotidiennement auprès de Monsieur. Obligé de rester « à demeure », il s'enferme dans son cabinet de travail, et écrit ! Ce que cet homme peut écrire, c'est incroyable ! Des pamphlets, des essais, des articles, des brochures, des récriminations, des plaintes, des protestations... Il s'est fait le porte-parole du parti royaliste en exil. Ce qui me surprend, c'est qu'il évoque à la fois la déchéance morale du Roi du fait de sa captivité et, dans le même moment, l'excellence de l'ancienne Constitution et la nécessité de restaurer la monarchie.

Nous avons reçu des libelles infâmes qui se répandent en propos orduriers contre la famille royale. Surtout contre la Reine. Les signatures des soi-disant révolutionnaires m'ont fait sursauter de surprise.

« Vos feuillistes sont royalistes... n'est-ce pas ? Lemaître, Chevrier, travaillent bien pour vous ? ai-je demandé à Henri, après avoir lu ces torchons.

– Sans aucun doute. Pourquoi cette question ?...

– Alors je ne m'explique pas la violence des propos de ces "petits manuscrits" contre la Reine... C'est pire qu'au moment de l'affaire du Collier... »

D'Antraigues a mis très longtemps à me répondre. Si longtemps que j'ai pensé qu'il n'avait pas entendu ma question. Puis, agacé, il m'a dit :

« Ces feuillistes ne sont pas royalistes ni révolutionnaires, d'ailleurs ils ne sont rien... Juste de bons écrivains que l'on paie grassement pour qu'ils écrivent ce qu'on leur dit d'écrire...

– Et qui paie, vous ?

– D'où sortirais-je l'argent ? Je n'ai pas de fortune personnelle, vous le savez bien.

– Les émigrés sont ruinés.

– Pas tous, dit-il en hésitant beaucoup.

– Donc, l'argent vient de chez eux ? questionnai-je avidement. Pourquoi faut-il vous arracher les mots un à un ? Vous avez peur de moi ?

– Non... non... répliqua mon mari avec gêne. Ah ! s'écria-t-il soudain, tout cela n'est pas très propre ! »

Stupéfaite, je le regardai sans rien dire. Pour la première fois depuis notre départ, je le voyais baisser le masque de cynisme qu'il affichait en permanence.

2 février 1792

On intrigue à Coblence, comme on intriguait à Versailles. On vend du vent. On parle ; on veut, si l'on fait une chose, aussi minime soit-elle, qu'on sache qu'on l'a faite. Si l'on ne fait pas, l'on s'agite beaucoup pour faire croire que l'on a fait, que l'on fait, que l'on fera... On se donne de l'importance. On écoute aux portes, on ouvre les lettres qui ne vous sont pas destinées, on épie des secrets, on les devine, les imagine, les invente au besoin.

Dans cette ville, devenue le fief détestable de la sottise et de la débauche, je joue cependant un rôle non négligeable. Je parle couramment l'allemand, le polonais et l'italien, et je suis souvent appelée auprès du comte de Provence pour servir d'interprète. Voyant de près le comte de Provence, j'ai compris très rapidement que Monsieur, bien que très intelligent, manque de courage. En fait, c'est un pleutre ambitieux. D'après d'Antraigues, ce sont les pires. C'est ainsi que j'ai appris certaine chose que d'Antraigues me dissimulait. Sans doute à juste titre. La correspondance que j'entretenais, par le biais de Mlle de Loménie, avec mes sœur et frère pouvait lui faire craindre des indiscrétions qui auraient pu être fâcheuses pour les contre-révolutionnaires. Moi j'espérais que Joseph, mon cher petit frère, comprendrait ce qui se préparait à Coblence.

D'Antraigues est en passe de gagner au moins sur un point. Il vient de faire publier une série de brochures, intitulées *Point d'accommodement* et *Adresse à la noblesse de la France*. Ces brochures font du bruit. Il négocie à droite, plaide à gauche, voyage pour la cause d'un futur Roi, dédaigne l'entourage immédiat de Monsieur, déteste les émigrés, se croit supérieur à tous. Comme il ne me demande plus d'argent, j'apprends avec stupeur qu'il en reçoit beaucoup de la part de Monsieur... Il m'a déclaré ce matin :

« Dès que le temps le permettra, nous retournerons en Italie, à Venise... Son Excellence l'ambassadeur d'Espagne M. de Las Casas, nous y attend... »

J'accueille avec joie cette nouvelle. Vivent l'Italie, Venise, le soleil, le ciel bleu et la musique. Pour toute réponse, je demande :

« Je prépare nos malles ?

– Pas encore, ma belle ! me répond Henri en riant. Nous partirons à la fin du printemps ou au début de l'été... Monsieur et sa cour s'y installent également ! »

15 février 1792

Aujourd'hui, j'ai pu assister à une scène du plus haut comique : les retrouvailles de Provence et d'Artois... Que mijotent-ils donc, ces deux scélérats ? J'écris mes inquiétudes à Joseph :

« Ils prétendent que tous les États européens les soutiennent... C'est faux naturellement. Je peux t'affirmer que, pour les émigrés, Coblence devient de plus en plus difficile... Clément Wenceslas, le Grand Électeur de la ville, ne veut pas guerroyer contre les Français. Il a fort aimablement ordonné à ses chers "neveux" Provence et d'Artois de plier bagage et de s'en aller le plus vite possible... Il va même leur donner tout l'argent nécessaire pour qu'ils déguerpissent. Ce qui me ravit. Cela signifie que nous n'allons pas tarder à partir pour Venise... Par le truchement de celui dont je porte le nom, les princes ont des espions à Paris. Des nouvellistes particulièrement efficaces et qui propagent fausses informations, calomnies, médisances, surtout contre la famille royale... Dis-toi bien et, surtout, dis-le autour de toi, que les objets de la haine des princes, ce n'est ni l'Assemblée, ni même les révolutionnaires... Ce sont bel et bien la famille royale... Quoi que fasse Louis XVI, il est ici discrédité, moqué, vilipendé... Je ne te le répéterai jamais assez... *Dis-le autour de toi.* Comme à l'accoutumée, envoie ta réponse à Strasbourg chez Mlle de Loménie. Elle sait comment me faire parvenir ta lettre... »

Avril 1792

Louis XVI a cédé aux pressions de son entourage et fait appel au prince von Kaunitz, le plus imbécile des diplomates. Lequel von Kaunitz, haïssant la Révolution française, a eu l'outrecuidance de menacer l'Assemblée et d'exiger, sous la menace d'une intervention armée contre la France, de rétablir Louis XVI dans la plénitude de ses droits.

Ici, à Coblence, le sentiment général est que les émigrés ont bien mérité ce qui leur arrive ! Ils ont réussi à se faire détester par la population. Aussi, a-t-on idée de se montrer aussi arrogant et prétentieux vis-à-vis de gens qui n'ont comme seul défaut que de ne pas avoir la même éducation et de ne point parler français ? Parbleu ! Ils sont prussiens ! Pourquoi voudrait-on qu'ils s'exprimassent dans notre langue ? Je trouve déjà bien beau qu'ils s'y efforcent... Et encore plus étonnant qu'ils acceptent de se battre pour ces gens qui les méprisent avec une telle arrogance !

Août 1792

Je passe par des alternatives d'espoir et d'abattement. Les événements dont je suis l'impuissant témoin se précipitent. Provence, d'Artois, et leur entourage, sont fous de joie : « On va se battre... on va se battre !... C'est la guerre !... » Les voilà satisfaits ! Ils vont en découdre avec la populace, ils vont revenir en France, et pendre, haut et court, tous ceux qui ont osé se libérer des chaînes de leur servitude. Les royalistes sont certains de remporter la victoire, et ne doutent pas de leur retour triomphal à Paris. Monsieur rêve tout haut, devant qui veut l'entendre.

« Nous allons nous battre ! nous allons vaincre ! », je n'entends que cela du matin au soir... Et je pense, à part moi, que ce n'est pas « eux » qui vont se battre, mais des centaines de pauvres diables qui vont s'entre-tuer sans trop savoir pour qui ni pour quoi...

Le duc de Brunswick qui, autrefois, m'honorait de ses ardeurs, va prendre le commandement de l'armée prussienne, et fait savoir au peuple français ce qui l'attend :

> « Nous n'entrons en guerre que pour faire cesser l'anarchie dans l'intérieur de la France, arrêter les attaques portées au Trône et à l'Autel, rendre au Roi sa liberté et le mettre en état d'exercer son autorité légitime. De plus, tous les gardes nationaux seront considérés comme des rebelles au Roi ; si les habitants osent se défendre, ils seront mis à mort et leurs maisons brûlées... S'il est fait le moindre outrage à la famille royale et s'il n'était pas pourvu immédiatement à sa sûreté, Leurs Majestés impériales et royales livreraient Paris à une exécution militaire et à une destruction totale[1]... »

La lecture de ce manifeste me terrifie. Je pense à Joseph et à mon beau-frère Paul qui se sont portés volontaires pour défendre la Nation, je sens dans ma chair l'horreur de la guerre... Je m'insurge :

« Brunswick est-il devenu fou ? Espère-t-il que les Français vont céder à ses menaces ?

– Ce texte a été élaboré par le marquis de Liévin, me

1. Texte authentique de la déclaration de Brunswick.

répond distraitement Henri. Brunswick n'en est que le porte-parole.. Je connais Brunswick, c'est un maçon. Il ne peut avoir écrit ce texte. Il obéit aux ordres, voilà tout. »

Je reste dubitative. Si mes souvenirs sont exacts, je le connaissais comme un homme très féru de ses prérogatives et qui ne badinait pas avec ce qui était dû à sa caste. Je hasardai donc un timide :

« Tout de même... jamais les Français ne céderont à ce chantage !

– Nous verrons bien... », dit d'Antraigues feignant l'indifférence.

Mais je vois qu'il est furieux. Et inquiet... Et plus j'y réfléchis, plus je sens que l'inquiétude l'emporte sur la fureur. Que me cache-t-il donc, cet imbécile ? Dans quel guêpier s'est-il encore niché ?

Arguant la pluie quand il pleut, le vent trop vif quand il fait beau, Henri recommence à se terrer dans ses appartements. Il regarde longuement par les fenêtres, sursaute au moindre bruit.

Octobre 1792

J'ai appris avec la joie que l'on devine la déroute, à Valmy, des armées prussiennes.

« Il n'y a pas de quoi rire, me dit Henri, scandalisé. Nos amis sont vaincus ! »

Mais son mécontentement est feint... Une lueur de gaieté éclaire son regard et un demi-sourire joue sur ses lèvres. D'Antraigues, quels que soient ses défauts, est avant tout français. Il n'aurait pas supporté sans une réelle souffrance la défaite de son pays. Et je dois admettre que, lorsqu'il me relate les faits d'armes de nos compatriotes, il émane de sa personne un certain orgueil. Le fameux « manifeste de Brunswick » a eu pour résultat d'en finir avec la royauté et, depuis le 10 août dernier, la République a été proclamée une et indivisible, Valmy est sa première victoire... Que fais-je ici, en exil, pourquoi avoir suivi d'Antraigues ? Pourtant, je ne le quitterai plus, mon fils a trop besoin de ce père qu'il adore si visiblement.

Cinquième carnet

3 février 1793

Hier soir, souper chez le comte de Provence. Il fait froid. Très froid. Il neige sans cesse sur Coblence. Mais la température extérieure n'est en rien comparable à ce souper mémorable entre tous. Les visages étaient de marbre... Malgré le feu qui pétillait dans la cheminée, personne ne disait mot. Alors que je m'approchais de la cheminée afin d'y réchauffer mes mains glacées, un laquais annonça : « Le comte d'Avaray ! » En larmes, agité, le favori de Monsieur entra précipitamment dans la pièce. Dans un grand désordre de phrases, de hoquets, de sanglots, il nous annonça que le roi Louis XVI avait été guillotiné, le 21 janvier dernier.

J'entendis le comte de Provence déclarer :

« La douleur qui m'accable ne me fait pas négliger mes devoirs... »

Il essuya un pleur et continua d'une voix ferme :

« Le sort de la monarchie est désormais entre mes mains. Je vais adresser aux émigrés et aux souverains qui nous accueillent une lettre dans laquelle je reconnaîtrai mon neveu, Louis XVII, comme roi de France et je prendrai le titre de Régent qui me revient de par ma naissance...

– Vous ne pouvez pas faire une chose pareille, dit d'Antraigues.

– Et pourquoi donc, je vous prie ? s'écria d'Avaray avec violence. Votre insolence envers Son Altesse...

– Oh, s'il vous plaît, taisez-vous donc ! interrompit d'Antraigues sèchement. Je dis simplement que la Régence, jusqu'à la preuve du contraire, appartient de droit à la reine Marie-Antoinette. »

Jamais je n'oublierai le regard haineux que le comte de Provence lança à Henri.

« Vous avez raison, d'Antraigues... Je ne ferai rien qui puisse nuire à la Reine. Et soyez assuré que nous veillerons à ce que tout soit en ordre... »

Il y avait comme une menace dans cette phrase.

Mars 1793

Hier soir, très beau concert dans les salons du prince Schwartzenberg : Mozart, Haydn et Beethoven. Je regardais autour de moi. Les visages étaient baignés de pleurs, transformés par l'émotion. Pourquoi cette émotion-là ne dure-t-elle pas le temps nécessaire à rendre l'homme un peu plus humain ?

Depuis que j'ai appris la mort du Roi, je vis dans une sorte de crainte diffuse. Je pense au courrier arrivé il y a huit jours. Henri était venu me retrouver dans ma chambre. Il était tard. Son visage était pâle, visiblement bouleversé.

« Sa Majesté le roi a confié à son défenseur, M. de Malesherbes, des portefeuilles contenant ses dernières volontés, me dit-il. Je viens de les recevoir par le truchement d'une de mes parentes, Mme de Bonneuil. Malesherbes tenait essentiellement à me les remettre, à moi et à moi seul. Ce que ces portefeuilles contiennent est terrible[1]... J'en ai pris connaissance selon la volonté du Roi. »

Et comme, abasourdie par ce que je venais d'entendre, je ne répondais rien, d'Antraigues continua, parlant davantage pour lui-même que pour son auditoire réduit à ma seule personne :

« Jamais je n'aurais imaginé que l'on assassinât Louis XVI. Je pensais que sa captivité serait longue, et j'étais persuadé qu'on le garderait avec soin jusqu'à ce que le peuple eût pu se défendre de l'habitude de la royauté. Je regardais le Roi comme le moyen le plus puissant pour ruiner les royalistes en France et déjouer tous leurs projets au-dehors... surtout ceux du comte de Provence. Mirabeau partageait mon opinion. De même que M. de Malesherbes, mon ami intime, et le plus dévoué ministre du Roi[2]... »

Je regardais d'Antraigues les yeux ronds, brûlant d'envie de connaître ces documents.

N'y tenant plus, dans la nuit, je me levai, vérifiai que d'Antraigues était profondément endormi, me saisis des trois fameux portefeuilles. Le premier document qui me tomba entre les mains était le testament de Louis XVI, rédigé le 5 janvier 1793, et qui s'intitulait :

1. Bertrand de Molleville, secrétaire du comte de Provence, disait « à faire dresser les cheveux sur la tête » lorsqu'ils seraient connus, ce qu'il fallait empêcher à tout prix.

2. Extrait des *Mémoires* du comte d'Antraigues.

« Précis de mes motifs pour disposer de la Royauté.

J'ai toujours eu à me plaindre de Monsieur mon frère, le comte de Provence. Et ce, depuis que je suis sur le Trône. Et quoiqu'apparemment mon cœur n'aye pas de ressentiment et que je lui pardonne et que je lui souhaite félicité temporelle et éternelle, et cela en mon âme et conscience, néanmoins je dois penser à mon fils, à mon royaume, me trouvant bientôt prêt à être la victime des factieux, et c'est sans la moindre aigreur, mais par nécessité et devoir, que j'ai fait l'exposé qui précède les dispositions de mon codicille sur la régence où j'expose les raisons pour donner la régence à la Reine[1]... »

Je restais très intriguée. Je ne comprenais pas très bien pourquoi le Roi refusait la régence à son frère qui, bien que détestable, me paraissait plus apte à exercer le pouvoir que cette malheureuse femme...

« J'espère que je ne vous dérange pas ? »

La voix de d'Antraigues me fit sursauter. J'adoptai aussitôt une attitude de défi :

« C'est très mal, monsieur, de vouloir dissimuler quelque chose à sa femme...

– Et c'est très mal, madame, de fouiller dans les affaires de son mari... »

Il souriait. J'en conclus qu'il n'était pas fâché... et l'observai attentivement.

L'exil l'a mûri. Il a perdu cette légèreté, cette grâce, cette ironie, si semblables à celles de Philippe, mais il a gagné en profondeur et, à ma grande surprise, en mélancolie. A le

1. Pièce authentique remise par M. de Malesherbes au comte d'Antraigues.

voir ainsi, un peu diminué, fatigué, triste, je sens pour lui un renouveau de tendresse, une tendresse presque fraternelle. Comme toutes les femmes, j'admire peut-être les forts, mais je réserve ma tendresse pour les faibles.

« Le Roi est mort, dit-il enfin. Bientôt, ce sera le tour de la Reine. Et je crains fort que le petit prince...

– On ne guillotine pas un enfant ! Ce serait la pire des barbaries ! La Révolution...

– Oubliez la Révolution ! m'interrompit-il. La Révolution n'a rien à voir là-dedans. La mort du Roi, celles prochaines de la Reine et de l'enfant, ne sont pas le fait de la Révolution...

– Vous déraisonnez ! On ne va pas guillotiner la Reine !

– Voyons, Sophie, réfléchissez ! Qui a envoyé Louis XVI à l'échafaud ? Barras, Fouché, Hérault de Séchelles, Barrère et d'Alençon... Tous royalistes ou achetés. Cher. Très cher. Je ne le sais que trop bien ! Tous ces gens font partie de mon réseau... et de celui de Monsieur.

– Que voulez-vous dire ? balbutiai-je atterrée.

– Vous avez parfaitement entendu et compris. Les pires, parmi les soi-disant révolutionnaires, nous appartiennent, travaillent pour nous. Le comte de Provence et d'Avaray, son amant, ont tout organisé...

– C'est infâme ! réussis-je à proférer bien que ma bouche fût tout à fait desséchée.

– Ça l'est. Sans aucun doute, répondit Henri.

– Mais pourquoi ?

– Pourquoi ? Vous vous posez vraiment cette question ? Le Dauphin ne doit, à aucun prix, hériter de la couronne de France... Jamais ni Provence ni d'Artois n'accepteront de voir la couronne leur échapper par la faute de ce petit bâtard... »

Ce mot eut le pouvoir de me mettre dans une rage folle. Je me remémorai tout ce que Philippe m'avait raconté de ses souffrances, de ses humiliations. Dieu sait pourquoi, j'imaginais le pauvre petit, maltraité, insulté, et je souffrais pour lui...

Avant de refermer la porte sur lui, d'Antraigues me lança :

« Les agents des princes ont réussi à se ménager des complicités à l'intérieur de la tour du Temple où se trouvent confinés les deux orphelins, Louis XVII et sa sœur Marie-Thérèse... Ils espèrent les faire enlever. »

Et comme je formulais un souhait de réussite, la réponse de d'Antraigues à nouveau me désarçonna :

« Pour sa sauvegarde, mieux vaudrait que Louis XVII ne quittât point sa prison bien que son état se dégrade chaque jour. Cet enfant est le principal obstacle à une ambition féroce... »

Il me regardait fixement, cherchant à me faire comprendre ce qu'il n'osait pas encore formuler à haute voix.

« Que voulez-vous dire ? murmurai-je interdite, le ventre noué par la peur.

– Je crois que vous m'avez compris, dit-il. La vie du jeune Roi est très compromise. D'après le couple Simon, sa santé s'aggrave chaque jour. Savez-vous, ma chère, que la mort de l'enfant du Temple ferait du comte de Provence, non plus le prétendant, mais le roi Louis XVIII ? »

Je ne répondis pas. Henri et moi nous regardions. Je devinais que nous étions aussi terrifiés l'un que l'autre.

« Le prétendant n'accepte pas les dispositions testamentaires de son frère, n'est-ce pas ?

– C'est le moins que l'on puisse dire, me répondit d'Antraigues. Mais je vous en conjure : pas un mot de tout ceci à qui que ce soit. Surtout pas à votre famille. Ce serait mettre leurs jours en danger. Dites-vous bien qu'aucune lettre, même chiffrée, n'est à l'abri d'un détournement... »

C'était la première fois que d'Antraigues laissait entendre qu'une menace pouvait peser sur nous, non du fait des révolutionnaires, mais du fait des royalistes. Et, bizarrement, cela ne m'étonnait pas... Depuis longtemps déjà, je nourrissais quelques soupçons sur le rôle exact qu'avaient pu jouer les agents de d'Antraigues à Paris.

Depuis quelques jours, j'ai la nette impression que nous ne sommes pas *persona grata* dans la simili-cour que s'efforce de créer le comte de Provence. J'ai pu le constater encore hier soir alors que nous nous rendions, Henri et moi, chez le comte de Provence. Lorsqu'un huissier nous a annoncés, les conversations se sont taries, les voix se sont faites murmures, les regards se sont détournés. On nous salue du bout des lèvres ; on se sauve à notre approche ; on esquisse un vague geste de la main nous signifiant, avec une rare impolitesse, que, oui on nous a vus, que, non on n'a guère le temps ni l'envie de nous parler... Vivement que nous partions à Venise. C'est pour le mois prochain.

Sixième carnet

Mai 1793

A Venise, nous fûmes accueillis fort chaleureusement par M. de Las Casas, l'ambassadeur d'Espagne près la république de Venise. J'ai tout de suite adoré Venise. Nous avons élu domicile à la Ca' d'Oro[1] mise à notre disposition par l'ambassadeur. Cette maison est un véritable musée. Sur les murs, des Véronèse, des Titien, des Tintoret, des Caravage, si nombreux que l'on distingue à peine les boiseries. J'exagère peu. Je passe des heures à regarder...

Un fort joli clavecin a été mis à ma disposition dans le salon de musique qui m'est entièrement réservé. Je sais que Son Excellence souhaite vivement m'entendre à l'opéra de Venise. J'ai proposé la fin de l'automne. Mme de Las Casas me fait savoir que sa loge à la Fenice est à ma disposition et me prie de lui faire l'honneur de participer à ses soupers. Dans une lettre charmante, elle précise que si j'ai besoin

1. Maison Dorée.

de quoi que ce soit, je n'ai qu'à demander. Mon exil vénitien s'annonce sous de merveilleux auspices...

Las Casas et d'Antraigues s'entendent à la perfection. L'un et l'autre ont en commun une ardeur allant jusqu'à l'aveuglement en politique, une liberté de ton allant jusqu'à l'irrévérence, le scepticisme et le cynisme inhérents à leur position de diplomates, officielle pour Las Casas, officieuse pour d'Antraigues. En fait, l'un et l'autre sont d'abord, et avant tout, des aristocrates, fiers de l'être, remplis des préjugés propres à leur condition et chacun d'eux est convaincu d'être supérieur au reste de l'humanité, du fait de sa naissance.

Parfois j'assiste à des joutes verbales fort divertissantes, au cours des soupers où se retrouvent émigrés de haut rang et diplomates. Je retiens notamment une phrase de Las Casas à d'Antraigues qui m'a fait rire aux éclats, au grand déplaisir de la compagnie. Rire aux éclats ne se fait pas. On sourit de coin des lèvres pour montrer que l'on a compris, apprécié à sa juste valeur, ce qui vient d'être dit... Comme je ne me soucie pas de bonnes manières, j'ai donc ri lorsque Las Casas a dit très sérieusement :

« Croyez-vous de bonne foi que notre noble armée soit capable de rentrer triomphalement à Paris sous les ordres du comte d'Artois, ayant sa chère Mme de Polastron, sa maîtresse de cœur et de queue, à ses côtés ? »

Le désastre de la coalition de l'année dernière a réduit à néant les espérances des émigrés. Cependant, nonobstant cette réalité, Las Casas et Henri prétendent servir, à eux deux, les intentions secrètes de feu Louis XVI. Mais je me méfie d'Henri. Je sais que l'intrigue lui est aussi nécessaire que la nourriture. On ne découvrait jamais rien qu'on ne fût sûr de l'y rencontrer pour quelque chose. Je l'ai toujours connu intriguant. En tous temps, en tous lieux, de toutes manières, et avec tous.

Je n'affiche rien de mes sentiments. Cependant je suis bien forcée de voir et d'entendre que de nombreux Italiens n'ont pas l'air particulièrement mécontents. On n'aime pas beaucoup les Autrichiens de ce côté-ci de l'Adriatique.

En exil, d'Antraigues s'arrange très bien de cette vie d'amant officiel, de mari officieux, de père adorant, d'homme politique, d'ancien constituant, de comploteur, d'indicateur, d'espion tous azimuts. Il manie à la perfection grands mots qui ne veulent rien dire, phrases éloquentes dépourvues de signification, et met beaucoup de latin dans ses propos pour leur donner encore plus de solennité.

Octobre 1793

Exécution de la reine Marie-Antoinette. Je pense non à la souveraine déchue, mais à l'enfant de quinze ans qui arrivait dans notre bonne ville de Strasbourg sous les vivats de la foule en délire. Oui, je l'avoue, j'ai pleuré en apprenant cette nouvelle. C'est un crime impardonnable. Comme l'était l'exécution de Louis XVI, comme le sont toutes les exécutions politiques. Quelle bêtise ! quelle cruauté ! Surtout lorsqu'on connaît le dessous des cartes.

Juin 1794

De longs mois se sont écoulés depuis la mort de la Reine.

Dans leurs lettres, Joseph et Amélie me tiennent au

courant des événements... C'est ainsi que j'apprends que les choses vont très mal. Le gouvernement a beau mettre en place des commissaires spéciaux, les fraudeurs ne sont jamais inquiétés...

« Mieux, écrit Joseph, on dirait qu'ils bénéficient de l'appui inconditionnel de ceux qui, en principe, devraient sévir contre eux. Tu ne peux imaginer ce qui se passe ici ! Par exemple, les bouchers ne vendent que les bas morceaux et réservent les pièces nobles en sous-main à des prix astronomiques. J'ai pu voir des femmes pleurer de ce qu'elles ne pouvaient acheter, ni beurre, ni graisse, ni pain... Le peuple se fatigue, et la colère monte et gronde contre le gouvernement... Qu'attend-il donc pour frapper de la peine de mort les accapareurs ? Qu'attend-il donc pour imposer lourdement ceux qui s'enrichissent d'une manière incroyable ? Robespierre appelle à la révolte et dit qu'il faut terrasser les brigands... Je pense que cette famine est orchestrée et voulue par eux. Pourquoi ? Je n'ai pas encore de réponse... Nous avons un accusateur public en la personne exécrable de Fouquier-Tinville que nous avons surnommé M. le Pourvoyeur de la guillotine. Il prétend que c'est Robespierre qui donne l'ordre des condamnations. Personnellement, je n'en crois rien. Robespierre est un homme honnête, un légaliste, et un moraliste. Ce n'est pas un tueur. Mais il est entouré d'ennemis, de vraies canailles qui ne pensent qu'à profiter des troubles pour s'enrichir. Ceux-là sont dangereux, très dangereux. Barras à Paris, Fouché à Lyon ; Tallien à Bordeaux sont redoutables. Mieux vaut ne pas tomber entre leurs mains ô combien corrompues... »

J'aime recevoir les lettres de Joseph. Elles m'apportent le parfum du seul pays que j'aime plus que tout au monde.

Mais les nouvelles qui nous parviennent de Paris n'arrivent parfois qu'avec deux ou trois semaines de retard. Alors d'Antraigues s'empare des gazettes et s'enferme dans son cabinet de travail. Il y a deux jours, ce n'est que par hasard, au cours d'une réception donnée par d'Antraigues en l'honneur du comte de Provence, enfin devenu Régent, que j'ai appris l'arrestation de Philippe par Barras. Sur le moment, j'ai cru à une très mauvaise plaisanterie. Mais une petite vicomtesse d'Espremenil confirma cette nouvelle et précisa méchamment, avec de la joie dans les yeux, cette joie mauvaise des gens bien nés qui voient enfin la canaille réduite à néant : « Philippe de Saint-Huberty a été arrêté avec d'autres anarchistes... On va tous les guillotiner ! Pour une fois, la Révolution aura, enfin, été utile à quelque chose. Croyez-moi, c'est une sale engeance que ces gens-là... »

Cette infâme imbécile caquetait, faisait des mines et, visiblement, avait très forte envie de mon mari... Une seule pensée m'habite désormais : sauver Philippe. Combien de fois ne l'ai-je déjà sauvé, de la prison pour dettes, du déshonneur, des griffes d'une danseuse, de la mort même, lorsque l'épidémie de petite vérole avait failli me l'enlever... J'allais le sauver encore une fois. Je savais qui aller voir : M. de Barras !... Ah, lui n'était pas un incorruptible ! Au contraire. Il ne résisterait ni aux pièces d'or que j'allais lui apporter à profusion, ni à moi-même pour peu qu'il le veuille encore... Je me souvenais combien cet homme, extrêmement séduisant, tournait autour de moi, en 1785, et me faisait des avances très précises. Mais déjà à cette époque, il m'inspirait un dégoût tel que seulement l'idée que j'aurais pu lui appartenir me donnait la nausée.

Pourtant, c'était lui que je décidai d'aller voir, et le plus tôt possible. Alentour, les salons regorgeaient de gens bien nés qui s'élançaient dans une farandole endiablée. Tout le monde s'amusait. L'on dansait, chantait, mangeait, à croire qu'il ne se passait rien de dramatique en France... Les souverains étaient morts de la plus atroce des morts, et ces gens-là, soi-disant royalistes, dansaient autour du comte de Provence, devenu Régent. A travers les salons brillamment éclairés, je cherchai Henri afin de l'avertir que demain, dès l'aube, je partirais. En vain. De guerre lasse, je remontai dans ma chambre à coucher, sans autre intention que fuir la réception et m'isoler afin de réfléchir... Dans ma chambre, à peine éclairée par l'éclat atténué d'une bougie, je pus distinguer sans peine une scène fort édifiante : Henri debout, troussant de la belle manière la vicomtesse d'Espremenil qui satisfaisait enfin l'envie qu'elle avait de lui. Ils en étaient aux soupirs qui allaient s'accélérant, aux râles de plaisir qui allaient s'amplifiant. Henri aimait à grands coups de reins, arrachant à la petite vicomtesse des cris de plus en plus aigus.

Je n'étais plus jalouse d'Henri. Dire que cela m'indifférait serait peut-être exagéré. J'attendis, cependant, avant de me manifester, que les deux tourtereaux achèvent ce qu'ils avaient si bien commencé. Ils ne s'aperçurent même pas de ma présence ! Enfin deux cris simultanés, suivis de longs soupirs, m'indiquèrent que tout était consommé. J'émis quelques toussotements. Henri parut un peu gêné, mais son sourire indiquait plutôt le contentement du mâle satisfait. Puis, il reprit très vite un maintien parfaitement mondain, baisant le poignet de sa partenaire, qui se réajustait précipitamment.

« Henri, il faut que vous m'écoutiez, dis-je assez froidement. Si vous êtes en état de le faire, évidemment. Je pars dès demain pour un mois environ. »

Il me regarda.

« Vous allez à Paris ?

– Oui, répondis-je.

– Pour essayer de sauver Saint-Huberty ?

– C'est exact, répliquai-je sur la défensive, prête à me battre.

– Vous êtes folle ! Vous savez bien que vous risquez de vous faire arrêter.

– Je le sais, mais Philippe n'a que moi au monde...

– C'est bien, ma chère. Je vais vous accompagner. »

Je m'attendais à tout sauf à cela.

« C'est de la folie, balbutiai-je. Vous aussi serez arrêté dès que vous aurez mis le pied sur le sol de France... Tout le monde veut votre tête à Paris ! Vous-même me l'avez dit plusieurs fois.

– Je n'ai pas beaucoup d'honneur, certes. Mais il me reste celui-ci : ne pas laisser la femme qui porte mon nom affronter seule un danger aussi grand. Donc, je vous accompagnerai... »

Ça, c'était Henri. Celui que j'avais aimé, que j'aimais encore peut-être, cet Henri insoucieux du danger, volontaire, ardent.

« Veuillez nous laisser, madame ! intimai-je sèchement à la vicomtesse d'Espremenil. Le comte et moi avons à parler. »

Elle se retira sans protester, cette petite sotte. Si

quelqu'un m'eût parlé de la sorte, je lui eusse ôté l'envie de recommencer avant longtemps...

Cependant, Henri, malgré son vouloir sincère de m'accompagner à Paris, en fut empêché par Las Casas. Des agents étrangers, depuis peu à Venise, voulaient absolument le rencontrer. Malgré ses prières, je refusai de retarder mon départ.

J'avais un passeport au nom d'Antoinette Clavel... actrice, des louis d'or en grande quantité, et je m'apprêtais à quitter Venise quand, à ma grande surprise, Henri me remit un billet pour Abraham Furtado.

« Depuis quand connaissez-vous Abraham ? m'exclamai-je ahurie.

– Je connais Abraham depuis fort longtemps. J'étais en affaires avec lui pour soutenir les *insurgents* américains ; et nous avons une amie commune. Il vous en parlera lui-même. C'est grâce à elle que je suis au courant de tout ce qui se passe en France...

– Quel est son nom ? »

Henri hésita quelques instants, puis secoua la tête.

« Écoutez... pour l'instant, moins vous en savez et mieux cela vaudra pour nous tous en cas de malheur...

– Que voulez-vous dire ?

– Si vous vous faites arrêter, vous ne pourrez rien dire qui puisse nuire à ceux qui travaillent pour nous. Vous devez comprendre que je dois protéger ceux qui risquent leur vie... »

Je ne pensais plus qu'à une chose : gagner Paris le plus rapidement possible.

Quatre jours ! Quatre jours où, ballottée dans la voiture, du matin au soir, le long d'une route poussiéreuse qui s'allongeait sans fin, j'ai pu réfléchir sur ce lien indestructible qui m'unissait à Philippe. J'allais le sauver. De cela, j'étais sûre. J'allais l'emmener et l'installer avec Henri et moi. Mais ensuite ? Comment organiser notre vie à tous trois ? Je l'imaginais dans une plaisante propriété, à la campagne, près de Lausanne. Mon fils grandirait entre ses deux pères. J'enseignerais la musique. Pas un instant je ne doutais de moi. Je savais que j'allais arracher Philippe à la mort.

Barres Terrace, juillet 1812.

Sir Edward,

Ici prennent fin les carnets que j'ai tenus au fil des mois, entre 1789 et juin 1794.

A la lecture des souvenirs qui suivent et que j'ai, tant bien que mal, rassemblés dans un septième carnet, des années plus tard, vous comprendrez combien il m'a été difficile de continuer à écrire. Ces souvenirs, comme tous les souvenirs, se contredisent parfois, ne respectent pas vraiment les moments où les faits se sont passés. Certains, même, ne sont que des suppositions... Mais je les ai rassemblés, j'ai écrit cela dans une intention précise. Que vous puissiez vous faire une opinion, aussi exacte que possible, sur les événements tels qu'ils se sont déroulés...

A très bientôt, cher Sir Edward, avec toute mon amitié.

S.

Septième carnet

1er juillet 1794

Je me suis installée chez mon frère Joseph. Lucile, comme toujours extrêmement gentille avec moi, attend un troisième enfant et porte un regard plein de fierté sur mon colonel de frère... La Révolution accélère les carrières militaires mais ne paie pas ses officiers ; aussi le jeune ménage vit-il des largesses des parents de Lucile. Ces derniers sont, d'ailleurs, en train de quintupler leur fortune. Une quantité incroyable de nouveaux riches se précipitent chez eux afin d'y commander un mobilier complet pour installer leur nouvelle demeure. Je fus agréablement surprise de pouvoir disposer, chez mon frère, d'un appartement, constitué d'une grande chambre à coucher à trois fenêtres, prenant jour sur un jardin fort bien entretenu, d'une pièce réservée à ma femme de chambre, et d'un cabinet de toilette comportant, luxe inouï, une grande baignoire de zinc.

Deux jours après mon installation, je fus très rapidement au fait des nouvelles règles du jeu.

Il existe de nos jours, en France, comme je l'ai dit, une

tripotée de nouveaux riches qui, il y a à peine quelques années, étaient pauvres comme Job. Un homme qui ne possédait rien en 1787 ose aujourd'hui étaler un train de millionnaire. Cet argent, gagné bassement, est l'une des choses les plus honteuses de notre époque. La Révolution dont nous avions rêvé avec une telle ferveur, Philippe, mon frère et moi, est assassinée par des aigrefins, de misérables profiteurs qui ne se soucient pas plus du peuple que de leur première chemise... L'existence quotidienne de ces gens se partage en négociations, petits arrangements, bas calculs, conspirations, persiflages. Être méchant, moqueur, persifleur, cynique, est très à la mode... C'est même, pour le milieu des affairistes, des nouvellistes ou des politiques, considéré comme une preuve irréfutable d'intelligence.

Pour certains, ceux qui détiennent désormais le « pouvoir », l'argent coule à flots. Les bonnes paroles pour calmer le peuple, aussi... Mais le pire est que, si l'on tente une protestation, une critique contre les gens en place, alors non seulement la liberté est menacée, mais la menace précise de l'échafaud est levée telle une épée de Damoclès. Qu'a donc fait Philippe pour mériter la mort ? Avec quel utopiste s'est-il lié ? Avant notre départ en exil, il me parlait souvent de Babeuf, de Saint-Just, de Robespierre. J'écoutais d'une oreille, bâillais, riais et lui disais : « Toi et tes fréquentations, tu verras, elles te perdront ! » J'étais un peu étonnée que Philippe ne voie pas les gens en place qui auraient pu l'aider à se faire une situation. Comme quoi on passe sa vie à se tromper. Mais il est vrai que Philippe serrant la main de Barras, de Fouché ou de Talleyrand... non ! C'est du domaine de l'impossible. Quant à Barras, qui aurait pu, sans perdre son honneur, se prétendre son ami ? Ce pamphlet qui circule dépeint tout entier cet ancien aristocrate qui n'a gardé de ses origines que le plus ignoble :

> *Plus que Néron, mon vicomte est despote*
> *Se pavanant sous sa rouge capote*
> *Ce Roi Bourreau pérore sur un ton*
> *Dont rit tout bas le badaud, dans sa crasse*
> *C'est Arlequin, Pantalon, ou Paillasse*
> *Contrefaisant les airs d'Agamemnon...*

Plus que Néron, sans doute, Barras est cruel.

Et pourtant, c'est Barras que je dois voir. Barras que je dois supplier. A genoux s'il le faut.

Une semaine après mon arrivée à Paris, j'en étais toujours au même point. Il fallait que j'obtienne un laissez-passer ; pour cela, je devais voir Hébert ou Barras mais ne pouvais obtenir d'audience.

Abraham Furtado m'a reçue avec toute la chaleur et l'amitié qu'il m'a toujours conservées. Nous fûmes émus aux larmes en nous retrouvant. Il me présenta sa femme, qui ignorait visiblement que son Abraham avait failli quelque peu à sa parole conjugale. Le couple allait fêter l'arrivée d'un septième enfant et, à ma grande surprise, vivait à la limite de la pauvreté... Cela se voyait aux vêtements usés, à ce je-ne-sais-quoi qui sent la gêne, l'angoisse du lendemain. A peine les civilités d'usage formulées, et la lettre d'Henri remise, je fis part à mon cher Abraham de l'objet de ma visite. Nous nous rendîmes dans son cabinet de travail. Sur les murs, la trace d'anciens tableaux ; sur les sols, des tapis usés jusqu'à la corde. Il eut un petit sourire triste.

« Les choses ne sont plus ce qu'elles étaient, ma chère Sophie. Le gouvernement nous a ruinés. Pas la Révolution ! Ce maudit gouvernement qui s'enrichit à nos dépens. Alors vous voulez voir Philippe. Ah ! Philippe... toujours Philippe, n'est-ce pas ?

– Il a été arrêté. Il paraît qu'on va... »

Je n'ai pu prononcer le mot guillotine.

Abraham soupira :

« De nos jours, on ne guillotine que les honnêtes gens, les incorruptibles. La crapule s'enrichit, trahit, trafique, mais on guillotine les purs, ceux qui voulaient changer la société avec sincérité...

– Que faire pour le sauver ? ai-je demandé. Impossible d'être reçue par Barras.

– Je ne vois que le sieur Tallien qui puisse vous aider. Voyez d'abord sa maîtresse, Mme de Cabarrus. Ce n'est pas vraiment une putain comme peut l'être la Beauharnais. Elle a du cœur. Elle en a sauvé plus d'un. Faites attention à vous, ajouta-t-il, ce Tallien est un sauvage. Il peut vous envoyer à la guillotine si tel est son bon plaisir. Il a mis Bordeaux en coupe réglée. Il a extorqué de l'argent aux aristocrates, aux juifs. "Pour les sauver...", disait-il. Mais c'est lui qui signait l'ordre d'exécution... »

Le cœur serré, je restais silencieuse. Abraham était si pâle, si triste. Le désespoir se lisait sur son visage. Je me souvenais de sa joie, ce jour de mars 90 où l'on avait décidé à l'Assemblée que les juifs étaient des citoyens à part entière, et où il allait être le premier citoyen juif à se présenter à la députation.

« Il appelle ça "contribution volontaire", continuait Abraham. A Bordeaux j'ai des amis, les frères Pacas. Ils ont été condamnés à "contribuer volontairement" de cinq cent mille livres pour avoir la vie sauve. Ils ne sont ni aristocrates ni traîtres, ils sont juste juifs. Officiellement, Tallien doit rendre la totalité des sommes ainsi extorquées à ses complices, Barras, Hébert et Fouché. Mais il retient son petit pourcentage, à titre d'intermédiaire. Personne ne peut évaluer à combien il l'estime, son petit pourcentage. Je vous le répète, c'est un sinistre personnage. Mais il finira ministre. Ou sur la guillotine, s'il y a une justice, et si Robespierre n'est pas arrêté.

– Et sa maîtresse ? Où puis-je la rencontrer ?

– Elle se cache à Versailles, sous un faux nom. Elle-même est en danger. Elle a parfaitement compris qu'il valait mieux qu'elle restât en vie en couchant avec Tallien, que mourir en montrant l'image de l'inflexibilité. Vivante, elle peut aider et sauver ; morte, à quoi et à qui servirait-elle ? Si quelqu'un peut vous aider à sauver votre Philippe, c'est elle... Elle peut vous faire obtenir une audience auprès de Barras, dont elle a été aussi la maîtresse... »

Il hésita, puis acheva :

« Il faut faire vite. De nos jours, on ne sait pas trop qui sera encore vivant la semaine suivante ! Mme Cabarrus n'échappe pas à cette menace... Je vais vous dicter un billet, elle en comprendra le sens. Mais je vous en conjure, faites vite ! Et quittez Paris dès que vous aurez obtenu satisfaction. Ah ! autre chose, oubliez Sophie de Saint-Huberty.

Vous êtes la citoyenne Antoinette Clavel... Et surtout, pas un mot sur votre époux. »

De nouveau, je sentis cette curieuse sensation d'angoisse qui, déjà, s'était emparée de moi lorsque Henri m'avait remis son billet pour Abraham Furtado.

Quoi qu'il en soit, j'acceptai avec effusion le billet d'Abraham, qui était ainsi conçu : « Une femme au désespoir qui a entendu parler de la marquise de Fontenay, que l'on dit aussi bonne que belle, sollicite d'urgence un instant d'entretien. » Et c'était signé de la part de M. Abraham Furtado, et l'« ami » d'Italie. Je ne posai aucune question.

« Merci mon ami, dis-je. Quoi qu'il puisse advenir, vous savez que je suis votre amie.

– Je le sais, répondit-il. Et n'oubliez pas que je vous ai aimée... »

Il posa sur moi un regard plus âgé que celui d'un trisaïeul, un regard venu du fond des millénaires, plein de tristesse et de pitié, le regard d'un homme, d'un juif, sans haine et sans calcul, qui possède la calme conviction de détenir l'universelle vérité.

Au reçu de ce billet, Thérésa Cabarrus m'accueillit immédiatement. Elle logeait dans une jolie maison, non loin du château. Une jeune domestique, au visage fourbe, m'introduisit : « La citoyenne Clavel demande à être reçue par toi, citoyenne... » Je n'aimais ni le ton ni le langage mais je m'abstins de tout commentaire.

Thérésa me plut tout de suite. Je me demandais comment cette aristocrate avait pu s'être abaissée au point de devenir la maîtresse attitrée de Tallien, cet ex-palefrenier. Je sus, plus tard, beaucoup plus tard, que c'était elle l'« homme » de ce couple étrange. Elle qui décidait, agissait, parlait, organisait tout à sa guise, bien que, depuis quelques semaines, elle dût se montrer extrêmement prudente. Elle venait de sauver de la guillotine une compagnie d'acteurs, dont le seul tort était d'avoir joué devant la cour royale. Je frémissais de peur rétrospective. Beaucoup se souvenaient de moi... Moi aussi j'avais chanté devant la cour royale. Mais, forte des conseils d'Abraham Furtado, je me rassurais en me disant que la citoyenne Clavel ne courait aucun risque... tandis que l'actrice Sophie de Saint-Huberty risquait de voir sa jolie tête rouler dans un panier. En fait, c'est ce qui me sauva. Aux yeux de Thérésa Cabarrus, ci-devant marquise de Fontenay, à qui je donnai mon nom de cantatrice, j'étais sacrée parce que artiste et, dès l'abord, elle m'assura de sa protection.

« Je vais tâcher de circonvenir Tallien. Mais ce sera difficile parce que, me dites-vous, votre Philippe est sans fortune... Or vous n'ignorez pas que tout se paie, surtout sa tête, si on veut la sauver !... M. Furtado a dû vous dire que mon influence était en ce moment considérablement diminuée. Mais nous allons essayer. Si Tallien vous demande de l'argent, vous lui remettrez cette bourse en insistant bien sur le fait que c'est tout ce qui reste de votre fortune... s'il insiste, n'hésitez pas à payer de votre personne. »

Et comme je restais bouche bée devant elle, Thérésa précisa :

« Je suis la maîtresse d'un homme infâme qui rançonne mes protégés, ceux dont je veux sauver la tête... C'est ainsi que j'ai sauvé la mienne. Rose de Beauharnais a fait de même, et vous-même, si par malheur vous êtes arrêtée, ce sera là votre monnaie d'échange. »

J'hésitai une seconde avant de dire avec amertume :

« J'ai été tant de fois dans l'obligation de manifester à ces messieurs combien je leur étais reconnaissante de me permettre d'exercer mon métier que si, pour sauver Philippe, je dois encore payer à l'aide de cette monnaie-là, je le ferai sans hésiter.

– Sauvez votre Philippe et, si cela vous est possible, aidez les autres femmes qui viendront vous solliciter. Peut-être est-ce moi qui, demain, réclamerai votre aide... Je n'ignore pas que si Tallien doit me dénoncer pour sauver sa tête, il le fera sans l'ombre d'une hésitation... Alors que nous reste-t-il à nous autres femmes ? Nous entraider. C'est là notre seule force. Nous l'avons parfaitement compris, Beauharnais et moi. Nous nous servons des hommes qui prétendent nous aimer, pour aider des femmes qui, sans nous, seraient déjà décapitées... Tout comme cette malheureuse Olympe de Gouges dont le seul tort fut de demander que les femmes aient les mêmes droits que les hommes ! On lui a coupé la tête pour lui apprendre à ne point oser de telles exigences ! »

Alors que j'allais me retirer, elle me retint par le bras, et me dit à voix très basse :

« Nous jouons, vous et moi, avec le feu. Tallien a peur pour sa tête, et il a raison. Robespierre le fait surveiller et me fait surveiller aussi... Je dois vous avouer que je n'ai pas revu Tallien depuis une quinzaine de jours. Soyez prudente ! »

Trois jours plus tard, enfin reçue chez Tallien, je fus frappée par son extrême jeunesse. C'est un enfant ! ai-je songé le cœur serré de peine et de pitié. Il n'a pas vingt-cinq ans ! Il tenait entre ses mains ma supplique et ne perdit pas de temps en paroles inutiles.

« Votre... ex-mari, puisqu'il semble que votre mariage ait été dissous, a été inculpé sous des chefs d'accusation très graves. Complots contre la République, trahison envers la Nation en temps de guerre, trafic d'armes, vols avec des bandits dont il refuse de donner le nom, ce qui pourrait, peut-être, sauver sa vie... »

Que Philippe fût un peu voleur, je le savais parfaitement. Mais qu'il refusât de dénoncer ses amis ne me surprenait pas. Il y avait toujours en lui un code de l'honneur qui lui était propre et qu'il respectait envers et contre tous... Quant aux autres chefs d'accusation, je haussai les épaules. Je n'imaginais pas un seul instant qu'il pût trahir la Nation, quand bien même, et cela était fort douteux, il en eût eu la possibilité...

Cependant Tallien insistait :

« Il faut lutter contre ceux qui volent la Nation... Il faut en finir avec cette engeance ! »

Songeant à Barras et Fouché, je murmurai malgré moi :

« Il n'est pas le seul...

– Non ! répliqua sévèrement ce nouveau père la vertu. Il n'est pas le seul et nous veillerons à ce que tous les criminels et les voleurs soient châtiés comme ils le méritent...

– Tous ? » fis-je lentement en le regardant droit dans les yeux.

Il blêmit et détourna la tête. Après un instant de silence, il reprit sèchement :

« Vous ne faites rien pour me faciliter la tâche, citoyenne ! Mais je verrai ce que je pourrai faire pour vous. N'oubliez pas, néanmoins, que l'on m'accuse en haut lieu de modérantisme, et que je puis, d'un moment à l'autre, être dénoncé si je faux à mon devoir... »

C'était la phrase dont Thérésa m'avait parlé. La phrase clef qui signifiait précisément : « J'accepte de vous aider... combien m'offrez-vous ? » Ce que Thérésa ne m'avait pas dit, c'était comment procéder. Alors que je réfléchissais sur ce sujet, Tallien s'était approché de moi. Si près que je compris immédiatement ce qu'il attendait comme manifestation de ma reconnaissance... Il me prit debout, à la hussarde, haleta violemment, déchargea, et me repoussa. Le tout ne dura pas plus de trois minutes. Je me réajustai et remis de l'ordre dans mes cheveux et ma tenue. Puis je fis mine de lui tendre la petite bourse que m'avait donnée Thérésa.

« C'est inutile, dit-il en souriant. J'ai eu ce que je voulais, et je tiendrai parole... Je vais faire envoyer une lettre chez Barras qui vous recevra. Donnez votre nom d'actrice. Personne ne connaît Antoinette Clavel... Mais qui ne connaît Sophie de Saint-Huberty ? Revenez me voir de temps en temps... »

Je le regardai, effarée. C'était peut-être encore un enfant, mais un enfant cruel et dangereux. Je sortis sans mot dire, l'espoir chevillé au cœur. Je retournai à Versailles, et me précipitai chez Thérésa.

« Alors ? » me demanda-t-elle.

Sans répondre, je lui tendis la bourse pleine de louis d'or qu'elle m'avait donnée.

« Il a exigé un paiement en nature, dis-je simplement. Reprenez-la. Cela vous sera utile pour plus infortunée que moi... »

Je m'interrompis devant le spectacle de Thérésa qui étouffait de rire.

« Combien de temps cela a-t-il duré ? Deux minutes ? Plus, j'en serais étonnée.

– Pas plus de trois, murmurai-je retenant à grand-peine mon rire.

– Ah ! vous me rassurez ! » s'écria-t-elle de bon cœur.

Sa bonne humeur était si communicative que, pendant un trop court instant nous oubliâmes l'imbécillité des hommes qui nous gouvernaient, et nous gaussâmes de leurs faiblesses et de leurs turpitudes.

« Barras, Fouché et toute leur bande ont prostitué les beaux noms de liberté, égalité et fraternité, me dit-elle lorsqu'elle eut repris son calme. Un jour, peut-être vivrons-nous sur ces beaux principes... Mais sûrement pas demain ! »

Elle soupira, puis ajouta :

« Depuis que Robespierre lutte contre la corruption avec cette ténacité implacable, je me demande si Tallien ne risque pas sa tête. De tous les corrompus c'est le champion... Il a un tel esprit de lucre qu'il a bravé les ordres de Robespierre. On décapite pour moins que ça de nos jours ! Ces loups se mangent entre eux, ajouta-t-elle presque à voix basse. Chacun d'eux dénonce celui que, la veille encore, il appelait son ami...

– Et Robespierre, vous pensez qu'il peut tomber ? demandai-je.

– Il est fortement question de l'empêcher, par n'importe quel moyen, de continuer à... »

Et, comme elle paraissait chercher le mot exact, je lui soufflai :

« A faire le nettoyage ? »

Effarée, elle me dévisagea, puis chuchota avec un sourire contraint :

« En effet... peut-être est-ce le mot juste. »

A ce moment-là, oui, juste à ce moment précis, on frappa à la porte qui s'ouvrit sur la petite domestique.

« Oui ? demanda Thérésa Cabarrus.

– J'ai un pli à te remettre, citoyenne, dit la domestique avec une morgue outrecuidante. C'est urgent !

– Qu'est-ce donc ? »

Thérésa s'empara d'une enveloppe scellée. Hésitante, elle tournait et retournait la lettre dans ses mains. C'est alors que je m'aperçus qu'elles tremblaient. Mes yeux remontèrent vers le visage de Thérésa. Il était livide.

« Partez... me dit-elle dans un souffle. Partez vite !

– Mais... protestai-je.

– Partez ! vous dis-je. Cette lettre porte le sceau du Comité de salut public... Robespierre veut la tête de Tallien. Il veut l'atteindre par moi ! Je peux être arrêtée d'une heure à l'autre... Il ne faut pas que l'on vous trouve ici ! Et surtout, surtout, n'oubliez pas ce que je vais vous dire, c'est de la plus haute importance : dites au comte d'Antraigues de ne plus se mettre en rapport avec moi ; mais dites-lui aussi que je resterai son indéfectible amie... Vous n'oublierez pas ces derniers mots ? Promettez-le-moi... Son indéfectible amie de Paris », répéta-t-elle.

Ahurie, effrayée, je promis tout ce qu'elle voulait.

« Merci, me répondit-elle un peu apaisée. Fuyez, fuyez maintenant. Il y va de votre vie... »

Dans la rue, une calèche noire fermée attendait... Le cœur pris de glaces, je marchai d'un pas rapide sans me retourner. Il faisait très beau ce jour-là. Nous étions au début de l'été. Le soleil brûlait littéralement et, pourtant, je grelottais. Enfin je pris un fiacre en maraude et commandai au cocher :

« A Paris... le plus vite possible.

– Tu as de l'argent citoyenne ? me répondit cet homme. »

Je lui montrai un louis d'or.

« Ah ! il y a longtemps que je n'en avais pas vu ! dit le cocher en riant. Où veux-tu aller, citoyenne ? Pour un louis d'or, je suis ton homme. »

A bout de forces, je donnai l'adresse de mon beau-frère.

Je rentrai épuisée, honteuse, meurtrie. Sentiment bizarre, étrange, que de ma vie je n'avais jamais connu ; et il fallait que je l'éprouve aujourd'hui.

Tallien tint parole. Deux jours plus tard, je recevais un billet de Barras m'accordant une audience.

Barras, cet infâme don Juan, cette personnification de la corruption, qui se faisait payer la moindre de ses interventions, était devenu le premier personnage de cet État en perdition qu'était la France. C'est de lui que d'Antraigues disait :

> « Quand il s'agit de vanité, d'ambition, d'argent, de pouvoir, il mord toujours à l'hameçon quelque nauséabond que soit l'appât au bout de la ligne... », ou bien : « Quoi qu'il arrive, Barras remonte à la surface comme une ordure des eaux de la Seine. Il enrichit ses maîtresses qui font office de... maîtresses de maison, mais prend son pourcentage des

sommes qu'elles encaissent des amants qu'il leur procure... C'est purement et simplement du marquereautage à grande échelle... Où se trouve Barras, on est sûr d'y trouver aussi corruption, concussion, prévarication. Auprès de lui, dans ses salons, fourmillent munitionnaires, trafiquants d'immeubles... Ce cynique, ce libertin, ce corrompu, ce corrupteur, est surtout un homme très bien élevé et parfaitement courtois... »

Je savais que Barras, par l'intermédiaire du sieur Ouvrard, vendait des armes aux ennemis de la France. Cela, même d'Antraigues répugnait à le faire ! « J'aurais cela sur la conscience jusqu'à la fin de mes jours, je pense... », m'avait-il dit lorsque l'opportunité s'était présentée à lui de vendre une belle cargaison au duc de Brunswick. « Vendre des armes aux ennemis de la France ? Impossible. » Bizarrement, je lui étais reconnaissante de refuser de franchir cette frontière invisible qui sépare le cynisme de l'ignominie.

Hier, à midi, je frappai à la porte de l'hôtel particulier qu'occupe Barras.

Un laquais en livrée rouge, à boutons d'argent, confirmant par sa suffisance que l'égalité prônée par la Révolution n'était pas encore née, m'introduisit dans un vaste hall, luxueusement meublé. Je ne m'étonnai pas que les dignitaires de la République pussent entretenir, avec l'argent volé au peuple, une multitude de laquais en livrée. Je ne m'étonnai pas davantage du luxe qui entourait ces messieurs. Rien de ce que les hommes peuvent faire de vil, de bas, de mesquin, d'odieux ou de cruel ne pouvait m'étonner. C'est le contraire qui m'eût profondément surprise... Je découvris donc, sans étonnement, la nouvelle société française et constatai, le cœur serré, que si le peuple avait changé de maîtres, ceux qui avaient remplacé les anciens n'étaient pas des plus recommandables.

Le laquais me demanda si j'étais attendue et, dans ce cas, qui devait-il annoncer. Je me nommai et l'entendis crier à la cantonade :

« La citoyenne Sophie de Saint-Huberty est attendue par Monsieur Barras... »

Un autre laquais vint me chercher, et m'introduisit dans une pièce qui, visiblement, servait de bureau, de bibliothèque et de chambre à coucher. Barras était là, debout, enveloppé dans une espèce de peignoir en satin brodé, devant une table où était servi son dîner. Visiblement, il sortait des mains de son coiffeur ; sa coiffure, poudrée à blanc, était achevée. A ma vue, son visage également poudré de blanc s'éclaira d'un sourire ironique.

« Ma très chère Sophie, quelle joie de vous revoir ! Ne me dites pas que vous ne vous souvenez plus de moi ? Il y a si longtemps déjà, des années ! Voyons, dites-moi tout, qu'attendez-vous de moi ? Tout ce que vous me demanderez est accordé d'avance !... »

Le menteur ! L'odieux personnage ! Il savait parfaitement que j'avais demandé à le voir dès le premier jour de mon arrivée à Paris ! Et il savait aussi ce que j'allais lui demander ! Tout de suite, j'en vins au fait, voir Philippe. J'insistai : « J'ignore ce que vous lui reprochez mais je suis sûre qu'il est innocent !... »

Barras me dévisagea d'un air moqueur.

« On ne saurait être innocent lorsque l'on fréquente assidûment Babeuf ! Où est Babeuf ? Où est le reste de la bande ? Si votre Philippe de Croisilles accepte de livrer ses amis, nous verrons ce que nous pouvons faire... Je veux pouvoir mettre la main... Enfin je veux dire, je veux faire arrêter les agissements du sieur Babeuf et de ses acolytes. Tout dépend de vous. Moi vous m'avez déjà convaincu... Et même plus que cela, ma chère, très chère Sophie... »

Il me fixait avec une telle concupiscence que, si l'heure n'avait été aussi désespérante, j'aurais pu m'en amuser.

Je songeai aux nombreuses fois où j'avais dû manifester ma « reconnaissance » aux hommes ou aux femmes qui m'avaient aidée, Nina, Gluck, Breteuil, Duras et même Brunswick... Je l'ai toujours fait, sans vrai déplaisir. Le seul homme qui m'inspira du dégoût et de la honte fut Barras. Si j'avais pu le tuer, je l'aurais fait. Mais, comme toujours, c'est la prudence qui commanda mes actes. Aussi, quand Barras me le proposa, j'acceptai sur-le-champ de m'allonger sur la méridienne afin d'y prendre un peu de repos. J'acceptai aussi une coupe de champagne, puis deux. Barras me complimenta sur mes cheveux, mes yeux, ma bouche, ma peau, et me demanda si j'avais faim. Pour gagner du temps, je répondis par l'affirmative. Barras agita la sonnette, donna quelques ordres au laquais. Quelques instants plus tard, on servit un dîner fin et soigné, avec une bouteille de bourgogne. Sur le plateau, porcelaine, argenterie, cristaux, linge... Visiblement, Barras aimait le luxe. Il m'invita à m'asseoir auprès de lui. Le cœur plein de rage et de haine, j'obéis. Chaque minute auprès de cet homme me remplissait de dégoût. J'appréhendais fort ce qui allait suivre, si fort que je vidai d'un trait deux ou trois verres de ce vin de bourgogne. Ma tête tournait légèrement et la sensation de rage s'atténua, pour laisser place à une sorte d'indifférence glacée devant cette obligation si désagréable que m'imposait la cruelle situation dans laquelle je me trouvais... Je bus encore quelques verres de vin pour me donner du courage... Bientôt j'eus l'exacte sensation d'être dans un mirage, incapable même de me souvenir pourquoi j'étais là, dans cette pièce luxueuse, avec cet homme qui retroussait mes jupes, embrassait mes seins... Très fier d'une virilité sans cesse renaissante, il me tint constamment sous sa loi. On alluma des bougies, il y eut un souper, puis nous fûmes dans un lit et tout recommença.

Après un dernier assaut, épuisée, j'ai pu faire un peu de toilette et, de retour chez Joseph, je me suis enfermée dans mon cabinet de toilette et j'ai demandé à la femme de chambre de me préparer un bain chaud. J'avais l'impression d'être couverte de boue...

Vers midi, alors que je me réveillais, la tête bourdonnante et lourde, la porte de ma chambre s'ouvrit sur mon frère qui, d'une voix morne, me dit sans ambages :

« Robespierre vient d'être arrêté... C'est terrible !... C'est fini ! Ils lui ont fracassé la mâchoire pour l'empêcher de parler ! Ils prétendent que c'est lui qui a tenté de se suicider, mais je suis sûr que c'est un mensonge. C'est eux les assassins, les sales crapules qui ont fait le coup ! Ils vont le guillotiner... Ils sont arrivés à leurs fins ! »

Très étonnée, je demandai qui étaient ces « ils ».

« Hébert, Barras et Fouché ! Reste ici. Surtout ne sors pas ! Nous allons vivre des journées terribles. Barras et Fouché vont prendre le pouvoir ! Moi-même je dois partir quelques semaines me cacher chez un ami. »

Joseph était très pâle, mais il n'avait pas peur, la colère l'habitait.

« La Révolution a été bafouée, trahie ! disait-il furieux. Elle est aux mains de ses pires ennemis. Le peuple a été berné. Demain, après-demain, n'importe quel dictateur ramassera le pouvoir et en fera ce qu'il voudra. Je hais Barras... Je hais ce qu'il est en train de faire à Robespierre qui est, sans doute, l'homme le plus remarquable que nous ayons eu depuis longtemps... Le faire passer pour un dictateur, lui, le plus intelligent des hommes ! En réalité, il était sur le point de démasquer les combinards, les traîtres. »

Effarée, je le voyais, l'entendais s'échauffer :

« En le faisant passer pour un dictateur sanguinaire, les Barras, Fouché, Fabre d'Églantine s'emparent du pouvoir, et projettent de mettre Louis XVIII sur le trône... Voilà la vérité !

– En es-tu sûr ? demandai-je affolée.

– Absolument ! Robespierre a découvert la vérité... Voilà pourquoi on l'a arrêté. Incorruptible ! Un homme qui ne se laisse acheter par rien. Ils ont monté une cabale contre lui, et ils vont le guillotiner... Robespierre est innocent des crimes dont on l'accuse ! Il ne s'en est pris qu'aux traîtres. Et ils vont le guillotiner ! Je sais qu'il a sauvé bien des têtes aristocratiques innocentes. Mais Fouché et Barras s'opposaient à lui. C'étaient eux qui signaient l'ordre d'exécution en faisant croire au peuple que c'était le fait de Robespierre... »

Deux jours plus tard, j'obtins enfin l'autorisation de rendre visite à Philippe dans la sinistre Conciergerie, cette antichambre de la mort. Le mot que m'avait fait parvenir Barras, aussi succinct fût-il, était cependant fort clair :

« Je tiens toujours mes promesses. Vous avez un sauf-conduit qui vous permet de rendre visite au sieur Philippe de Croisilles... Il aura la vie sauve s'il accepte de livrer les traîtres. Cela dépend de vous, et de vous seule. En cas d'échec, vous serez tenue pour responsable. »

C'était on ne peut plus net... Mais j'étais sûre de ne pas échouer. Philippe ne me résisterait pas.

En écoutant le citoyen policier qui me pilotait à travers le dédale des couloirs, je me gardai bien de prononcer un mot. Il tenait dans sa main la lettre de Barras qui m'ouvrait les portes. J'espérais trouver les mots pour convaincre Philippe... Rien dans ce monde ne méritait que l'on y sacrifie sa vie. Son honneur oui, sans aucun doute, mais pas sa vie...

Le citoyen policier m'introduisit dans un parloir dont j'allais garder éternellement le souvenir. Tous les détails sont encore présents à mon esprit : une table branlante, deux chaises, des murs gris, une petite fenêtre grillagée laissant passer une avaricieuse lumière grise.

Le gardien avança l'une des chaises et dit :

« Attendez ici, citoyenne. Je vais voir si Philippe de Croisilles est toujours là... »

Je ne compris pas le sens de ces mots : toujours là. Sans doute mon visage dut exprimer quelque étonnement car le citoyen policier ajouta avec rancœur :

« On enlève les accusés en masse chaque matin... Fouquier-Tinville veut son comptant de têtes par jour. »

Il se tut brusquement, craignant d'en avoir trop dit. Puis, constatant mon absence totale de réaction, il reprit :

« Parfois, le soir, nous n'avons même pas le temps de mettre nos registres à jour qu'il nous vient des charrettes à remplir de prisonniers... Je n'y peux rien ! Ce sont les ordres ! »

Et il s'en fut me laissant sur ces terribles paroles. Dire dans quel état de nerfs, de peur et d'angoisse j'attendis est chose impossible.

Enfin, les mains liées derrière le dos, Philippe terriblement amaigri, Philippe et ses yeux noirs caressants, son sourire, son arrogance... Philippe, sale, mal rasé...

« Sophie ! s'écria-t-il. Eh bien, si je m'attendais... Il était temps, ma chère. »

Par chance, ou peut-être simplement parce que les braves gens sont beaucoup plus nombreux qu'on ne le croit, le citoyen policier dit en clignant de l'œil dans ma direction :

« Citoyenne... J'ai à faire à l'extérieur. Des registres à terminer. Je vais vous enfermer. Quand vous aurez terminé votre conversation, vous n'aurez qu'à frapper. Et je vous ouvrirai... »

Dès que la porte se fut refermée, je me précipitai dans les bras de Philippe. De longues minutes, nous restâmes ainsi soudés l'un à l'autre, bouche contre bouche, chacun de nous cherchant dans le souffle de l'autre l'air qui pouvait le maintenir en vie... J'étais dans un abîme sans fond, j'étais la rescapée perdue dans les déserts, desséchée par la soif, reprenant vie à même la bouche de mon amour. Je pleurais sans même songer à essuyer mes larmes.

« Eh bien, dit Philippe, qu'as-tu fait de ton courage, ma dame ?

– Je n'en ai plus, hoquetai-je à bout de douleur.

– Ah ! Il va t'en falloir quand même encore un peu...

– Pourquoi ? demandai-je avec crainte, en proie à un horrible soupçon. Tu n'es pas... »

Philippe m'interrompit :

« Si, dit-il en me resserrant contre lui. Demain matin avant dix heures. On m'a signifié la sentence il n'y a pas deux heures... Dans le fond, tu as de la chance. J'aurais pu être de la charrette de ce matin. »

J'allais hurler. Douleur et rage me faisaient chavirer, mais Philippe plaqua sa main contre ma bouche, qu'il ne lâcha que lorsqu'il fut convaincu que j'étais plus calme...

« Ça va mieux ?

– Oui, répondis-je. J'ai dans mon sac un sauf-conduit pour toi. Barras l'a signé. Fouché aussi. Je peux encore te sauver. Il faut seulement que tu acceptes de parler, de dire ce que tu sais... »

Philippe hocha la tête en signe de dénégation.

« Non, me répondit-il. Il n'en est pas question. Ce serait au prix de la liberté de mes amis. De leur vie, à coup sûr... »

Je m'attendais à ce refus. Je n'en comprenais pourtant pas les raisons et, même si je les avais comprises, je les aurais rejetées avec force. Que m'importait l'existence d'un Babeuf ou d'un autre ? Je balbutiai :

« Tu es fou... Tu acceptes de mourir, comme ça ? »

Il me regarda avec quelque chose qui ressemblait à de la pitié.

« Tu n'acceptes pas d'être vaincue, n'est-ce pas ? Sais-tu au moins sous quel chef d'accusation l'on m'a arrêté ? »

Je secouai la tête.

« Non, dis-je. On ne va pas à la guillotine pour une histoire de vol ! »

A ma grande surprise, Philippe éclata de rire.

« C'est fou comme tu estimes l'honnêteté de l'homme que tu prétends aimer... »

Il fit un geste de dénégation :

« Non. Je n'ai ni volé ni tué... J'ai conspiré contre ceux qui nous gouvernent et découvert qu'ils allaient trahir la Révolution... Ils savent que j'ai fait envoyer en lieu sûr la preuve de leur trahison...

– En lieu sûr ? Quel lieu sûr ?

– A d'Antraigues, pardi. Je sais que ton mari fera bon usage de mes révélations. »

Comme s'il devinait les pensées qui m'agitaient, Philippe continua :

« C'est moi qui ai demandé à Henri de ne souffler mot à personne de ce que je lui ai confié. A personne, toi y comprise... Je ne voulais pas te mêler à cela. C'est tout notre réseau qui pourrait sombrer avec toi... »

Il me tenait serrée contre lui, ma tête nichée naturellement contre son épaule. C'était là sa place. De tout temps. Pour l'éternité...

Philippe murmura :

« J'ai l'impression que nous sommes les passagers d'un immense bateau qui ne va nulle part, que le diable est à bord, et qu'il nous étourdit, nous éblouit pour nous empêcher d'y voir clair... Si tu savais, ma douce, continua-t-il, j'ai eu tout le temps nécessaire pour me souvenir de tout ! De nous. J'y pense sans cesse... oui.

– Comme nous nous aimions, dis-je avec ferveur. Cette période de ma vie a été la plus belle. Oh, Philippe, tout peut encore recommencer... Dis-leur ce qu'ils veulent savoir ! Après tout, quelle importance maintenant ? Il n'y aura plus de République. Sauve-toi pendant qu'il en est encore temps ! »

Philippe m'observa un instant en silence, puis dit enfin :

« Tu ne renonces jamais à rien, il te faut tout, n'est-ce pas ? Amant, mari...

– Je n'ai épousé Henri que parce qu'il fallait absolument... »

Je me mordis les lèvres. Cela m'avait presque échappé. Une vérité qui, lentement, perçait dans l'esprit de Philippe. Il me saisit par les épaules, pencha la tête vers moi et me dit d'une voix sauvage, brutale :

« Regarde-moi, je veux la vérité ! De qui est l'enfant ? D'Antraigues ou de moi ? »

Je baissai la tête pour ne pas voir son regard.

« C'est ton fils, dis-je machinalement. C'est ton fils et il te ressemble tellement qu'il faudrait être aveugle pour ne pas s'en apercevoir...

– Mon fils ! »

A ma grande surprise, Philippe manifesta une joie débordante...

« Un fils », répéta-t-il à plusieurs reprises.

Son bonheur fit renaître en moi l'espoir de le voir changer d'avis.

« Tu vois que tu as une raison de vivre », murmurai-je à mi-voix.

Méfiant, il répliqua :

« Tu ne m'as pas raconté ça pour me faire changer d'avis, cela te ressemblerait assez ! Dis-moi la vérité...

– Philippe ! m'écriai-je. Je te le jure ! C'est "notre" fils, notre fils... Jules est "notre" fils ! »

Et j'éclatai en sanglots.

Longtemps je pleurai sur la poitrine de Philippe. Je lui rappelai tout ce que nous avions vécu ensemble, Varsovie, Berlin, Paris, Vienne, tout ce qui nous liait... Philippe m'écoutait sans répondre. Et même, un instant, un terrible instant, je fus tentée de lui dire que Barras m'avait directement menacée si je ne parvenais pas à le faire céder... Pourquoi ne l'ai-je pas fait ? Je ne sais. Peut-être la crainte de voir Philippe ne pas changer d'avis, même pour sauver ma vie... Ou le contraire ?

Après un temps, qui me parut fort long, il me dit :

« Ma chérie, ma Sophie, il faut que tu m'écoutes... Je ne suis pas quelqu'un de particulièrement estimable, tu le sais... Comment m'appelais-tu déjà dans le temps ? Un vaurien, mon vaurien de mari... J'étais un vaurien, c'est vrai. Je t'ai enlevée, je t'ai aimée. Je t'ai aimée comme je le pouvais avec ce que l'on a laissé de propre dans mon âme. Tellement aimée que j'acceptais tout de toi. Tes insultes, tes scènes, tes amants... J'acceptais tout, même le déshonneur, pour ne pas te perdre ; mais ce que tu me demandes aujourd'hui... Non, ce n'est pas possible ! Trahir mes amis ? Les envoyer à la guillotine pour sauver ma peau ? Non, je ne peux pas... Je t'ai aimée, mal peut-être. Mais c'est le seul sentiment estimable et beau que j'aie jamais éprouvé dans ma vie. Il faut me laisser mourir avec le peu d'honneur qui me reste encore... Je n'ai pas envie de fuir. »

Il eut un petit rire triste, presque un sanglot.

« Au fond, mourir n'est rien. L'embêtant c'est que l'on cesse de vivre... Tu te souviens, avant, je considérais la vie comme un jeu, un songe... C'est peut-être cela, après tout, un jeu sur une scène, devant des spectateurs fous, d'une cruauté, d'une férocité sans bornes. Je n'ai plus envie de jouer. Même pour sauver ma tête.

– Et moi ? demandai-je la gorge serrée. Et moi, que vais-je devenir sans toi ? »

Doucement, Philippe me caressait les cheveux ; je sentais sa bouche posée sur mon front...

« Toi... tu vas vivre pour notre fils. Il a besoin de sa mère, et Henri sera un père parfait. Ne dis rien. Jamais... ni à Jules ni à Henri. Tout est bien... »

Je sanglotais sans pouvoir m'arrêter. Depuis la mort de ma mère je n'avais connu une telle douleur, un tel déchirement. J'entendais les mots qui parvenaient à mon oreille sans les comprendre.

« Nous avons si peu de temps ! Et nous sommes là à palabrer ! N'avons-nous rien de mieux à faire ? »

Et comme je restais sans réponse, incapable de prononcer un mot, il ajouta :

« As-tu de l'argent ? Quelques louis d'or feront l'affaire...

– J'en ai trois... »

Philippe se précipita vers la porte sur laquelle il donna quelques coups. Elle s'ouvrit sur le citoyen policier.

« Trois louis d'or pour vous si vous nous oubliez une bonne demi-heure », dit Philippe faisant miroiter les pièces dans le creux de sa main.

Le citoyen policier prit les pièces et ferma la porte, tout en précisant :

« Une heure, dit-il. Pas davantage... »

Une heure pour nous aimer. Une petite éternité qui m'arracha plus de pleurs de chagrin que de cris de jouissance… Puis tout alla très vite. La porte s'ouvrit. Un dernier baiser. Philippe chuchota contre mon oreille : « Je t'aime ma douce… Je t'ai aimée comme un fou, ne m'oublie pas… ne *nous* oublie pas. »

Je fermai la bouche de Philippe d'un baiser… Et, après m'être arrachée de ses bras, je sortis de la cellule sans me retourner. Si je l'avais fait, je n'aurais pu continuer…

Demain. Demain à la même heure… Je sentais la semence de Philippe qui glissait le long de mes jambes… Dans ma bouche, irritée par ses morsures, j'en avais l'odeur et le goût.

C'était la dernière fois que Philippe m'avait ployée sous lui, la dernière fois. Pourtant j'espérais, j'espérais encore un miracle. Mais Dieu ne réserve ses miracles que pour ceux qui le paient !

Jamais je n'oublierai. Sous le soleil éblouissant, j'entends toujours les vociférations infernales de la foule en délire. La charrette cahotante, qui transporte lentement les condamnés, restera à jamais fichée dans ma mémoire. Robespierre, la mâchoire brisée, soi-disant par une tentative de suicide mais plus certainement par le coup de feu ordonné par Barras afin de l'empêcher de parler, d'ameuter la foule, de hurler la vérité, descend de la charrette. Il perd l'équilibre. Le bourreau arrache d'un seul coup le pansement sanglant qui soutient sa mâchoire fracassée. L'Incorruptible pousse un cri de douleur, semblable à celui d'une bête qu'on égorge. Le bourreau le jette sur la bascule. Le couperet tombe. C'est maintenant le tour de Philippe. Philippe, les mains liées derrière le dos. Philippe, redressant avec arrogance sa belle tête fine. Tout revient, pêle-mêle, dans ma mémoire. Tout... notre jeunesse... notre mariage dans cette église allemande... notre gaieté... Oh, comme nous riions à gorge déployée. Notre pauvreté, notre amour... Vienne, Varsovie et *Didon*. Et, pour finir, ces tambours qui battent, battent, sans arrêt... et la tête de Robespierre qui se dresse au bout d'une pique, et celle de Philippe... Je m'effondre contre Joseph en sanglotant. Il m'entraîne loin du lieu où se dresse l'échafaud. J'ai tenu à assister aux derniers instants de Philippe... Je sais qu'avant... avant... nos regards se sont croisés, au-dessus de la foule hurlante... Je le sais !

« Il faut partir... Barras et Fouché ont lancé un ordre d'arrêt contre toi, me presse Joseph. Il faut fuir, fuir sur-le-champ. »

Laborieusement, la voiture avançait sur les routes mal pavées, voire défoncées. Munie de multiples sauf-conduits et faux passeports, je restais sans penser, inerte, traversant villes et villages, refusant de m'arrêter pour dormir. Je ne voulais pas me laisser aller à la douleur. Je ne pourrais respirer que lorsque nous aurions franchi la frontière. Il ne fallait plus penser à Philippe. Il fallait penser à l'avenir. A notre fils. Jules était de Philippe. J'en étais sûre, maintenant. Quelque part au milieu de ce désastre, la vie continuait, têtue, volontaire, s'imposant contre tous. Ma vie sans Philippe. Définitivement sans lui. Une vie qui ne serait plus jamais celle que j'avais connue, une vie totalement différente du fait de son éternelle absence. J'allais devenir une autre femme. Dieu ! Où était Dieu dans cette désespérance ? Dieu qui voit tout, qui sait tout, qui décide de tout, de la vie, de la mort. La partie est jouée et perdue d'avance contre un tel joueur ! Des pensées sans lien entre elles s'enchevêtraient dans ma tête. Rien au monde ne peut désunir ceux qui se sont aimés aussi fort, aussi longtemps. « Ô Dieu ! Si vous existiez... si seulement vous existiez... Je donnerais ce qui me reste à vivre pour entendre cette promesse... Le revoir dans un autre monde... Tout serait différent. La douleur serait supportable. Il me resterait l'espoir... » Puis je me posai cette question à la fois étrange et stupide : « L'humanité mérite-t-elle l'existence de Dieu ? D'un dieu quel qu'il soit ?... » J'en doutais. Je me souvenais de ce qu'affirmait Abraham Furtado : « Quelque part dans ce monde de fous, ce monde de cruauté et d'horreur, il y a les dix justes pour l'amour desquels Dieu pardonnera toujours. »

Mais qui sont les justes ? pensai-je. Pour moi, quoi qu'il ait pu faire de mal, Philippe était un juste.

Juillet 1795

Inexorables, les jours ont succédé aux jours ; les mois se sont accumulés. Une année de désespoir a passé et j'ai survécu à ma souffrance. Je vis. J'existe. J'ai été malade. Une fièvre cérébrale qui m'a maintenue entre la vie et la mort quelques semaines durant. J'ai perdu ma voix, mes cheveux, et ce matin le miroir me renvoie l'image d'un visage fané que je ne reconnais pas. Qui est cette femme pâle, triste et maigre ?

Un an déjà. Un an.

Je ne suis plus anxieuse. De toutes les émotions humaines, l'attente est la plus torturante. Quand, enfin, le coup tombe, aussi féroce, aussi cruel soit-il, même s'il réduit la victime au plus absolu désespoir, il apporte aussi, momentanément, une sorte d'insensibilité, presque de soulagement. Il n'y a plus d'incertitude ni d'espoir... La torture de la dernière nuit, de la dernière heure, avait atteint son point culminant quand le couperet a tranché la tête de Philippe.

Ce qui m'a maintenue en vie, c'est mon fils et Henri. Henri, qui se montre fraternel, amical, compatissant. Plus de scènes, plus d'exigences. Il m'oblige à manger, à me reposer, à m'habiller. Docile, je l'écoute. Je me promène dans le parc ; j'essaie de me nourrir, bien que toute nourriture me soulève le cœur. Parfois il m'est impossible de pleurer et, parfois, je pleure sans pouvoir m'arrêter.

Le souvenir s'endort dans un coin sombre de ma mémoire, d'où je l'extrais quand le manque de celui qui n'est plus se fait trop fort. Il paraît que, tôt ou tard, tout lasse, tout passe. Combien de temps encore le souvenir de Philippe me pliera-t-il d'une douleur presque physique ? J'aspire à cet instant où la souffrance s'atténuera jusqu'à laisser place à une douce mélancolie, celle que l'on éprouve lorsque l'on se souvient de ce qui fut, de ce qui n'est plus. Parfois, au contraire, je me cramponne à cette souffrance qui est tout ce qui me reste de lui.

Joseph et Amélie m'écrivent toutes les semaines. Lettres pleines de tendresse, de sollicitude, mais aussi d'éclaircissements sur nos nouveaux maîtres, les puissants du jour.

> « La lutte suprême qui s'était engagée avec Robespierre touche à sa fin. Il n'y aura plus de charretées quotidiennes menant à la guillotine les grands coupables de forfaitures et

de trahison contre la nation. Un jour, on saura la vérité... Oui ! la canaille est victorieuse... Elle va pouvoir pousser un soupir de soulagement. Depuis la mort de Robespierre, les trafiquants s'en donnent à cœur joie. On trafique sur tout. Trafic de fournitures aux armées, vivres, chaussures, fusils, poudre. Trafic de biens nationaux. Trafic de l'or. Le cours du louis est sujet à des écarts de cent francs par heure. Est-ce que tu te rends compte ? Par heure ! Les fortunes se font, se défont en l'espace de vingt-quatre heures. A côté de cela, le peuple meurt de faim. La misère est là, présente, face au luxe insolent qui n'en finit pas de s'épanouir. Théâtres, restaurants regorgent de me'veilleuses et de muscadins, vulgaires, voyants, bruyants, richement vêtus à la grecque. La grande mode en ce moment, c'est de ne pas prononcer les *r*... Pourquoi ? Je n'en sais rien. Après la mort de l'*Incorruptible*, c'est toute la France qui semble corrompue... Les anciens riches sont devenus pauvres, les nouveaux riches ne sont pas sûrs de l'être demain. Mais les pauvres restent pauvres. Alors Paris danse. Les Directeurs, les hommes en place, donnent l'exemple de la débauche et de la corruption. Cela ne change guère de l'Ancien Régime. Avec la tête de Robespierre, roulant dans un panier, c'est la Révolution que l'on a assassinée, et cette douleur-là, est mienne et pour toujours.

Mille tendresses,
Joseph. »

Il paraît que mes biens ont triplé de valeur. Il paraît que l'enfant du Temple est mort ou a disparu, personne ne sait exactement. Cette nouvelle me touche et me sort un peu de ma douloureuse torpeur. Un enfant est innocent des manœuvres qui se trament autour de lui.

« De quoi est-il mort ? Est-on sûr de cela ? insistai-je auprès d'Henri.

– Je ne sais pas, fut sa réponse laconique.

– Vous ne savez pas ? Qu'est-ce que vous ne savez pas ? »

Soudain Henri se retourna, me fit face et me lança d'une voix furieuse :

« Je ne sais rien, rien ! vous dis-je. J'ignore si l'enfant est mort ni, s'il l'est, de quoi il est mort. Il n'est plus ! Voilà ce que l'on me dit. Il n'y a qu'une personne qui, depuis, est heureuse, c'est le prétendant ! J'aurais aimé que vous vissiez l'expression de joie indicible qui rayonnait sur son visage. Cela, il ne pouvait le dissimuler. Et son cher d'Avaray de renchérir avec un sourire jusqu'aux oreilles : "Le Roi est mort, vive le Roi !" Où cela nous mènera-t-il ? Le comte de Provence a peine à dissimuler sa joie. Il fait dire des messes, il clame sa douleur, il s'efforce de montrer une figure pleine de tristesse, mais son regard, son sourire, le trahissent ; s'il n'était aussi gros, il danserait de joie... Il veut se proclamer roi devant les cours d'Europe et annoncer la restauration de la monarchie. Je lui ai suggéré d'avoir la décence d'attendre un peu... Cela l'a mis fort en colère...

– Que nous importe la colère de ce gros pleutre ?

– Votre vie et la mienne en dépendent désormais. Mais je détiens, contre Louis XVIII, puisque désormais Louis XVIII il y a, les preuves irréfutables de son implication dans tous les complots. Ces preuves enverraient un honnête homme à la guillotine.

– Qu'allez-vous faire de ces documents, à quoi peuvent-ils vous servir ?

– A quoi peuvent-ils nous servir ? Vous plaisantez, ma chère, ricana Henri. A nous sauver. Vous, mon fils et moi...

Je vais les mettre en lieu sûr. Et, surtout, prenez garde à vous ! »

Après ces courts intermèdes, je retombe dans ma léthargie. Tout m'indiffère. Je vis dans le passé. Je ferme les yeux. Et me voici quinze ans en arrière. Je vais chanter *Didon*. La reine Marie-Antoinette, rayonnante, adorable, m'applaudit à tout rompre. « Vous êtes divine... », me dit-elle. Elle m'offre un superbe diamant qu'elle retire de son doigt, diamant que je donne le soir même à Philippe pour payer une partie de ses dettes de jeu. Mes rêveries m'entraînent plus loin encore, dans mon passé... « Je la veux à Versailles. » C'est toujours Marie-Antoinette, alors Dauphine. Elle m'embrasse et me dit : « Je la veux à Versailles... » Je suis aux anges ; une voix, derrière moi, dit : « Le fruit est encore trop vert. » C'est Philippe. Toujours Philippe. Sans cesse les visages de ceux qui ne sont plus me hantent. Et pourtant ils sont là, bien vivants en mon souvenir. Comment pourraient-ils être morts puisque, en moi, ils vivront aussi longtemps que je vivrai ? L'horreur de leur mort me bouleverse. Inexorables, les images s'imposent, Marie-Antoinette, Robespierre, Philippe... Qui sont les monstres qui ont ordonné leur mort ? Quel est le dénominateur commun de ces crimes ? Lorsque je le questionne, Henri me répond toujours :

« Cherchez à qui profitent ces crimes et vous aurez les coupables... »

Alors je réponds :

« Barras ? Fouquier-Tinville ? Tallien ? Fouché ? »

Il insiste :

« Cherchez encore... Plus haut ! Toujours plus haut !... Parfois le criminel n'est pas le bourreau. Cherchez, cherchez encore. Qui, par ses écrits, a soulevé l'opinion publique contre la Reine ? »

Mais je suis trop lasse, trop enfoncée dans ma douleur. Je me terre dans ma chambre, refusant de voir quiconque hors mon fils. Je reste assise, des heures durant, les yeux dans le vague, sans bouger. Ou bien je marche dans le parc ; j'embrasse mon petit Jules ; je marche encore. J'ai froid, rien ne peut plus me réchauffer. Il m'est impossible de manger, impossible de dormir... Mais je ne désire plus que cela... dormir. Dormir longtemps, longtemps... ne plus me réveiller...

Mars 1796

Presque un an que je n'ai ouvert ces carnets... Mon petit Jules sait déjà lire en français et en italien. Je suis étonnée de l'intelligence exceptionnelle, de la précocité extraordinaire de mon fils. Henri partage sans restriction mon admiration. Notre attitude fait sourire nos amis, mais je ne m'en soucie pas. Je consacre mes jours à mon fils. Un précepteur vient lui faire étudier ce qu'un enfant de six ans doit savoir, et moi je lui inculque ce que seule une mère peut lui apprendre.

D'Antraigues pense que nous serions mieux installés à Vienne. Il craint pour notre sécurité à Venise. Il est vrai que l'avance des troupes françaises a de quoi effrayer les émigrés. Les nouvelles sont bonnes ou mauvaises, cela dépend pour qui. Pour moi elles sont plutôt bonnes. Le 19 février dernier, Mantoue a capitulé devant Bonaparte, depuis le 23 mars, l'armée française occupe Trieste. Venise est isolée. Pour combien de temps ? La guerre est là. Et il faut bien vivre avec. J'écoute Henri. Il parle, parle, parle sans arrêt. Pourtant, depuis quelques jours, je sens en lui comme une peur larvée. Il est tard. Mais j'aime m'attarder ainsi sur le carnet qui reçoit mon inconsolable douleur... Et puis, écrire m'aide à comprendre Henri et ce qu'il trame. Ainsi, ce matin, Henri m'annonça :

« Le général Bonaparte a fondé un bureau des affaires secrètes... »

Surprise, j'ai répliqué :

« Comment le savez-vous ? »

Il ricana :

« J'y ai quelques hommes qui travaillent pour moi...

– Et vous vous fiez à eux ? Des hommes qui n'hésitent pas à trahir ?

– Non. Je ne me fie pas à eux. Je sais trop bien qu'il n'existe pas d'homme à qui se fier en ce monde. Mais ils ne savent pas que je n'ai aucune confiance en eux...

– Alors à quoi cela vous sert-il ?

– D'une certaine manière, j'ai un pied dans la place. C'est toujours utile. A moi de discerner le vrai du faux, de séparer le bon grain de l'ivraie... On apprend toujours quelque chose. Les espions de Bonaparte sont à cent lieues de supposer que ce dernier ne travaille que pour lui, et je n'obéis à aucun idéal ! C'est là ma force...

– Et aussi votre faiblesse... ai-je répliqué sèchement.

– Peut-être », me fut-il répondu sur le même ton.

Parfois, pour cet homme qui me tient lieu de mari, j'éprouve un mépris indicible qui m'entraîne à vouloir le trahir. Mais je sais aussi que, d'une certaine manière, je tiens encore à lui. Sans doute est-ce ce lien si fragile, si ténu qu'un rien peut le briser, qui me rattache au passé qui disparaît lentement dans la trappe du temps. Deux ans déjà ont passé. Deux automnes. Deux hivers. Deux printemps. Je ne peux plus me souvenir avec exactitude de certaines scènes. D'autres sont omniprésentes dans ma mémoire. Parfois un timbre de voix entendu dans la rue me fait sursauter, me jette au-dehors à la recherche de l'impossible retour. Ma douleur alors renaît, intacte, intolérable et pourtant chère puisqu'elle me vient de lui. Oublierai-je un jour ? On me le dit. On me l'affirme. Oublierai-je le spectacle inhumain auquel j'ai assisté, hurlant comme une lionne, aussi impuissante qu'une mouche ? Oublierai-je son sourire ? Son regard ? Non, je n'oublierai pas, je le sais. Chacune des fibres de mon corps le sait aussi. Et c'est peut-être pourquoi je reste attachée à d'Antraigues... Il est le seul être sur terre à qui je peux dire : « Vous souvenez-vous de cet été 1784 ? Nous étions tous les trois au *Mariage de Figaro...* » Et Henri est alors le seul être au monde à me comprendre.

J'ai peine à dissimuler ma joie : Bonaparte a remporté une incontestable victoire à Lodi. Autre joie, non moins grande : le prétendant (jamais je ne pourrai me résoudre à l'appeler Sa Majesté Louis XVIII) a été expulsé de Vérone, expulsé comme un vulgaire bandit. Cette nouvelle me réjouit profondément. D'Antraigues, lui, dissimule à peine son inquiétude. Lui aussi va être expulsé sur ordre du Directoire. Mais il vient d'être attaché à la légation de Saint-Pétersbourg et il jouit donc d'une immunité diplomatique. Du moins en est-il persuadé. Pour ma part, je suis plus dubitative. J'attends avec impatience les lettres de mon frère et de ma sœur. Comment vit-on, à Paris, les victoires de Bonaparte ? D'Antraigues passe ses journées en longs conciliabules avec Las Casas. Que va-t-il advenir de nous ?

6 mars 1797 (ou 16 ventôse an V, comme on voudra !)

« Bonaparte va attaquer Venise ! Nous partons à Vienne sans tarder. »

J'ai regardé Henri, la bouche ouverte d'étonnement. Il pleuvait sur Venise. Il n'était pas sept heures du matin. D'Antraigues ne me laissa pas le temps de réagir. Il me lança, en refermant la porte : « Vous devriez vous lever et venir me rejoindre dans mon cabinet de travail. Nous avons des dispositions à prendre, dépêchez-vous... »

Dans son cabinet de travail, régnait un très grand désordre. Des liasses de papiers étaient soigneusement rangées, des caisses ouvertes contenant des livres et des papiers, encore des papiers. Henri avait sa figure des mauvais jours. C'est à peine s'il me regarda.

« Vous m'avez tirée du lit aux aurores, que se passe-t-il de si urgent ? » ai-je demandé.

Un peu de ma vieille tendresse renaissait pour cet homme mal rasé, épuisé, et dont le regard morne se posait au-dessus de moi.

« Voyons, Henri, murmurai-je, vaguement inquiète, que se passe-t-il ? Tu as l'air d'être aux abois... Dis-moi si je peux t'aider.

– On vient de m'apprendre que l'un de mes agents, Le Maître, a été guillotiné, à Paris.

– Le Maître travaillait pour toi ?

– Oui.

– Pauvre diable... »

Ce fut la seule oraison funèbre qui me vint à l'esprit. Le Maître était un agent de Barras, de Fouché, de qui d'autre encore ? Tous responsables de la mort de Philippe. Tous coupables. Qu'on tranche la tête à l'un d'entre eux ne pouvait me déplaire tout à fait...

« Cette exécution est-elle si grave pour toi ? demandai-je.

– Si les troupes françaises attaquent Venise, je serai immédiatement arrêté. Aide-moi à fermer ces caisses. Je vais les faire envoyer à Vienne...

– Alors nous partons à Vienne ? »

Il hésita.

« Je ne sais pas... Le général Pichegru va se présenter à la présidence du Conseil des Cinq-Cents. S'il est élu, nous sommes sauvés...

– Et s'il est battu ?

– Nous partirons sur-le-champ. C'est pourquoi j'envoie ces caisses à Vienne. Elles y seront en sécurité. Cependant, je garde par-devers moi ces portefeuilles. »

Il me montra trois gros portefeuilles en peau de chagrin rouge.

« Pourquoi ne pas les envoyer avec le reste ? »

La voix aussi fausse que son regard, il me répondit sans me regarder :

« Je dois les garder par-devers moi, mort ou vif, mais si je meurs, tu trouveras là-dedans de quoi te constituer une immense fortune. »

Huit jours plus tard, sur la place Saint-Marc, le corps de troupes françaises, dirigé par le général de division Baraguey-d'Hilliers, est accueilli par des cris de joie, des danses, des proclamations : « *Evvìva la libertà !* » Les soldats français apprennent aux Vénitiens, fous de joie, à danser la carmagnole. Avouerai-je que, masquée, il arrivait souvent que je sorte secrètement du palais et me mêle à la foule dansante, oublieuse un instant que la liberté, la vraie, ne verrait le jour que lorsque se tairaient à jamais les armes, et que ceux qui les fabriquent seraient, enfin, considérés comme des criminels ? Toujours masquée, je passais mes nuits à boire le champagne de la liberté. Des farandoles s'organisaient spontanément. Le peuple, heureux, croyait à une aube nouvelle. Je savais qu'il n'en était rien. Qu'il n'en serait jamais rien. J'étais trop au fait de ce qui se tramait pour m'abandonner à cet espoir fou. Mais pourquoi ne pas rêver quelques heures ?

Que va-t-il advenir de nous, émigrés, espions et conspirateurs ? Venise est devenue un lieu extrêmement dangereux. Chaque jour nous apprenons le départ d'un tel ou d'une telle, sous d'autres cieux réputés plus cléments.

D'Antraigues passe ses jours à brûler des papiers, à en classer d'autres. Écrire, écrire. Il a obtenu l'assurance que nous aurons des passeports russes.

Milan, 2 juillet 1797

A l'aube du 21 mai, nous avons quitté Venise en catastrophe sur les instances pressantes du prince Mordvinoff, ministre plénipotentiaire de la Russie, et ami intime de Las Casas. Notre fils Jules, qui est à cet âge où tout ce qui est nouveauté est une source de joie, riait sans cesse et se pressait, ravi, contre moi qui cherchais à faire bon visage...

Arrivées à Trieste, les voitures de la légation russe furent entourées de Français, baïonnettes aux canons, braquées sur nous.

On nous fit descendre et l'on nous traîna devant un homme de trente-cinq ans environ, de très haute taille, encore en robe de chambre, qui nous regardait avec un mépris à peine dissimulé. Le général Jean-Baptiste Bernadotte, commandant de la ville, en personne.

« Donnez-moi vos passeports », dit-il avec brusquerie.

Tandis que le ministre plénipotentiaire lui remettait son passeport, Bernadotte lui demanda :

« Y a-t-il avec vous le dénommé d'Antraigues ? »

Et comme Mordvinoff secouait la tête en signe de négation, Henri s'avança d'un pas et dit avec morgue :

« C'est moi !

– C'est vous, le fameux comte Henri de Launay d'Antraigues ? Eh bien, comte, je vous arrête...

– Ah non ! s'écria Mordvinoff, outré. Le comte d'Antraigues, sa femme et son fils, sont sous la protection de la légation russe. Il est attaché au tzar... »

Bernadotte répondit :

« Demandez plutôt à Monsieur d'Antraigues ! S'il eût été le plus fort, il nous eût tous fait fusiller... Nous sommes les plus forts, nous usons de ce droit-là. »

Frémissante de terreur, je demande :

« Vous allez nous fusiller ? Tous ?

– Nous ne sommes pas des assassins, répliqua Bernadotte. Monsieur d'Antraigues, veuillez me suivre... »

Et d'Antraigues d'afficher ce petit air arrogant et provocateur qui me faisait bouillir de rage contenue.

« Vous ne pouvez rien contre moi, monsieur ! » rétorqua-t-il.

Mordvinoff insista :

« Le comte est sous ma protection. »

Bernadotte haussa les épaules.

« Cet homme est en état d'arrestation, dit-il sèchement. Nous allons le faire transférer à Milan pour interrogatoire, et ensuite à Paris. Ne vous y opposez pas, monsieur le Ministre, sinon vous risquez fort de ne pas quitter Trieste ! Vous pouvez emmener avec vous la comtesse et son fils... »

A ces mots, je tempêtai. Il n'était pas question pour moi de laisser Henri seul à Trieste, encore que sa sottise le méritât amplement... Que lui était-il passé par la tête ?

« Je reste avec mon mari ! m'écriai-je. Je veux partager son sort... »

Mes gémissements ne paraissaient pas, outre mesure, émouvoir Bernadotte, qui haussa les épaules et fit signe à ses sbires de nous emmener. Il fit décharger nos malles, nos coffres. J'avoue que lorsque je vis disparaître les voitures de la légation russe, j'eus un instant de détresse, voire de panique. Mais j'étais encore, à ce moment-là, suffisamment attachée à d'Antraigues pour ne pas regretter mon choix. Après avoir fouillé dans nos bagages, Bernadotte s'empara des portefeuilles en peau de chagrin rouge qui ne quittaient jamais mon mari. Un peu surprise, je me dis qu'Henri les avait bien mal dissimulés. S'il avait voulu en signaler l'intérêt, il ne s'y serait pas mieux pris.

Deux heures plus tard, deux voitures escortées de vingt dragons quittaient la ville de Trieste. Dans l'une des voitures, d'Antraigues, mon petit Jules et moi ; dans l'autre, le général Bernadotte. Il était quatre heures du matin, et nous étions le 23 mai.

« Où nous emmenez-vous ? avais-je demandé au sieur Bernadotte.

– A Milan. Le général Bonaparte veut interroger votre mari. Je pense que le contenu de ces portefeuilles va l'intéresser au plus haut point ! »

Nous arrivâmes à Milan dans la soirée du 26 mai. Il faisait une chaleur accablante, et d'Antraigues fut immédiatement transféré au château de Montebello, où l'attendait le général de l'armée d'Italie. Je ne connaissais personne à Milan. Les troupes françaises étaient fêtées par la population qui considérait les sans-culottes comme des libérateurs, et moi, j'étais considérée comme une pestiférée parce que émigrée. Maria et Lucia, deux sœurs, grosses filles illettrées, chargées de me servir, ou de me surveiller, ne me quittaient pas d'un pouce, jusque dans mon cabinet de toilette lorsque je me rafraîchissais dans un bain froid. Mais je dois préciser qu'elles cuisinaient à merveille, que les deux chambres que mon fils et moi occupions étaient d'une extrême propreté et que, du reste, Jules adorait ses deux nourrices italiennes...

Après quelques jours de démarches, de sollicitations, d'attente sans fin dans des antichambres bondées et par une chaleur infernale, j'obtins enfin le droit de rendre visite à Henri, désormais enfermé dans la prison de Montebello.

Fatigué par la chaleur, mais propre, ses vêtements repassés, j'en conclus qu'on le traitait avec beaucoup de correction. Cependant l'inquiétude, une peur immense, habitait son regard. Être arrêté comme espion en temps de guerre, c'était l'échafaud à coup sûr. Il ne pouvait faire chanter

Bonaparte comme il faisait chanter le comte de Provence. Ce qu'il voyait devant lui, c'était, au mieux, douze fusils braqués sur sa poitrine, au pire, la guillotine. J'eus pitié de lui. Une bouffée de tendresse m'envahit. Voir d'Antraigues, blême, amaigri, le regard fuyant, me bouleversait...

Tout de suite il me mit au fait des exigences de Bonaparte :

« Il veut comprendre le sens des documents qu'il a en sa possession... »

Je fixai d'Antraigues avec étonnement.

« Comment cela, "comprendre" le sens ? Bonaparte ne sait pas lire ?

– Petite sotte ! soupira Henri. Mes documents sont chiffrés ! Et il en manque une grande partie que j'ai dissimulée... chez la marquise de Visconti. »

La marquise de Visconti était l'une des anciennes et nombreuses maîtresses d'Henri.

Je réfléchissais, partagée entre ma loyauté d'épouse et celle de citoyenne. Je connaissais une partie du contenu des portefeuilles cachés chez la marquise de Visconti. Malgré mon incapacité à déchiffrer complètement ces documents cryptés, j'avais pu me faire une idée de ce qu'ils contenaient. Ces documents révélaient la trahison de Pichegru, chef de la réaction royaliste qui venait d'être nommé président du Conseil des Cinq-Cents. Comme Barras, comme Fouché, comme Tallien, le général Pichegru était prêt à trahir la Nation, à collaborer avec Prussiens et Autrichiens, contre de l'argent. Chacun de ces documents condamnait Pichegru sans appel... Il avait accepté du prince de Condé un million de livres comptant et deux cent mille livres de rentes, à quoi il fallait ajouter le duché d'Artois, le gouvernement de l'Alsace et le château de Chambord, contre son ralliement à la cause royaliste. A ce prix-là, il laissait les Autrichiens menacer l'armée française commandée par Jourdan.

J'écoutais attentivement les explications d'Henri, qui achevait :

« Bonaparte connaît leur existence, il veut tous mes documents ! Il ne faut pas qu'il y ait accès. Sinon, c'en est fait de nos amis...

– Quels amis ? »

Avant de me répondre, Henri me regarda, à la fois inquisiteur et ironique. La méfiance qu'il éprouvait envers moi était tout à fait compréhensible. Non seulement, je ne partageais aucune de ses opinions – pour autant qu'il en eût une de sincère – mais il savait que je correspondais avec ma famille, républicaine de cœur.

« Pichegru... Dumouriez... Moreau... dit-il enfin en hésitant. Ces gens nous appartiennent. Ils sont prêts à renverser le Directoire, à rétablir la monarchie. Si Bonaparte met la main sur ces documents, il arrivera à ses fins.

– Qui sont ?

– Le pouvoir suprême. Grâce à ces papiers, il pourra l'obtenir. Ces pièces lui permettront d'exiger ce qu'il veut du Directoire. Ils sont tous compromis. Il les tiendra... tous ! »

Tandis qu'il parlait, je réfléchissais. Je n'avais aucune envie de perdre mon mari sur l'échafaud, alors que je pleurais encore la disparition de Philippe. Mon fils avait besoin de son père. Et il l'aurait. Vivant de préférence.

« Où sont ces documents ? demandai-je.

– Je vous l'ai déjà dit. Ils sont en lieu sûr, chez la marquise de Visconti, à la légation d'Autriche...

– Je la croyais plutôt en faveur des révolutionnaires ?

– Elle l'est. Mais c'est une amie et une femme d'honneur... C'est d'ailleurs la seule femme au monde en qui j'aie une absolue confiance, insista-t-il en me fixant du regard.

– Charmant ! » répliquai-je vexée.

Henri haussa les épaules.

« Vous savez très bien que vous me trahiriez sans l'ombre d'une hésitation si vos intérêts étaient en jeu.

– Si vous avez si peu confiance en moi, pourquoi me dire tout cela ?

– Je n'ai que vous au monde, vous et mon fils... Vous le savez, du reste. Pourquoi m'obliger à le dire ? »

Ces dernières paroles me touchèrent plus que je ne saurais le dire. Implicitement, Henri reconnaissait sa faiblesse et sa dépendance vis-à-vis de moi. C'était plus qu'il n'en fallait pour m'émouvoir... Je sauverais Henri.

Soudain j'eus une illumination, c'est le mot, une terrible illumination. Je tenais ma vengeance contre Fouché, Barras, et leurs amis du Directoire, j'avais le pouvoir de les perdre. De venger Philippe, Robespierre, et tous ceux qui avaient cru pouvoir instaurer plus de justice dans ce monde corrompu.

Doucement, pour ne pas éveiller les soupçons de d'Antraigues, j'insistai :

« Vous dites que si Bonaparte avait ces documents en sa possession...

– C'en serait fait du Directoire...

– C'en serait fait du Directoire, répétai-je, m'efforçant

au calme mais le cœur battant à se rompre. Ce ne serait pas une grande perte...

– Non. Mais je vous le répète si vous ne l'avez pas compris : ce serait la fin de tout espoir de restaurer la monarchie. Maintenant écoutez-moi attentivement. Si jamais j'étais obligé de me défaire d'une partie de ces portefeuilles, veillez à ne remettre au général Bonaparte que les trois portefeuilles rouges. Ceux qui sont enfermés dans une cassette ne doivent quitter la marquise de Visconti sous aucun prétexte. Votre vie et la mienne en dépendent. Ceux qui concernent la trahison de Pichegru, vous pouvez les échanger contre ma liberté, vous m'avez bien compris ? »

Forte de l'accord implicite d'Henri, je rencontrerais Bonaparte et lui remettrais les documents soigneusement cachés chez la marquise de Visconti, ceux dont je connaissais le contenu, ceux qui seraient l'instrument de ma vengeance. Quant aux autres, il serait temps, pour moi, d'en prendre connaissance plus tard. Puisque ma vie dépendait de ces papiers, mieux valait que je sache ce qui me menaçait.

Je laissai mon pauvre Henri à ses tourments et, de nouveau, lui promis de faire exactement selon son désir, fis des pieds et des mains, m'agitai, gémis, pleurai, frappai à toutes les portes. Je voulais rencontrer Bonaparte... et j'obtins satisfaction. Plus rapidement encore que je ne l'avais pensé.

Le 31 mai, vers huit heures, on vint me chercher. Mes geôliers, sans mot dire, m'abandonnèrent dans une grande salle. Une heure plus tard un huissier me faisait signe de le suivre, et je me tenais devant Bonaparte... Napoléon Buonaparte, le citoyen-général adoré par une grande moitié de l'Europe, détesté par l'autre. Je voyais enfin son visage. Ce n'était certes pas un beau visage, mais on ne pouvait détacher ses yeux de ces traits maigres, de cette peau hâlée, tendue, encadrée d'une masse de cheveux noirs, raides, pas très propres, tombant jusqu'aux épaules... Il souriait et soudain me parut extrêmement jeune et séduisant. Trop jeune pour être l'homme qui tenait l'Italie, que dis-je ? l'Europe, à sa merci... Dans son regard brillait une flamme ardente, féroce, la flamme de l'ambition la plus démesurée. Je la reconnus aussitôt parce que je la savais mienne.

« Madame de Saint-Huberty, quelle joie de vous revoir ! »

Je restai bouche bée.

« Vous ne pouvez vous souvenir de moi ! me rassura-t-il. Mais je garde un souvenir merveilleux d'une soirée à vous entendre dans *Armide*, et une autre dans *Orphée*. J'étais encore un tout jeune élève à l'École militaire. Venez, je vais vous montrer le jardin... »

Quelques minutes plus tard, dans la douceur du crépuscule, nous arpentions les allées du magnifique jardin du château de Montebello. Bonaparte évoquait les soirées de l'Académie royale de musique, de l'opéra de Versailles, des soirées qui me paraissaient avoir eu lieu dans une autre vie. Dix ans ! Dix ans, exactement, me séparaient de mon dernier spectacle... Un monde s'était écroulé ; un autre était en train de naître. Soudain Bonaparte s'arrêta et me demanda :

« Eh bien, madame ? Qu'attendez-vous de moi ? »

Prise au dépourvu, je restai un instant ne sachant trop quoi répondre. Enfin je me décidai :

« Libérez mon mari ou donnez-moi au moins un droit de visite quotidien.

– Ce n'est pas impossible... »

Cette réponse, dite avec un sourire amical, me laissa sans souffle. Je parvins à marmonner :

« Quand ?

– Demain... Cela dépend de lui. De vous, peut-être ? Mais il ne faut pas trop tarder. La semaine prochaine nous l'envoyons pour interrogatoire à Paris. Et vous n'ignorez pas ce que signifie espion, traître à la Nation... »

Je sentis mon cœur se glacer. Paris signifiait l'échafaud. Dans mon esprit enfiévré, ces deux mots étaient indissociables...

Le général reprit d'un ton bon enfant :

« Il y a peut-être un moyen de nous arranger autrement... Le comte d'Antraigues peut m'être très utile... »

Je ne démêlais pas encore en quoi il pouvait servir le général Bonaparte.

« Que dois-je faire ?

– Convaincre votre mari de travailler pour moi. »

Il souriait toujours en prononçant cette phrase.

« Est-ce indispensable ? murmurai-je.

– Sans doute. Ces portefeuilles rouges peuvent envoyer beaucoup de monde en prison ou à la guillotine... Je ne parle, bien sûr, pas des leurres que nous avons saisis. »

Bonaparte me regardait avec une ironie amusée qui me laissait perplexe.

« Voyez-vous, je n'ignore rien des activités de votre mari. Dès ma nomination comme général en chef de l'armée d'Italie, j'ai été mis au courant. Nous aussi avons un réseau d'espionnage particulièrement efficace. Rien de ce que fait d'Antraigues ne nous est étranger... »

Je restai sans voix.

« Comment cela ?

– Nous avons, à l'armée, un service de renseignements... parfaitement renseigné ! répliqua-t-il en éclatant de rire. Le général Clarke, alors qu'il était chargé d'une tournée d'inspection, nous a signalé la présence du comte d'Antraigues, à Venise. Il complotait avec les Autrichiens contre les Français. Nous avons intercepté des lettres que le comte d'Antraigues envoyait à Paris par le truchement du comte Turconi, à Mendrisio. Ces lettres parlent de complots... Mais je me méfie encore davantage de sa duplicité. Votre mari sait parfaitement que nous interceptons les lettres... Alors pourquoi écrire ? Pourquoi nous mettre sur une piste ? A quel jeu joue-t-il ? J'ai décidé d'en avoir le cœur net. Pour le moment, il est arrêté sous le chef de trahison. C'est passible de la peine de mort, vous ne l'ignorez pas...

– Mon mari avait obtenu du ministre plénipotentiaire Mordvinoff l'assurance de la protection de la légation russe ; vous n'aviez aucun droit de l'arrêter. »

Bonaparte haussa les épaules :

« La légation russe... a-t-elle vraiment de l'importance ? Écoutez-moi, et faites preuve de bon sens. La seule chose qui nous importe, c'est que d'Antraigues est au centre d'un vaste réseau d'espionnage contre la France. Mon premier mouvement, madame, a été d'ordonner au général Berthier de le faire transférer à Paris, où il aurait été jugé par le conseil de guerre. Mais je suis revenu sur ma décision. J'ai une proposition à vous faire. Vous me remettez les autres portefeuilles rouges, les vrais, ceux que votre mari a dissimulés, et nous verrons comment apporter quelques douceurs à son emprisonnement et, si vous êtes gentille et raisonnable, à une forme d'élargissement. Je vous le répète, le comte d'Antraigues peut m'être très utile ! Plus que vous ne pouvez le penser...

– Que voulez-vous dire ?

– Je pense à la disparition de l'enfant du Temple. Le comte d'Antraigues en sait beaucoup sur ce sujet. Il possède là une arme redoutable, et il serait dommage de ne pas s'en servir. D'autant plus que, seul, le comte d'Antraigues ne peut rien. Lorsque tout sera... réglé comme je le souhaite, le comte d'Antraigues et moi aborderons ce sujet qui peut attendre encore un peu. Le plus urgent, c'est le contenu des portefeuilles. »

Le général m'observa quelques instants en silence, puis reprit presque avec enjouement, comme si rien de ce qu'il disait n'avait d'importance :

« Votre mari est trop éclairé, il a trop de génie pour ne pas juger que la cause qu'il défend est perdue. Les souverains de l'Europe ne peuvent exister plus longtemps. La Révolution est en train de gagner. Ceux qui s'y opposent ne pensent qu'à sauver leurs privilèges et non au bien du peuple. A Paris, ceux qui, dès les premiers troubles, se sont hâtés de prendre la fuite, rentrent, pleins de rancœur devant les maux causés en grande partie par leur incurable lâcheté... Ils affectent une douleur, peut-être sincère, lorsqu'ils arrivent sur l'ancienne place Louis-XV [1], lieu où se trouve encore l'échafaud sur lequel montèrent, livrés par eux – vous entendez ? livrés par eux ! –, Louis XVI et Marie-Antoinette.

– Livrés ! Vous voulez dire... que les royalistes... bégayai-je au comble de la stupeur.

1. Actuelle place de la Concorde.

– Que croyez-vous donc ! Réfléchissez, que diable... Votre mari, lui, y a réfléchi depuis longtemps. Voilà pourquoi je pense qu'il va nous aider. Tout dans son attitude le prouve... »

Lentement, je commençais à comprendre pourquoi Henri s'était mis en avant. Pour se faire arrêter ! Pour rencontrer enfin Bonaparte et lui parler en tête à tête ! Cela tombait sous le sens... Qui donc avait averti le général Bernadotte que, justement, dans la voiture de la légation russe se trouvaient le comte d'Antraigues et sa famille, sinon... le comte d'Antraigues soi-même ! Bonaparte me dévisageait d'un air moqueur. Il paraissait lire sur mon visage.

Je restais silencieuse. Tout ce que le général Bonaparte évoquait, je le pensais depuis longtemps... Qu'avions-nous à faire, Henri et moi, de ces royalistes qui tournaient autour du comte de Provence ?

Il reprit, très courtoisement, presque amicalement :

« Votre mari est l'homme de main du comte de Provence, le soi-disant futur roi de France, Louis XVIII. Nous le savons. Comme nous savons son attachement à sa patrie. Il doit choisir entre les deux. Si vous refusez de nous aider, le comte d'Antraigues sera immédiatement envoyé à Paris sous le chef d'accusation suivant : trahison en temps de guerre. Je suppose qu'il n'est pas besoin de vous rappeler la sentence ? »

Je n'ignorais pas combien Bonaparte se plaisait à impressionner par des scènes aussi violentes que théâtrales ceux qu'il désirait séduire ou réduire à sa merci. Pourtant, avec moi, il avait trouvé à qui parler ! A tragédien, tragédienne et demie.

« Obtiendrai-je sa liberté ? demandai-je.

– Nous pourrons arranger cela.

– Comment ? Le général Bernadotte n'est pas corruptible, vous le savez.

– Ce qui sous-entend que je peux l'être ? dit Bonaparte en éclatant de rire. Peut-être, en effet, le suis-je un peu. D'ailleurs, lorsque les intérêts de la Nation sont en jeu, je peux l'être tout à fait ! »

Je promis donc à Bonaparte de lui remettre ces portefeuilles contre la liberté de mon mari.

« Je sais qu'avec d'Antraigues il y a toujours moyen de s'arranger, reprit le général Bonaparte. Selon nos accords, il pourrait réintégrer ses biens qui, vous ne l'ignorez pas, ont été confisqués... De plus, je vous promets cent mille écus en lettre de change sur la maison Gambario de Gratz... Cela vous permettra de vous installer confortablement à Vienne, par exemple. Vienne est une très belle ville et il s'y passe des événements considérables. »

Se moquait-il de moi ? Pourquoi Vienne ? Mais dans les yeux de Bonaparte, je lus ou crus lire de ne pas m'informer davantage. La libération d'Henri plus cent mille écus, voilà qui n'était pas à dédaigner. J'étais déjà certaine qu'Henri accepterait, il était de la race de ceux qui changent de maître et vont au plus offrant. Cent mille écus par les temps que nous vivions étaient loin d'être négligeables. En cela, et en cela seulement, je partageais le point de vue de mon époux.

« Son côté vulnérable, c'est l'ambition, continuait Bonaparte sans désarmer. S'il accepte de travailler pour moi, je l'aiderai à retrouver un poste d'ambassadeur...

– Donnez-moi quelques jours et je vous apporterai ce que vous me demandez, répondis-je.

– Voilà qui est raisonnable, citoyenne. Je vous attends le 23 ou le 24 juin, au plus tard. D'ici là, je vous promets que nous allons tout faire pour adoucir l'emprisonnement du comte d'Antraigues. Mais... puis-je vous demander pourquoi vous acceptez de m'aider ? »

J'hésitai un peu, puis lançai très vite :

« Sauver mon mari...

– Est-ce la seule raison ? »

Que dire face à un tel homme ? Mon frère avait presque son âge ; il était l'un de ses plus brillants officiers et, dans ses lettres, il ne jurait que par Bonaparte...

« Pas exactement, répondis-je. Je n'aime pas l'idée de trahir mon pays... et mon frère a une admiration sans bornes pour vous.

– Votre frère ? Mais oui, bien sûr, Joseph Clavel, mon condisciple à Brienne !

– Aujourd'hui, le colonel Clavel.

– Colonel, votre frère est colonel ! Jamais cela n'aurait pu se produire sous l'Ancien Régime. Et vous conspirez contre un tel homme, votre propre frère ?

– Je ne conspire contre personne, m'écriai-je furieuse. Je suis femme, et artiste ; pensez-vous que j'aie quelque pouvoir sur l'imbécillité des hommes ? »

Bonaparte éclata de rire :

« A la bonne heure ! Je sens que nous allons nous entendre. Je vous ferai parvenir les sauf-conduits nécessaires... Mais arrangez-vous pour que cela ait l'air d'une fuite. »

Puis il me planta là, dans le jardin, me laissant dans un état d'ahurissement absolu. « M'arranger pour que cela ait l'air d'une fuite... », que voulait-il dire ? Aider Henri à fuir, et si c'était un piège ? C'est dans un état de grande agitation et d'inquiétude que je retournai donc dans le monastère qui nous abritait, mon fils et moi. Je tergiversai toute la nuit, pesant le pour, le contre, faire confiance, ne pas faire confiance ; puis, à l'aube du 1er juin, je me décidai.

Mon absence allait durer trois semaines. Grâce au ciel, la marquise de Visconti se montra très coopérative et, sans émettre l'ombre d'une protestation, me donna les vrais portefeuilles que lui avait confiés d'Antraigues. « Les portefeuilles, n'est-ce pas ? dit-elle. La cassette, je ne dois la remettre qu'en main propre à lui-même, lorsqu'il me la demandera. » Elle savait pourtant qu'en remettant les portefeuilles à Bonaparte, j'allais faire échouer l'une des plus formidables machinations jamais conçues pour faire échec à la Révolution [1]... A quoi ou à qui obéissait-elle, ce faisant ? Je ne l'ai jamais su. Elle se montra charmante, m'offrit l'hospitalité et, juste avant que je reprisse la route, m'encouragea.

« Chère comtesse, me dit-elle, lorsque nos maris en auront fini de jouer à la guerre, nous autres femmes pourrons enfin agir.

– Peut-être, répondis-je prudemment. Peut-être... dans quelques siècles ! Voyez ce qu'ils ont fait à cette pauvre Olympe de Gouges dont le seul tort fut d'avoir osé penser que les femmes pouvaient avoir les mêmes droits que les hommes ! On lui a tranché le col pour lui apprendre à

1. Arrêté comme traître à la patrie, Pichegru fut déporté en Guyane en 1797. Revenu secrètement en France en février 1804, il prépara avec Cadoudal un complot contre Bonaparte, échoua et se suicida.

vivre... Maintenant, il faut que je me presse. Il dépend de moi de sauver d'Antraigues, peut-être malgré lui. Me pardonnera-t-il jamais de l'avoir trahi, fût-ce pour sauver sa tête ? »

Dès que je lui eus remis les documents, qu'il en eut pris connaissance, Bonaparte tint parole. La surveillance se relâchait et il faut reconnaître qu'Henri, confiné dans son palais-prison, usait de facilités dont aucun autre prisonnier ne bénéficiait... Je pouvais le voir aussi souvent que je le désirais, je lui apportais de quoi écrire, des vivres, du vin, encore que l'ordinaire que lui servaient ses geôliers eût pu satisfaire n'importe quel homme. Il avait même le droit, et Dieu sait s'il en usait, de sortir sous bonne garde jusqu'à Milan où il me rencontrait à la bibliothèque de la Brera... Bonaparte avait demandé à Henri « sa parole d'honneur de ne pas chercher à s'évader »... La parole d'Henri ! Il y avait là de quoi rire.

Cependant je n'oubliais pas l'essentiel : faire évader d'Antraigues avec toutes les apparences d'une véritable évasion... La surveillance dont il était l'objet était superficielle. Néanmoins, il fallait, pour donner le change, préparer l'évasion comme s'il était sévèrement gardé et qu'il eût, en s'échappant, risqué sa vie... Bonaparte l'exigeait et je comprenais fort bien cet homme. Le Directoire ne l'aimait pas et eût tôt fait de le destituer s'il avait soupçonné une quelconque complicité dans cette évasion.

Je confiai mon fils à une nourrice pour qu'elle l'emmène à Mendrisio, chez le comte de Turconi. Puis je décidai de passer aux actes, j'apportai à d'Antraigues les éléments de sa métamorphose. Soigneusement grimé en ecclésiastique,

Henri sortit de sa prison sans qu'on ne nous interceptât. Je suis même certaine que les sentinelles militaires détournèrent la tête à la vue de ce prêtre, malhabile dans ses vêtements sacerdotaux, et qui se précipitait vers la porte, curieusement ouverte, du palais... La calèche qui l'attendait l'emmena directement à Innsbruck. Pour ma part, je pris une diligence jusqu'à Mendrisio, afin de chercher mon fils, restai quelques jours avec le comte et nous évoquâmes les beaux jours d'autrefois, puis, munie de faux papiers parfaitement en règle, je rejoignis Henri à Innsbruck.

Fin juillet 1812

Barnes Terrace.

Ensuite ? D'Antraigues fut accusé de trahison par les émigrés. D'Avaray, le mignon de Louis XVIII, déclara qu'il avait fait échouer leur projet de Restauration et que cela valait peine de mort, Molleville renchérissait et Louis XVIII le déclara hors la loi. Que dire de plus ? Le général Bonaparte, de Premier consul est devenu Napoléon Ier. Mon frère a été anobli et fait partie de sa garde. Depuis, nous menons une existence de parias. Sans cesse menacés, insultés, parfois, de nouveau en grâce auprès de Louis XVIII. Tantôt à Gratz, tantôt à Vienne, puis à Milan, à Naples... Nous nous sommes réfugiés en Angleterre en 1807, mais nous n'y avons pas trouvé la paix. Par deux fois, on a tenté de nous tuer. Notre attelage a été trafiqué de manière à provoquer un accident, nos aliments ont été empoisonnés, nous avons été sérieusement intoxiqués mais, grâce à Dieu, sauvés... Pourquoi vouloir notre mort, quinze ans après les faits ?

Cette fameuse cassette contient la réponse. Son contenu est authentique : terrible mais authentique. Elle est à vous.

Je vous dirai demain où elle se trouve… S'il m'arrivait malheur, vous seul jugerez ce qu'il vous plaira de faire de son contenu. Ensuite ? Eh bien, à la grâce de Dieu. Henri et moi envisageons de fuir au Canada. J'ai détesté l'Angleterre. Ma seule consolation dans ce pays a été de retrouver, par le plus grand des hasards, mon ancien amoureux. Grossi, méconnaissable, Arnold Gerber tient une auberge dans l'un des quartiers les plus malfamés de Londres, South End. Comme beaucoup d'artistes, célèbre, riche, il a cru que célébrité et richesse seraient éternelles… L'une comme l'autre ont obéi aux dures lois de la vie. Il a perdu sa voix, source de ses revenus. N'ayant jamais rien mis de côté, il a très vite été ruiné… Le revoir dans cette douloureuse situation est la justification, le pourquoi de tous mes actes… Et cela, je sais que vous le comprendrez mieux que personne. Merci de tout ce que vous ferez pour moi.

Sophie de S.

Bouleversé par ces heures de lecture ininterrompue, sir Edward fut envahi par une impression nouvelle, et cependant incontestable : celle de l'unité qui reliait tout dans la vie. Il existait des fils qui le reliaient à Sophie de Saint-Huberty, comtesse d'Antraigues… Passions, espoirs, tristesses, en étaient les éléments essentiels. Il savait que désormais sa vie prendrait un sens différent parce qu'il l'avait connue. C'était fou, merveilleux, inquiétant, mais c'était… Sir Edward Pollock ne se libérerait plus jamais de l'emprise que Sophie exerçait sur ceux qui l'avaient approchée.

Il était un peu plus de onze heures, et sir Pollock achevait sa toilette quand il fut interrompu par un brouhaha venu du vestibule, un mélange de pleurs et de cris incompréhensibles. Soudain, la porte s'ouvrit sur George, les yeux exorbités par la colère, et sur Fanny Miller, la petite femme de chambre de Sophie d'Antraigues. Elle hoquetait, prononçait des mots sans suite.

« Voyons... voyons, mon petit ! Calmez-vous ! Que se passe-t-il ? » demanda sir Edward.

Et comme, visiblement, la pauvre petite ne pouvait prononcer un mot qui fût audible, il reprit :

« Asseyez-vous et reprenez votre calme... »

Puis, s'adressant à son majordome, il ordonna :

« George, apportez un peu de cognac à cette jeune personne. Je pense qu'elle en a besoin. »

Mais, dans un sanglot, Fanny Miller refusa et déclara distinctement :

« Ils sont morts... »

Ses sanglots reprirent de plus belle.

« Monsieur... Madame... Lorenzo... Ils sont tous morts ! » hoquetait Fanny.

Une violente émotion envahit sir Edward Pollock, mais il n'était pas étonné. Ainsi, c'est arrivé, pensa-t-il. C'est donc arrivé...

Fanny Miller tremblait encore, mais ses sanglots s'espaçaient... Sir Edward attendit quelques instants avant de l'interroger.

« Voyons, mon enfant, pouvez-vous me dire ce que vous savez ? Que s'est-il passé ?

– Je ne sais pas, sir. »

Les mots se bousculaient dans sa bouche, dans une sorte de bouillie incohérente entrecoupée de hoquets et de larmes.

« Madame... est morte... Morte !... Elle... elle a été poignardée par Lorenzo... Et puis Lorenzo a tiré sur Monsieur... et il s'est suicidé ! »

Sir Edward entendait encore sa voix, cette voix unique qui avait fait pleurer d'émotion tant de spectateurs : « Pouvez-vous m'accorder une protection... – Je vous le promets », avait-il répondu. Qu'avait-il fait de sa promesse ?

« Que s'est-il passé exactement ? demanda-t-il s'efforçant au calme. Je vous en prie ! Essayez de vous calmer !...

– Je vais essayer, sir, répondit la jeune domestique. Ce matin, de bonne heure, monsieur le Comte et Madame devaient se rendre à Londres. Ils se disposaient à monter dans leur voiture. Soudain, sans que l'on sût pourquoi, Lorenzo frappa monsieur le Comte d'un coup de poignard. Blessé, Monsieur se tourne vers madame la Comtesse et lui crie quelque chose comme : “Sauve-toi... vite !... La cassette ! la cassette ! Ils veulent la cassette !” Et madame la Comtesse se met à crier : “Non !... non !...” Elle se place devant Monsieur. Alors Lorenzo frappe Madame à coups de poignard. Elle n'a même pas crié ni poussé un gémissement. Elle est tombée. Quand je l'ai soulevée elle respirait encore. »

De nouveau, Fanny Miller s'effondra en sanglotant...

« A-t-elle dit quelque chose ?

– Des noms de personnes que je ne connais pas, murmura la jeune fille.

– Lesquels ?

– Philippe... Ce nom, elle l'a prononcé plusieurs fois. Puis elle a dit un autre nom : “Didon... Didon... ma mort sera sanglante...” Je n'ai pas bien compris. Puis elle a demandé : “Mon mari ?...” Alors j'ai répondu : “Il est vivant, Madame, blessé mais vivant ! Il est allé chercher du secours. – Bien... m'a répondu madame la Comtesse. C'est bien... La cassette ! Mon Dieu, la cassette, elle est... elle..." Mais elle n'a pu achever, elle est morte dans mes bras...

– Ensuite ? »

Essuyant ses pleurs, Fanny Miller reprit :

« Tout cela s'est passé si vite ! Lorenzo est retourné dans la maison à la poursuite du comte qui était gravement blessé et appelait à l'aide ; le cocher, David Hebditch, le poursuivait pour l'arrêter ; ensuite, Lorenzo a mis le canon d'un pistolet dans sa bouche, et a tiré... »

Étonné, le coroner demanda :

« Avez-vous été témoin de tout cela ? Vous suiviez le cocher ? Vous connaissez cet homme ? »

Fanny Miller secoua la tête à plusieurs reprises.

« Je n'ai pas suivi le cocher, dit-elle enfin, je ne le connaissais pas. C'est la première fois qu'il venait à Barnes Terrace... Il a suivi Lorenzo dans la maison et, ensuite, il m'a raconté ce qui s'est passé. Il m'a dit qu'il avait essayé de désarmer Lorenzo mais qu'il n'y était pas parvenu.

Bien que stupéfié par ce qu'il venait d'entendre, le coroner répéta lentement et distinctement :

« Le cocher a suivi Lorenzo, l'a vu achever le comte, puis se suicider, sans pouvoir intervenir... c'est ce que vous voulez dire ?

– Oui... oui... c'est ça. Le cocher, David Hebditch, m'a tout raconté, répéta-t-elle plusieurs fois.

– Ce cocher est-il encore à Barnes Terrace ?

– Je l'ignore. »

Avec le plus de douceur possible, sir Edward Pollock

demanda à la jeune fille si, par hasard, sa maîtresse ne lui avait rien confié d'autre au moment de mourir.

Très hésitante, Fanny Miller répondit en rougissant :

« Non, Madame ne m'a rien dit. »

Alors commença un long et patient interrogatoire qui s'acheva sur :

« Si vous voulez vraiment que l'on retrouve les assassins de votre maîtresse, il faut tout me dire... même ce qui vous paraît insignifiant. C'est moi, et moi seul, qui suis à même de juger de l'importance d'un fait ou de son inutilité.

– Un jour, j'ai entendu monsieur le Comte et madame la Comtesse se disputer à cause d'un portefeuille rouge... Monsieur le Comte criait : "C'est grâce à lui que nous sommes encore en vie ! Tant qu'il sera en ma possession, personne n'osera porter sa main sur nous..."

– Et que disait la comtesse d'Antraigues ?

– Je ne l'entendais pas... Mais lui, je l'ai entendu très nettement ajouter : "S'il le faut, j'irai jusqu'à Wilno porter ce document à l'empereur Napoléon !" »

Fanny Miller s'interrompit.

« Continuez ! s'impatienta sir Edward.

– Je n'ai plus rien entendu... parce que Lorenzo était là, derrière moi, et m'a donné l'ordre de m'en aller.

– Il vous observait depuis longtemps ?

– Je pense, oui. Il avait une drôle de figure. Il m'a recommandé d'oublier ce que je venais d'entendre, qu'il y allait de ma vie, de n'en parler à personne...

– Je vois ! » dit simplement sir Edward.

Moins d'une heure plus tard, sir Edward et la jeune Fanny Miller arrivaient à Barnes Terrace. Deux constables [1] étaient là, attendant les ordres de leurs supérieurs.

La demeure qu'occupaient le comte et la comtesse avait été, semblait-il, livrée à une tornade. Quelqu'un avait fouillé, pillé, jeté à terre meubles, tiroirs, objets... Les meubles étaient maculés de sang. Sans doute le comte, poursuivi par son meurtrier, s'était-il heurté à ces bergères, les renversant au passage ? On pouvait suivre à la trace sa course à travers la maison, traces sanglantes sur les marches, sur la poignée de la chambre.

« Qui a pu pénétrer ici ? demanda sir Edward stupéfait devant l'état de la demeure.

« Personne ! dit l'un des policiers. Nous sommes arrivés dès que possible...

– Qui vous a alerté ?

– Le cocher, David Hebditch.

– Pourquoi ne l'avez-vous pas retenu ? C'est notre seul témoin ! »

Gênés, les policiers s'entre-regardèrent et, enfin, l'un d'eux dit :

« Il était pressé... Nous n'avons pas cru devoir le retenir. Un cocher de louage, que peut-il avoir à faire avec ces meurtres ?

– Que peut-il avoir à faire ? s'étrangla sir Edward. Où diable avez-vous appris votre métier, mes gaillards ! Si personne n'est venu depuis que vous êtes ici, pouvez-vous m'expliquer qui a mis cette demeure dans cet état ? »

1. Commissaires de quartier.

Bouche ouverte, les policiers se tenaient cois sous la violence de l'algarade.

« Où sont les corps du comte et de la comtesse ?

– Nous les avons installés dans la chambre de la comtesse. Le corps du valet est resté sur place, nous ne l'avons pas déplacé...

– Précédez-moi. Je veux les voir. »

Incapable d'en dire davantage, il pénétra dans la chambre de la comtesse d'Antraigues.

La pièce, très spacieuse, tout ensoleillée, avait été entièrement dévastée, chaises, lit, matelas éventrés, tiroirs de la commode vidés à même le sol.

Sur le sol, non loin du lit, l'arme encore dans sa main crispée, le corps du valet de chambre, Lorenzo, le visage à demi emporté par la décharge du pistolet avec lequel il s'était suicidé...

Sir Edward se pencha sur le corps du domestique, apprécia sa carrure athlétique, sa taille imposante, très légèrement au-dessus de la moyenne...

Il observa attentivement le cadavre et fronça les sourcils. Puis, se tournant vers les policiers, il ordonna sèchement :

« Retrouvez-moi ce cocher et amenez-le ici immédiatement. Exécution ! Avoir laissé filer le seul témoin oculaire est une faute impardonnable, et vous m'en rendrez raison !

– Oui, sir ! » bredouilla l'officier de police.

Le comte reposait au côté de la comtesse. Un drap recouvrait les deux corps réunis. Le coroner se découvrit, et, d'une voix altérée par l'émotion, demanda à l'autre constable qui le suivait dans ses recherches :

« A-t-on envoyé quelqu'un prévenir le vicomte d'Antraigues ?

– Oui, sir », répondit l'officier de police.

Doucement, sir Edward souleva le drap qui recouvrait le visage de Sophie de Saint-Huberty. Elle paraissait dormir. Son visage, très pâle, était paisible, comme délivré. La mort lui avait rendu sa jeunesse. Les mille petites rides dont sir Edward se souvenait encore s'étaient effacées. Une femme si exceptionnelle... capable du meilleur et du pire. Il n'osait penser qu'il avait rêvé d'être Philippe, ne fût-ce qu'une heure. L'ombre d'un sourire se dessinait sur les lèvres de la morte, peut-être était-ce une réponse.

Malgré son émotion, sir Edward réfléchissait. Cette affaire lui paraissait extrêmement complexe, inexplicable. Trois cadavres, deux meurtres et un suicide... Mais pourquoi le suicide ? Il s'adressa à Fanny Miller :

« David Hebditch, ce cocher, pouvez-vous me le décrire ? Dites-moi tout ce dont vous pouvez vous souvenir. Et rappelez-vous, le moindre détail est important. »

Fanny Miller hésita un long moment, puis déclara avec une certaine animation :

« Il est plutôt grand, blond aux yeux bleus, la quarantaine, peut-être ? »

La jeune domestique s'interrompit pour réfléchir sur quelque chose qui, visiblement, l'intriguait.

« Tiens, maintenant que j'y pense... C'est drôle, ses manières. »

Le coroner s'impatienta.

« Eh bien, parlez donc. Qu'est-ce qui vous paraissait drôle ? Quelles manières ?

– Ses manières, voyez-vous, c'est curieux tout de même, répondit la jeune fille, toujours hésitante. Ses manières, c'est vrai, ça, ce cocher n'avait pas les manières d'un domestique. Il parlait rude, sec... comme quelqu'un qui a l'habitude de donner des ordres. »

Stupéfait, le coroner la dévisagea.

« Que voulez-vous dire ? »

Après quelques instants de réflexion, Fanny Miller précisa :

« Quand il est arrivé, j'étais sur le pas de la porte avec madame la Comtesse. Madame s'apprêtait à monter dans le tilbury et Lorenzo a dit : "David, voulez-vous m'aider à mettre les malles de madame la Comtesse dans la voiture ?" C'était très poliment dit, pas de la façon dont on s'adresse à un cocher, plutôt comme on s'adresse à un Monsieur. Il y avait du respect dans la voix de Lorenzo, j'en suis sûre.

– Et alors ?

– Alors monsieur le Comte est arrivé, Lorenzo a sorti son poignard... vous connaissez la suite.

– Essayons de reconstituer la scène. Blessé, le comte rentre dans la maison, appelle à l'aide, poursuivi par Lorenzo qui l'achève après avoir poignardé la comtesse. Le cocher le poursuit, voit Lorenzo se faire sauter la cervelle puis disparaît, laissant trois cadavres derrière lui. Dites-moi, ma fille, Lorenzo... quel genre d'homme était-ce ?

– Plutôt bizarre. Il ne faisait pas l'affaire et Madame l'avait surpris en train de fouiller dans ses tiroirs. Madame voulait le renvoyer, elle lui avait donné ses huit jours.

– Madame ? Et Monsieur ?

– Monsieur était toujours de l'avis de Madame. Il a

confirmé la décision de madame la Comtesse et cela rendait Lorenzo fou de rage !

– Ce n'est tout de même pas une raison suffisante pour tuer ses maîtres, et se suicider ensuite. Il pouvait retrouver une place ailleurs... »

Le coroner resta silencieux quelques instants, puis demanda :

« Le comte et la comtesse étaient-ils armés ?

– Oh ! pour ça, oui, monsieur ! Monsieur le Comte ne se couchait jamais sans avoir rangé ses pistolets, prêts à tirer, sur sa table de nuit. Et madame la Comtesse avait des poignards qu'elle aiguisait elle-même. »

Sir Edward n'eut aucun mal à découvrir les armes dont Fanny Miller venait de lui parler, des armes coûteuses, qui convenaient à des experts.

« Quand il apprendra la nouvelle, monsieur Jules sera bien désolé, dit Fanny Miller. Il aimait beaucoup ses parents.

– Et les autres parents ? La comtesse avait un frère et une sœur, je crois.

– Le frère de madame la Comtesse, le comte Joseph Clavel de Kirsbaum, a été anobli par l'Empereur des Français, et vit en France, la sœur de Madame également ; elle est vicomtesse de la Haye... Madame leur écrivait chaque semaine...

– Et ils lui répondaient ?

– Pas ici, en tout cas. Madame ne recevait aucun courrier de France à Barnes Terrace. »

Sophie n'aurait pu vivre sans nouvelles de sa famille, sir Edward Pollock le savait, et c'est alors qu'il comprit. Là où Sophie d'Antraigues recevait les lettres de sa famille, se trouvait la fameuse cassette au contenu si sulfureux pour la famille royale française. Restait à trouver le lieu. Une idée, imprécise, se levait dans son esprit. Il était certain que Sophie, peut-être malgré elle, avait désigné dans ses carnets l'endroit où il devait diriger ses recherches. Je relirai tout, mais je trouverai, pensa-t-il.

« Parlez-moi un peu de vos maîtres, dit-il après quelques instants de silence. Recevaient-ils beaucoup ? »

Sans hésiter, Fanny Miller se lança à grands tours de langue véloces :

« Oh oui ! Ici, à Barnes Terrace, on ne savait jamais combien de personnes seraient présentes le soir au souper... Des Français.

– Émigrés ?

– Des aristocrates. Il y avait même une majesté...

– Une majesté ? Que voulez-vous dire ?

– Un homme... Quand les autres s'adressaient à lui, ils lui disaient Votre Majesté ou bien Son Altesse... »

Recevoir ses ennemis et les traiter comme s'ils étaient des amis, c'était l'une des théories favorites du comte d'Antraigues. Mais c'était aussi dangereux qu'affronter, sans arme, un assassin décidé à tuer, pensa sir Edward. L'image de celui qui avait commandité le crime se dessinait lentement devant lui. Il en devinait les motifs, aurait-il jamais les preuves de cette présomption ?

L'après-midi s'achevait dans une insupportable chaleur quand l'un des constables, Percy Hasting, se présenta devant le coroner.

– Sir, nous avons arrêté David Hebditch. Souhaitez-vous l'interroger dans cette pièce ? »

Le constable transpirait à grosses gouttes. Sir Edward

eut pitié de lui et lui conseilla d'aller se rafraîchir dans la cuisine.

« Faites-le venir ici, ça ira très bien. A-t-il fait des difficultés ?

– Aucune, sir. Il était en train de boire dans un estaminet de Londres où il a ses habitudes. »

Quand David Hebditch pénétra dans la pièce, il était exactement tel que sir Edward l'avait imaginé d'après la description de Fanny. Le visage, aux traits réguliers, était avenant. Si cet homme est un cocher de métier, moi je suis danseuse à Covent Garden, pensa sir Edward.

– Vous n'êtes pas cocher, n'est-ce pas ? questionna-t-il abruptement.

– Si Monsieur veut voir mes certificats, Monsieur n'a qu'à demander ! »

C'était dit avec une politesse obséquieuse, mais sir Edward décela l'ironie dans le ton qu'employait son vis-à-vis si parfaitement à son aise qu'il comprit que David Hebditch était en quelque sorte intouchable. Protégé de toute évidence par une puissance supérieure, il portait ses vêtements de cocher tel un prince des vêtements de cour.

« Qui êtes-vous ? questionna machinalement sir Edward.

– David Hebditch, né le 7 juin 1780 à Manchester, fut-il répondu sèchement. Mes certificats sont à votre disposition... »

Sir Edward haussa les épaules.

« Dites-moi ce qui s'est passé ce matin à huit heures... Vous êtes le seul témoin.

– C'est exact, sir, le seul témoin, confirma le cocher. Eh bien, voici les faits tels qu'ils se sont déroulés. »

Et David Hebditch répéta mot pour mot tout ce que Fanny Miller avait déjà raconté.

Le lendemain, sir Edward Pollock recevait dans son cabinet deux émigrés français, le comte d'Artois et le vicomte Bertrand de Molleville. A l'entrée de ces grands personnages, le coroner resta assis derrière son bureau et se contenta d'indiquer des sièges à ses visiteurs qui s'exécutèrent avec hauteur.

Agé de soixante-cinq ans, le comte d'Artois n'avait plus rien du charme séducteur de sa jeunesse dépravée. L'âge venu, il présentait un aspect déplaisant, bigot, borné, et portait sur son visage cette bêtise satisfaite des gens qui s'estiment supérieurs.

Avec son visage chafouin, son rictus posé à demeure sur ses lèvres desséchées par l'âge, ses manières précieuses et désuètes, le vicomte de Molleville n'offrait pas une meilleure mine.

C'est tout juste si sir Edward Pollock n'eut pas un haut-le-cœur devant ces personnages appartenant à une autre génération, à une époque que ses vingt-cinq ans rejetaient dans les oubliettes du temps.

« Vous avez demandé à nous voir ? » demanda le comte d'Artois avec la morgue hautaine qui désormais le caractérisait.

Le coroner l'observa un moment puis, sans plus attendre, commença son interrogatoire :

« Vous n'ignorez pas qu'il s'agit d'une enquête criminelle ? Il est donc normal que je veuille entendre tous ceux qui connaissaient le comte et la comtesse d'Antraigues.

Vous les avez reçus chez le prince de Galles, trois jours avant leur assassinat...

– Cela fait-il de nous des suspects ? interrompit Bertrand de Molleville.

– Non, dit sir Pollock, hésitant. Cela fait de vous des témoins importants...

– Eh bien, questionnez.

– Vous vous nommez, je crois, comte Bertrand de Molleville ?

– C'est exact.

– Vous connaissiez bien le comte d'Antraigues ? »

Molleville grimaça de dégoût.

« Oui, répondit-il. J'avais cette malchance... »

Les sourcils du coroner se haussèrent.

« Vous ne l'estimiez pas ?

– Ce traître ! Pire que cela, un aventurier sans scrupules qui a trahi notre cause en 1797 puis en 1804, et qui s'apprêtait à recommencer en essayant de faire parvenir des documents à l'usurpateur... L'infamie du comte d'Antraigues m'a déterminé à cesser de le rencontrer.

– Vous rendez-vous compte que vos propos peuvent se retourner contre vous ? Le comte et la comtesse d'Antraigues ont été assassinés, hier matin... »

Les deux personnages échangèrent un regard rapide. Un demi-sourire plissait les lèvres de Bertrand de Molleville...

« Peu m'importe, dit-il. Je ne les ai pas tués. Vous avez ma parole. Si cela ne vous suffit pas, vingt personnes sont prêtes à témoigner que j'assistais, hier matin, au lever de Sa Majesté.

– Avez-vous une idée de ce que l'assassin cherchait dans

les affaires du comte ? Sa maison a été mise sens dessus dessous... »

Sir Edward Pollock s'adressait au comte d'Artois.

« Je crois que j'en connais la raison, répondit ce dernier.

– Et quelle est-elle, d'après vous ?

– Des papiers, s'empressa de répondre Bertrand de Molleville, des papiers dont je connaissais la teneur. Des faux mais fort compromettants pour le roi, pour nous tous. D'atroces calomnies !... Nous devons, impérativement, les retrouver.

– Est-ce vous qui avez fait fouiller Barnes Terrace ?

– Non, répliqua d'Artois. Mais je l'aurais fait volontiers pour épargner le Roi.

– Quel roi ? interrompit sir Edward Pollock qui, subitement, avait envie d'être insultant, voire violent. Le roi de France a été décapité...

– Son frère ! s'indigna Bertrand de Molleville...

– Si je ne m'abuse, il y en a deux.

– Le seul digne de porter ce titre est Louis XVIII.

– Pour moi, il n'existe pas de Louis XVIII. La France est un empire dont le maître est actuellement l'empereur Napoléon.

– Monsieur, il s'agit du Royaume de France ! » s'écria, outré, le comte d'Artois.

Sa voix aigrelette montait jusqu'à l'aigu.

« En tout cas, vous êtes ici en Angleterre, rétorqua sèchement sir Edward. Et c'est selon les lois anglaises que vous devez répondre. Connaissez-vous, l'un ou l'autre, un dénommé David Hebditch ? »

D'Artois et Molleville s'entre-regardèrent. Mais rien

dans l'expression des deux visages ne laissa transparaître quoi que ce soit.

« Qui est cette personne ? demanda enfin Bertrand de Molleville après quelques instants de silence.

– C'est un cocher, le seul témoin des meurtres. »

Outrés, les deux hommes se levèrent brusquement.

« Monsieur, s'écria le comte d'Artois, pourquoi serions-nous familiers d'un cocher ? Je considère cela comme une insulte.

– Rasseyez-vous ! tonna sir Edward. J'ai un travail à accomplir, la recherche d'un assassin. J'ai trois meurtres sur les bras...

– Trois meurtres ? dit Molleville. Le comte et la comtesse d'Antraigues ne sont que deux... »

Sir Edward déclara distinctement :

« Leur valet, Lorenzo, a été lui aussi assassiné...

– Il ne s'est donc pas suicidé ? » demanda Bertrand de Molleville.

Le silence qui suivit fut tel qu'on aurait entendu une mouche voler. Sir Edward Pollock le rompit :

« Je vois que les nouvelles vont vite à Londres... »

Le comte d'Artois redressa sa haute taille. Un très court instant, son visage eut cette expression aimable et enjouée qui, autrefois, le rendait si sympathique auprès de la gent féminine.

« Dites-vous bien qu'en ces affaires d'espionnage et de politique tout est vraisemblable. Pourquoi les d'Antraigues ont-ils été assassinés et par qui ? Voyez du côté de Bonaparte, j'ai ouï dire que l'usurpateur les haïssait...

– L'Empereur avait d'Antraigues à sa disposition à Milan, en 1797, répondit sir Edward Pollock. S'il l'avait vraiment voulu, il l'eût fait décapiter à ce moment-là, et sans aucune difficulté...

– Ah, vous savez cela ? grinça le comte d'Artois.

– Je sais beaucoup de choses, en effet. Par exemple, je sais qu'il existe une cassette, cachée en lieu sûr, et dont le contenu pourrait être ces fameux papiers que vous dites être des faux...

– Une... quoi ?... s'étrangla le comte d'Artois. Une cassette ? Où est-elle ?

– Je l'ignore. Mais si je le savais, je ne vous le dirais pas. Cette cassette m'appartient. La comtesse d'Antraigues, dans une lettre qu'elle m'a fait parvenir, me l'a léguée au cas où il lui arriverait malheur.

– La comtesse d'Antraigues était une femme légère qui, probablement, n'avait plus toute sa tête. Cette cassette doit être remise au Roi. Lui seul...

– Non, messieurs. Moi seul suis à même de décider du sort de cette cassette. Je respecterai ainsi les dernières volontés de cette femme magnifique que fut la comtesse d'Antraigues. Grâce à elle, comme je vous l'ai dit, je sais beaucoup de choses...

– Si je peux me permettre de vous donner un conseil, grinça Bertrand de Molleville, veillez à ne pas savoir trop de choses...

– C'est une menace ?

– Mais non, mais non, dit en souriant le comte d'Artois, un simple conseil. Maintenant nous allons nous retirer. Si vous le permettez, bien entendu...

– La porte est derrière vous. Refermez-la en sortant, s'il vous plaît.

– Comme il vous plaira, sir. Venez, Molleville. »

Lorsqu'il fut seul, pour la première fois de sa vie, sir Edward Pollock, coroner de la Couronne d'Angleterre, s'effondra en pleurant... Si on lui avait demandé pourquoi il pleurait, il n'aurait su répondre.

Épilogue

Septembre 1830

Par une triste et pluvieuse matinée, le superintendant sir Edward Pollock pénétrait dans son cabinet de travail situé au premier étage de Scotland Yard.

Ce nouveau corps de police, créé par sir Robert Peel, comprenait quelques milliers de policiers, efficaces, dignes et aussi solennels qu'il convenait à une institution britannique...

Le jeune coroner qui recevait, au cours d'une nuit orageuse, la fameuse Sophie de Saint-Huberty, comtesse d'Antraigues, était devenu l'un des plus importants personnages de la police londonienne, autant par ses fonctions que par son embonpoint.

Marié depuis une quinzaine d'années, sir Edward Pollock pouvait se considérer comme un homme heureux. Et il l'était sans aucun doute. Sa femme, Maisie Gallaghan, était une adorable Anglaise, excellente maîtresse de maison, mère de deux garçons, David et Allan, qui ne vivait que pour son mari et ses enfants. Parfois sir Edward aurait souhaité un peu plus... un peu moins... Il n'aurait su dire quoi. Mais n'est-ce pas le lot de tout être humain de rêver à ce qui aurait pu être et qui ne sera jamais ?

A son extrême et désagréable surprise, un homme encore assez jeune l'attendait. Quelque chose dans sa physionomie lui parut vaguement familier. Où ai-je vu cet homme ? se demanda-t-il. Il fut bientôt édifié.

« Veuillez m'excuser d'avoir forcé votre porte, dit l'homme. Et permettez-moi de me présenter. Jules d'Antraigues. Je sais que mon nom vous dira quelque chose. »

Les jambes fléchissant sous le coup de l'émotion, sir Edward s'enfonça dans son fauteuil avant de proférer :

« Dieu ! si je m'attendais... Asseyez-vous, je vous en prie.

– Je sais que vos minutes sont comptées... Et je dois prendre la prochaine diligence. Mes moyens ne me permettent pas de rester trop longtemps à Londres... »

Effectivement, le comte Jules d'Antraigues ne paraissait pas à son aise... Ses vêtements étaient propres, certes, mais démodés, usagés. Le visage aux traits fins et réguliers, qu'encadrait une abondante chevelure d'une belle couleur ambre, et qu'éclairaient des yeux d'un bleu profond, presque noir, exprimait une vive intelligence. Sa ressemblance avec Sophie de Saint-Huberty, sa mère, était frappante... Il y avait longtemps que sir Edward Pollock avait perdu le fil du discours du comte Jules ; il percevait des mots, des phrases, qui glissaient sur lui, sans réveiller un seul instant son attention... Ce qu'il voyait, ce qu'il entendait là, devant lui, c'était une femme exceptionnellement belle et attirante qui lui était apparue alors qu'il avait vingt-cinq ans et que, dehors, l'orage, la pluie et la nuit régnaient sur Londres...

Non, il n'avait jamais pu oublier cette femme. Malgré

ses efforts, malgré son mariage, il n'avait cessé de penser à cette rencontre. A cette femme libre, indépendante, capricieuse et volage, qui l'avait entraîné très loin de la grisaille quotidienne, lui avait fait entrevoir une vie d'aventure, de dangers et de passions...

« Je parle l'italien, l'allemand, l'anglais et le russe, j'invente des engins qui vont révolutionner le monde », expliquait Jules d'Antraigues, un peu étonné par l'attention soutenue dont il était l'objet.

Sir Edward Pollock sursauta, se racla la gorge, toussa, et demanda :

« Cher comte, si je puis vous être utile, je le ferai volontiers. Qu'attendez-vous de moi ? »

Jules d'Antraigues pâlit, puis déclara :

« Je veux connaître la vérité sur la mort de mes parents, ce que l'on m'a rapporté ne me satisfait pas. Pas davantage que ce que la presse a relaté. Je sais que ma mère vous a confié son journal intime, sa femme de chambre me l'a dit. »

Sir Edward feignit de s'intéresser :

« Ah, Fanny Miller. Qu'est-elle devenue ?

– Une bonne mère de famille. Elle a épousé un fermier des environs de Manchester. Je vous en prie, ne détournez pas la conversation. Il est important pour moi de savoir qui ils sont. Vous les connaissez ?

– Vous voulez dire, les assassins de vos parents ? Vous avez lu les résultats de l'enquête : un cocher qui prétend se nommer David Hebditch et qui disparaît mystérieusement, un cocher qui se conduit davantage comme un prince et qui agit en toute impunité. Il ne m'étonnerait pas qu'on le retrouve ici, à Londres. Depuis la révolution de Juillet, les voilà qui reviennent dans notre beau royaume. »

Jules d'Antraigues hocha la tête.

« Son nom ?

– Je ne vous le dirai pas... parce que je n'ai aucune preuve. Voyez-vous, cher monsieur, en Angleterre, c'est à l'accusation de prouver la culpabilité d'un homme, et ce, avec des preuves irréfutables. En France, au contraire, c'est à l'accusé de prouver son innocence. Du moins, je crois que c'est ainsi que cela se passe. Je n'ai pas de preuves, seulement des présomptions. Je pense que votre père avait en sa possession les preuves de l'implication d'un très haut personnage dans tout ce qui est arrivé à la famille royale, jusqu'à la disparition de l'enfant du Temple. Et qu'il était sur le point de faire parvenir ces preuves à l'empereur Napoléon pour le mettre en garde contre ceux qui avaient intérêt à l'abattre. Vos parents ont été assassinés... comment dirais-je ?... juste à temps. Mais je n'ai aucune preuve, et même si j'en avais... »

Et comme sir Edward Pollock s'était interrompu, Jules d'Antraigues insista :

« Si vous aviez ces preuves, feriez-vous arrêter les assassins ? »

Sir Edward haussa les épaules.

« Elles ne me serviraient à rien. Aussi évidentes, irréfutables et concordantes fussent-elles, je ne pourrais les utiliser...

– Mais pourquoi ?

– Depuis que je suis coroner de Sa Majesté, j'ai rencontré le pire de ce que peut donner l'humanité... le pire ! Non pas dans les bouges, les taudis, les cabarets ou les bas-fonds... mais dans les plus somptueux palais de Londres. »

Maintenant sir Edward était lancé. Rien n'aurait pu l'arrêter... Ce n'était pas à cet homme pâle et maussade qu'il s'adressait, c'était devant un vaste public qu'il libérait son cœur.

« Souvent j'ai pensé que rien ne vaudrait mieux pour l'Angleterre qu'une bonne révolution comme celle qui a eu lieu en France... Et pourtant, Dieu sait combien je hais la violence. J'éprouve une profonde aversion pour tous ceux qui, pour quelque raison que ce soit, religieuse, politique ou autre, ont recours à la violence pour obtenir ce qu'ils estiment leur être dû, ou être juste... Je vais vous faire un tableau de ce que j'ai immédiatement deviné dès la première visite de la comtesse d'Antraigues, votre mère, vous ferez ce que vous voudrez de mes conclusions... Il faut se reporter au temps où le peuple de France se gaussait de l'impuissance avérée du roi Louis XVI... Pour les deux frères puînés du Roi, le comte de Provence et le comte d'Artois, personnages aussi malfaisants l'un que l'autre, trop heureux de cette situation si douloureusement grotesque, quelle chance inattendue, magnifique, que l'impuissance de leur aîné qui les mettait, l'un comme l'autre, immédiatement en position d'accéder à la royauté... Le comte de Provence, lui-même mari plus que douteux, n'ayant pas d'enfant, c'est le fils du comte d'Artois qui serait l'héritier légitime du trône ! Réfléchissez à l'amère désillusion de ces deux hommes lorsque Louis XVI devint père et à la haine du comte de Provence contre sa belle-sœur, Marie-Antoinette... haine jamais démentie au fil des années. Qui abreuvait les nouvellistes des cancans odieux qui salissaient la Reine, qui, sinon le comte de Provence, dès lors que Marie-Antoinette devint grosse des œuvres de son mari ?... Au fil des années, la haine du comte de Provence s'amplifie. Ce coup terrible, la naissance d'une petite fille, anéantit tous ses espoirs... Il ne manque plus qu'un garçon dont il peut légitimement douter de la filiation réelle et c'en est fait de ses ambitions ! Lorsque cet enfant naîtra, le comte de Provence agira. La Révolution va lui apporter sur un plateau en or massif l'occasion de réaliser ses desseins... Maintenant, monsieur, comment prouver la véracité de mes dires ? Je n'ai aucune preuve. On a effectivement retrouvé la cassette où vos parents avaient caché ces documents. Moi-même je m'y suis employé. Votre mère, qui soupçonnait tout son entourage, recevait son courrier dans une auberge un peu louche du South End, que tenait Arnold Gerber, un de ses anciens partenaires quand elle était encore reine de l'art lyrique. J'ai mis des semaines à retrouver sa trace et c'est grâce à votre tante Amélie de la Haye que nous avons pu mettre la main sur lui. Mais nous ne saurons jamais le fin mot de l'histoire. La cour d'Angleterre m'avait devancé, avait trouvé la cassette, fait poser les scellés, et l'avait remise au roi Louis XVIII qui s'est empressé de brûler les documents qu'elle contenait. Le malheureux Arnold Gerber a été découvert dans la Tamise, excellent moyen de le faire taire à jamais.

– Que soupçonnez-vous ? demanda Jules d'Antraigues d'une voix blanche. Qu'y avait-il dans ces documents ? »

Sir Edward hésita une seconde avant de jeter précipitamment :

« Le rôle plus que certain qu'a joué le roi Louis XVIII

dans la disparition de l'enfant du Temple, c'est là ma conviction profonde. En y réfléchissant, beaucoup de faits obscurs s'éclaircissent si l'on part de ce postulat. Louis XVIII n'a jamais accepté la légitimité du petit prince Louis XVII... Donc il fallait que cet enfant disparaisse !

– Mon Dieu ! » parvint à dire Jules d'Antraigues.

Longtemps, sir Edward Pollock garda le silence. Puis, d'une voix lasse, triste, le visage sans expression, il dit enfin :

« Vous devriez lire le livre que votre père a écrit en 1788 : *Mémoires sur les états généraux*. On y trouve notamment cette phrase : “Si veut le Roi, si veut la loi...”, ce principe de la plus basse flatterie et du plus effroyable despotisme est toujours en vigueur de nos jours...

– Je veux obtenir justice pour mes parents, murmura péniblement Jules d'Antraigues, on ne peut laisser ces crimes impunis. Je dois obtenir justice, pour eux, pour leur mémoire...

– Obtenir justice ? s'écria sir Edward Pollock. Quelle présomption ! Avez-vous de la fortune ?

– Aucune, balbutia Jules d'Antraigues surpris par l'explosion de colère du coroner.

– Avez-vous de l'entregent ? des relations ? Pouvez-vous peser, d'une manière ou d'une autre, sur un tribunal, un procureur ? Sur ceux qui auront à décider de votre demande ?

– Hélas non !

– Vous n'avez rien de tout cela ? Alors vous êtes une paille dans un champ de blé et vous voulez obtenir justice !... Quelle outrecuidance, quelle naïveté ! Tenez, vous n'êtes qu'un enfant... »

Sir Edward Pollock s'interrompit, s'épongea le front, but un verre d'eau et reprit, plus calmement :

« Oubliez ce mot, justice. Il n'y a pas de justice. C'est une idée, un vœu pieux, de la poudre aux yeux des innocents. Je sais de quoi je parle, je suis coroner de Sa Majesté depuis de longues années et j'ai tout vu... mais jamais la justice. C'est un mot obscène qui recouvre une immense hypocrisie... Vous ne pourrez jamais rien contre les vrais assassins de vos parents ! »

Les deux hommes se regardèrent longuement, l'un avec commisération, l'autre avec effroi. Enfin, sir Edward Pollock dit, d'une voix cassée par l'émotion :

« Voyez-vous, il est déplorable de constater que, malgré toutes les révolutions, les grands de ce monde, pour peu qu'ils en aient le pouvoir et la fortune, échapperont toujours à la justice des hommes. »

DU MÊME AUTEUR

AUX ÉDITIONS ALBIN MICHEL

La Saga des Médicis
I. Contessina
II. Le Lys de Florence
III. Lorenzo ou la fin des Médicis

Les Moissons mortes

La Marche des vivants

CHEZ D'AUTRES ÉDITEURS

La Symphonie du destin
I. Élisabeth
II. Antonia
III. Marie d'Agoult
IV. Cosima Wagner
(Éd. Sylvie Messinger)

La Belle de Philadelphie
(Éd. Lieu commun)

Le Vent du nouveau monde
(Éd. Lattès)

Mieux guider vos enfants
grâce à l'astrologie
(Éd. Ramsay)

La composition de cet ouvrage
a été réalisée par I.G.S. Charente Photogravure,
à l'Isle-d'Espagnac,
l'impression et le brochage ont été effectués
sur presse Cameron dans les ateliers
de ***Bussière Camedan Imprimeries***
à Saint-Amand-Montrond (Cher),
pour le compte des Éditions Albin Michel

Achevé d'imprimer en février 2000.
N° d'édition : 18841. N° d'impression : 000673/4.
Dépôt légal : mars 2000.